Jon Land

DIE HÜTER DER NACHT

Thriller

Aus dem Amerikanischen von
Joachim Honnef

BASTEI LÜBBE

BASTEI LÜBBE TASCHENBUCH
Band 14755

1. Auflage: Juli 2002

Bastei Lübbe Taschenbücher ist ein Imprint der Verlagsgruppe Lübbe

Deutsche Erstveröffentlichung
Titel der amerikanischen Originalausgabe: KEEPERS OF THE GATE

Umschlaggestaltung: Tanja Østlyngen
Titelbild: IFA-Bilderdienst
Satz: KCS GmbH, Buchholz/Hamburg
Druck und Verarbeitung: Brodard & Taupin, La Fèche
Printed in France
ISBN: 3-404-14755-3

Sie finden uns im Internet unter
http://www.luebbe.de

Der Preis dieses Bandes versteht sich einschließlich
der gesetzlichen Mehrwertsteuer.

20. April 1999

Für die Schüler der Columbine High.
Für diejenigen, die überlebten.
Und für die, die es nicht schafften.
Helden sind sie alle.

DANKSAGUNGEN

Dinge, die sicher sind: der Tod, die Steuern und jedes Jahr ein neues Buch von mir! Wenn Sie schon einmal diese Reise mit mir gemacht haben, heiße ich Sie erneut willkommen. Und wenn es Ihr erster Ausflug ist, begrüße ich Sie an Bord und wünsche Ihnen viel Spaß!

Meine brillante Redakteurin bei Forge, Natalia Aponte, hat dieses Jahr mehr als ein neues Buch bekommen. Sie ist jetzt die stolze Mutter von Victoria Jan, die im vergangenen September geboren wurde. Die Betreiber unseres Lieblingsrestaurants, Bolo, haben Natalia vor kurzem vermisst – ich ebenfalls. Doch für mein nächstes Buch wird sie wieder ihr kreatives Genie einsetzen.

Die erweiterte Verlagsfamilie Forge wird von Tom Doherty geleitet, der für jeden im Unternehmen wie ein Vater ist. Seine Tochter, Linda Quinton, leitet ein Team, das immer noch persönlich am Telefon zu sprechen ist, einschließlich Jennifer Marcus und Jodi Rosoff von der PR-Abteilung, die ich diesmal nicht verrückt zu machen versuche.

Mein Agent, Toni Mendez, hält mich unterdessen auf dem Teppich; außerdem werden Sie feststellen, dass Ann Maurers unglaubliches Bemühen um Perfektion auf jeder der folgenden Seiten zu merken ist.

Rabbi Jim Rosenberg, inzwischen völlig von seiner Hüftoperation genesen, war mir erneut eine große Hilfe. Ebenso danke ich Nancy und Moshe Aroche, Rita und Wiley Archer, Irv und Josh Schechter, David Macaulay für sein hervorragendes Buch *Castle* (Houghton Mifflin, 1977), Uwe Anton, Justin Turner und dem immer noch brillanten Emery Pineo, der fleißiger ist denn je.

Es ist lustig. Jedes Jahr, wenn ich mich hinsetze, um diese Seite für ein Buch zu schreiben, fange ich ebenfalls mit dem nächsten Buch an (Arbeitstitel *The Dragon at Sunset*). Gefällt Ihnen der Titel? Sie können mir eine E-Mail an *johnlandauthor@netscape.net* schicken. Ich würde gern von Ihnen hören und freue mich jetzt schon darauf.

Denn weit ist die Pforte und breit der Weg,
der zum Verderben führt.

Matthäus 7,13

PROLOG

Tess Sanderson eilte über den Korridor und hielt ihre Zugangskarte für die Schleuse bereit, die sie in den am meisten gesicherten Bereich des Labors bringen würde. Der Anruf hatte sie in ihrem Büro bei den Hessler Industries erreicht, nur ein paar Blocks entfernt. Nachdem sie endlose Minuten vergeblich auf ein Taxi gewartet hatte, war sie zu Fuß gegangen und schließlich fast in Laufschritt verfallen. Als sie den Gebäudekomplex erreicht hatte, der den Namen des Institutsgründers trug – Paul Hessler –, war sie außer Atem und verschwitzt gewesen.

Ihre Hand zitterte, als sie die Karte in den Schlitz schob. Ein metallisches Klicken ertönte, und sie zog die schwere Tür auf. Augenblicklich kam es ihr kühl vor: 20° Celsius, ohne die Feuchtigkeit des klimatisierten Forschungsflügels. Angesichts der kahlen, weißen Wände und Fliesen rechnete sie unwillkürlich damit, dass ihr der antiseptische Geruch einer Klinik in die Nase stieg, doch nur der Hauch eines Parfüms oder Rasierwassers hing in der ansonsten geruchsfreien Luft.

Tess ging an einer Reihe von elektronisch betriebenen Stahltüren ohne Klinken vorbei und dachte nur flüchtig daran, was dahinter vorging. Das Institut war nicht ihre Domäne – jedenfalls nicht in den letzten Monaten –, und auch jetzt blieb ihre Rolle strikt auf ein Projekt beschränkt, das vor über einem halben Jahr offiziell abgeschlossen worden war.

Sie gelangte an eine Tür mit der Aufschrift »Wegen Bauarbeiten geschlossen« und tippte den sechsstelligen Zugangscode ein. Die Tür öffnete sich, und Tess trat ein und schloss sie schnell hinter sich.

Die Beleuchtung des Vorzimmers schaltete sich automatisch ein. Tess drückte das rechte Auge gegen eine Linse, die neben einer zweiten Tür eingelassen war. Ein weiches Licht leuchtete vor ihr auf, als ihre Iris geprüft wurde; nachdem sie positiv identifiziert war, glitt die innere Tür auf.

Will Nakatami, der Chef-Forscher des Projekts, stand vor ihr. Hinter ihm breitete sich das große Labor aus, das in verschiedene Arbeitsnischen abgeteilt war, in denen seine Assistenten Daten aus ihren jeweiligen Spezialgebieten analysierten. Um völlige Geheimhaltung sicherzustellen, hatte jeder nur Einblick in diejenigen Teile des Projekts, die zum jeweiligen persönlichen Arbeitsbereich zählten. Das Gesamtprojekt blieb ein Geheimnis, über das man nachdenken, das man jedoch niemals lösen konnte.

»Ich sollte nicht hier sein«, sagte Tess statt einer Begrüßung. »Und das wissen Sie.«

»Sie müssen sich das selbst anschauen«, erwiderte Nakatami.

»Was?«

»Die neuesten Daten und Proben. Ich habe die Analyse noch nicht ganz fertig, aber ...«

Tess ergriff Nakatamis Unterarm. »Ja oder nein?«

Nakatami nickte. »Ja.«

»Sind Sie sicher?« Tess zog bereits ihr Handy hervor, und ihr Puls beschleunigte sich.

»Die Daten bestätigen es. Es geht über alles hinaus, was wir in diesem Stadium erwartet oder erhofft haben.«

Tess tippte eine Telefonnummer im fernen Israel ein und wartete, bis die Verbindung hergestellt war.

»Projekt vier-sechs-null-eins funktioniert«, kündigte sie an und drückte auf END.

EIN MONAT SPÄTER ... ERSTER TAG

1.

»Verzeihen Sie die Störung«, sagte Danielle Barnea zu der Frau, die ihr auf der Couch gegenübersaß. »Es wird nicht lange dauern.«

Layla Saltzman nickte steif, als hätte sie sich im Laufe der vergangenen Wochen an so etwas gewöhnt. Ihr Gesicht war ausdruckslos, die Augen trocken und ausgeweint. Ihr mattes, ungepflegtes braunes Haar hing in Strähnen herab. Im Haus, eingezwängt zwischen anderen schlichten ein- und zweigeschossigen Stuckhäusern im Jerusalemer Vorort Har Adar, roch es nach abgestandenem Kaffee und verbranntem Gebäck.

Vor sechs Tagen hatte Layla Saltzmans siebzehnjähriger Sohn Michael Selbstmord begangen. Bevor die Akte des Falls offiziell geschlossen werden konnte, war eine letzte Befragung erforderlich, um dafür zu sorgen, dass sämtliche Fakten stimmten. Normalerweise wäre dies die Aufgabe der örtlichen Behörden gewesen – in diesem Fall der Jerusalemer Polizei –, doch sämtliche Fälle, bei denen eine Feuerwaffe im Spiel war, fielen automatisch unter die Zuständigkeit der Nationalpolizei. Und Danielles Vorgesetzter, Polizeichef – Rav nitzav – Moshe Baruch, hatte entschieden, den Fall nicht zurückzuverweisen, obwohl es sich anscheinend um Selbstmord handelte.

Als Danielle jetzt im Wohnzimmer des Selbstmörders saß, schweifte ihr Blick zu den gerahmten Fotos, die den Tisch zwischen ihrem Sessel und der Couch schmückten, auf dem die Mutter des Jungen saß. Alle Aufnahmen zeigten Michael Saltzman in verschiedenen Posen zu verschiedenen Zeiten seines Lebens. Mit dem Tennisschläger in der linken Hand und dem T-Shirt eines Ferienlagers. In Baseball-Kleidung und Uniform. Bei seiner Bar-Mizwah, der Einführung in die jüdische Glaubensgemeinschaft. Es gab noch viel Platz für weitere Fotos auf dem Tisch, doch er würde nun für immer leer bleiben.

Danielles Blick verweilte einen Moment auf einer Aufnahme, die Michael zwischen seinen Eltern zeigte, die Arme lässig um ihre Schultern gelegt. Im Licht der Deckenbeleuchtung spiegelte sich Danielles eigenes Gesicht auf dem Glas des gerahmten Fotos. Jetzt, da sie von neuem schwanger war, fand sie Trost bei dem Gedanken, eines Tags ihren eigenen Tisch mit Fotos zu schmücken. Doch der Trost war kurzlebig und schwand, als sie daran dachte, dass auf ihren Bildern der Vater des Kindes fehlen würde.

Danielle betrachtete ihr Spiegelbild. Sie sah eine Fünfunddreißigjährige mit faltenlosem Gesicht, die jünger wirkte, als sie war; eine athletische, kräftige Frau. Das gewellte braune Haar trug sie noch genau so wie damals auf dem College, denn es umrahmte ihr volles Gesicht vorteilhafter als jede moderne Frisur. Wie sonderbar. Trotz ihres beruflichen Ansehens als fortschrittliche Erneuerin war sie – jedenfalls in dieser Hinsicht – der Vergangenheit verhaftet.

»Chief Inspector?«

Von ihren Gedanken abgelenkt, verschob sie die Aktenmappe auf ihrem Schoß, und die Fotos der Gerichtsmedizin fielen heraus und landeten auf dem Teppich. Sie bückte sich, um die Bilder aufzuheben, und sah durch die Glasplatte des Couchtisches, wie sich Layla Saltzmans Miene veränderte, als ihr Blick auf die Aufnahmen fiel. Danielle bemerkte, dass die Frau am Handgelenk eine Männeruhr mit zerkratztem Glas trug.

»Es tut mir Leid«, sagte Danielle und steckte die Fotos hinten in den Aktenhefter. »Nur noch ein paar Fragen, das verspreche ich.«

Layla Saltzman nickte.

»Sie waren am Tag des … Vorfalls nicht anwesend.«

»Ich war zur Arbeit.«

Danielle blickte von neuem auf das Foto, auf dem Michael lächelnd zwischen seinen ebenfalls lächelnden Eltern stand. »Und Ihr Mann?«

»Wir sind geschieden. Er ist zurück in die Vereinigten Staaten. Hat wieder geheiratet, eine Frau mit drei kleinen Kindern. Am Tag nach der Beerdigung ist er zu ihnen zurückgekehrt.«

»Es tut mir Leid.«

Layla Saltzman zuckte die Achseln, als könne sie es nicht mehr hören.

Danielle las weiter in der Akte. »Wann sprachen Sie zum letzten Mal mit Ihrem Sohn?«

»Am Morgen des Tages, an dem er …« Layla Saltzmans Stimme verlor sich, und sie räusperte sich. »Es ging ihm scheinbar gut.«

Danielle nickte und konzentrierte sich wieder auf die Akte. »Ich muss Sie wegen der Waffe befragen, Mrs. Saltzman.«

»Er wusste, wo sie aufbewahrt wurde und wie man sie benutzt. Nur für den Fall. Mein Mann wollte, dass er Bescheid wusste. Angesichts der Kriminalität, die wir hier jetzt haben … Aber ich hatte ganz vergessen, dass wir die Waffe überhaupt besaßen. Vielleicht wäre das nicht passiert, wenn ich mich daran erinnert hätte und das verdammte Ding losgeworden wäre …«

Layla Saltzman rang die Hände. Danielle betrachtete die Frau und sagte sich, dass sie jetzt ebenfalls eine allein lebende Mutter wäre, hätte sie bei ihrer ersten Schwangerschaft keine Fehlgeburt gehabt. Und sie war fest entschlossen, ihr Baby allein aufzuziehen. Doch der Anblick der Frau auf der Couch stimmte sie nachdenklich. Layla Saltzman war jetzt allein und würde es wahrscheinlich auch bleiben.

Der Vater ihres Kindes war sechstausend Meilen entfernt gewesen, als der Junge gestorben war. Der Vater von Danielles ungeborenem Kind hingegen lebte nur 30 Meilen von Jerusalem entfernt, und dennoch hatte sie beschlossen, ihn aus dem Leben ihres Kindes herauszuhalten.

Layla Saltzman hob den Arm und drehte ihn, um Danielle die Uhr mit dem zerkratzten Glas zu zeigen. »Das war Michaels Uhr. Seine Freundin hat sie ihm vor einem Jahr geschenkt. Ich habe daran gedacht, sie ihr zurückzugeben. Meinen Sie, ich soll es tun?«

»Wenn Sie sich dadurch besser fühlen«, antwortete Danielle.

»Es gibt nichts, wodurch ich mich besser fühle, Chief Inspector. Das ist es ja gerade.« Layla Saltzman blickte auf Danielles Aktenhefter. »Steht da drin, was für ein großartiger Schüler Michael gewesen ist? Steht da drin, dass er ein Semester auf einer Gemeinschaftsschule für Israelis und Palästinenser außerhalb Jerusalems in Abu Gosh verbracht hat? Dass amerikanische Universitäten ihm Briefe geschickt haben, dass er sich bei ihnen einschreibt, weil er ein hervorragender Sportler war? Ich wollte nicht, dass er in die Vereinigten Staaten ging, weil er dann näher bei seinem Vater gewesen wäre als bei mir. Steht das alles in dieser Akte?«

Danielle erinnerte sich an ihr vorbereitendes Studium der Akte über Michael Saltzman. »Da wird ein Zwischenfall erwähnt, der die Freundin Ihres Sohnes betraf«, sagte sie und stellte sich vor, achtzehn Jahre lang in einer Welt von abgestandenem Kaffee und gezwungenem Lächeln leben zu müssen.

Layla Saltzman nickte. »Ja, ein Mädchen namens Beth Jacober aus Tel Aviv. Sie hatten eine Beziehung. Wie eng diese Beziehung war, weiß ich nicht, wenn Sie verstehen, was ich meine.« Ihre Stimme brach. »Michael hatte Beth auf seiner neuen Schule kennen gelernt, der israelisch-palästinensischen Gemeinschaftsschule. Sie kam bei einem Autounfall ums Leben, eine Woche bevor er …«

»Mrs. Saltzman, Sie brauchen nicht darüber …«

»Jeder denkt, Michael hat es getan, weil er wegen Beth Depressionen hatte. Vielleicht hatten die beiden ein engeres Verhältnis, als ich dachte. Wer kann das heutzutage bei den jungen Leuten sagen?« Sie ballte die Hände zu Fäusten und legte sie in den Schoß. »Ich … ich bin nicht mit ihm zu Beths Beerdigung gegangen; er wollte es nicht. Michael war nicht depressiv. Er war mit Beths Tod fertig geworden, hatte sich damit abgefunden.« Sie zeigte wieder die Uhr ihres Sohnes. »Sie geht nicht mehr, aber ich trage sie immer noch.«

Danielle schaute auf Michael Saltzmans Uhr, auf die Fotos auf dem Tisch, die eine Familie zeigten, die niemals mehr zusammen sein würde, die keine Chance mehr hatte.

Ist das die Art Leben, die ich für mich und mein Kind wünsche?, dachte sie.

Danielle blätterte noch einmal in der Akte und fand die Fotos vom Tatort und den Bericht der Ermittler. Sie betrachtete eingehend das Foto, das die 9-mm-Pistole in der Hand des toten Jungen zeigte.

»Er trug die Uhr nicht, als er starb«, sagte sie nachdenklich.

Layla Saltzman bestätigte es mit einem Nicken. »Nein. Sie lag in seiner Frisierkommode. Ich vergaß, sie ihm für die Beerdigung ums Handgelenk zu binden, und als ich dann nach Hause kam, warf ich sie durchs Zimmer. Dabei ging das Glas kaputt.« Ein Ausdruck, der an Heiterkeit grenzte, huschte über ihr Gesicht. »Niemand hat mich zuvor danach gefragt.«

In Danielle erwachte neue Aufmerksamkeit, als sie etwas erkannte, das anscheinend niemandem aufgefallen war. Sie betrachtete wieder die Fotos auf dem Couchtisch, schaute von dem Bild, das Michael zeigte, wie er seine Eltern umarmte, zu der

Aufnahme des Jungen, der zum Aufschlag einen Tennisball in die Luft warf. Sie konzentrierte sich darauf, wie er seinen Schläger hielt, um in weitem Bogen auszuholen.

»Stimmt etwas nicht, Chief Inspector?«, fragte Layla Saltzman.

»Nein«, sagte Danielle, denn ihr war klar, dass es keinen Sinn hatte, der Frau schon etwas zu sagen, bevor sie sich ihrer Sache nicht völlig sicher war. »Alles in Ordnung.«

2.

»Kommando an Posten eins«, sprach Ben Kamal in sein Walkie-Talkie und ignorierte das Warnlämpchen, das anzeigte, dass die Batterie fast leer war.

»Posten eins, Kommando.«

»Haben Sie noch Sicht auf das Subjekt?«

»Habe ich, Kommando. Er sitzt noch auf seinem Platz in der ersten Reihe. Hat sich nicht von der Stelle gerührt.«

»Verstanden«, erwiderte Ben und wischte sich Schweiß von der Stirn. Er nahm an, dass es an die 40° Celsius in Jerichos nagelneuem Fußballstadion war, das sich in einem Tal zwischen Elisha's Spring und dem Ein-as-Sultan-Flüchtlingslager befand. Eines Tages würde dieses Stadion die gut belüftete Heimat von Souvenir- und Erfrischungsständen sein, die zur gleichen Zeit hätten fertig sein sollen, als der Bau des Stadions vollendet wurde. Doch das Ende des Friedensprozesses hatte zum abrupten Stopp der Bauarbeiten geführt, und die palästinensischen Arbeiter hatten ihre Werkzeuge liegen gelassen, um sich mit Steinen, Schleudern und zunehmend auch mit Feuerwaffen zu bestücken.

Ringsum hörte Ben einen Jubelschrei aus ungezählten Kehlen, der von den Wänden hallte. Es war nicht der Jubel über das Siegtor; dann wäre der Lärm noch größer gewesen. Dreißigtausend Fans füllten das Stadion. Sie hatten ein solches Verkehrschaos verursacht, dass die griechische Mannschaft zu Fuß vom Hotel zum Stadion hatte gehen müssen. Das Spiel war mit fast zwei Stunden Verspätung angepfiffen worden. Diejenigen, die rechtzeitig eingetroffen waren, hatten auf den Tribünen in der Sonne rösten müssen, denn es gab keine Bedachung und keinerlei Schatten.

Ben und sein Überwachungsteam waren unter den Ersten gewesen, die ihre zugewiesenen Positionen eingenommen hatten. Sie waren im Stadion, weil Colonel Nabril al-Asi einen Tipp erhalten hatte, dass ein führender Hamas-Terrorist namens Mahmoud Fasil dort etwas abliefern sollte. Was, an wen und wann genau es geschehen sollte, wusste der Colonel nicht.

»Warum erledigen Sie das nicht selbst?«, hatte Ben gefragt.

»Unser Präsident braucht zurzeit die Unterstützung der Hamas, Inspector«, hatte al-Asi erwidert und die Bitterkeit in seiner Stimme nicht verbergen können. »Folglich hat mein Schutzsicherheitsdienst den strikten Befehl, Operationen gegen Hamas-Mitglieder zu vermeiden.«

»Was natürlich nicht uns popelige Polizeibeamte einschließt.«

»Sie haben das Privileg, Unwissenheit geltend zu machen, Inspector.«

Ben hatte verstehend genickt. »Nutzen Sie unsere Inkompetenz ruhig zu Ihrem Vorteil.«

Al-Asi hatte nur mit den Schultern gezuckt und sich nicht die Mühe gemacht, zu leugnen.

Mahmoud Fasil hatte seinen Platz in der ersten Reihe spät eingenommen und sich seit Spielbeginn nicht von der Stelle gerührt. Außer mit den Helfershelfern links und rechts von ihm hatte er mit keiner Menschenseele gesprochen. Die zwölf Polizisten, die Ben im Stadion postiert hatte, um jeden Winkel abzudecken, hatten nichts Ungewöhnliches beobachtet.

Wenn nichts geschah, würde es zumindest eine ausgezeichnete Übung auf einem Gebiet sein, auf dem die palästinensische Polizei wenig Praxis hatte. Ben nutzte seine zwölf Jahre Erfahrung als Cop in Detroit seit jetzt sechs Jahren in der West-Bank. Er war verantwortlich für den größten Teil der Fortgeschrittenen-Ausbildung, der sich die Kriminalabteilung unterzogen hatte. Man akzeptierte ihn immer noch nicht ganz, doch er hatte oft genug bewiesen, dass man seinen Rat auch nicht missachten konnte. Wer das tat, riskierte den Zorn von Jerichos amtierendem Bürgermeister, Bens früherem Chef, Fawzi Wallid.

»Habt ihr was?«, fragte Wallid, als Ben sich ihm näherte. Der Bürgermeister war erst 31, wirkte mit seinem rötlichen, pockennarbigen Gesicht und den schläfrig blickenden braunen Augen jedoch älter.

»Nein, sidi.«

»Vielleicht hat sich Colonel al-Asis Nachrichtendienst geirrt.«

»Colonel al-Asis Nachrichtendienst irrt sich nie.«

Der junge Bürgermeister runzelte die Stirn. »Seit Monaten versucht er selbst, Fasil zu schnappen. Der Colonel hätte nichts lieber, als jemand anderem das Scheitern in die Schuhe zu schieben. Das wissen Sie.«

»Oder die Lorbeeren einzuheimsen, wenn dieses Arschloch geschnappt wird, sidi.«

»Posten vier an Kommando«, hörten sie beide über Bens Walkie-Talkie.

»Wo sind Sie, Posten vier?«, fragte Ben.

»Hinter dem Tor. Die Mannschaften bereiten sich auf das Elfmeterschießen vor.«

»Können Sie Fasil sehen?«

»Er jubelt genauso wie die Fans. Darf ich das Fernglas behalten, wenn diese Sache vorüber ist, Inspector?«

»Behalten Sie erst mal den Mann im Auge. Ich komme zum Spielfeld.«

»Beeilen Sie sich, damit Sie das Finale nicht verpassen.«

»Ich sollte ebenfalls zu meinem Platz zurückgehen«, sagte Wallid, sichtlich enttäuscht.

»Noch sind wir nicht gescheitert, *sidi*.«

»Für die Ergreifung eines Mannes wie Mahmoud Fasil heimsen stets die Geheimdienste die Lorbeeren ein, Inspector. Das war eine große Chance für uns. Wir wissen, dass Fasil bald türmen will. Es wird keine zweite Chance für uns geben.«

»Das Spiel ist noch nicht zu Ende.«

»Bereiten Sie Ihr Team darauf vor, dass es nach Spielende bei der Verkehrspolizei hilft.«

Ben folgte Wallid die Rampe hinauf und blieb in der Deckung eines geschwungenen Pfeilers der zweiten Sitzreihe stehen. Jeder in der Menge stand, um das Elfmeterschießen zu sehen, und Ben hatte keine Sicht auf Fasil und die Plätze, die am nächsten beim Spielfeld waren.

Der Lärm der Menge verstummte, als der erste griechische Fußballer seinen Elfmeter ins Tor schoss, und Jubelgeschrei brandete auf, als auch der erste palästinensische Schütze verwandelte.

Ben befürchtete, dass ihm etwas entgangen war, und ging noch einmal seine Strategie durch, um zu überprüfen, ob er irgendetwas versäumt hatte. Nein, er hatte jeden Winkel des Stadions abgedeckt. Mahmoud Fasil war seit dem Betreten des Stadions jede Sekunde von seinem Überwachungsteam beobachtet worden.

Die ersten drei Elfmeter wurden von beiden Mannschaften vewandelt. Beim vierten war es genauso, doch der fünfte griechische Elfmeterschütze schoss am Tor vorbei. Das verschaffte dem palästinensischen Torschützenkönig, Abdel Sidr, die Chance, das Spiel zu gewinnen.

Sidr legte den Ball mit dramatischer Geste auf den Elfmeterpunkt und zog den Moment in die Länge, als sich auf den Tribünen Totenstille ausbreitete, indem er mit gemessenen Schritten Anlauf nahm. Ben konnte sich das Chaos vorstellen, wenn Sidr den Ball im Tor versenkte. Er hatte europäische Fußballfans erlebt und rechnete auch hier mit einer beinahe hysterischen Reaktion über den Sieg.

Ben fröstelte trotz der Hitze.

Chaos … Hysterie …

Wenn etwas passieren würde, dann jetzt!

Ben drängte sich durch den Mittelgang zu den Plätzen in Spielfeldhöhe.

Abdel Sidr lief an.

Ben erhaschte einen Blick auf Mahmoud Fasil, bevor sich jemand hinter ihm zur Seite bewegte und ihn verdeckte. Und dann fiel es ihm wie Schuppen von den Augen. In dem Moment, als Sidr gegen den Ball trat, wurde ihm klar, wie alles ablaufen würde.

Wann gab es einen besseren Zeitpunkt, einen besseren Ort …?

»Alle Posten, Zugriff auf die Zielperson. Der Austausch findet statt!«, sprach er in sein Walkie-Talkie. »Ich wiederhole, der Austausch …«

Der Rest von Bens Worten ging in Jubelgeschrei unter, als Abdel Sidr den Ball rechts ins Tor hämmerte. Ben versuchte weiterhin die Mitglieder seines Teams zu alarmieren, während er von freudetrunkenen Fans gestoßen und geschoben wurde, die aufs Spielfeld stürmen wollten. Er wurde von dem Menschenstrom erfasst und durch den Mittelgang mitgerissen, bis er in der ersten Reihe an der Seitenlinie landete.

Er stürzte auf drei junge Fans und kämpfte sich auf die Füße, das Walkie-Talkie an den Lippen. »Hier Kommando. Hat jemand ihn? Ich wiederhole, hat jemand die Zielperson?«

»Hier Posten vier. Spielfeldebene. Ich habe ihn. Ich habe ihn! Ein paar Meter vor dem Netz. Ich glaube … ja, das ist Fasil, der Sidr umarmt.«

»Behalten Sie ihn im Auge! Jeder soll sich der Zielperson nähern, aber keine Festnahme versuchen, bevor Sie von mir hören.«

»Er entfernt sich, drängt sich durch die Menge«, meldete Posten vier.

»Ich habe ihn jetzt!«, ertönte die Stimme eines atemlosen Beamten.

»Er drängt sich auf einen Ausgang zu«, meldete Posten vier. »Er wird von großen Kerlen begleitet, recht und links von ihm.«

»Ich habe ihn verloren«, meldete der immer noch atemlose Beamte.

»Posten vier«, sagte Ben. »Bleiben Sie bei ihm, nähern Sie sich jedoch nicht. Ich wiederhole, nicht nähern!«

Ben drängte sich durch die Menge und versuchte, einen Blick aufs Spielfeld zu bekommen. Das Tor war voller Leute, und Fans rissen am Netz. Spieler bahnten sich mit den Ellenbogen einen Weg, um der tobenden Menge zu entkommen. Ben glaubte, den Helden des Spiels zu sehen, Abdel Sidr, der vom Sicherheitspersonal des Stadions eilig zum Gang eskortiert wurde, der zu den Spielerkabinen führte.

»Kommando, hier Posten vier. Ich habe die Zielperson. Nähere mich jetzt!«

»Nein, bleiben Sie nur …«

Das Krachen von Feuerwerkskörpern ließ Ben verstummen. Jedenfalls klang es so. Doch die Schreie der in Panik geratenden Menge verrieten Ben, dass es Schüsse waren.

»Posten vier, Posten vier, melden!«

Während Ben auf eine Antwort hoffte, zog er seine Pistole und stürmte vorwärts, nicht länger um Geheimhaltung der Aktion bemüht.

»Polizei!«, rief er. »Polizei! Machen Sie Platz!«

Die Menge wich zur Seite, so gut es ging. Ben schob Leute aus dem Weg und sah, wie Mahmoud Fasil die Richtung änderte und zum anderen Ende des Spielfelds rannte. Seine zwei Bodyguards gingen unterdessen weiter zum nächsten Ausgang und bahnten sich einen Weg mit ihren gezogenen Waffen.

Ben hob sein Walkie-Talkie, um seinen Männern den Befehl zu geben, den Leibwächtern zu folgen, doch jetzt blinkte das Warnlämpchen ständig und zeigte ihm an, dass die Batterie leer war. Ben schob das Gerät in die Tasche und näherte sich dem verletzten Polizeibeamten. Posten vier, kaum mehr als zwanzig Jahre alt. Er presste die Hände in die Seite, und zwischen seinen Fingern quoll Blut hervor. Der Beamte schaute in schockierter Furcht zu Ben auf, als er die Umstehenden beiseite schob und den Verletzen so behutsam wie möglich auf die Arme nahm, damit er nicht von der Menge niedergetrampelt werden konnte.

»Es tut mir Leid«, krächzte der junge Beamte mit zitternden Lippen.

»Sie sind ein Held. Ihnen braucht nichts Leid zu tun.«

»Rah a moot.«

»Sie werden nicht sterben. Ich helfe Ihnen.« Ben legte den jungen Beamten jenseits der fernen Seitenlinie ab, wo es halbwegs ruhig war, und drückte eine Hand auf seine Wunde, um die Blutung zu stoppen. Das Blut war warm, beinahe heiß. Ben spürte, wie es gegen seine Handfläche drückte und sich ausbreiten wollte. »Bald geht es Ihnen wieder besser.«

Ben rief zwei Sicherheitsleute des Stadions zu sich, und die Männer lösten ihn widerstrebend bei dem verletzten Beamten ab.

»Einer von Ihnen bleibt bei ihm!«, befahl Ben. »Der andere besorgt einen Krankenwagen und bringt ihn von hier fort.«

Sein Tonfall ließ keinen Widerspruch zu. Er fuhr herum und entdeckte Mahmoud dicht hinter der Mittellinie, wo er sich einen Weg durch die Menge bahnte. Ben verfolgte ihn übers Mittelfeld. Er schob Zuschauer aus dem Weg, ließ Fasil keinen Moment aus den Augen. Seine Waffe hielt er tief an der Hüfte und hoffte, so lange wie möglich unbemerkt zu bleiben.

Er war noch etwa 20 Meter entfernt, als der Terrorist den Kopf wandte und ihn entdeckte. Ben sah, wie Fasil die Hand mit der Waffe hob und war überzeugt, dass er das Feuer auf ihn eröffnen würde; stattdessen drehte der Terrorist sich wieder um und gab eine Reihe von Schüssen in den Bereich vor sich ab. Ben sah, dass drei Personen stürzten, von Kugeln in den Rücken getroffen.

»Fasil!«, rief er, als das Chaos, das der Terrorist geschaffen hatte, nach allen Richtungen um sich griff.

Menschen in Panik rammten ihn, stießen ihn hin und her. Ben blieb die Luft weg. Er erinnerte sich, wie er als Kind von mehreren Jungen getreten worden war, die ihn auf dem Schulhof zu Boden geschlagen hatten, und wie er sich hatte aufrappeln wollen und es nicht geschafft hatte. Heute kämpfte er darum, auf den Beinen zu bleiben, sich vorwärts zu kämpfen und in dem verrückten Gewimmel vor sich die Pistole ruhig zu halten.

Zum Teufel mit al-Asi! Dass er ausgerechnet diesen Fall der Polizei überlassen musste …

Welche Furcht Ben auch empfunden haben musste, sein Zorn war noch stärker. Er eilte unbeirrt weiter, unempfindlich gegenüber der Panik ringsum. Er bahnte sich einen eigenen Weg und stürmte durch die Gasse, die nur Minuten zuvor von den Fußballspielern geschaffen worden war. Mahmoud Fasil hatte beinahe das entfernte Tor erreicht, als Ben hielt und seine Pistole in Beidhandanschlag nahm.

»Polizei! Alles auf den Boden!« Dann: »Fasil, stehen bleiben!«

Schreiend warf sich die Menge vor Ben zu Boden. 20 Meter vor ihm erstarrte Fasil und hielt die Pistole tief an seiner Hüfte.

»Waffe fallen lassen, Fasil! Sofort!«

20 Meter war keine gute Schussdistanz für jemanden wie Ben, der kein erfahrener Scharfschütze war. Doch im Augenblick war ihm das gleichgültig. In diesem Moment kam ihm überhaupt nicht in den Sinn, dass er vorbeischießen könnte.

»Waffe fallen lassen!«, wiederholte er.

Stattdessen fuhr Fasil herum und eröffnete das Feuer.

Ben schoss ebenfalls. Es geschah so schnell, dass es ihm gar nicht bewusst wurde. Er nahm nur verschwommen wahr, dass es aus der Mündung von Fasils Pistole blitzte, gefolgt von einem hohlen Krachen, das vom scharfen Peitschen seiner eigenen Waffe begleitet wurde. Wieder und wieder drückte er ab, so schnell er konnte. Sein breitbeiniger Stand verringerte das Rucken der Waffe beim Rückstoß auf ein Minimum. Das metallische Klicken der ausgeworfenen Patronenhülsen und den Gestank von Kordit nahm er nur am Rande seines Bewusstseins wahr.

Er zielte aus Instinkt und Übung, nicht aus kühler Überlegung. Er schoss nicht besser als Fasil, aber ausdauernder, denn die Pistole des Terroristen klickte plötzlich, weil sich keine Patrone mehr in der Waffe befand. Bens letzte Kugeln stießen den Terroristen zurück ins Tor, wo er gegen das Netz prallte.

Ben drückte weiter ab, bis auch seine Pistole leer geschossen war. Er hörte erst auf, als die Schüsse in seinen Ohren verhallten und der Schleier des Pulverrauchs sich lichtete.

Ben bahnte sich einen Weg durch den überfüllten Umkleideraum, vorbei an Vertretern der Presse und verschiedenen stolzen palästinensischen Würdenträgern. Schließlich gelangte er zu Abdel Sidrs Spind. Hier, in den Umkleideräumen, war die Klimaanlage noch nicht installiert worden – eine weitere Folge der Rückkehr von Israelis und Palästinensern zu den Waffen. Die drückende Hitze veranlasste die Spieler, den Ausgang zu nehmen, den sie am schnellsten erreichen konnten. Jedoch nicht Sidr. Der lächelnde Star, noch schmutzig vom Spiel, das fast zwei Stunden gedauert hatte, wurde von Reportern interviewt, als Ben sich zu ihm neigte und ihm ins Ohr flüsterte.

»Rück raus, was Mahmoud Fasil dir gegeben hat, und ich nehme dich erst fest, wenn die Presse weg ist.«

Der Ausdruck in Sidrs Augen, als er die Polizeimarke sah, verriet Ben, dass sein Verdacht richtig war. Fasil hatte nicht umsonst während des gesamten Spiels gewartet. Sidrs dramatischer, entscheidender Elfmeterschuss hatte die perfekte Gelegenheit für eine Übergabe geliefert, die sonst hier im Umkleideraum stattgefunden hätte.

»Auf der Stelle«, fügte Ben hinzu.

Sidr versäumte es kaum, Fragen der Reporter zu beantworten, während er in seinen Spind griff und einen mit Schweiß und Schmutz verschmierten Umschlag hervorzog. Mit einem gezwungenen Lächeln drückte er ihn Ben in die Hand. Dann warf er einen Blick zur Tür. Vielleicht wog er die Chancen ab, mit der Menge durch diese Tür verschwinden zu können.

»Wenn Sie mit Ihrem bewundernden Publikum fertig sind«, sagte Ben und las in Sidrs Augen, »werden meine Männer draußen vor dem Umkleideraum warten.«

3.

Als der Alarm ertönte, trat Paul Hessler in die Schatten des labyrinthartigen Raums zurück.

»Flugobjekt nähert sich!«, rief eine Technikerin hinter ihrem Radarschirm.

Hessler beobachtete, wie der kommandierende General von Israels Luftverteidigungskommando herbeieilte. »Identifikation!«

Die Technikerin betrachtete die Ausdrucke, die aus dem unteren Teil der Anlage mit dem Bildschirm strömte, während sich oberhalb eine weiße Linie dem israelischen Luftraum näherte. »Höhe sieben Komma fünf Kilometer! Flugbahn fünfundachtzig mal sechzig! Steuerkurs null Komma eins fünf bei fünfzehnhundert Seemeilen pro Stunden. Es ist eine Scud vier, Sir.«

»Herkunft!«, blaffte der General und ging in die Knie, um selbst den Schirm zu betrachten.

Die Technikerin überprüfte einige zusätzliche Ausdrucke und fuhr mit einem zitternden Finger über den Fuß ihres Radarschirms, um sie mit den dortigen Daten zu vergleichen. Dann drehte sie sich um und sah zum General auf.

»Iran, Sir.«

»Ich muss das Zielgebiet wissen.«

»Tel Aviv, Sir«, antwortete die Technikerin, den Blick wieder auf ihren Radarschirm gerichtet. »Acht Minuten bis zum Einschlag.«

»Sir!«, hörte Hessler einen anderen uniformierten Techniker auf der anderen Seite des Raums rufen, auf dessen Monitor die südkoreanische Scud-Rakete schematisch abgebildet war. »Die Scud vier wurde zum Transport nuklearer Sprengköpfe konstruiert!«

Paul Hessler beobachtete, wie der General zu einer anderen Abteilung des Kommandozentrums eilte. Hessler befand sich zum ersten Mal im Hauptquartier des israelischen Luftverteidigungskommandos ADC – Air Defense Command – in einem Bunker unter der Negev-Wüste. Das Hauptquartier des ADC, eine kleinere Version von NORAD in den Vereinigten Staaten, überwachte ständig den Luftraum Israels und der Umgebung, um möglichen Überraschungsangriffen vorzubeugen. Israels ADC »teilte« Informationen von amerikanischen Satelliten im All und schloss auf diese Weise aus, dass man sich für den Nachrichtendienst auf schwächere, auf dem Erdboden stationierte Radarsysteme verlassen musste.

»Bringen Sie uns auf Joshua-Alarm-Status, und verbinden Sie mich mit dem Premierminister«, befahl der General einem Untergebenen, den Paul Hessler von dort, wo er stand, nicht sehen konnte.

»Jawohl, Sir.«

»Schalten Sie Ihr Display auf den großen Schirm.«

Sofort erschien auf der großen Wand vor dem Personal eine Computersimulation Israels in dreidimensionaler Darstellung, sodass eine Aufnahme eines Teiles oder des ganzen Landes aus jedem Winkel oder aus mehreren Perspektiven betrachtet werden konnte. Es war ähnlich dem Betrachten einer Panoramapostkarte, die zum Leben erwachte. Gegenwärtig zeigte das Bild einen Blick aus dem All, während sich der weiße Streifen, der die Scud vier markierte und sich jetzt über Jordanien befand, zentimeterweise dem israelischen Luftraum näherte.

Der General ging zu einer entfernten Ecke des Raums, abseits von der hektischen Aktivität, wo vier Techniker entspannt und ruhig an vier getrennten Computerstationen arbeiteten.

»Arrow ist online und verfolgt das Objekt, General«, meldete einer der vier Techniker.

»Alle Systemlampen grün«, fügte ein anderer hinzu.

»Erwarten Ihre Befehle, Sir«, sagt der Erste.

»Abfangrakete einsetzen!«, befahl der General.

Ihre Stimmen wurden für Hessler verschwommen, als die Sekunden verrannen und die Echozeichen des Radars auf dem großen Bildschirm verkündeten, dass sich eine nukleare Waffe unaufhaltsam Israel näherte.

»Beginn des Count-downs!«

»System bereit.«

»Automatische Abschussvorrichtung aktiviert!«

Auf einem der Bildschirme der vier Techniker schien ein Teil des Bodens der Negev-Wüste zurückzuweichen. Ein großer weißer Flugkörper, der mit einer Abschussrampe verbunden war, stieg aus dem Boden auf.

»Ziel erfasst! Dreißig Sekunden bis zum Abschuss!«

»Alle Lampen grün. Alle Systeme mit optimaler Leistung.«

Auf dem großen Bildschirm drang das weiße Zeichen, das die Scud vier darstellte, in den israelischen Luftraum ein.

»Arrow in Position und bereit.«

»Fünfzehn Sekunden bis zum Abschuss.«

Aus der Ferne beobachtete Paul Hessler, wie Informationen und Daten schneller über Computerbildschirme jagten, als das menschliche Auge aufnehmen konnte. Er hörte elektronische Pieptöne, sah aufleuchtende Lämpchen und vorüberrasende Zahlenkolonnen.

»Sieben, sechs, fünf, vier ...«

Die Scud flog über die West-Bank auf einem elliptischen Kurs nach Tel Aviv. Es war eine Waffe, die beim Aufschlag detonierte, wie Hessler wusste, anders als die weiterentwickelten ICBMs, die Kilometer entfernt in der Atmosphäre detonierten.

»Arrow gezündet.«

Auf dem Monitor, auf dem die Negev-Wüste dargestellt war, schoss die weiße Rakete empor und war binnen eines Herzschlags außer Sicht.

»Arrow hat Ziel erfasst.«

»Sir!«, rief jemand den General. »Ich habe den Premierminister in der Leitung.«

Der General presste den Hörer eines Satellitentelefons ans Ohr. »Am Apparat, Sir.«

Ein zweiter weißer Streifen erschien auf dem großen Bildschirm und stieg in einem Winkel aus der Negev-Wüste auf, der erkennen ließ, dass die Scud vier auf ihrem Kurs abgefangen werden sollte.

»Geschwindigkeit und Aufsteigwinkel im Parameter.«

»Abfangkoordinaten programmiert. Aufschlag erwartet in zehn Sekunden, neun, acht, sieben ...«

Die Scud vier raste weiter über Israel, während die Arrow-Rakete bis zu gleicher Höhe aufstieg.

»Fünf, vier, drei ...«

Paul Hessler versuchte, sich Tel Aviv nach einem direkten nuklearen Treffer vorzustellen, und ihm stockte der Atem.

»Zwei, eins …«

Der Weg der beiden Fernlenkraketen kreuzte sich, und die weißen Streifen verschmolzen zu einem einzigen blendenden Blitz.

»Erfolgreich abgefangen! Wir haben einen Abschuss. Ich wiederhole, feindliche Rakete ist abgeschossen!«

Das Personal des Luftverteidigungskommandos brach in spontanen Jubel und Beifallsstürme aus. Hessler konzentrierte sich weiterhin auf den virtuellen Himmel über Israel, der jetzt wieder klar war. Dann flammte die Deckenbeleuchtung im Operationszentrum auf. Eine große Gruppe Zivilisten, Soldaten und Regierungsbeamten erschien aus der Dunkelheit und spendete ebenfalls Beifall.

»Es funktioniert«, hörte Hessler die aufgeregte Stimme von Israels Außenminister. »Das verdammte Ding funktioniert.«

»Damit ist die Übung beendet«, verkündete eine dröhnende Stimme über die Lautsprecher. »Sämtliches Personal bleibt auf seinem Posten.«

Der Applaus wurde noch stärker, als David Turkanis, der israelische Außenminister, aus den Schatten trat. Turkanis, Anfang 40, wurde als aufgehender Stern in Israels Arbeiterpartei und Anwärter auf das Amt des Premierministers betrachtet.

»Meine Damen und Herren«, rief Turkanis, dem es kaum gelang, seinen Überschwang unter Kontrolle zu bekommen. »Ich habe das Vergnügen, Ihnen Paul Hessler von den Hessler Industries vorzustellen, der den Raketenabwehrschirm Arrow Two entwickelt hat.«

Der Applaus ging in Hochrufe über, die Hessler mit einem scheuen Winken zur Kenntnis nahm, während er vortrat und sich zu Israels Außenminister gesellte. Da das Projekt Arrow Two in Turkanis' Zuständigkeit fiel, würde der Erfolg der heutigen Erprobung seinen Platz in der Hierarchie der Partei festigen. Nahm man den großen Einfluss seines Freundes Paul Hessler hinzu, war sein Aufstieg zum Premierminister noch in diesem Jahrzehnt praktisch gesichert.

»Dank Paul Hessler«, fuhr Turkanis fort und bemühte sich gar nicht erst, seine Aufregung zu verbergen, »ist das System Arrow Two jetzt erfolgreich entwickelt, und der Staat Israel ist sicherer als je zuvor.«

Hessler lächelte breit, winkte seinen Sohn Ari zu sich, klopfte ihm auf den Rücken und schüttelte ihm feierlich dic Hand. Dann winkten Vater und Sohn höflich den Versammelten zu. Paul Hessler wartete, bis der Lärm im Kontrollraum nachließ, bevor er mit kräftiger, tiefer Stimme, die sein Alter Lügen strafte, das Wort ergriff.

»Mein Sohn und ich sind begeistert vom Ergebnis des heutigen Tests. Die Lorbeeren jedoch gebühren Leuten wie Ihnen und den Mitarbeitern im Entwicklungszentrum und der Montage. Leute, die nicht aufgaben und in ihrem Engagement für ein sichereres Israel niemals schwankten. Sie sind eine Ehre für unsere Nation, ebenso wie Ihre Eltern und Großeltern, von denen viele Flüchtlinge sind, so wie ich – Menschen, die von dem Tag geträumt haben, den wir nun alle erleben durften.«

Allen Versammelten im Kontrollraum war die Geschichte von Paul Hessler, der einem Laborlager der Nazis entkommen war, gut bekannt. Sie applaudierten von neuem, und Paul Hessler wartete, bis der Beifall verstummte, bevor er fortfuhr.

»Meine Rolle bei diesem Projekt war gering. Ich verstehe nicht einmal, wie das System arbeitet. Mein Gott, ich kann nicht mal die Uhr an meinem Videorekorder programmieren.«

Gelächter erfüllte den Raum. Hessler wandte sich an Außenminister David Turkanis.

»Während ich dankbar Ihren Dank und Ihre Glückwünsche entgegennehme, vergesse ich nicht, dass das von uns Erreichte nur die Bedeutung der Arbeit erhöht, die noch vor uns liegt. Mein Sohn, ich und die Mitarbeiter von Hessler Industries sind dankbar, dass endlich der Tag gekommen ist, an dem kein Israeli jemals Schaden durch einen feindlichen Raketenangriff befürchten muss. Welche Rolle ich auch dabei gespielt habe …«

Paul Hessler ließ seine Stimme verklingen. Er blickte in die Runde, nahm den ehrfürchtigen Ausdruck der Gesichter wahr und legte wieder den Arm um die Schulter seines Sohnes.

»Welche Rolle ich auch dabei gespielt habe«, fuhr er dann fort, »es war das Mindeste, was ich für mein Land tun konnte.«

4.

Als Danielle wieder in ihrem Büro war und auf die Akte des Falles Michael Saltzman starrte, klingelte das Telefon auf ihrem Schreibtisch aus Metall mit dünnem Holzfurnier, das der Vorbesitzer schlimm zerkratzt hatte. Ein kleines Fenster hinter dem Schreibtisch bot einen Blick auf den Parkplatz und ließ gerade genügend Sonnenlicht hindurch, um den oberen Teil des Aktenschrankes zu erhellen, der in der Ecke stand. Danielles Stuhl hinter dem Schreibtisch sowie ein zweiter Stuhl mit durchgescheuertem Vinylbezug bildeten den Rest der kärglichen Möblierung des Büros.

Danielle nahm den Hörer ans Ohr und räusperte sich. »Barnea.«

»Der Rav nitzav möchte Sie sehen, Pakad«, erklang die vertraute Stimme des Assistenten ihres Vorgesetzten.

»Ich komme gleich.«

»Sofort, bitte. Und bringen Sie die Akte über den Fall Saltzman mit.«

Danielle schob ihren Stuhl vom Schreibtisch fort und stand auf. Sie wusste, was sie in Moshe Baruchs Büro im vierten Stock erwartete. Dass ihr Fälle zugeteilt wurden wie der Selbstmordfall Michael Saltzman sollte eine zusätzliche Bestrafung für sie sein, weil sie alles in ihrer Macht Stehende getan hatte, um zu verhindern, dass Baruch zum Chef der Israelischen Nationalpolizei ernannt wurde. Baruch, die ehemalige Nummer zwei des Shin Bet, des internen Sicherheitsdienstes des Landes, hatte nach dem Schlaganfall und anschließendem Tod von Danielles Mentor Hershel Giott das Amt kommissarisch übernommen. Sie hatte nie damit gerechnet, dass Baruch das Amt auf Dauer anstrebte, und sie war überzeugt, dass er es nur angenommen hatte, um sie zu schikanieren.

Schließlich waren sie schon zu der Zeit nicht miteinander ausgekommen, als Baruch beim Shin Bet Danielles direkter Vorgesetzter gewesen war. Als sie vor zwei Jahren, nach einer Fehlgeburt, um eine Rückversetzung zur Nationalpolizei ersucht hatte, hatte Baruch – nachdem ihm das Amt des Polizeichefs sicher gewesen war – Danielle als Erstes von den beiden Stellvertreterposten ausgeschlossen, von denen einer ihr versprochen worden war. Sie blieb Chief Inspector und war gezwungen, einem Mann zu gehorchen, der vor ein paar Monaten von einem entschiedenen Gegner zu einem geschworenen Feind geworden war.

Baruch wollte, dass Danielle ihren Posten aufgab.

Diese Genugtuung wollte sie ihm nicht geben.

»Sie wollen mich sprechen, Sir?«, fragte sie, nachdem sie zum Büro des Rav nitzav geführt worden war. Seit Übernahme des Amtes von Hershel Giott hatte Baruch die kahlen Wände neu streichen und die meisten Möbel ersetzen lassen. Nur der Schreibtisch von Danielles Mentor war geblieben; an diesem Tisch hatte Hershel Giott im Vergleich zu Baruchs massiger Gestalt wie ein Zwerg gewirkt.

»Ja, Barnea«, sagte er. Baruchs gewaltige Unterarme wirkten noch dicker, weil er wie stets ein Hemd mit kurzen Ärmeln trug. Er war ein Bär von einem Mann, massig und stark behaart. Ihm fiel anscheinend auf, dass Danielle mit leeren Händen in sein Büro gekommen war. »Sie hatten die Anweisung, die Akte Saltzman mitzubringen.«

»Ich habe sie noch nicht vollständig.«

Er blickte sie verwirrt an. »Ich dachte, die Befragung war heute Morgen.«

»So war es auch. Ich muss allerdings noch Antworten auf einige ungeklärte Fragen finden.«

»Ungeklärte Fragen? Es war Selbstmord.«

»Ich möchte ganz sicher sein.«

»Solange ich die Akte vor dem Feierabend habe …«, sagte Baruch in gleichgültigem Tonfall und ließ Danielle wissen, wie wenig ihre Arbeit für ihn bedeutete.

Es bereitete ihm Freude, Danielle Fälle zu geben, die besser von den örtlichen Behörden erledigt wurden, besonders wenn es um Kinder ging, ganz gleich, wie unbedeutend und überflüssig der Arbeitsaufwand auch sein mochte. Nur Routine. Seit nunmehr fast vier Monaten hatte Danielle keinen aktuellen Fall mehr bekommen, und Baruch hatte offenbar nicht vor, ihr so bald einen solchen Fall zuzuteilen.

Der Chef der Nationalpolizei stemmte die Ellenbogen auf den Schreibtisch. »Gibt es ein Problem, Pakad?«

»Nein.«

»Das möchte ich auch hoffen, denn angesichts Ihrer Verfassung habe ich die Arbeitsbelastung für Sie ohnehin schon verringert.«

»Habe ich vergessen, Ihnen zu danken?«

»Das kommt zu Ihrem Verhalten noch hinzu, ja«, sagte Baruch hämisch, denn Danielle hatte niemanden bei der Nationalpolizei oder der Regierung über ihre Schwangerschaft informiert. Offenbar wollte Baruch ihr nicht nur zeigen, dass er Bescheid wusste, sondern ihr auch klar machen, dass er Danielle mit seinem Wissen schaden konnte, sollte die Identität des Vaters ihres Kindes öffentlich bekannt werden. Das Wissen, das Baruch wie eine alte Rechnung in der Tasche verwahrte, sorgte für einen unsicheren Waffenstillstand zwischen ihnen, denn es hielt Danielle davon ab, mehr gegen ihn zu unternehmen, als es bereits der Fall gewesen war.

Sie war eine der ersten Frauen gewesen, die für den Dienst im Sayaret, Israels Elite-Kommandoeinheit, ausgewählt worden war, und dann die jüngste Frau, die jemals den Rang eines Chief Inspectors bei der Nationalpolizei erhalten hatte. Ihr kurzer Dienst beim Shin Bet hatte sich angeschlossen. In dieser Zeit war sie dem Fall zugeteilt worden, der für immer ihr Leben verändert hatte, nachdem sie mit einem palästinensischen Kriminalbeamten namens Ben Kamal in der West-Bank zusammenarbeitete.

»Haben Sie darüber nachgedacht, wie lange Sie noch in dem Job bleiben wollen?«, fragte Baruch kalt.

»Nein«, erwiderte Danielle.

»Ich nehme an, ein ausgedehnter Urlaub kann angesichts der mildernden Umstände gewährt werden.«

»Mir war gar nicht bewusst, dass es welche gibt«, sagte Danielle.

»Dann sollten Sie das Angebot in Erinnerung behalten.«

»Danke.«

Der Blick aus Baruchs tief liegenden Neandertaler-Augen heftete sich mit der typischen Kälte auf sie. »Ich will die Akte über den Fall Saltzman bis zum Feierabend auf meinem Schreibtisch haben«, erinnerte er sie.

Wieder in ihrem Büro, sah Danielle, dass das Lämpchen ihres Anrufbeantworters leuchtete. Sie hörte das Band ab, erkannte die Stimme ihres Gynäkologen und lauschte gespannt seiner Bitte, ihn so bald wie möglich zurückzurufen.

»Ich möchte Sie heute Nachmittag sehen«, sagte Dr. Barr am Telefon.

»Können Sie es mir nicht telefonisch sagen?«, fragte Danielle, und ihr Herz schlug heftiger.

»Es wäre besser, wir besprechen es persönlich. Wie wäre es mit heute Nachmittag?«

»Nun ...«

»Ich habe einen freien Termin – um sechzehn Uhr?«

»Gut.«

»Bis dann«, sagte der Arzt und legte auf, bevor Danielle eine weitere Frage stellen konnte.

5.

Fawzi Wallid, der amtierende Bürgermeister von Jericho, traf eine halbe Stunde nach Ben im Wartezimmer des Krankenhauses ein.

»Wie geht es dem jungen Beamten, Inspector?«

»Er ist in aller Eile in den OP gebracht worden. Wir werden es erst nach einer Weile erfahren.«

»Es war nicht Ihre Schuld. Sie dürfen sich keine Vorwürfe machen.«

»Er war zu jung, um an diesem Einsatz teilzunehmen. Das hätte ich wissen sollen.«

Wallid klopfte Ben leicht auf die Schulter. »Sie sollten wissen, dass sich in dem Umschlag, den Mahmoud Fasil an Abdel Sidr übergab, eine Computerdiskette mit Fasils gesamtem Netzwerk befand. Der Präsident wird sehr erfreut sein. Ich bin sicher, dass eine Belobigung erfolgt.«

»Was ist mit Sidr?«, fragte Ben.

»Unser Fußballstar behauptet, er sei nur Bote gewesen. Fasil habe gedroht, seine Familie zu töten, wenn er nicht mitmacht.«

»Vielleicht sagt er die Wahrheit.«

»Wir überprüfen seine Geschichte.« Wallid bemerkte das Blut auf Bens Hemd. »Sie sind doch nicht verletzt, Inspector, oder?«

»Es ist das Blut des jungen Beamten. Mir wäre lieber, es wäre meins.«

»Rufen Sie mich an, sobald Sie etwas erfahren.«

»Selbstverständlich.«

Flankiert von zwei palästinensischen Polizisten, ging Fawzi Wallid zur Tür, blieb noch einmal stehen und drehte sich um. »Und richten Sie dem jungen Beamten bitte meine Grüße und besten Wünsche aus.«

»Sobald es ihm gut genug geht und er mich verstehen kann.«

Ben ging über den Korridor, um seine Wache näher beim OP fortzusetzen. Das Krankenhaus war ein moderner, dreigeschossiger Komplex mit weißem Anstrich, wodurch es perfekt mit den umliegenden Gebäuden harmonierte. Es war in einem Viereck um einen Parkplatz und Innenhof angelegt, die von der Straße aus nicht zu sehen waren. Ben hoffte, einen Stuhl bei einem Fenster zu finden, das in den Hof hinausblickte, damit ihm das Gefühl der Platzangst erspart blieb, das ihn jedes Mal befiel, wenn er sich in einem Krankenhaus aufhielt.

Er trat aus dem Aufzug im zweiten Stock und prallte fast mit einer schluchzenden Frau zusammen, die sich ein feuchtes Taschentuch auf Nase und Augen presste.

»Verzeihung«, sagte Ben. »Es tut mir Leid.«

Die Frau blickte auf, sah Bens Polizeimarke von seinem Hals baumeln, sprang auf ihn zu und klammerte sich an seinem Hemd fest.

»Bitte, Sie müssen mir helfen! Mein Sohn!« Die Frau krallte die Finger in Bens schweißfeuchtes Hemd. »Mein Sohn ist tot!«

Ben schob die schluchzende Frau sanft von sich und löste behutsam ihre Hände von seinem Hemd. »Ich befürchte, ich ...«

»Sie sind Polizist, nicht wahr? Dann helfen Sie mir. Helfen Sie mir!«

»Ich kann Sie an Kollegen ...«

»Er wurde hergebracht.« Die Frau packte ihn wieder am Hemd. »Man hat mir nicht gesagt, dass er tot ist. Man sprach nur von einer Verletzung und bestellte mich her.«

Ben nickte. Es war eine der Verfahrensweisen, die auf seinen Rat hin von der palästinensischen Polizei eingeführt worden waren.

»Mein Telefon ging nicht mehr … Er war Stunden hier, bevor man mich erreicht hat!«

Die Frau ließ ihr Taschentuch fallen, und Ben hob es vom Boden auf.

»Er geht in Israel zur Arbeit, jeden Tag nach der Schule«, schluchzte die Frau unter Tränen. »Heute ist er dort nicht aufgetaucht, und da rief man mich an und fragte, wo er bleibt. Stunden später bekam ich wieder einen Anruf und wurde zum Hospital bestellt.« Sie blickte wieder auf. »Man hatte ihn am Straßenrand gefunden.«

»Es tut mir ehrlich Leid«, sagte Ben und bemühte sich um einen tröstenden Tonfall. »Aber bei Unfällen ermitteln …«

»Es war kein Unfall!«, rief die Frau so laut, dass sie die Aufmerksamkeit aller auf dem Korridor erregte. Sie packte Ben am Handgelenk und zog ihn näher zu sich heran. »Mein Sohn wurde erstochen. Er wurde ermordet!«

6.

Ari Hessler fuhr auf dem Rücksitz der Mercedes-Limousine mit seinem Vater zum Flughafen Ben-Gurion, wo der Privatjet wartete. Trotz der Klimaanlage des Wagens konnten sie spüren, dass die Wüstenhitze nachließ, je weiter die Fahrt nach Norden führte. Kurz bevor die Hochhäuser von Tel Aviv in Sicht kamen, beugte Paul Hessler sich nach vorn und wies seinen Fahrer an, die Klimaanlage niedriger zu stellen.

»Es lief heute Morgen gut«, sagte Ari und blickte vom dem Laptop auf seinem Schoß auf.

»Diese frühzeitige Vorführung ist bloße Öffentlichkeitsarbeit«, erwiderte Paul Hessler, ohne den Blick vom Wagenfenster zu nehmen. »Wir sind noch sechs Monate bis ein Jahr von der Fertigstellung entfernt. Ich weiß nicht, was die Regierung sich denkt.«

»Dass sie endlich sicher sein wird.«

Hessler blickte zu seinem Sohn und forschte in seiner Miene. »Ich spüre, dass dich etwas anderes beschäftigt.«

»Ich habe mir die Zahlen angesehen.«

»Und?«

»Um so schnell so weit zu kommen, haben wir unser Budget beträchtlich überzogen. Der Betrag ist gewaltig. Kurz gesagt, wir sind tief in den roten Zahlen. Etwa dreihundert Millionen Dollar.«

Paul Hesslers Miene blieb unbewegt. »Betrachte es als Investition.«

»Mit keiner Möglichkeit der Rückzahlung«, spottete sein Sohn.

»Wirklich nicht? Dann sag mir, warum die Amerikaner das Projekt Arrow überhaupt unterschrieben haben.«

»Weil sie ihren eigenen Fernlenkraketen-Schutzschirm haben wollen.«

»Genau. Aber ihre bisherigen Tests wurden als Verstoß gegen den SALT-Vertrag betrachtet. Das Projekt geriet ins Stocken, und der Kongress war nicht bereit, zwei Milliarden Dollar für eine Sache zu bewilligen, die viele ohnehin für einen weißen Elefanten halten. Was war die Alternative?«

»Das Projekt irgendwo anders zu entwickeln«, erwiderte Ari Hessler.

Paul Hessler streichelte seinem Sohn liebevoll über die Wange. »Jetzt lernst du, was dir diese Wirtschaftshochschule nicht beibringen konnte, nämlich wie die Welt funktioniert.«

»Wir verlieren Geld mit der Entwicklung der Arrow für Israel …«

»Aber wenn die Technologie erst erprobt ist, verkaufen wir sie an Washington.«

»Sehr riskant.«

»Man boxt keine Konzerne wie Raytheon, General Dynamics, Grumman oder Martin-Marietta aus dem Geschäft, ohne Risiken einzugehen.«

Ari Hessler faltete die Zeitung auf seinem Schoß zusammen und legte sie auf seinen Laptop. »Darauf hätte ich selbst kommen sollen.«

Sein Vater zuckte die Achseln. Der Fahrer fuhr langsamer und lenkte den Mercedes auf die Zufahrt zum Flughafen Ben-Gurion. »Du warst zu sehr mit der Arbeit an deinen Thesen beschäftigt.«

»Ich habe an etwas anderem gearbeitet, über das ich mit dir sprechen muss.«

»Du steckst voller Überraschungen, nicht wahr?«

»Und diesmal ist es eine große Überraschung. Du wirst es nicht glauben.«

»Stell mich auf die Probe.«

»Es kann warten, bis wir wieder in New York sind. Dann kannst du dich auf etwas freuen, wenn wir heimkommen.«

Ari war Paul Hesslers fünftes Kind und das älteste von zweien mit seiner zweiten Frau. Seine erste Frau war mit 64 gestorben. Sie hatte ihm vier Kinder geboren, alles Töchter. Zwei davon waren inzwischen geschieden, eine hatte nie geheiratet, und die vierte hatte es geschafft, ihm sieben Enkelkinder zu schenken, mit denen Hessler bei jeder Gelegenheit überschwänglich prahlte.

Er hatte seine zweite Frau kurz vor seinem fünfzigsten Geburtstag geheiratet, und ihr Geschenk an ihn waren zwei Kinder gewesen – beides Söhne. Der jüngere, Max, würde später in diesem Jahr mit einem akademischen Grad in Theaterwissenschaften vom der Uni abgehen und hatte kein Interesse am Geschäftsleben. Ari jedoch war ganz der Sohn seines Vaters, teilte seine Ansichten und seine Interessen. Er widmete sich nun wieder seinem Laptop, während Paul aus dem Fenster schaute und an die Vergangenheit dachte. Aus irgendeinem Grund waren seine Erinnerungen in jüngster Zeit sehr deutlich, besonders an den Tag im späten Herbst 1944, an dem sein zweites Leben begonnen hatte …

Er erinnerte sich, wie er nördlich der Stadt Lodz durch das schlammige Marschland rannte, bei den Geräuschen der ihn verfolgenden Soldaten herumfuhr und sich das Gesicht an einem tief hängenden Ast aufriss, als er wieder nach vorn blickte. Plötzlich schien der Boden auf ihn zuzurasen, und er stürzte in eine Wasserrinne und schmeckte Schlamm. Er würgte und spuckte ihn aus, während der kalte Regen seinen Rücken peitschte und sein dünnes Hemd tränkte.

Oben auf der Erhebung hörte er einen Ast knacken. Er kroch zu einem Baum, um sich auf die Füße zu stemmen. Jetzt hörte er die gedämpften Stimmen der Soldaten, das Schaben ihrer Gewehre an den schweren Mänteln, die sie vor der schneidenden Kälte schützten.

Verzweifelt kämpfte er sich durch den Schlamm und sank bis zu den Knöcheln ein. Er verlor einen Schuh, wagte jedoch nicht, ihn sich zu holen, weil es ihn Zeit kosten würde.

Donner krachte, und Paul erschrak fast zu Tode. Er roch seinen Schweiß über dem fauligen Gestank der Erde und sah seinen Atem wie Nebel vor sich in der eisigen Luft. Sein Socken an dem Fuß ohne Schuh war schlammbedeckt und nass wie der Schuh am anderen Fuß.

Ich kann nicht mehr weiter.

Die Tage und Kilometer schrumpften hinter ihm. Er hielt an, krümmte sich vornüber und wäre erschöpft auf die Knie gesunken, hätte er nicht den dicken, abgetrennten Ast vor sich gesehen. Er packte ihn mit beiden Händen, die so betäubt von der Kälte waren, dass er kaum die Finger um das Holz schließen konnte.

Er hielt den Ast, um ihn als Knüppel zu benutzten, zog sich hinter einen Baum zurück und lauschte den Geräuschen der Soldaten. Als er ihre Schritte dicht vor sich hörte, sprang er hinter dem Baumstamm hervor und schwang den Ast wie eine Keule, doch sein nasser, eiskalter Fuß ohne Schuh ließ ihn im Stich. Er rutschte aus und stürzt kopfüber in den Schlamm, der seinen Mund füllte und ihm den Atem nahm.

Ein heftiger Tritt jagte Schmerzen durch seine Rippen. Dann warf ihn ein zweiter Tritt auf die Seite, wo er würgend im Schlamm lag, bis ein Gewehrlauf gegen seine Brust stieß und ihn auf den Rücken warf.

Er blickte auf zu den uniformierten Gestalten, die über ihm aufragten, gesichtslose Umrisse, verschleiert von Regen und Nebel.

»Sag deinen Namen, Junge!«, befahl jemand. Paul sah, dass es ein kleiner, stämmiger Mann mit einer schwarzen Klappe über einem Auge war. »Woher stammst du?«

Paul versuchte zu sprechen, doch sein Mund war noch voller Schlamm, und er brachte keinen Laut heraus.

»Ich sagte, nenn deinen Namen!«

Der einäugige Soldat drückte ihm die Gewehrmündung in den Solarplexus, und Paul rang nach Atem.

»Erschießen Sie den Bengel«, sagte ein anderer Soldat nüchtern.

»Durchsucht erst seine Taschen!«, befahl der Einäugige.

Paul spürte, wie er von einem Soldaten grob abgetastet wurde. Der Mann riss Stoff fort, bis er auf einen dünnen Lederbeutel stieß, der jetzt von Wasser getränkt und mit Dreck bedeckt war. Paul blinzelte gegen den Regen an, der ihm ins Gesicht tropfte.

»Ach du Scheiße!«, sagte der Soldat. »Das sollten Sie sich ansehen, Sergeant.«

Der Einäugige nahm sein Gewehr von der Brust des Jungen und stellte stattdessen seinen Stiefel drauf, während er den Inhalt des Beutels betrachtete.

»Das ist ein Ding!«, murmelte der Sergeant und starrte den Jungen an. »Der Bengel ist Jude!«

»Wie, zum Teufel, kommt er hierhin? So weit?«

»Sehen Sie sich seine Füße an. Er ist gerannt. Muss aus einem der Lager entkommen sein, nach denen wir suchen«, sagte der Sergeant und duckte sich neben Paul, immer noch die Papiere in der Hand. »Hör zu, Sohn. Niemand wird dir etwas tun, jetzt nicht mehr. Das alles ist vorüber. Du bist in Sicherheit.«

Jetzt aber, 57 Jahre später, fühlte Paul Hessler sich immer noch nicht völlig sicher. Es gab kein Foto von der Tortur seiner Jugend mehr. Gäbe es eines, das mich mit 26 zeigte, dachte er, als er zu seinem Sohn blickte, wäre es das Abbild von Ari. Vater und Sohn hatten ein scharf geschnittenes Gesicht mit hoher Stirn, was ihre Züge stets dunkel und beschattet wirken ließ. Ari besaß das dichte schwarze Haar seiner Mutter, und Pauls spärliches verbliebenes, ursprünglich hellbraunes Haar war längst ergraut. Doch Vater und Sohn hatten die gleichen Augen – tief, dunkel, mit stechendem Blick – und ebenso den hellen Teint.

Wenn Paul Hessler in den Spiegel schaute, hatte er den Eindruck, dass seine Haut vom Gesicht wegglitt, abgestoßen von den scharfen Wangenknochen und dem spitzen Kinn. Er war bestürzt über das Spinnennetz von Äderchen, das sich auf seiner Nase und den Wangen ausgebreitet hatte und durch die trockene Schuppigkeit, die sein Gesicht angenommen hatte, noch betont wurde. Hessler mochte sich nicht mehr im Spiegel betrachten. Er zog es vor, Ari als Erinnerung an den Mann zu betrachten, der in die Vergangenheit zu schauen pflegte.

Der Wagen hielt am betriebsamen Ben-Gurion Airport vor der Abteilung wartender Soldaten. Hessler stieg aus, bevor der Fahrer um den Wagen herum zur hinteren Tür kommen konnte. Seine Knie schmerzten vom langen Sitzen, und seine Knöchel fühlten sich geschwollen an. Er lehnte sich an den Wagen, während Ari, den im Etui verstauten Laptop geschultert, dem Fahrer half, ihr Gepäck aus dem Kofferraum zu laden und die Soldaten hinzueilten, um behilflich zu sein.

»Mörder!«

Der Schrei kam von weiter unten auf der Ladezone des Flughafens, ein krächzendes Klagen inmitten der Menge drängelnder Reisender. Hessler lehnte immer noch am Wagen, als ein alter Mann schwerfällig vortrat und eine Pistole schwang. Ihre Blicke trafen sich, und in diesem Moment erkannte Hessler, dass er das Ziel war – im gleichen Augenblick, als sein Fahrer vom Kofferraum fortsprang und seine Waffe zog und Ari zum Vater herumfuhr.

»Mörder!«

Der Schrei wurde diesmal vom Krachen von Schüssen begleitet. Paul wollte sich auf den Asphalt in Sicherheit werfen, doch sein Körper gehorchte ihm nicht, und so blieb er als leichtes Ziel an den Wagen gelehnt.

Vielleicht bin ich getroffen worden. Vielleicht kann ich mich deshalb nicht bewegen …

Er sah, wie die Soldaten und sein Fahrer zurückfeuerten und wie der alte bewaffnete Mann zusammenbrach und inmitten der in Panik flüchtenden Leute auf den Asphalt stürzte.

Der Schrei war gerade erst erklungen, als drei Soldaten sich auf Hessler geworfen hatten, um ihn zu schützen. Sie rissen ihn auf den Asphalt, und erst in diesem Augenblick erkannte Hessler, dass er gar nicht getroffen war. Zwei der Soldaten zerrten ihn auf die Füße und zogen ihn in Sicherheit. Er blickte zu Ari.

O nein …

Paul Hessler stockte der Atem. Sein Sohn lag am Boden, und eine Blutlache breitete sich unter ihm aus.

»Lassen Sie mich los!«, schrie er und bäumte sich im Griff der Soldaten auf. »Mein Sohn! Mein Sohn!«

Doch bevor er sich losreißen konnte, gaben seine Beine nach, und er stürzte auf den Asphalt.

7.

Danielle Barnea beschäftigte sich noch einmal intensiv mit der Akte Michael Saltzman und versuchte, einen Sinn darin zu finden, was sie im Haus der Mutter erfahren hatte. Wenn es sonst nichts brachte, lenkte es sie wenigstens von der Besorgnis ab, die sie wegen des Termins bei Dr. Barr empfand. Seine Stimme am Telefon hatte irgendeinen Unterton besessen …

Danielle war sich im Klaren darüber, dass es nicht lange dauern würde, bis Moshe Baruch anrief, um zu fragen, warum der Fall noch nicht abgeschlossen war. Sie wusste nicht, was sie ihm sagen würde, doch es spielte kaum eine Rolle: Er würde ihr ohnehin nicht zuhören.

Die Waffe hatte sich in der rechten Hand des Jungen befunden, als er sich erschossen hatte. Aber Michael Saltzman war Linkshänder gewesen. Das Foto auf dem Couchtisch seiner Mutter, das ihn beim Tennis zeigte, hatte dies ans Licht gebracht. Die Frage war – was bedeutete das? Er konnte sich natürlich auch als Linkshänder mit der rechten Hand erschossen haben, aber nichts in seiner Akte oder den Äußerungen seiner Mutter wies darauf hin, dass Michael ein Selbstmordkandidat gewesen war.

Er hatte keinen Abschiedsbrief hinterlassen.

Es hatte keines der verräterischen Anzeichen gegeben.

Das einzig Bemerkenswerte, das Layla Saltzman erwähnt hatte, war der Unfalltod eines Mädchens namens Beth Jacober gewesen, das sie als Freundin des Jungen bezeichnet hatte. Danielle notierte sich im Geiste, sich über den Unfall zu informieren, um Michaels seelische Verfassung in den Tagen vor seinem Tod einzuschätzen.

Das Telefon auf ihrem Schreibtisch klingelte.

Wieder einmal näherte sich Danielle beklommen dem Büro von Moshe Baruch, darauf vorbereitet, von ihm gepiesackt zu werden. Sie fragte sich, ob sie von ihrem Verdacht im Fall Saltzman sprechen sollte, verwarf den Gedanken jedoch noch schneller, als Baruch ihre Schlüsse abtun würde. Sie hoffte nur, dass Baruch nichts von ihrem bevorstehenden Arzttermin wusste. Wenn er davon erfahren hatte, würde sie seinen Sticheleien ausgesetzt sein, und das konnte sie im Augenblick gar nicht gebrauchen.

»Bitte nehmen Sie Platz, Pakad«, sagte Baruch. Er klang überraschend zurückhaltend. »Ich habe soeben einen Anruf erhalten, der Sie betrifft.«

Da kommt es, dachte sie.

»Offenbar werden Ihre Dienste erbeten.«

Danielle beugte sich vor.

»Haben Sie von der heutigen Schießerei am Ben-Gurion gehört?«

»Nein, Rav nitzav.«

»Sie werden bald genug davon hören; die Geschichte wurde soeben für die Nachrichtenmedien freigegeben. Auf jeden Fall galt der Angriff Paul Hessler. Ich kann mir vorstellen, dass Sie von ihm schon gehört haben.«

»Selbstverständlich. Ein Holocaust-Überlebender, heute einer von Israels größten Wohltätern.«

»Es war Hesslers Sohn, der bei dem Angriff an diesem Nachmittag getötet wurde.«

Danielle schwieg. Im Laufe der Jahre waren tragische Ereignisse so alltäglich für sie geworden, dass sie beinahe unempfindlich dagegen war. Zuerst waren ihre Brüder gestorben, dann ihre Mutter und vor kurzem ihr Vater – vom Tod ihres ungeborenen Babys ganz zu schweigen. Jedem Tod war ein größeres Maß an Resignation gefolgt, bis Danielles Gefühle anscheinend zu tief vergraben waren, um sie noch zu erreichen. Nach dem Tod ihrer eigenen Familie hatte sie für einen Fremden keine Tränen mehr.

»Paul Hessler war anscheinend ein Freund Ihres Vaters«, fuhr Moshe Baruch fort. »War Ihnen das bekannt?«

»Nein«, antwortete Danielle überrascht. Ihr verstorbener Vater hatte den Namen Hessler niemals erwähnt.

»Auf jeden Fall hat Mr. Hessler deshalb gebeten, dass Sie die Ermittlung bezüglich der Ermordung seines Sohnes Ari übernehmen.«

»Der Shin Bet wird etwas anderes sagen, was die Zuständigkeit angeht, Commander Baruch.«

»Nein, nicht mehr. Paul Hessler hat offenbar Beziehungen, die bis zum Shin Bet reichen. Er bestand darauf, dass Sie die Ermittlung übernehmen – er war unnachgiebig in diesem Punkt.«

»Ich kenne den Mann nicht einmal.«

»Aber er kennt Sie«, sagte Baruch, und sein Zorn war offensichtlich.

Verwirrt, konnte Danielle sich nicht darüber freuen, dass ihr ehemaliger vorgesetzter Offizier beim Shin Bet ihr plötzlich verpflichtet war. Ein Anruf von Paul Hessler hatte Baruch in die unangenehme Lage gebracht, sich auf jemanden verlassen zu müssen, den er hatte vernichten wollen. Die Ironie war bemerkenswert. Die gleichen politischen Machenschaften, die Danielle zu Schreibtischarbeit verdammt hatten, boten ihr jetzt eine Atempause von Baruchs Schikanen.

»Mr. Hessler hat sich im Hilton in Tel Aviv einquartiert«, sagte Baruch. »Er erwartet Sie in der nächsten Stunde, Pakad.«

Danielle spitzte die Lippen und warf einen Blick auf ihre Armbanduhr. Bis zu ihrem Arzttermin war es nur noch eine Stunde. Wegen des Treffens mit Paul Hessler würde sie ihn versäumen.

»Das ist kein Problem, oder?«, fuhr Baruch fort.

»Nein. Natürlich nicht.«

Moshe Baruch bemühte sich, seine nächsten Worte beiläufig und lässig klingen zu lassen. »Den Fall Saltzman werde ich an die örtlichen Behörden zurückgeben.«

Danielle spürte ein Prickeln im Nacken. »Es wäre mir lieber, Sie würden das nicht tun.«

»Und warum nicht?«

Sie wusste, dass sie ihn zwingen musste. »Es haben sich gewisse Formfehler herausgestellt.«

»Formfehler?« Baruch bemühte sich um einen ruhigen Tonfall.

»Es wird alles in meinem Bericht stehen. Er ist fast fertig«, log Danielle.

Baruchs Blick verriet Unsicherheit, und er betrachtete sie mit anderen Augen. Dass er gezwungen war, ihr einen hochkarätigen Fall zuzuteilen, warf ein völlig anderes Licht auf ihrer beider Beziehung. Ihm blieb nichts anderes übrig, als sie zu unterstützen, sogar zu ermuntern, was ihm schrecklich zusetzte …

»Dann sorgen Sie dafür, dass dieser Bericht morgen auf meinem Schreibtisch liegt, Pakad. Mehr als einen zusätzlichen Tag kann ich Ihnen nicht geben.«

»Selbstverständlich, Rav nitzav.«

8.

»Mein Sohn hatte Angst«, sagte die Frau, als Ben es schließlich geschafft hatte, sie auf einen Stuhl im nächsten Wartezimmer im zweiten Stock des Krankenhauses zu setzen. »Er hatte schreckliche Angst, seit über einer Woche. Er saß stets an seinem Computer, Tag und Nacht. Schlief kaum jemals. Zuckte zusammen, wenn ich in sein Zimmer kam. Ich habe ihn gefragt, was los ist, aber er wollte mir nicht erzählen, was ihm solche Angst einjagte. Er wusste, dass er in Gefahr war, aber er wollte mir den Grund nicht sagen.«

Ben konnte den Blick nicht von den Augen der Frau nehmen, die ihn flehend anschaute. »Was ist vor einer Woche geschehen?«

»Auch das wollte er mir nicht erzählen. Der verdammte Computer. Den bekam er in der Schule. Kein Fußball mehr. Keine Freunde mehr. Nur der Computer. Immer saß er am Computer.«

»Wie heißen Sie?«

»Hanan Falaya. Der Name meines Sohnes war Shahir.«

»Wohnen Sie weit von hier?«

»Nicht sehr weit. Weshalb fragen Sie?«

»Weil ich mir den Computer Ihres Sohnes anschauen möchte.«

Bevor Ben die Frau zu ihrer Wohnung begleitete, sprach er mit der Ärztin, eine amerikanische Freiwillige von »Ärzte ohne Grenzen«, die Shahir für tot erklärt hatte.

»Nur eine Formalität«, erklärte sie und blätterte in ihren Notizen. »Er lag tot am Tatort.«

»Todesursache?«

Die Ärztin blickte ihn spöttisch an. »Ich habe mehr als ein Dutzend Stichwunden gezählt.«

»Wie war es mit Anzeichen auf Gegenwehr? Schnitte an den Händen und Fingern, zum Beispiel?«

»Hören Sie …«

»Haben Sie das überprüft oder nicht?«

Sie klappte den Hefter mit den Notizen zu. »Wenn Sie einen Sündenbock suchen, geben Sie Ihrer eigenen Polizei die Schuld, die den Jungen stundenlang neben der Straße in der Sonne rösten ließ, während sie versuchte, für den Transport zu sorgen. Im Bericht der Polizeibeamten steht, dass der Junge bereits tot war, als sie am Tatort eintrafen, aber wer weiß?«

»Gab es Verletzungen, die auf eine Verteidigung hinweisen, oder nicht?«

»Nein. Seine Hände, die Finger und Handflächen waren sauber.«

»Was ist mit der tödlichen Wunde?«

»Es kann eine von mehreren gewesen sein.«

»Ihre Vermutung?«

»Ein Stich, der die Aorta zerriss. Ich glaube, es war die erste Wunde, die ihm zugefügt wurde. Es besteht also die Möglichkeit, dass der Junge nicht sehr lange gelitten hat.«

»Gewöhnliche Kriminelle, die das Herz mit dem ersten Stich treffen?«

»Sie sind der Kriminalist, Inspector. Vielleicht hatten die Täter ihren Glückstag.«

»Es war mit Sicherheit nicht Shahir Falayas Glückstag.«

»Ich weiß, wer Sie sind«, sagte Hanan Falaya leise auf dem Beifahrersitz von Bens altem Peugeot, als sie zu ihrer Wohnung am nördlichen Rand von Jericho fuhren. Sie trug ein dunkles Kleid – genannt jallabiya –, das für eine palästinensische Frau der alten Schule traditionell war, hatte jedoch das Kopftuch unter dem Kinn festgebunden, sodass ihr Gesicht unverhüllt war und Ben ihr vorzeitig gealtertes, faltiges Gesicht deutlich sehen konnte. »Einer der Polizisten, die Sie wegen des Taxifahrermordes vor sechs Jahren festnahmen, war mein Cousin.«

Ben versteifte sich hinter dem Lenkrad. »Trotzdem sind Sie im Krankenhaus zu mir gekommen?«

»Das gehört alles der Vergangenheit an, aber seine Familie vermisst ihn.«

»Die Familie des Taxifahrers vermisst ihn ebenfalls, Umm Falaya.«

»Er war ein Kollaborateur.«

»Mutmaßlicher Kollaborateur«, berichtigte Ben. »Schuldig, Israelis gefahren und versucht zu haben, sich den Lebensunterhalt zu verdienen. Mehr nicht. Aber für einige war das schon Beweis genug.«

»Auch für meinen Cousin.«

»Ihr Cousin war einer der Männer, die ihn gefoltert und ermordet haben.«

»Mein Cousin hatte sich mit schlechten Männern eingelassen. Es war ihre Schuld, Hal'arsat. Die Bastarde. Und dafür bekam er von einem Militärgericht die Todesstrafe. Selbst die Israelis wären fairer gewesen.«

»Vielleicht möchten Sie mit ihnen über die Ermordung Ihres Sohnes sprechen«, sagte Ben und bereute seine bissige Bemerkung sofort.

Hanan Falaya ignorierte seinen Spott und musterte ihn von der Seite. »Sie sehen nicht wie ein richtiger Palästinenser aus.«

»Das liegt daran, dass ich fast dreißig Jahre lang in den Vereinigten Staaten gelebt habe.«

»Ihre Gesichtsfarbe und ihr Haar sind heller, und das Haar ist fast glatt. Sie stammen aus Ramallah, nicht wahr?«

»Ja.«

»Dennoch sind Sie zurückgekommen und haben sich in Jericho niedergelassen.«

»Weil mich die Palästinensische Autonomiebehörde dort haben wollte. Ramallah ist noch nicht unserer Kontrolle übergeben worden.«

»Vielleicht werden Sie eines Tages wieder dorthin ziehen. Ein Mann sollte nicht so weit von seiner Familie entfernt leben.«

»Ich habe keine Familie mehr.«

»Zu schade«, sagte Hanan Falaya.

»Mein Mann ist Flüchtling und derzeit im Exil«, erklärte Hanan Falaya Minuten später, als sie und Ben sich im Wohnzimmer ihres kleinen Fachwerkhauses gegenübersaßen. »Er steht auf der Liste derjenigen, die eine Rückführung in die Heimat beantragt haben, eine Liste, die von den Israelis genehmigt werden muss.«

»Sie sagen das nicht sehr optimistisch.«

Ihre Miene zeigte keine Gefühle. »Mashallah. Gottes Wille geschehe. Aber die Israelis genehmigen keinem die Rückkehr, es sei denn aus politischen Gründen.«

Hanan Falayas Stimme klang emotionslos und ohne Hoffnung. Das Elternhaus ihres Mannes in Jerusalem, erklärte sie, war während des Sechstagekriegs von 1967 beschlagnahmt worden und wurde bis zum heutigen Tag von Israelis bewohnt. Während sie sich mit Putzstellen durchschlug, war sie bei einem Komitee aktiv, das sich zum Ziel gesetzt hatte, für die Rückgabe aller konfiszierten palästinensischen Häuser oder zumindest eine angemessene finanzielle Entschädigung zu sorgen. Sie erzählte es Ben voller Freude – wenn auch nur, um nicht über die Ermordung ihres Sohnes sprechen zu müssen.

Die letzten paar Stunden hatten ihren Tribut gefordert. Aus dem Gesicht der Frau war die Farbe gewichen, und die Augen waren gerötet vom Weinen. Ben wusste aus dem eigenen Blick in den Spiegel und aus Erfahrung, dass die Trauer jede Falte, jede Runzel im Gesicht vertiefen konnte. Bei Hanan Falaya war es nicht anders. Er konnte sich vorstellen, dass sie einst eine lebenssprühende, hoffnungsvolle Frau gewesen war, die sich hingebungsvoll um ihre Familie gekümmert hatte und in deren Haus es süß und aromatisch nach den Abendessen geduftet hatte, die sie liebevoll zubereitet hatte. Jetzt hing der Geruch von abgestandenem, säuerlichem Essen im Haus.

»Sie sagten, Ihr Sohn hat vor irgendetwas Angst gehabt«, begann Ben.

»Da bin ich mir sicher«, erwiderte Hanan Falaya und umklammerte die Lehnen ihres Sessels.

»Haben Sie eine Ahnung, wovor?«

»Nein. Er wollte nie darüber sprechen.«

»Wann fing es an?«

»Vor einer Woche, zehn Tagen. Vielleicht ist es auch ein wenig länger her. Wer kennt sich noch mit Kindern aus, wenn sie in dieses Alter kommen? Haben Sie Kinder, Inspector?«

»Nein. Nicht mehr.«

Hanan Falaya blickte ihn fragend an.

»Sie wurden vor sechs Jahren ermordet.«

Hanan Falaya schluckte schwer, und irgendetwas veränderte sich in ihrem Blick, der nun nicht mehr in die Vergangenheit gerichtet zu sein schien, sondern auf Ben. »Hier?«

Ben schüttelte den Kopf. »In Amerika.«

»Der Teufel ist überall, nicht wahr?«

»Ja, Umm Falaya.«

»Ich bin keine Mutter mehr«, sagte sie und senkte den Blick. »Ein Sohn ist tot, und zwei sind im Gefängnis.«

»In einem israelischen Gefängnis?«

»Einer dort, und der Jüngste, der vor drei Monaten bei einem Straßenkampf festgenommen wurde, hier.« Sie umklammerte eine Falte des Sesselbezugs und drückte sie. »Er ist erst fünfzehn.

Ich habe ihm gesagt, er soll nicht hingehen. Ich habe es ihm gesagt!«

»Wie heißt Ihr Sohn, der in Palästina im Gefängnis ist?«

»Farouk. Warum fragen Sie?«

»Nur aus Neugier.« Ben neigte sich vor und ergriff ihre Hand. »Sind Sie sicher, dass das Verhalten Ihres Sohnes sich erst vor ungefähr einer Woche änderte?«

Sie drückte seine Hand. »Ja.«

»Erinnern Sie sich, ob er in dieser Zeit irgendwelche Anrufe oder Post bekam?«

»Nichts Ungewöhnliches.«

»Keine Besuche von Freunden oder Fremden?«

»Seine Freunde kannte ich nicht. Ich weiß nicht, ob er welche hatte. Früher, ja, aber dann saß er fast nur noch vor dem Computer ...«

»Aber er hatte den Computer viel länger als zehn Tage.«

»Ein halbes Jahr. Er hat ihn von der Schule und durfte ihn behalten.« Hanan Falaya erhob sich aus dem Sessel und bat Ben, ihr zu folgen. »Kommen Sie, der Computer steht in seinem Zimmer.«

Ben konnte nicht besonders gut mit Computern umgehen; er brauchte auch kein Fachmann zu sein, um festzustellen, dass es auf dem Computer von Hanan Falayas Sohn nicht viel zu sehen gab. Eigentlich gar nichts.

FILES NOT FOUND

»Was heißt das?«, fragte Hanan Falaya, die über Bens Schulter auf den Monitor schaute.

»Der Inhalt der Festplatte ist gelöscht worden.«

»Und was bedeutet das?«

»Der Computer ist leer. Da ist keine Datei mehr zu finden.«

»Mein Sohn hätte das niemals getan. Nicht bei diesem Computer.«

»Ich habe nicht gesagt, dass er es gewesen ist, Umm Falaya.«

Der Gesichtsausdruck der Frau veränderte sich, und die Resignation verwandelte sich in leises Erstaunen. »Sie glauben mir?«

»Ich glaube, dass alle Aspekte dieser Ermittlung untersucht werden sollten. Sie sagten, Ihr Sohn hat sich vor etwas gefürchtet. Sie sagten, er hat viel Zeit, zu viel Zeit an seinem Computer verbracht. Wissen Sie, wo er seine Disketten aufbewahrte?«

»Ich weiß nicht, wie eine Dis… Diskette aussieht«, bekannte Hanan Falaya verlegen.

Bei einer raschen Durchsuchung der Schubladen des Schreibtischs fand Ben keinerlei Disketten. Das überraschte ihn nicht. Wenn der Junge Grund gehabt hatte, die Festplatte zu löschen – oder wenn jemand anders es getan hatte –, würden er oder sie keine Disketten mit Dateien zurücklassen. Doch der Junge hätte niemals all seine Disketten zerstört, allenfalls bestimmte. Allem Anschein nach waren jedoch sämtliche Disketten verschwunden.

»Ich möchte den Computer mitnehmen, wenn es Ihnen nichts ausmacht«, sagte Ben.

»Warum?«, fragte Hanan Falaya, als widerstrebe es ihr, sich von dem Andenken an ihren Sohn zu trennen.

»Weil es vielleicht möglich ist, den Inhalt der Festplatte wiederherzustellen. Ich möchte auch etwas mehr über die Schule Ihres Sohnes und seinen Job in Israel erfahren.«

»Durch die Schule bekam er überhaupt erst den Job. Sie bereitete alles vor und sorgte für die notwendigen Papiere und Ausweise.«

Ben schüttelte den Kopf und fragte sich, ob er die Frau richtig verstanden hatte. »Die Schule besorgte Jobs? Stellte Computer zur Verfügung? Welche Art palästinensische Schule ist das denn, Umm Falaya?«

»Eine experimentelle Schule für Palästinenser und Israelis«, erklärte die Frau. »Außerhalb Jerusalems bei Abu Gosh. Mein Sohn war der beste Schüler.«

9.

»Verzeihen Sie die Verspätung, Mr. Hessler«, sagte Danielle, als sie Paul Hessler im Wohnzimmer seiner Suite im Tel Aviv Hilton vorgestellt wurde.

Shin Bet, Israels innerer Sicherheitsdienst, hatte Posten in der Hotelhalle und auf dem Gang aufgestellt, für den Fall, dass Hesslers Leben immer noch gefährdet war. Die Ermordung seines Sohnes auf dem Flughafen Ben-Gurion wurde bereits als die schlimmste Sicherheitskatastrophe seit dem Mordanschlag auf Rabin bezeichnet. Beim Shin Bet wollte man offenbar kein weiteres Risiko eingehen. Die Suite, die Hessler zugeteilt worden war, diente zum Besuch hochrangiger Staatsbeamten und anderer Würdenträger. Eigentlich war Paul Hessler weder das eine noch das andere, doch in Wirklichkeit war er viel mehr.

Niemand hatte mehr für sein Heimatland getan, wie Danielle wusste. Ein Teil seines Multi-Milliarden-Dollar-Vermögens, das er mit Computersoftware, mit Forschung auf dem Gebiet der Erdölproduktion und Biotechnik verdient hatte, wurde entweder direkt in verschiedene Projekte der Regierung gesteckt oder in die israelische Industrie reinvestiert. Hessler hatte Fabriken und Anlagen gebaut, um die oft schwächelnde Wirtschaft des Landes zu unterstützen. Er hatte tausenden von Menschen, hauptsächlich Einwanderern, die sonst eine Belastung für den Staat geworden wären, Arbeitsplätze verschafft, obwohl die Betriebskosten in Israel exzessiv und die Gesetze des Landes bezüglich ausländischer Investitionen restriktiv waren.

Danielle kannte die Legende Hessler so gut wie jeder. Wie er aus einem von hunderten Arbeitslagern der Nazis in Polen entkommen war, kurz bevor das Lager geräumt und die verbliebenen Gefangenen getötet wurden. Die Geschichte hatte bis vor relativ kurzer Zeit wenig von diesem schrecklichen Kapitel des Krieges gewusst, und was jetzt bekannt war, machte Hesslers Geschichte vom Überleben nur noch unglaublicher.

Er war von amerikanischen Soldaten gefunden worden, als er Tage nach seinem Entkommen aus dem Lager außerhalb von Lodz durch die Wälder geflüchtet war, wo er den Tod beider Elternteile im Getto hatte miterleben müssen. Seine Füße waren blutig gewesen, voller Blasen und wund bis aufs Fleisch. Er hatte keine Nahrung gehabt und sich nur von etwas Wasser am Leben erhalten, und bei seiner Rettung hatte er nur Unverständliches krächzen können. Doch er hatte zerknitterte, verschmutzte Papiere bei sich gehabt, die ausgereicht hatten, ihn in ein Umsiedlungslager und später auf ein Schiff mit jüdischen Flüchtlingen nach Palästina zu bringen.

Eine Waise, wie so viele andere. Wie jetzt sie, Danielle Barnea.

Allein.

Danielle hatte beschlossen, vor ihrem Treffen mit Hessler ihren Termin beim Arzt einzuhalten, auch wenn das bedeutete, dass sie sich durch den Verkehr der Rushhour kämpfen musste, um Tel Aviv zu erreichen. In dem Moment, als Dr. Barr ins Wartezimmer gekommen war, hatte sie geahnt, dass schlechte Neuigkeiten auf sie zukamen. Sie hatte es nicht einmal so sehr an seiner Miene erkannt, sondern an der Art, wie er die Akten mit den Ergebnissen ihrer Untersuchungen gehalten hatte. Wenn er sie anlächelte – was selten geschah –, wirkte es stets gezwungen.

»Ich möchte mit Ihnen über die Ergebnisse unserer jüngsten Untersuchungen sprechen«, eröffnete er das Gespräch, als beide Platz genommen hatten, und sein gezwungenes Lächeln verschwand jetzt völlig.

»Die Ultraschall-Untersuchungen?«, fragte Danielle und bemühte sich, das Zittern ihrer Stimme zu unterdrücken.

»Die Resultate der vorgeburtlichen Untersuchungen.« Dr. Barr lehnte sich zurück, und sein Stuhl knarrte. »Ich möchte eine weitere Untersuchung machen.«

»Warum?«

»Einige Blutwerte waren nicht überzeugend.«

»Ist das beunruhigend? Muss ich mir Sorgen machen?«

»Sie haben um das volle genetische Spektrum gebeten, Pakad.«

»Ich wollte auf Nummer sicher gehen.«

»Das haben Sie getan, und ich sage nicht, dass es falsch von Ihnen war, ganz und gar nicht. Aber vor zehn Jahren waren diese genetischen Anzeichen noch nicht identifiziert, und heute bleiben die Resultate der Proben oftmals nicht überzeugend.«

»Worüber sprechen wir hier?«

»Noch über nichts.«

»Was heißt das?«

Die Miene des Arztes blieb ausdruckslos. »Die Untersuchung genetischer Anfälligkeiten und Tendenzen ist eine ungenaue Wissenschaft. Zu diesem Zeitpunkt die Dinge mit Ihnen zu besprechen würde Sie aus Gründen alarmieren, die sich vielleicht als haltlos erweisen. Ich möchte Ihnen heute noch einmal Blut abnehmen, morgen früh können wir über das Ergebnis der Untersuchung sprechen. Bis dahin möchte ich Sie nicht beunruhigen«, endete er in dem Bemühen, tröstend zu klingen.

Wegen der Blutentnahme hatte Danielle sich noch mehr zu ihrem Treffen mit Paul Hessler verspätet, als sie erwartet hatte, doch Hessler wirkte nicht verstimmt. Sein Blick war wie in weite Ferne gerichtet. Die Augen waren gerötet und geschwollen, und sein Haar stand vom Kopf ab, wo es nicht glatt gekämmt war. Hessler saß mit herabgesunkenen Schultern vor ihr, und sein leicht vorstehender Bauch wölbte sich über seinen Hosengürtel.

»Sie sehen wie Ihr Vater aus«, sagte Hessler und riss Danielle aus ihren Gedanken.

»Haben Sie ihn gut gekannt?«

»Wir lernten uns in einem Lager in Griechenland kennen und reisten zusammen hierher.« Hesslers Worte hörten sich an, als wäre die Vergangenheit für ihn ein viel besserer Ort zum Leben als die Gegenwart. »Wir kämpften Seite an Seite mit den anderen Verrückten für die Haganah. Wir trennten uns kurz, als Ihr Vater sich den Irgun anschloss, und dann begegneten wir uns wieder … später. Jedenfalls war er ein großartiger Soldat, aber ein lausiger Politiker.«

Danielle bemühte sich um ein Lächeln, doch es fiel ihr schwer, denn sie glaubte, einen Kloß in der Kehle zu haben.

»Ich war meistens ein mieser Soldat, aber ein guter Geschäftsmann. Ich kaufte Waffen für Männer wie Ihren Vater, die sie brauchen konnten.« Hessler sank tiefer in seinen Sessel. Die schlaffe Haut um sein Kinn und seine Wangen schien an seinem Gesicht hinabzugleiten, als könnte sie nicht mehr von den Knochen gehalten werden. »Ich hatte Ihren Vater zehn Jahre lang nicht mehr gesehen, als ich von seinem Tod erfuhr. Seither habe ich Ihre Kariere stets verfolgt. Er wäre sehr stolz auf Sie.«

Dann musst du meine Karriere sehr genau verfolgt haben …

»Was haben Sie gesagt, Chief Inspector?«

»Nichts.«

»Mein Gehör ist nicht mehr das, was es mal war.«

Danielle neigte sich ein wenig vor. »Ich weiß, wie schlimm das alles für Sie sein muss.«

»Die Kugel war für mich bestimmt, Chief Inspector, nicht für meinen Sohn.« Hessler holte tief Luft, und der Atemzug endete mit einem Seufzen. »Es ist schrecklich, ein Kind zu verlieren. Ich bin überzeugt, Sie als Frau können das verstehen.«

»Ja«, sagte Danielle, »das kann ich.«

10.

»Danke für Ihr Kommen, Inspector«, sagte John Najarian, nachdem Ben ihn durch den Lautsprecher im Bereich des Swimmingpools im *Resort Village* in Jeriocho hatte ausrufen lassen. Die Sonne brannte heiß vom Himmel und erhitzte selbst die Stellen, an denen weiche Planen wie dünne Kissen ausgelegt waren, um den Mörtel vor Rissen und Ausdehnungen zu schützen. Ben hatte erwartet, dass bei diesem Wetter mehr Betrieb in der Erholungsanlage herrschen würde, doch nur wenige Liegen im Bereich des Swimmingpools waren belegt, und Stapel von Handtüchern lagen unbenutzt unter den Sonnenschirmen.

»Tut mir Leid, dass ich mich verspätet habe«, sagte Ben.

»Sie sind vermutlich von etwas Wichtigem aufgehalten worden. Deshalb bin ich so an Ihnen interessiert. Kommen Sie, setzen wir uns an die Bar. Haben Sie Durst?«

»Zu dieser Jahreszeit in Jericho bin ich immer durstig«, erwiderte Ben.

Najarian lächelte. Der reiche Detroiter Geschäftsmann mit großen Immobilien-Holdinggesellschaften trug einen Frottee-Bademantel über seiner Badehose. Ben hatte ihn am größten der drei miteinander verbundenen Swimmingpools in dem Komplex ausrufen lassen, wo er seine Runden im Becken absolviert hatte. Najarian sah aus wie ein Mann, der hart daran arbeitete, fit zu bleiben. Er war ein paar Jahre älter als Ben und besaß eine tiefe Sonnenbräune, die nicht von seinen paar Tagen in Palästina stammte.

Sie setzten sich an die Pool-Bar. Ben wählte einen Stuhl, von dem er einen Blick auf den Springbrunnen hatte, der die überdachten Passagen krönte, mit denen die drei Swimmingpools verbunden waren. Von dort aus konnte er auch den Volleyball-Platz sehen, der auf einem nachgebildeten Strand angelegt worden war. Von den nahen Tennisplätzen, getarnt durch Windabschirmungen, konnte er das stetige Geräusch der Bälle und das gelegentliche dumpfe Aufschlagen auf den Begrenzungszaun hören.

Das *Jericho Resort Village* mit seinen ausgedehnten Hotelzimmern, Villen und Apartmenthäusern war das erste seiner Art in Palästina, eine üppige, tropische Oase für Touristen, als Konkurrenz zu den bekannteren Anlagen in Israels Eilat und Tiba errichtet, die jetzt zu Ägypten gehörten. Es rühmte sich mit konkurrenzfähigen Preisen und einem Standort, der für wohlhabende Jordanier und Syrer leicht erreichbar war, ganz zu schweigen für Amerikaner wie John Najarian. Aber der Wiederbeginn bewaffneter Feindseligkeiten in der Region hatte zu einem Rückgang der Belegung geführt, abgesehen von Polizeirekruten, die hier von der Palästinensischen Autonomiebehörde umgesiedelt worden waren, nachdem Israelis die Akademie außerhalb von Jericho mit Granaten beschossen hatten.

»Ich muss ein Geständnis machen«, begann Najarian und nippte an seiner Bloody Mary. Sein Frottee-Bademantel war aufgeklafft, und Ben sah, dass sein massiger Oberkörper stark behaart war, schwarz wie seine buschigen Augenbrauen. »Ich habe gar nicht geschäftlich in der West-Bank zu tun.«

»Oh«, sagte Ben. Er hatte einen Eistee mit frischen Minzeblättern bestellt und drehte das eisgekühlte Glas zwischen den heißen Handflächen.

»Ich bin eigens gekommen, um Sie zu treffen, Inspector. Oder sollte ich sagen ›Detective‹?«

»Nur, wenn wir wieder in Detroit wären.«

»Sie stammen aus Dearborn, ich von Auburn Hills. Wir sind praktisch Nachbarn.«

»Ich habe lange nicht in Dearborn gelebt.«

Najarian neigte sich leicht vor. »Ich werde gleich zur Sache kommen. Sie haben von meiner Firma gehört, ›Security Concepts‹? Konzepte bei Sicherheitsfragen?«

»Vage.«

»Wir stellen im gesamten Mittelwesten privates, spezielles Sicherheitspersonal für die Geschäftswelt und Einzelpersonen zur Verfügung, und wir haben Pläne, an der Ost- und Westküste zu expandieren. Private Sicherheitsdienste sind der Hit der Zukunft, das kann ich Ihnen sagen, Ben. Ich darf doch Ben sagen?«

»Tun Sie sich keinen Zwang an.«

»Unsere Bodyguards sind allesamt Ex-Soldaten oder Ex-Mitglieder des Secret Service. Unsere Überwachungstechniken und die Ausrüstung sind die modernsten, die es gibt.«

»Ich brauche keine.«

Najarian lachte gezwungen. »Ihre ehemaligen Vorgesetzten sagen, Sie waren einer der besten Cops, den sie je gekannt haben. Und die Arbeit, die Sie dort geleistet haben, hat für einigen Wirbel in der Presse gesorgt. Für positiven, meine ich.«

»Meine Mutter hat mir die Zeitungsausschnitte geschickt.«

»Ich bin Armenier, Ben, und unsere beiden Kulturen haben viel gemein. Mir persönlich ist es scheißegal, aus welchem Kulturkreis ein Mensch stammt. Für mich zählt nur, was er leistet. Deshalb bin ich hier. Um Ihnen einen Job anzubieten.«

Ben nippte an seinem Eistee.

»Wie schon gesagt, Security Concepts expandiert. Ich brauche gute Leute zur Leitung einiger Abteilungen. Leute, die selbstständig arbeiten und von mir nur etwas hören, wenn sie

Mist gebaut haben. Ich rede von ein paar hunderttausend Dollar, plus Leistungsprämie und einer großzügigen Aktien-Option, ganz zu schweigen von Gewinnbeteiligung.«

Ben stellte sein Glas auf ein Tablett. »Sind Sie sicher, dass Sie den richtigen Ben Kamal ansprechen?«

»Den Ben Kamal, der sich von niemandem in Palästina oder Israel verarschen lässt. Den Ben Kamal, der in Detroit jeden Fall abgeschlossen hat, der ihm zugeteilt wurde.«

»Mit Ausnahme des wichtigsten.«

Najarian trank einen Schluck Bloody Mary, den Blick die ganze Zeit auf Ben gerichtet. »Sie haben den Sandmann erschossen, Ben.«

»Erst nachdem er meine Familie umgebracht hatte. In meinem eigenen Haus.«

Najarian stellte sein Glas auf dem gusseisernen Tisch ab. »Ich habe vorhin nicht gelogen. Diese Zeitungsartikel habe ich tatsächlich gelesen. Ich weiß, warum Sie Detroit verlassen haben und was Sie erwartet hat, als Sie nach Palästina zurückgekehrt sind. Ich weiß, was Sie durchgemacht haben. Ich dachte mir, Sie sind vielleicht in Palästina geblieben, weil Sie nichts mehr in die Staaten zieht. Aber ich biete Ihnen etwas an.«

Ben dachte an das Geld, an ein Leben in mehr als drei kleinen Zimmern. Er dachte daran, ein drittes Mal das Glück zu suchen, das er einst gehabt hatte, und dann fast wieder. Hier würde er es niemals finden, das war ihm seit kurzem klar.

»Ich fühle mich geschmeichelt, Mr. Najarian.«

»Sehen Sie sich um, Ben. Der Mittlere Osten wird wieder die Hölle. Es ist unvermeidlich, so ist es stets gewesen. Der Traum ist vorbei, aber das heißt nicht, dass Ihrer vorbei sein muss.« Najarian legte eine Pause ein und ließ seine Worte einwirken. »Ich erwarte nicht, dass Sie mir heute eine Antwort geben. Lassen Sie sich Zeit. Ich werde Ihnen meine Karte geben. Sie können mich jederzeit anrufen, Tag oder Nacht. Aber ich möchte, dass Sie mir versprechen, darüber nachzudenken, das Angebot ernsthaft in Erwägung zu ziehen.«

Ben blickte ihn unverbindlich an.

»Hey«, sagte Najarian, lehnte sich zurück und verschränkte die Hände hinter dem Kopf, sodass die Haare aus seinem Frottee-Bademantel sprossen, »es ist ja nicht so, als müssten Sie hier irgendetwas zurücklassen.«

11.

»Wie viel wissen Sie über mich, Chief Inspector?«, fuhr Paul Hessler fort.

»Ich weiß, dass Sie einer der zehn reichsten Männer der Welt sind«, erwiderte Danielle, »auch wenn Sie einen großen Teil Ihres Reichtums an fast jede Wohlfahrtseinrichtung verschenkt haben, die darum gebeten hat.«

Hessler zuckte bescheiden die Achseln. »Alle haben ihre Bedürfnisse.«

»Wie Israel.«

»Israel schulde ich mein Leben, Chief Inspector. Es ist das Mindeste, was ich tun kann.«

»Und wie ich gehört habe, schuldet Israel ein hohes Maß seines Lebens Ihnen. Durch Ihre Immobilien- und Geschäftsinvestitionen, Schenkungen und karitativen Stiftungen.«

»Können Sie sich vorstellen, wie bedeutungslos das alles jetzt für mich ist?«, fragte Paul Hessler.

»Ein wenig.«

»Ich dachte, ich hätte das schlimmste Grauen erlebt, die größten Erniedrigungen«, fuhr Hessler fort und schüttelte traurig den Kopf. »Das war ein Irrtum. Keines dieser Jahre hat mich auf das vorbereiten können, was geschehen ist.« Danielle sah, dass Hesslers Augen sich wieder mit Tränen füllten. »Von meinen Kindern hat nur Ari sich etwas aus meiner Arbeit gemacht. Nur er war imstande, das Geschäft zu übernehmen. Jetzt habe ich das Gefühl, das alles umsonst gewesen ist … weil Ari sich vor mich gestellt hat, bevor der Mörder schoss.« Hesslers Blick wurde härter. »Wissen Sie, warum Sie hier sind, Pakad?«

Danielle neigte sich vor. »Um herauszufinden, warum ein Mordanschlag auf Sie verübt wurde.«

Paul Hessler presste die Zähne aufeinander. »Das Warum ist nicht wichtig. Es gibt viele Gründe, weshalb Leute meinen Tod wünschen. Es ist das Wer, das zählt. Der Mann auf dem Ben-Gurion handelte nicht allein, Pakad. Jemand hat ihn geschickt, und Ihre Aufgabe ist es, herauszufinden, wer es ist. Dann werden Sie diese Information an mich weitergeben.«

»Bei allem Respekt, Sir …«

»So geht das nicht, wie? So wurden Sie nicht ausgebildet, Ihren Job zu tun? Aber oftmals missachten Sie die Vorschriften und Dienstwege, nicht wahr? Ihr Ruf ist mir gut bekannt … Das ist einer der Gründe, weshalb ich darum gebeten habe, diesen Fall Ihnen zuzuteilen.«

Danielle wollte aufstehen, besann sich jedoch anders. »Vielleicht haben Sie mich falsch eingeschätzt.«

»Sie werden ›Pakad‹ genannt, obwohl es ›Pakadet‹ heißen müsste – die weibliche Form. Warum?«

»Mein Name und Dienstrang wurden auf dem Originalausweis der Nationalpolizei falsch gedruckt. Den Namen korrigierte man, der Titel blieb.«

»Hat man Sie ebenfalls falsch eingeschätzt?« Bevor sie etwas erwidern konnte, fuhr Hessler fort: »Wissen Sie, Chief Inspector, dieser Fall wäre Ihnen niemals übertragen worden, hätte ich nicht darum gebeten. Ich habe Druck auf die maßgeblichen Regierungsstellen ausgeübt, damit man meinen Wunsch versteht. Aus offensichtlichen Gründen, natürlich.«

»Sie wollten mich wissen lassen, dass Sie das können.«

»Ich habe nie mit Commander Baruch persönlich gesprochen«, fuhr Hessler fort, als hätte er Danielle gar nicht gehört. »Ich glaube, er erhielt einen Anruf vom Justizminister. Sie haben Recht, ich wollte, dass Sie verstehen, dass Vorschriften und Dienstwege in diesem Fall nicht zählen. Es zählt nur, dass ich erfahre, wer heute den Mordschützen auf den Ben-Gurion Airport geschickt hat.«

»Es könnte Ihnen nicht gefallen, was ich herausfinde, Mr. Hessler.«

Hessler blinzelte, und der Ausdruck seiner Augen verlor an Intensität, als hätten sie sich zu lange auf irgendetwas konzentriert. »Und warum könnte das sein, Pakad?«

»Mir kommt es sonderbar vor, dass ein alter Mann geschickt wurde, um Sie zu töten. Die Feinde, von denen Sie gesprochen haben, hätten einen Profikiller geschickt.«

»Und dieser war keiner?«

»Den Zeugenaussagen zufolge rief er Ihnen etwas zu, bevor er zu feuern begann. Er bezeichnete Sie als Mörder und zog dabei die Aufmerksamkeit auf sich. Eine solche Vorgehensweise würde ich nicht als Markenzeichen eines professionellen Killers bezeichnen.«

»Als was dann?«

»Als ein Verbrechen aus Leidenschaft, begangen von jemandem, der sich von Ihnen ungerecht behandelt fühlte. Vielleicht geschäftlich. Wenn das der Fall ist, würde es die Frage nach dem ›Wer‹ beantworten. Dann brauchten wir keine Schatten zu jagen.«

»Ich habe viele Feinde, Pakad.«

»Wir würden nach einem zornigen Angestellten, einem verbitterten Konkurrenten, nach irgendjemandem suchen, der sich ungerecht behandelt fühlte und Sie deshalb gehasst hat.«

Hessler verzog die Lippen zu einem Lächeln, gerade weit genug, um Danielle die Lücke zwischen seinen Schneidezähnen zu zeigen. »Wenn Sie so lange im Geschäft sind wie ich, trifft das wahrscheinlich auf viele Leute zu.«

»Aber dieser Mann wusste, dass er selbst sterben würde, als er abdrückte. Und er muss einen Grund gehabt haben, Sie als Mörder zu bezeichnen. Oder ...«

»Oder was?«

»Haben Sie die Möglichkeit in Erwägung gezogen, dass vielleicht Ihr Sohn das Ziel gewesen sein kann?«

»Sie sagten ...«

»Ich sagte, der Schütze rief ›Mörder!‹ und begann zu feuern. Ich habe nie behauptet, dass er zweifelsfrei auf Sie gezielt hat.«

Hessler stemmte sich aus seinem Sessel hoch und schlurfte zur Bar. Er umfasste die Kanten so fest, dass das Blut aus seinen Knöcheln wich, sodass sie weiß wurden.

»Wir hätten heute Abend die Rückkehr nach New York gefeiert, mein Sohn und ich«, sagte er tonlos mit dem Rücken zu Danielle. »Das Raketen-Verteidigungssystem, das wir für Israel gebaut haben, ist fertig entwickelt. Heute Morgen waren wir Zeugen des zweiten erfolgreichen Tests.« Hessler räusperte sich und sammelte seine Gedanken. »Auf jeden Fall war mein Sohn neu für die Firma. Verschwenden Sie nicht Ihre Zeit, Pakad. Ari war nicht das Ziel.«

»Aber Sie sagten selbst, dass er eines Tages die Hessler Industries übernommen hätte.« Danielle durchquerte das Wohnzimmer und trat Hessler auf der anderen Seite der Bar gegenüber. »Das ist Grund genug, die Möglichkeit in Betracht zu ziehen, dass Ihr Sohn das wahre Ziel des Anschlags gewesen ist.«

Hessler löste seine Hände vom glänzenden Holz der Bar. »Weil es vielleicht schlimmer war, ihn zu töten als mich.«

»Ja.« Danielle nickte.

Hessler blickte sie nachdenklich an. »Ich habe Sie aus einem anderen Grund ausgewählt, Pakad. Ich wollte jemanden, der weiß, was für ein Gefühl es ist, ein Kind zu verlieren.«

Danielle bemühte sich, nicht zu reagieren. »Das gehört nicht zur Sache.«

»Wirklich nicht? Vielleicht verstehen Sie nicht, was ich damit sagen wollte.«

»Dass Sie so viel über mich wissen wie ich über Sie.«

»Sehr gut.«

»Ich glaube, Sie haben mich aus den falschen Gründen ausgewählt, Mr. Hessler.«

»Das bleibt abzuwarten, Pakad, nicht wahr?« Hessler umklammerte abermals die Kante der Bar, um sich zu stützen, weil er plötzlich unsicher auf den Beinen war. »Wenn Sie herausfinden, wer für den Tod meines Sohnes verantwortlich ist, werden wir wissen, ob ich Recht hatte.«

12.

Ben Kamal ging zwischen den angrenzenden Spielfeldern entlang, die im Schatten des Fußballstadions lagen, in dem er früher an diesem Tag einen Mann erschossen hatte. Zwei Spiele fanden gleichzeitig statt. Schuljungen rannten in der Hitze auf den Spielfeldern auf und ab und kämpften um den Ball. Die Jugend-Fußballliga war neu in der West-Bank und noch schlecht organisiert.

Ben war trotz dieses Nachteils beeindruckt von den Fähigkeiten der neun- und zehnjährigen Jungen, besonders von denen der Mannschaft, die auf dem Feld zu seiner Rechten spielte. Ihr Trainer stand ernst in seinem grünen Nike-Trainingsanzug an der Seitenlinie und brüllte gelegentlich eine Anweisung. Als Ben sich dem Mann näherte, wurde eine perfekte Flanke von einem seiner Spieler volley aus der Luft genommen und ins Tor gehämmert. Der Trainer applaudierte und wechselte zwei Spieler ein, um das Mittelfeld zu entlasten.

Dann wandte er sich zu Ben um, als der sich näherte.

»Ich hätte gedacht, Sie haben für heute genug vom Fußball, Inspector«, sagte Colonel Nabril al-Asi, Leiter des Schutzsicherheitsdienstes, einer der 14 eigenständigen palästinensischen Ordnungsbehörden. Der Schutzsicherheitsdienst war die seit ihrem Bestehen am meisten gefürchtete Polizei und stand unter der direkten Amtsgewalt von Präsident Yasir Arafat. Al-Asi musste sich niemandem außer Arafat verantworten.

»Glauben Sie mir, das habe ich.« Ben beobachtete einige gute Spielzüge der Mannschaft.

»Beeindruckt, Inspector? Mein israelischer Kollege vom Shin Bet hat arrangiert, dass der Kapitän ihrer Nationalmannschaft ein wenig aushilft und den Jungs ein paar Tipps gibt.«

Ben beobachtete, wie al-Asis Mannschaft einen Eckball ausführte und den Gegner weiterhin beherrschte. »Sie haben ihm offensichtlich gut zugehört.«

»Wir sind unbesiegt, Inspector. Normalerweise würde ich mir aus so was nicht viel machen, aber es war schwer genug, meinen Sohn zu überzeugen, dass ich als Trainer etwas tauge.«

»Er hält nicht viel von Ihren fußballerischen Fähigkeiten?«

»Er bezweifelte, dass ich mich zu den Spielen blicken lasse.«

»Das kommt bei Ihnen für gewöhnlich selten vor, Colonel.«

Al-Asi wandte sich gerade lange genug vom Spielgeschehen ab, um Ben mit seinen dunkelbraunen Augen durchbohrend anzublicken. Sein dichtes, grau meliertes Haar bewegte sich kaum in der Brise. In seinem modischen Trainingsanzug sah er genauso gut aus wie in den teuren europäischen Anzügen, in denen Ben ihn sonst sah.

»Die meisten meiner Feinde sitzen im Knast, Inspector. Der Rest ist unter ständiger Überwachung. Ich hielt es für an der Zeit, meinen Kindern zumindest den Anschein eines normalen Lebens zu geben.«

Ben lächelte und schwieg.

Al-Asi runzelte die Stirn. »Aber jetzt liegt mir meine Tochter in den Ohren, wann es eine Frauenmannschaft geben wird, in der sie spielen kann. Sie hat die Damen-Weltmeisterschaft im Fernsehen gesehen und kickt den Ball im Hof herum, als wäre sie ein brasilianischer Fußballstar. Aber sie versteht nicht, dass unsere Kultur nicht fortschrittlich genug ist, um Frauensport zu erlauben. Wenn ich ihr sage, dass wir eines Tages so weit sein werden, fängt sie zu heulen an. Kinder sind nicht so sehr an der Zukunft interessiert.«

»Auf jeden Fall müssen sie froh sein, wieder mehr von Ihnen zu haben.«

»Wir leben jetzt in einer echten Nachbarschaft mit anderen Kindern. Auch das gefällt ihnen.«

Der Schiedsrichter pfiff ab. Al-Asi ging zu seinen Spielern und applaudierte überschwänglich.

»Sie haben Ihre Sache heute Morgen großartig gemacht, Inspector«, wandte er sich dabei an Ben. »Wie geht es dem verletzten Beamten?«

Ben hielt mit dem Colonel Schritt. »Er wird gesund.«

»Al hamdu lillah«, sagte al-Asi, und seine Stimme klang ungewöhnlich ehrfurchtsvoll. »Gott sei Dank.«

»Zum Glück haben wir die Diskette sichergestellt und kennen deshalb jetzt Mahmoud Fasils Netzwerk.«

»Nicht genau.«

»Bürgermeister Wallid sagte mir …«

»Der hat Ihnen bloß erzählt, was er von mir gehört hat, Inspector. Aber Ihnen werde ich die Wahrheit sagen. Die Diskette enthält nur dummes Geschwätz. Es gibt überhaupt keinen Sinn.«

»Verschlüsselt?«

»Nein«, sagte al-Asi. »Sie enthält einfach nichts, das auf irgendeine Art und Weise Beziehung zu dem Netzwerk des Terroristen hat, das wir zu identifizieren hoffen. Außerdem ist der Text

Englisch. Vielleicht können Sie sich das mal ansehen und mir sagen, was Sie davon halten.«

»Was hat Fasil dann damit gemacht?«

»Wir hoffen, der eingesperrte Fußballstar Abdel Sidr kann uns das erzählen, aber bis jetzt hat er noch nicht den Mund aufgemacht. Ich werde ihn als Erstes morgen früh besuchen. Ich hoffe, dann wird er sich anders besinnen.«

»Vielleicht haben wir irgendwo Mist gebaut«, sagte Ben nachdenklich. »Vielleicht hätten Sie Fasil nicht uns überlassen sollen, Colonel.«

»Sie meinen, ich habe einen Fehler gemacht, indem ich Ihren Männern den Auftrag anvertraut habe?«

»Nur, weil Ihre Männer weitaus erfahrener in solchen Situationen sind.«

»Sie haben die Geschichte nicht geglaubt, die ich als Vorwand erzählt habe?«

»Keine Minute.«

Al-Asi blieb stehen. »Ich dachte, sie wäre gut für Sie, Inspector. Ein echter Auftrag, anstatt einer weiteren Übung … anstatt wie Schulkinder Cops zu spielen.«

»Einer wäre fast gestorben, weil meine Befehle nicht klar genug waren.«

Al-Asi tat die Äußerung mit einem Schulterzucken ab. »Ich hörte, dass Sie den Inhalt Ihres Magazins auf Fasil abgefeuert haben. Fünfzehn Schuss. Drei Treffer. Nicht schlecht, unter den gegebenen Umständen. Eines Tages gehen wir mal auf den Schießstand. Ich werde Ihnen Tipps geben.«

»Im Augenblick bin ich wegen etwas anderem hier.«

»Was kann ich für Sie tun, Inspector?«

Ben eilte hinter al-Asi her aufs Spielfeld. Das Gras war weich und voll und nur an wenigen Stellen braun dank der israelischen Bewässerungsexperten, die ein unterirdisches Bewässerungssystem entwickelt hatten, um den Mangel an Regen wettzumachen.

»Ich habe einen Computer in meinem Wagen«, sagte Ben. »Die Festplatte wurde gelöscht. Ich hatte gehofft, Ihr Amt könnte helfen, sie wiederherzustellen.«

»Und wessen Computer ist das?«

»Der eines Jungen, der anscheinend zufällig Opfer bei einem Straßenverbrechen geworden ist.«

Al-Asi applaudierte seinen Spielern, als sie ihn in ordentlichem Gänsemarsch passierten. »Wenn Sie das Wort ›anscheinend‹ benutzen, beunruhigt mich das. Sie halten das Verbrechen nicht für Zufall, wie?«

»Die Mutter des Jungen hält es nicht für einen Zufall.«

»Ich kann mir vorstellen, dass es bei meiner Frau ebenso wäre, wenn es ihr helfen würde, damit fertig zu werden.«

»Die Mutter des Jungen hat ausgesagt, dass ihr Sohn sich seit ungefähr einer Woche seltsam benommen hat. Er hat vor irgendetwas Angst gehabt.«

»Wo wurde er umgebracht?«

»Auf dem Weg nach Israel. Er fuhr zur Arbeit.«

»Der Junge hat in Israel gearbeitet?«, fragte al-Asi überrascht.

»In Tel Aviv, glaube ich. Der Job wurde von der experimentellen israelisch-palästinensischen Gemeinschaftsschule bei Abu Gosh vermittelt, die der Junge besucht hat.«

»Ich habe mir diese Schule wegen meines ältesten Sohns angesehen und mir gesagt, dass ich genug Ärger habe, um ihn vor anderen Palästinensern zu schützen, ganz zu schweigen vor Israelis. Ich dachte, der Laden wäre geschlossen worden.«

»Noch nicht. Die Schule hat das Opfer auch mit seinem Computer versorgt.«

Al-Asi blieb mitten auf dem Spielfeld stehen. »Ist das eine offizielle Ermittlung, Inspector?«

»Was meinen Sie denn?«

Al-Asi klopfte ihm auf die Schulter und betrachtete ihn wohlwollend. »Wissen Sie, wozu ich Sie wirklich gebrauchen könnte? Als Assistenz-Trainer. Es gibt sehr viele Trainingsspiele durchzuführen und Mannschaften zu erkunden. Da fühle ich mich manchmal überfordert.« Der Sohn des Colonels lief herbei und umarmte ihn kurz, bevor er davonflitzte, um sich seinen Spielkameraden anzuschließen. »Besonders jetzt, nachdem ich diese zusätzliche Verantwortung übernommen habe. Sind Sie interessiert?«

»Ich weiß nicht viel über das Spiel.«

»Das kann ich Ihnen beibringen.«

»Da muss man eine Menge lernen, die Regeln und alles.«

Ben und al-Asi schlenderten weiter über das Spielfeld.

»Mein Team spielt auf vielen Plätzen. Man lernt immer dazu. Manchmal wissen Sie gar nicht, was Sie erwartet, bis Sie irgendwo hinkommen.«

»Ich werde darüber nachdenken. Da ist noch etwas anderes, Colonel. Die Mutter des ermordeten Jungen hat noch einen Sohn. Er sitzt in einem palästinensischen Gefängnis.«

»Wie heißt er?«

»Farouk Falaya.«

»Nie gehört.«

»Gut, denn ich möchte, dass seine Freilassung beschleunigt wird.«

»Warum?«

»Damit er zu seiner Mutter heimkehren kann.«

»Ein guter Grund.« Al-Asi bog zu dem Parkplatz ab, wo seine Mannschaft sich um drei dunkle SUV-Wagen drängte, jeder mit einem der Leibwächter des Colonels besetzt, die Trainingsanzüge trugen. »Kommen Sie mit uns, Inspector, wir alle essen ein Eis.«

13.

Des Nachts wird die Stadt Old Jaffa südlich von Tel Aviv vom kalten Licht an Gebäuden erhellt, statt sich wie sonst in ihrer farbenprächtigen Vergangenheit zu verstecken. Kauflustige und Spaziergänger schlendern über den berühmten Flohmarkt, bekannt als *Shuk Ha-Pispheshim*. Sie sind auf Schnäppchen aus, statt wie in den Jahren zuvor aus Notwendigkeit ihren Bedarf zu decken, und sie benutzen ihre American-Express-Karten, um Waren zu bezahlen, die an wackligen Ständen und Karren feilgeboten werden.

Als die Dunkelheit hereinbrach, schlenderten zwei Männer, die keinerlei Interessse an den Angeboten zeigten, zwischen den Ständen und Verkaufsbuden hindurch, an denen Nippes, Perserteppiche und Lederwaren angeboten wurden. Einer der Männer war schmächtig und humpelte leicht, was jedoch nur zu bemerken war, wenn er schneller zu gehen versuchte: Er war ein älterer Mann mit aschgrauem Gesicht, dessen düstere Züge von keinem noch so strahlenden Licht erhellt werden konnten.

Der jüngere Mann, bekleidet mit einem langen schwarzen Ledermantel, überragte ihn und verbarg den älteren Mann mit seinem Schatten. Dichtes schwarzes Haar bedeckte seinen Schädel wie eine buschige Kappe. Seine Gestalt war kräftig und muskulös, doch tiefe Falten durchzogen sein Gesicht und bildeten ein Netzwerk aus Runzeln und Furchen. Die Augen waren blutunterlaufen und blickten müde, die Pupillen waren groß, und der Rand des Augapfels leicht gelblich. Ein dunkles Hemd bedeckte den mächtigen Brustkorb unter seiner Jacke.

Ein Wagen mit offenem Fenster rollte vorbei. Der ältere Mann ließ ihn passieren, bevor er sprach. »Warum sind Sie mit diesen Anschuldigungen zu mir gekommen?«, fragte Abraham Vorsky.

»Wegen Ihrer Vergangenheit«, erwiderte Hans Mundt, der jüngere Mann.

»Sie meinen als Ex-Leiter des Mossad«, meinte Vorsky und

bezog sich damit auf Israels Geheimdienst. »Oder als sonst etwas?«

Mundts Blick fiel auf die Tätowierung auf dem Unterarm des alten Mannes. »Sagen Sie es mir.«

Vorsky zog den Arm zurück an seine Seite. »Mal angenommen, es stimmt, was Sie behaupten …«

»Sie haben den Beweis gesehen.«

»Ich habe gesehen, was Sie mir gegeben haben, mehr nicht.«

Die beiden Männer schwiegen, als ein zahnloser Händler Mundt eine gewaltige *nargilah* entgegenstreckte, eine Wasserpfeife. Mundts Hand schoss so schnell vor, dass der Verkäufer sie erst sah, als ihm die Wasserpfeife aus der Hand gefegt wurde und auf den Asphalt fiel.

»Sie sagten, Sie wollen keine Aufmerksamkeit auf sich ziehen«, warnte Vorsky.

»Manchmal lässt es sich nicht ändern«, entgegnete Mundt.

Vorsky vergewisserte sich mit einem schnellen Rundblick, dass niemand auf sie aufmerksam geworden war. Der Geruch von *al-ha'esh*, Braten, hing in der Luft, und das Zischen von Fleisch auf Grillfeuern folgte ihnen auf Schritt und Tritt. Die Geräusche und Düfte machten Appetit, doch Vorsky musste seit Jahren strenge Diät halten.

»Angenommen, Ihre Information ist zutreffend – was genau erwarten Sie von mir?«, fuhr Vorsky fort.

»Das ist Ihre Entscheidung. Ich habe meinen Teil getan, indem ich hergekommen bin und Sie informiert habe.«

»Sie hätten sich an herkömmlichere Behörden wenden können.«

»Ich finde, dass die Sache nicht im allgemeinen Interesse ist. Wenn das jemals in der Öffentlichkeit bekannt wird …«

»Was ist mit Ihren eigenen Interessen?«, unterbrach der alte Mann.

So, wie Vorsky ihn ansah, fragte sich Mundt, ob der ehemalige Leiter des Mossad von seinem letzten Ausflug wusste, den er vor ein paar Wochen nach Polen gemacht hatte und der ergeben hatte, was Mundt schon sehr lange suchte …

»Hierher! Ich habe etwas gefunden!«, hörte Mundt den Arbeiter rufen, den er eingestellt hatte, als sie einen Abschnitt der Wälder nördlich von Lodz nahe des Orts Leczyca durchsuchten.

Mundt eilte zu dem Mann und sah ihn auf etwas zeigen, das er soeben ausgegraben hatte.

»Da!«, sagte er aufgeregt, als Mundt heran war. »Es ist das, was Sie suchen, ja?«

Mundt legte seine eigene Schaufel auf den Boden und stieg in die ausgehobene Grube, und der Saum seines langen Ledermantels wurde sofort von Eis und gefrorenem Dreck beschmutzt. Dann ging er in die Hocke und rieb mit der Hand über einen gelblich weißen Gegenstand, der schräg aus dem Boden ragte.

»Es ist ein Knochen, nicht wahr?«, fragte der Arbeiter aufgeregt. »Es muss das Grab sein, das Sie gesucht haben! Das muss es sein!«

»Ja«, sagte Mundt mit tonloser Stimme. »Das müsste es sein.«

»Sie sprachen von einem Bonus, wenn …«

Der Mann verstummte, als Mundt sich aufrichtete; er war so groß, dass er und der Arbeiter fast Auge in Auge waren, obwohl Mundt knietief in der Grube stand. Der Arbeiter, der diesen Teil der Waldgegend besser kannte als jeder andere und der von seinem Vater Geschichten von den Geistern gehört hatte, die seit dem Zweiten Weltkrieg angeblich durch diese Wälder streiften, stützte sich auf seine Schaufel und schluckte schwer.

»Und wessen Grab ist das?«, fragte er.

Mundt nahm seine Schaufel und stieß sie in den Boden. »Helfen Sie mir, zu Ende zu graben!«, befahl er, als das Schaufelblatt auf die Überreste eines Materials stieß, das der Stoff eines Mantels sein konnte. »Vielleicht finden wir es heraus.«

»Ich frage noch einmal, welches Interesse Sie an dieser Sache haben«, wiederholte Abraham Vorsky, der ehemalige Leiter des Mossad. »Hinter was sind Sie her?«

»Vielleicht versuche ich, mich zu bessern«, meinte Mundt.

»Für Ihr Volk? Vergessen Sie es. Das ist jetzt alles Geschichte.«

»Nicht das. Nicht, was ich Ihnen gebracht habe. Die Sicherheit Ihres Landes steht hier auf dcm Spiel.«

Vorsky bemühte sich, unbeeindruckt zu wirken. »Sie haben mir immer noch nicht gesagt, was Sie von mir als Gegenleistung verlangen.«

»Zugang zu Ihren Akten.«

»Unmöglich!«

»Ich bitte nur um eine.«

Vorsky blinzelte nachdenklich. »Ich höre. Was schlagen Sie vor?«

»Ich gebe Ihnen drei Namen, um anzufangen. Wenn meine Story sich als richtig erweist, geben Sie mir im Tausch für den Rest den Zugang, den ich haben will.«

»Wie viele Namen sind es insgesamt?«

»Mehr als drei.«

Nach diesen Worten zog Hans Mundt langsam und vorsichtig ein paar gefaltete Seiten aus seinem Jackett, wobei er darauf achtete, beide Hände deutlich sichtbar zu halten. Abraham Vorsky nahm die Seiten, zögerte jedoch, bevor er sie einsteckte.

»Wenn Sie diesen Weg gehen, wird es kein Zurück geben, ist Ihnen das klar?«, warnte der alte Mann.

»Ich bin ihn bereits zurückgegangen«, sagte Mundt und dachte an das Grab, das er in den polnischen Wäldern nördlich von Lodz vor etwas über zwei Wochen gefunden hatte. »Deshalb bin ich heute Abend hier.«

ZWEITER TAG

14.

»Danke für dein Kommen«, sagte Danielle zur Begrüßung, als sie die Praxis des Arztes betrat und bereits von Ben erwartet wurde.

»Danke für deinen Anruf«, erwiderte er und nahm ihre Hände in seine. »Was ist los?« Sie waren allein im Wartezimmer, aber er hoffte, sie würde trotzdem noch länger bei ihm bleiben.

»Ich weiß es nicht. Ich hatte einige Untersuchungen. Der Arzt wollte mir nichts sagen, bis er die Ergebnisse vorliegen hat.«

Danielle gefiel es, Bens Hände auf ihren zu spüren. Sie waren weicher als die der meisten israelischen Männer, die sie gekannt hatte, was auf einen Mann hindeutete, der sein Leben innerlich gelebt hatte statt äußerlich. Danielle hatte sich entschieden, Ben in der vergangenen Nacht anzurufen, denn ihr Gespräch mit Layla Saltzman machte ihr zu schaffen. Es hatte ihr deutlich gemacht, wie traurig es war, niemanden zu haben, der einem in schweren Zeiten half und die guten Zeiten mit einem teilte.

»Ich dachte, du hast ein Recht, hier zu sein«, fuhr Danielle fort.

»Ich weiß das zu schätzen.«

»Es freut mich, dass du die Tür für mich nicht zugeschlagen hast, Ben.«

»Du weißt, dass ich nicht aufgeben werde«, sagte er. »Das liegt nicht in meiner Natur.«

Danielle hatte vor fast vier Monaten erfahren, dass sie

schwanger war, jedoch ein paar Wochen gewartet, bis sie es Ben gesagt hatte. Sie hatte gewartet, weil sie beschlossen hatte, das Kind allein aufzuziehen. Schließlich wurde jedes Kind mit einer jüdischen Mutter und einem palästinensischen Vater von Geburt an zum Ausgestoßenen, zum Paria. Es würde nicht fair sein, für keinen von ihnen.

Ben und Danielle hatten sich bei der ersten gemeinsamen Ermittlung der israelischen und palästinensischen Regierungen kennen gelernt. Ihre Animosität hatte sich rasch in gegenseitigen Respekt verwandelt. Später hatte eine sonderbare Art Abhängigkeit dazu geführt, dass sie Geliebte wurden. Doch beiden war klar geworden, dass eine langfristige Beziehung für sie unmöglich war, und so hatten sie sich widerstrebend getrennt. Nach einer kurzen Liaison mit einem israelischen Armeeoffizier war Danielle schwanger geworden. Weil es nicht die große Liebe gewesen war, hatte sie mit dem Offizier Schluss gemacht, und er war aus ihrem Leben verschwunden. Ein paar Wochen später hatte sie bei einer Fehlgeburt das Baby verloren.

Die Einsamkeit, die darauf folgte, und die Depressionen hatten sie wieder zu Ben geführt. Keiner von beiden hatte sich Illusionen über den Fortgang ihrer Beziehung gemacht, doch sie hatten sich verzweifelt an die Gesellschaft des anderen geklammert und sie genossen. Danielle hatte sich mit der Zeit mehr auf ihr wöchentliches Rendezvous mit Ben gefreut als auf alles andere in ihrem Leben.

Ihre jetzige Schwangerschaft war ebenso wenig geplant gewesen wie die erste. Sie klammerte sich an ihre zweite Chance, ein Kind zu bekommen, betrachtete es als Rettung aus dem Kummer ihres einsamen Lebens. Außer einer einzigen Tante und einem Onkel waren alle Mitglieder ihrer Familie tot; sie war beinahe besessen davon gewesen, ein Baby zu bekommen – so sehr, dass sogar ihre Liebe zu Ben darunter gelitten hatte. Sie wusste, wie schlimm sie ihn gekränkt hatte, als sie beschloss, das Kind allein großzuziehen, doch die Aufregung und ihre Entschlossenheit hatten sie blind für seine Gefühle gemacht. Bis heute hatte sie ihn sechs Wochen lang nicht gesehen, und nun fragte sie sich, ob ihre Entscheidung wirklich das Beste für alle Beteiligten gewesen war.

Denn die Wahrheit war, dass sie schreckliche Angst davor hatte, ein Schicksal wie Layla Saltzman zu erleiden.

»Ich bin für dich hier«, sagte Ben, als die Tür zum Wartezimmer geöffnet wurde, die Arzthelferin den Kopf in Zimmer steckte und sagte:

»Miss Barnea, der Doktor möchte Sie jetzt sehen.«

Dr. Barr saß hinter seinem Schreibtisch, als Danielle sein Büro betrat, gefolgt von Ben. Das Haar des Arztes war vorzeitig ergraut, und sein Gesicht wirkte auf Danielle stets sonnenverbrannt.

»Guten Morgen, Pakad.« Dr. Barr erhob sich hinter seinem Schreibtisch. Was als höfliche Geste begann, wurde zu aufmerksamem Interesse, als er Ben betrachtete. »Ich glaube, wir kennen uns noch nicht.«

Ben reichte ihm die Hand. »Ben Kamal.«

»Sie sind ...«

»Ein Freund von Danielle.«

Dr. Barr zögerte. Dann bot er beiden Stühle vor seinem Schreibtisch an. »Bitte, nehmen Sie Platz.«

Auf seinem Schreibtisch lag ein Klemmbrett; die Seiten darauf waren geknickt und unten aufgerollt, nachdem sie mehrmals gelesen worden waren. Der Arzt blätterte zur ersten Seite und versuchte sie zu glätten.

»Pakad Barnea«, begann er und konzentrierte sich nur auf Danielle. »Die Untersuchung des Fötus auf genetische Merkmale ist noch keine genaue Wissenschaft, wie ich es schon einmal mit Ihnen besprochen habe. Aber Folgendes kann ich Ihnen mit ziemlicher Sicherheit … und mit Bedauern … mitteilen.« Er neigte sich vor, verschränkte die Hände über dem Klemmbrett und drückte sie fest zusammen. »Bei der jüngsten Reihe der Blutuntersuchungen des Fötus' haben wir eine genetische Anomalie Ihres Babys festgestellt.«

»Anomalie?«

»Eine ziemlich ernste, befürchte ich.«

Ben blickte zu Danielle und wollte wieder ihre Hand ergreifen, doch sie nahm beide Hände von den Stuhllehnen und verschränkte sie im Schoß.

Danielle fühlte sich, als hätte ein Fausthieb ihr den Atem genommen. »Anomalie. Das bedeutet …«

»Dass etwas nicht in Ordnung ist. Eine negative Indikation.«

»Was heißt das genau?«

»Haben Sie jemals von Ornithine Transcarbamylase Deficiency oder OTC gehört?«

»Nein. Ist das die Anomalie, von der Sie sprechen?«

»Es ist eine sehr seltene Stoffwechselstörung, die manchmal mit strenger proteinarmer Diät und Medikamenten behandelt werden kann. Aber die Stärke der Anzeichen, die wir entdeckt haben, weist darauf hin, dass Ihr Fötus an einer ernsten Form der Störung leidet.« Der Arzt hielt für einen Moment inne. »Ich befürchte, sie ist tödlich.«

15.

Tödlich …

Das Wort traf Danielle wie ein Faustschlag. Ihr Herz schien auszusetzen, ihr Atem stockte, und die Zeit schien einen Moment stehen zu bleiben.

»Es tut mir sehr Leid, es so offen zu sagen, aber zu diesem

Zeitpunkt sollten wir eine genetische Beendigung als Option in Erwägung ziehen.«

Danielle spürte, wie ihr Hitze ins Gesicht stieg. Ben tastete hinüber zu ihrem Schoß, und diesmal ergriff er ihre Hände.

»Sie meinen Abtreibung«, sagte sie.

»Ich bezweifle, dass die Bezeichnung in diesem Fall korrekt ist.«

»Im Gegensatz zu genetischer Beendigung.«

»Weil die Entbindung nicht wirklich infrage steht. Wir sprechen hier von … einem Gnadenakt.«

»Für wen?«, fragte Danielle.

»Wie sicher sind Sie bei Ihrem Befund?« Ben blickte den Arzt fragend an.

»Sehr sicher.«

»Können Sie diesen Test wiederholen?«

»Das haben wir bereits getan. Die genetischen Merkmale waren identisch.«

»Was ist mit einer zweiten Meinung?«, setzte Ben nach. »Es muss irgendwo Spezialisten geben.«

»Ich habe einen Spezialisten wegen der beiden Testergebnisse konsultiert. Er war es, der die Diagnose stellte. Aber es steht Ihnen natürlich frei, einen anderen Spezialisten Ihrer eigenen Wahl zu suchen.«

»Ich verstehe einfach nicht …« Ben verstummte, als Danielle ihm ihre Hand entzog, aufstand und um den Stuhl herumging.

»Ich werde es nicht tun«, sagte sie zu dem Arzt. »Abtreibung, genetische Beendigung – wie immer Sie es nennen. Ich werde es nicht zulassen.«

Der Arzt nickte mit echtem Mitgefühl. »Sie würden Ihr Baby großen Schmerzen aussetzen. Selbst wenn es überlebt …«

»Es besteht also eine Chance?«

»Eine geringe, ja, aber der Tod würde fast zwangsläufig im ersten Lebensjahr eintreten. Spätestens im zweiten. Die Sterblichkeitsrate bei OTC in dieser Konzentration beträgt hundert Prozent.«

»Gibt es keine Heilung?«, fragte Ben.

»Nicht mehr als beim Downsyndrom. Der einzige Vorteil, den wir jetzt haben, ist die Fähigkeit, die genetischen Anfälligkeiten im Voraus zu identifizieren.«

Danielle umkrampfte die Rückenlehne des Stuhls. »Ein Problem zu identifizieren, das man nicht lösen kann, ist kein Vorteil.«

»Das glaube ich doch, wenn es dem Kind – und den Eltern – unnötige Leiden erspart. Und Sie müssen wissen, Pakad Barnea, dass es sich nicht auf Ihre Gebärfähigkeit in der Zukunft auswirkt. Die Möglichkeit, dass ein zweiter Fötus die genetischen Merkmale für OTC hat, sind nicht größer als bei dem ersten.«

»Und wie sind die?«

»Vierzigtausend zu eins.«

»Wer ist der Überträger, der Mann oder die Frau?«

»Die genetische Mutation kommt beim X-Chromosom vor, so sind also Frauen die typischen Überträgerinnen, wobei üblicherweise ihre Söhne erkranken.«

Ben schluckte, denn er glaubte, einen Kloß in der Kehle zu haben. Er wollte Erleichterung empfinden, weil er wenigstens nicht schuld gewesen war, doch er konnte nur an den Fötus denken – ein Junge. Sein Sohn.

Er hatte einen Sohn gehabt, doch ein Serienkiller namens Sandmann hatte den Jungen kurz vor seinem siebenten Geburtstag getötet. Nachdem Ben zehn Kugeln in den Körper des wahnsinnigen Mörders gejagt hatte, der Detroit seit Monaten terrorisiert und ganze Familien im Schlaf ermordet hatte, fand er die Leiche seines Sohnes. Ben hatte die wahre Identität des Sandmanns fast in dem Augenblick erkannt, als der Killer sein Haus betreten hatte, war nur einen Moment zu spät dort eingetroffen und hatte seine Frau und die beiden Kinder nicht mehr retten können. Die nächsten Monate waren verschwommen für ihn vergangen, wie unter einem Schleier, der sich nur kurz gelichtet hatte, als er in sein Heimatland Palästina zurückgekehrt war, auf der Suche nach etwas, das er nicht genau hatte erklären können – bis er Danielle kennen lernte.

Sie hatte ihm den Lebensmut wiedergegeben, nur um ihn Ben wieder wegzunehmen, indem sie ihm das Recht versagt hatte, sein Kind aufzuziehen. Aber das hätte er jetzt akzeptiert; er hätte sich damit abgefunden, hätte das Kind eine Chance gehabt, gesund zur Welt zu kommen.

»Können Sie nichts mehr tun?«, fragte Danielle niedergeschlagen.

»Gibt es keine experimentellen Programme oder Methoden, die helfen könnten?«, fügte Ben hinzu.

Der Arzt seufzte und lehnte sich zurück. »Die OTC-Krankheit ist eine Harnstoffstörung. Der Harnstoffzyklus hängt von fünf Leber-Enzymen ab, die helfen, den Körper von Ammoniak zu befreien, einem giftigen Zerlegungsprodukt von Protein. Es sammelt sich im Blut, gerät ins Gehirn und verursacht Koma, Gehirnschäden und Tod.«

Danielle sammelte Mut, bevor sie ihre nächste Frage stellte. »Wie lange nach der Geburt?«

Dr. Barr schien jedes höfliche Taktieren aufzugeben und nannte schonungslos die Fakten. »Neugeborene fallen binnen zweiundsiebzig Stunden nach der Geburt ins Koma. Die meisten erleiden schwere, unheilbare Gehirnschäden. Die Hälfte stirbt im ersten Monat, und die anderen sind oftmals gelähmt oder permanent behindert. Die meisten davon wiederum sterben vor dem fünften Lebensjahr.« Er erkannte, wie hart seine Worte klangen, und bemühte sich, sie etwas abzumildern. »Ich wollte nur, dass Sie das Ausmaß des Problems erkennen, mit dem wir es hier zu tun haben.«

»Besteht irgendein Risiko für die Mutter?«, fragte Ben.

»Nein«, erwiderte Dr. Barr. »Keines außer dem Leid, das vom

Moment der Geburt an kommt.« Er rückte seinen Schreibtischsessel ein wenig vor. »Die ärztliche Wissenschaft macht Ihnen hier ein großes Geschenk, Pakad Barnea.«

»Und welches?«

»Die Möglichkeit, schlimmem Leid zu entgehen und zu verhindern, mit der schrecklichen Qual zu leben, dass es jemals geschieht. Sie können Ihr Leben fortsetzen. Ein anderes Kind bekommen.«

»Nein«, sagte Danielle und wandte sich zur Tür. »Keines mehr.«

Ihre Hand zitterte so sehr, dass sie Mühe hatte, den Türgriff zu drehen, bis Ben die Tür für sie öffnete.

»Danke, Doktor«, sagte er, als Danielle im Wartezimmer verschwand, das sich mit Patienten füllte. »Sie wird sicherlich bald Kontakt mit Ihnen aufnehmen.«

16.

»Ich hätte es fast dort verloren«, sagte Danielle, als sie Ben an einem Tisch in der Bäckerei Bracha gegenübersaß.

»Das kann ich dir nicht verdenken«, sagte Ben. Sie hatte ihn daran erinnert, nach dem gelben Baldachin an Jerusalems Hurva Square Ausschau zu halten. Es war fast unmöglich gewesen, einen freien Parkplatz zu finden, doch der Duft von frischen Backwaren wirkte entspannend auf Ben, als er erst in der Bäckerei war. Er war oft hier hingegangen, wenn er in Jerusalem gewesen war, für gewöhnlich mit Danielle – unter geschäftlichen Vorwänden. In der Bäckerei duftete es, wie es in der Küche seiner Mutter in Ramallah geduftet hatte, wenn sie sich auf die Familientreffen vorbereitet und gebacken hatte.

»Ich werde eine zweite Meinung einholen. So viele Meinungen wie nötig.«

»Bis du hörst, was du hören willst?«

»Genau. Kannst du's mir verdenken?«

»Überhaupt nicht.«

Sie schaute auf die Tasse Kaffee, die Ben ihr von der Theke geholt hatte, zusammen mit einem Körbchen mit Bakloua und Ketaify. Keiner von ihnen hatte das Gebäck bisher angerührt, denn sie waren immer noch mit den Worten des Arztes beschäftigt. »Ich nehme an, ich brauche mir keine Sorgen mehr wegen Koffein zu machen.«

»Ich habe dir koffeinfreien geholt«, sagte Ben.

Danielle bemühte sich um ein Lächeln. »Meinst du, ich verschwende meine Zeit?«, fragte sie.

»Weißt du, wie oft ich die Nacht von neuem erlebt habe, in der meine Familie ermordet wurde, Danielle?«

»Du brauchst nicht darüber zu reden.«

»Doch, das tue ich, denn es hilft. Diese Nacht habe ich tausende Male von neuem durchgemacht und mich gefragt, was ich anders hätte machen können, was geschehen wäre, wenn ich ein paar Minuten früher heimgekommen wäre. Diese paar Minuten hätten alles ändern können, und ich würde alles dafür geben, sie zurückzubekommen. Aber ich kann es nicht.«

»Was willst du mir damit sagen?«

»Dass du jede nur mögliche Quelle ausschöpfen sollst. Die Tragödie ist schlimm genug. Der Gedanke, dass du etwas dagegen hättest tun können, ist schlimmer.«

Danielle nickte, und in ihren Augen brannten ungeweinte Tränen. Ihr Gesicht war traurig und blass. »Wenigstens habe ich meinen Beruf.« Sie nippte an ihrem Kaffee, der so stark schmeckte, wie der Sarkasmus in ihrer Stimme klang.

»Dann laufen die Dinge mit Moshe Baruch nicht gut?«

»Doch, sie laufen prima, solange ich weiterhin all diese Fälle toter oder vermisster Kinder abschließe.«

»Dieser Dreckskerl ...«

»Er will, dass ich den Job drangebe.«

»Warum tust du es nicht?«

»Und was soll ich stattdessen tun?«

»Zum Shin Bet zurückgehen.«

Danielle spürte, wie Zorn in ihr aufstieg, und sie bemühte sich, ihn nicht auf Ben zu richten. »Nicht, wenn Baruchs früherer Vorgesetzter immer noch das Sagen hat.«

»Zur Armee?«

Sie schüttelte den Kopf. »In Uniform würde ich nicht mehr lange gut aussehen.«

Ben musterte sie. »Ich möchte dir etwas sagen. Wenn die Dinge … nicht hinhauen …« Er suchte nach Worten. »Und du möchtest …«

»Ich weiß, was du meinst.«

»Dann lass es mich sagen.«

»Das ist nicht nötig.«

»Was ist mit einer gemeinsamen Zukunft für uns?«

»Darüber haben wir lang und breit gesprochen.«

»Die Dinge haben sich jetzt geändert.«

»Das nicht«, sagte Danielle.

»Ich will nicht dich und das Baby verlieren.«

Danielle stellte ihre Kaffeetasse auf den Tisch und sah Ben vorwurfsvoll an. »Du bist der gleichen Meinung wie der Arzt, nicht wahr?«

»Ich würde gern einige Fragen stellen, mich bilden.«

»Aber du bist seiner Meinung.«

Ben nickte. »Ja.«

»Würdest du das Gleiche empfinden, hätten wir die Absicht gehabt, das Kind gemeinsam aufzuziehen?«

»Ich finde, du musst sämtliche Alternativen erkunden. Aber du darfst nicht den Sinn für die Realität verlieren.«

Danielle stemmte die Ellenbogen auf den Tisch, und das alte Feuer und Leben kehrten in ihre Augen zurück. »Die Realität ändert sich in der modernen Medizin sehr schnell. Dr. Barr hat meinen Fall auf der Basis dessen eingeschätzt, was heutzutage bekannt und verfügbar ist. Aber was ist mit dem Wissensstand in sechs Monaten, in einem Jahr? Bei den Fortschritten der Medizin könnte man eine neue Behandlung entwickelt haben, ein neues Medikament zur Behandlung dieser schrecklichen Dinge. Wie würden wir uns dann fühlen? Warum müssen wir das übereilen?«

»Das tun wir nicht«, sagte Ben und benutzte wie sie den Plural. »Genau das habe ich gesagt.«

»Ich muss Hoffnung haben. Ich muss mich an etwas klammern können. All unsere Möglichkeiten ausschöpfen können.«

»Da bin ich deiner Meinung.«

»Alternative Medizin, Gesundbeterei, rumänische Zigeunerinnen … was auch immer.«

»Bei der Gesundbeterei bin ich mir nicht so sicher«, sagte Ben und wartete, bis Danielle ein Lächeln zeigte, bevor er selbst lächelte.

»Weißt du, Baruch teilt mir diese Fälle von toten Kindern zu, weil er mich fertig machen will. Aber diese Genugtuung gebe ich ihm nicht. Stattdessen schließe ich jeden Fall ab wie befohlen.«

»Seit wann fällt die Aufklärung solcher Verbrechen in die Zuständigkeit der Nationalpolizei?«

»Seit Moshe Baruch kommissarischer Polizeichef geworden ist und ich nicht gekündigt habe.« Sie nippte an ihrem Kaffee. »Aber gestern fand ich tatsächlich einen Fall, in dem nicht richtig ermittelt worden ist.«

»Was ist geschehen?«

»Selbstmord an einer höheren Schule. Aber die Tatwaffe wurde neben der linken Hand des Opfers gefunden, obwohl er Rechtshänder war.«

»Jemand hat versucht, es wie einen Selbstmord aussehen zu lassen?«

»Davon gehe ich aus, ja.«

Ben trommelte mit den Fingerspitzen auf dem Tisch. »Ich habe gestern in dem neuen Krankenhaus in Jericho eine Frau kennen gelernt, die gerufen worden war, um die Leiche ihres Sohnes zu identifizieren, der bei einem scheinbar zufälligen Verbrechen ermordet wurde. Aber das Beweismaterial stützt die These, dass es Zufall war, ganz und gar nicht. Und die Frau beteuert, dass ihr Sohn seit mehr als einer Woche vor seinem Tod vor irgendetwas Angst gehabt hat. Ich habe einige Zeit an seinem Computer verbracht, weil ich hoffte, dort einen Hinweis zu finden, doch die Dateien sind gelöscht worden.« Ben blickte kopfschüttelnd vor sich hin. »Ich frage mich, ob es vielleicht etwas damit zu tun hat, dass der Junge eine Schule in Israel besucht hat.«

»Eine Schule in Israel?«

Ben nickte. »Eine experimentelle Gemeinschaftsschule bei Abu Gosh.«

»O Gott«, sagte Danielle und verschüttete fast ihren Kaffee.

17.

Die Gemeinschaftsschule war im Schatten der trockenen, braunen Judäischen Hügel auf halbem Weg zwischen dem arabischen Ort Abu Gosh und dem israelischen Dorf Beit Nakufah erbaut worden. Das eingeschossige, weizenfarbene Gebäude mit Flachdach war von einem Stacheldrahtzaun umgeben und wurde von vier israelischen Soldaten bewacht, die mit Galil-Sturmgewehren bewaffnet waren. Dahinter erstreckten sich einige staubig braune Spielfelder in der Sonne, deren Gras trotz starker, ständig rotierender Sprinkler abgestorben war. Der Kalk von Markierungslinien auf den Spielfeldern wurde von jeder starken Brise in die Luft getragen.

»Du überlässt das Reden besser mir«, schlug Danielle vor, die ihren Schock über den Zusammenhang zwischen den Fällen der beiden toten Schüler, Michael Saltzman und Shahir Falaya, gerade erst überwunden hatte. Nahm man Michaels Freundin Beth Jacober hinzu, waren drei Teenager, die diese Schule besucht hatten, innerhalb der letzten zehn Tage gestorben. »Das mag eine israelisch-palästinensische Gemeinschaftsschule sein, aber ich bezweifle, dass man dort jemals einen palästinensischen Polizisten kennen gelernt hat.«

Tatsächlich wollten die Soldaten Ben den Zutritt zur Schule verweigern. Erst als Danielle darauf hinwies, dass sein Ausweis immer noch ungehinderten Zugang zu diesem Gebiet gewährte, und sie an die kooperative Natur der Schule erinnerte, gaben sie widerstrebend nach.

Drinnen wirkte das Gebäude größer als von außen. Ein Dutzend Klassenräume fassten 150 israelische und palästinensische Schüler. Ein bewaffneter, Dienst tuender Soldat in der Halle verwies sie ans Hauptbüro, wo eine Frau damit beschäftigt war, Notizen in Boxen zu stecken, die mit Namen von Lehrern beschriftet waren.

»Verzeihen Sie«, sagte Danielle und hielt ihren Ausweis bereit, als die Frau sich umwandte. »Ich bin Pakad Barnea von der Nationalpolizei, und dies ist Inspector Bayan Kamal von der palästinensischen Polizei. Wir möchten gern mit dem Direktor sprechen.«

»Das bin ich«, sagte die Frau und musterte sie abwechselnd. »Jane Wexler«, fügte sie hinzu, ohne ihnen die Hand zu reichen. Sie war Mitte 40 und trug ihr flachsfarbenes Haar kurz geschnitten. Ihr olivfarbener Rock und die Bluse besaßen fast die gleiche Farbe wie die Uniformen der Soldaten draußen. »Wie kann ich Ihnen helfen?«

»Können wir irgendwo ungestört sprechen?«

Jane Wexler setzte eine Brille mit runder Fassung auf. »Meine Sekretärin hat Urlaub. Jemand muss das Büro hüten.«

»Es geht um zwei Schüler«, sagte Ben. »Um einen israelischen und einen palästinensischen.«

»Michael Saltzman«, fügte Danielle hinzu, »und …«

»Shahir Falaya«, vollendete Ben.

»Sie sind nicht mehr meine Schüler«, erklärte Jane Wexler. »Sie haben ihr Semester hier beendet und sind vor zwei Wochen an ihre regulären Schulen zurückgekehrt.« Ihr Gesicht spiegelte plötzlich Sorge wider. »Warum? Ist ihnen irgendetwas passiert?«

Ben und Danielle tauschten einen Blick.

»Was ist mit ihnen? Sind sie in Schwierigkeiten?«

»Sie wurden letzte Woche ermordet«, sagte Danielle.

Aus Jane Wexlers Gesicht wich alle Farbe. »Ermordet? Bitte …«, sagte sie und wies zu einem kurzen Flur, »… gehen wir in mein Büro.«

»Ich kann es nicht glauben«, murmelte Jane, als Ben und Danielle ihr erzählt hatten, was geschehen war, wobei sie sorgfältig vermieden hatten, ihre Vermutungen preiszugeben. Jane Wexler setzte sich zurück, die Hände an die Lehnen geklammert; sie wirkte wie gelähmt in ihrem Schreibtischsessel. »Ein Selbstmord und ein Mord. Bei allem, was hier vorgeht, bei all den Vorurteilen, mit denen die Schüler dieser Schule zu kämpfen hatten …« Sie schüttelte den Kopf. »Es macht alles so sinnlos.«

»Hat die Schule ihnen Computer zur Verfügung gestellt?«, fragte Ben.

»Was? Nein. Michael besaß bereits einen. Shahir haben wir einen besorgt, wenn ich mich recht entsinne.«

»Und Sie haben ihm einen Job in Israel verschafft, eine schwierige Aufgabe nach Lage der Dinge.«

»Was es nur noch wichtiger macht«, erwiderte Jane Wexler scharf. »Wenn es irgendeine Hoffnung für die Zukunft gibt, Inspector, liegt sie darin, die Jugendlichen zusammenzubringen, die sich sonst Feuergefechte liefern würden. Und ein entscheidender Teil der Kooperation besteht darin, für junge Palästinenser Arbeit in Israel zu finden.«

»Welchen Job haben Sie für Shahir gefunden?«, fragte Danielle.

»Das kann ich wirklich nicht sagen. Wir haben einen Arbeitsvermittler, der sich um diese Dinge kümmert.«

Ben notierte es in seinem Notizblock. »Wir möchten vielleicht später mit ihm sprechen.«

»Michael Saltzmans Mutter erwähnte, dass Michael in den Tagen vor seinem Tod verängstigt gewesen war«, warf Danielle ein, bevor Jane Wexler etwas auf Bens Bitte erwidern konnte. »Sie sagte etwas über den Tod eines Mädchens, einer guten Freundin von ihm.«

Jane Wexlers Mund klaffte auf. »Mein Gott … Beth? Beth Jacober?«

»Ich glaube, das war der Name. Sie besuchte diese Schule ebenfalls, nicht wahr?«

»Ja. Beth war mit Michael und Shahir befreundet. Es gab Gerüchte, dass sie und Shahir mehr als Freunde waren, aber wir Lehrer sagten uns, dass es uns nichts angeht. Diese Schule soll Mauern einreißen, Barrieren, die unsere beiden Kulturen seit Jahrhunderten trennen. Seit einem halben Jahr versuchen die Behörden auf beiden Seiten, die Schule zu schließen. Wissen Sie, wie wir das verhindern konnten?« Sie fuhr fort, ohne Danielle zu Wort kommen zu lassen. »Durch Erfolg! Unsere Schüler streben den Frieden an wie niemand sonst. Sie werden jeden Tag herkommen, ganz gleich, was geschieht, und wenn wir den Unterricht in den Hügeln abhalten müssten. Können Sie das verstehen?«

»Sprechen Sie nur weiter«, sagte Danielle und tauschte einen Blick mit Ben.

Jane Wexler lächelte traurig, und ihre Augen wurden feucht. »Ich nehme an, Sie können die Beziehung der beiden als Beweis unseres Erfolgs betrachten. Dies alles ist schrecklich. Wie kam Beth ums Leben?«

»Bei einem Autounfall, glaube ich.«

Plötzlich wurde der Blick der Direktorin misstrauisch, und sie tupfte sich mit dem Ärmel über die Augen. »Ein Unfall, ein Selbstmord und ein Überfall, um ein Auto zu rauben. Was genau ermitteln Sie beide?«

»Wir sind nicht überzeugt von den Umständen der Todesfälle«, sagte Danielle und beließ es dabei. »Es wäre hilfreich, wenn Sie uns mehr über die Opfer erzählen könnten.«

Jane Wexler nickte langsam und traurig. »Nach einem Monat ihrer Zeit hier waren die drei unzertrennlich. Michael und Beth besuchten eine Zeit lang dieselbe Schule in Israel. Er war es, der sie Shahir vorstellte, nachdem die drei Jungen Freunde geworden waren.«

»Drei?«, fragte Ben.

»Ja, es gab noch einen vierten in ihrer Gruppe. Die besten Schüler in ihrer Klasse. Vier der besten Schüler, die ich jemals gekannt habe. Wie war noch sein Name …« Jane Wexler trommelte mit den Fingerspitzen auf der Schreibtischplatte, während sie angestrengt nachdachte. »Jakov. Yakov Katavi. Von den Golanhöhen, glaube ich.«

»Könnten Sie uns eine Adresse nennen?«

»Die muss ich in meinen Akten haben.«

»Nur diese vier?«, fragte Danielle.

»Eine Zeit lang war ein palästinensisches Mädchen dabei, aber irgendetwas muss passiert sein, denn das Mädchen brach plötzlich den Kontakt zu der Gruppe ab. So etwas geschieht oft. Sie wissen ja, wie Jugendliche sind.«

»Natürlich«, sagte Ben.

»Es hat mir Leid getan, als sie der Reihe nach von der Schule abgingen. So intelligente, lebenssprühende Kinder. Absolute Könner mit ihren Computern. Sie wussten mehr als unser Techniklehrer. Ich wollte ihnen Jobs anbieten.« Jane Wexler lächelte, wurde jedoch schnell ernst. »Ich habe sie verpasst, als sie gingen. Man hat die Schüler nicht lange genug, um sie wirklich kennen zu lernen, wie es in einer normalen Schule der Fall ist. Aber sie waren die besten Schüler, die wir in dem zweijährigen Bestehen dieser Schule hatten. Ich musste sie oftmals persönlich aus dem Computerraum vertreiben, bevor ich heimfuhr.«

»Können Sie uns Yakov Katavis Adresse besorgen?«, fragte Danielle.

»Und den Namen und die Adresse des palästinensischen Mädchens, das den Kontakt zu der Gruppe abbrach?«, fügte Ben hinzu.

»Wird sofort erledigt«, sagte Jane Wexler.

Als sie auf dem Rückweg zu Danielles Wagen waren, erhielt sie über ihr Handy einen Anruf von einer Armeeabteilung, die auf Danielles Anweisung Yakov Katavis Wohlergehen hatte überprüfen sollen. »Der Junge lebt, und es geht ihm gut. Er ist zurzeit in der Schule«, berichtete sie Ben und steckte ihr Handy zurück in die Handtasche. »Zwei Soldaten werden ihn den Rest des Tages beobachten.«

»Wir müssen mit ihm sprechen«, sagte Ben.

Danielle blickte nervös auf ihre Armbanduhr. »Ich kann jetzt nicht. Baruch wird mir den Kopf abreißen, wenn ich nicht wieder an die Arbeit gehe, die ich machen soll.«

»Wieder ein Fall von toten Kindern, Pakad?«, fragte Ben neugierig.

»Nein«, erwiderte sie, ohne von der Ermittlung im Mordfall Paul Hessler zu erzählen.

»Vielleicht sollte ich allein mit dem Jungen reden.«

Danielle runzelte skeptisch die Stirn. »Er wohnt auf den Golanhöhen.«

»Wo mein Ausweis keinen Zugang erlaubt ...«

»Warte bis zum Nachmittag, und wir fahren zusammen hin. Wenn du dich dadurch besser fühlst, kann ich Kontakt zur Armee aufnehmen und jemanden bei seinem Elternhaus postieren lassen.«

»Dann würde ich mich tatsächlich besser fühlen.«

»Betrachte es als erledigt«, sagte Danielle. »Was ist mit dem palästinensischen Mädchen, von dem die Direktorin gesprochen hat?«

»Aus Ramallah«, erinnerte sich Ben. »Dort habe ich Zutritt.«

18.

»Lassen Sie die Leute jedes Mal warten, Pakad?«, fragte der Leichenbeschauer, als Danielle endlich eintraf. Er trug eine weiße Laborjacke, die mit irgendetwas überzogen war, das wie eine bodenlange Plastikplane mit Schlitzen für seine Arme aussah. Er hatte noch die Schutzbrille an, jedoch nicht seinen Atemschutz. Die Schutzbrille konnte seinen zornigen Blick nicht verbergen.

»Es tut mir Leid«, sagte Danielle und betrachtete sein Namensschild, während sie zu ihm ging. »Dr. Ratovsky.«

»Schon gut. Das hier sollte ohnehin nicht lange dauern.«

Die pathologische Abteilung der Nationalpolizei befand sich im zweiten Zwischengeschoss im Jerusalemer Präsidium. Die Autopsie des Täters, der Ari Hessler erschossen hatte, vermutlich jedoch dessen Vater Paul töten wollte, war mit erstaunlicher Schnelligkeit vorgenommen worden, besonders weil die Hauptaufgabe der Abteilung darin bestand, Daten von anderweitig durchgeführten Autopsien auszuwerten und zu analysieren – manchmal um eine zweite Meinung abzugeben, oftmals jedoch als ersten Befund.

Jeder Stadtbezirk in Israel hat seine eigene Polizeibehörde, die direkt zuständig für die Ermittlung von Verbrechen ist, die in ihrem Zuständigkeitsbereich begangen werden. Die Nationalpolizei kontrolliert die Grenzen des Landes und ermittelt bei Verbrechen, die in israelischen Siedlungen in den besetzten Gebieten begangen werden. Sie beschäftigt sich auch mit Fällen, die sich durch mehrere Bezirke ziehen oder größere Dimensionen haben. So wurden Danielle und ihre Kollegen für gewöhnlich gerufen, wenn eine Vorermittlung bereits im Gange war. Aber in diesem Fall hatte Paul Hesslers Einfluss dafür gesorgt, dass die Nationalpolizei von Anfang an die Ermittlung leitete.

Danielle blieb neben Ratovsky stehen und betrachtete die mit einem Laken bedeckte Gestalt auf dem Tisch. »Was können Sie mir über ihn sagen?«

Ratovsky nahm ein Klemmbrett von einem Haken am Tisch und überflog kurz die Seiten darauf, während Danielle weiterhin von dem chemischen Geruch im Raum malträtiert wurde: eine Mischung, die vom unverkennbaren Geruch von Formaldehyd beherrscht wurde. Es war stets kalt hier, und Danielle wünschte, sie hätte eine Jacke anzogen, bevor sie mit dem Lift nach unten gefahren war.

Ratovsky blickte schließlich von seinen Notizen auf. »Nicht sehr viel, befürchte ich. Zwischen siebzig und achtzig Jahre. Amerikaner, nach dem Zahnersatz und den chirurgischen Narben zu schließen, die auf drei gastroenterologische Operationen in den vergangenen zehn Jahren hinweisen.«

»Gastroenterologisch?«

»Dieser Mann hatte Magenkrebs, Pakad. Sein ursprünglicher Magen wurde entfernt und durch einen neuen ersetzt. Unsere Untersuchungen haben ergeben, dass der Krebs zurückgekehrt ist, was seine jüngste Operation offenbart haben muss.«

»Wann war die letzte Operation?«

Ratovsky zog seine Notizen auf dem Klemmbrett zurate. »Vor drei bis sechs Monaten.«

»Er war also dem Tod nahe«, mutmaßte Danielle.

»Das kommt darauf an, wie aggressiv die Behandlungsmethode seiner Ärzte war. Aber in seinem Alter, mit einem Rückfall ...« Ratovsky schüttelte den Kopf. »Da konnten sie wenig tun.«

Danielle dachte an die erschreckende Aussicht, sämtliche Kliniken in den Vereinigten Staaten, die Magenkrebs behandelten, befragen zu müssen.

»Noch etwas, das helfen könnte, ihn zu identifizieren?«

»Nur dies«, sagte Ratovsky und griff unter das blaue Laken nach dem Arm des Toten.

Er zog das Laken zurück und enthüllte eine Tätowierung auf dem rechten Unterarm. Der Arm war inzwischen mehr Knochen als Muskeln, und die ausgetrocknete und welke Haut hatte die Form der Tätowierung verzerrt.

»Sie werden ein Vergleichsmuster haben wollen, deshalb habe ich einige digitale Aufnahmen aus einer Reihe von verschiedenen Winkeln gemacht«, fuhr Ratovsky fort und zog ein Kuvert von der Unterseite seines Klemmbretts hervor. »Gescannt und vergrößert bis zur größtmöglichen Schärfe.«

Danielle öffnete den Umschlag und nahm die oberste Aufnahme heraus. Die abgebildete Tätowierung war viel schärfer als die unter dem fluoreszierenden Licht, das auf den Tisch leuchtete. Es schien eine Art Wurm zu sein, der in einem der beiden dicken Greifer, die wie Arme wirkten, ein Messer hielt. Dünne Tropfen Blut fielen vom Messer und liefen wie Kleckse weiter hinab über den Unterarm des Toten.

»Sonst noch etwas?«, fragte Danielle, die plötzlich gar nicht schnell genug von hier wegkommen konnte.

»Die Narbe stammt von einer Kugelwunde, die er vor vierzig oder fünfzig Jahren erlitten hat.«

»Seinem Alter nach könnte er am Zweiten Weltkrieg oder am Koreakrieg teilgenommen haben«, überlegte Danielle. »Er könnte Veteran sein.«

»Leider sind seine Hautfalten zu sehr geschrumpft, um das exakte Kaliber der Kugel zu bestimmen, und es ist nur eine minimale Narbe geblieben. Deshalb kann ich nichts Genaueres sagen, was den Zeitpunkt der Verwundung angeht.«

»Danke, Doktor«, sagte Danielle und entfernte sich vom Tisch mit der Leiche. »Schicken Sie mir bitte Ihren Abschlussbericht, sobald er fertig ist.«

»Ich kann Ihnen noch eines sagen«, fügte Ratovsky hinzu, als Danielle auf halbem Weg zur Tür war.

Sie blieb stehen und wandte sich um. »Ja?«

Der Blick des Pathologen fiel auf den Umriss des Toten auf dem Tisch. »Ich bin kein Experte auf diesem Gebiet, aber der Mann hatte ein Glasauge. Sie könnten nach einem Amerikaner suchen, der im Zweiten Weltkrieg oder in Korea ein Auge verloren hat. Diese Akten existieren bestimmt noch irgendwo.«

Danielle nickte und ging im Geiste die Schritte durch, die unternommen werden mussten, um die Identität des Killers zu klären.

Abermals dachte sie an das Alter des Mannes: ungefähr 75 und kurz vor dem Krebstod. Was machte einen sterbenden alten Mann zu einem Mörder? Sicherlich etwas in der Vergangenheit, eine Vergangenheit, die sie erkunden musste, um das Motiv zu finden, warum jemand Paul Hesslers Tod wünschte.

Sie hatte fast die Tür erreicht, als zwei Männer hindurchstürmten. Danielle musste sich zur Seite drehen, um nicht umgerannt zu werden.

Einer der Männer schaute zu ihr, und Erkennen blitzte in seinen Augen auf, bevor er den Blick auf das Kuvert heftete, das der Pathologe Danielle soeben gegeben hatte. »Ich nehme das an mich, falls es Ihnen nichts ausmacht, Pakad Barnea.«

Danielle wich nicht von der Stelle und hielt den Umschlag hinter dem Rücken. »Es macht mir etwas aus. Wer sind Sie? Wo sind Ihre Marke und Ihr Ausweis? Sie sind nicht von der Nationalpolizei.«

»Die Nationalpolizei ist nicht mehr für diesen Fall zuständig, Pakad.«

Danielle betrachtete die Männer genauer: Zwillinge aus Granit, in Sportsakkos gezwängt. Beide mit kurz geschnittenem Haar und gewaltigen Schultern.

»Commander Baruch erwartet Sie in Ihrem Büro«, fuhr der Sprecher fort. »Er wird Ihnen alles erklären.«

Danielle hielt den Blick auf beide Männer gerichtet, besonders auf die verräterischen Wölbungen, die von ihren Waffen unter ihren eng sitzenden Sakkos verursacht wurden. »Ich hoffe, es macht Ihnen nichts aus, wenn ich das von ihm persönlich hören will.«

»Überhaupt nichts«, sagte der Mann und zog ein Mobiltelefon hervor. »Drücken Sie auf die Sieben, und Sie können direkt mit dem Commander sprechen.«

Danielle nahm das Handy, tippte jedoch nicht sofort auf die Zahl. »Was wird hier gespielt?«

»Das hat Sie nicht mehr zu interessieren.«

»Wer sind Sie?«

»Das geht Sie ebenfalls nichts an.«

»Es ist mein Fall.«

»Nicht mehr, Pakad.«

19.

»Sie wohnen hier?«, fragte Ben Kamal eine alte Frau, die in der Halle des Mietshauses saß.

»Hat man Sie geschickt, um meinen Herd zu reparieren? Er ist immer noch kaputt.«

»Bedaure, ich bin nicht vom Reparaturdienst.«

»Wer sind Sie dann?«

Ben hatte an die Eingangstür des Mietshauses klopfen wollen, um die sitzende alte Frau auf sich aufmerksam zu machen, als er gesehen hatte, dass das Schloss beschädigt und die Tür offen war. So hatte er die stickige Halle betreten.

»Und wer repariert meinen Herd?«, fragte die alte Frau. Ohne auf ihre Frage zu antworten, ging Ben an ihr vorbei zu den Briefkästen, die in eine der Wände eingelassen waren. Dort suchte er nach dem Namen »Ashawi« – die Familie des palästinensischen Mädchens namens Zeima, das mit den drei toten Schülern der Gemeinschaftsschule befreundet gewesen war.

Er erkannte das Gebäude in der Al-Nahdah Street nahe dem belebten Manara Circle als eines derjenigen, die von der Palästinensischen Autonomiebehörde ursprünglich als Demonstration ihrer Fürsorge für die Bevölkerung gebaut worden war. In jenen Tagen war es das Ziel gewesen, auf die Schnelle so viele erschwingliche Wohnungen wie möglich fertig zu stellen, und man hatte wenig auf die Form oder Funktionalität geachtet. Das Ergebnis waren vier Stockwerke ohne erkennbare Architektur, ein Betonklotz, der von außen so trist und schäbig aussah wie von innen. Ben wusste, dass viele der veranschlagten Gelder für dieses und andere Projekte auf geheimnisvolle Weise verschwunden waren, was schließlich dazu geführt hatte, dass weniger gebaut worden war und es einen Ausverkauf der Villen für hohe palästinensische Beamte an der Küste Gazas gegeben hatte.

Ramallah, die fortschrittlichste Stadt der West-Bank, war bereits als Verwaltungszentrum der palästinensischen Regierung vorgesehen, wenn es einen eigenen Staat geben würde. In den vergangenen Monaten jedoch war die Stadt das Zentrum schlimmer Aufstände gewesen, die tiefe Narben hinterlassen hatten.

Dennoch wirkte die nähere Umgebung der alten Stadt auf Ben bemerkenswert unverändert. Die quadratischen Gebäude mit Flachdächern waren alt und verblasst, und ständig stieg in der trockenen Hitze der West-Bank Staub von ihnen auf. Anzeichen auf die moderne Zeit waren begrenzt auf vereinzelte Fernsehantennen auf verwitterten Flachdächern, wie wahllos verlegten elektrischen Leitungen und abgenutzte, verbeulte Autos, die an den Rändern der beschädigten Straßen parkten, die nach Schießereien mit Handfeuerwaffen und dem gelegentlichen Einschlag einer verirrten israelischen Rakete mit Schutt übersät waren.

Doch wenn man sich dem Zentrum Ramallahs näherte, hatte man das Gefühl, eine andere Welt zu betreten: Kürzlich renovierte Geschäfte, Läden und Cafés prägten das Bild einer Gegend, die zuvor von heruntergekommenen Gebäuden beherrscht gewesen war. Die Renovierungen waren jedoch eingestellt worden. Arbeiten, die zuvor monatelang geruht hatten, waren nie wieder fortgesetzt worden, und so schienen die Gebäude einem ständigen Verfall preisgegeben zu sein. Und die Besitzer, die es geschafft hatten, ihre Geschäfte inmitten des Schutts weiter zu betreiben und geöffnet zu halten, kämpften um die wenigen Kunden, die sich ihre Waren und Dienstleistungen erlauben konnten.

»He, was ist nun mit meinem Herd?«, quengelte die alte Frau weiterhin und stemmte sich schwerfällig aus ihrem Sessel auf.

Ben fand die Wohnungsnummer der Familie Ashawi auf dem Briefkasten und stieg die Treppe zur vierten Etage hinauf, in der sie wohnten. Die Brandschutztür war entfernt worden, und als er über den Gang schritt, hörte er die Geräusche von Fernsehern und Radios durch die dünnen Wände der Wohnungen. Der schale Geruch von Essen, das längst gekocht und gegessen war, hing in der Luft, und die Wände des Flurs waren fleckig von Dreck und den Ausdünstungen, die unter den Türen der Wohnungen hervorgedrungen waren.

Ben blieb vor der Wohnungstür der Ashawis stehen und klopfte an.

»Die sind fort«, rief jemand.

Ben wandte sich um und sah einen Mann mit einem Werkzeugkasten aus einer der anderen Wohnungen auftauchen. »Was meinen Sie mit fort?«

»Weg. Abgehauen.« Der Mann kniff die Augen zu Schlitzen zusammen und spannte sich ein wenig an. »Was heißt das für Sie?«

Ben näherte sich ihm und zückte seinen Ausweis. »Ich bin Inspector Bayan Kamal von der palästinensischen Polizei.«

»Sind die deshalb so schnell abgehauen?«, fragte der Mann desinteressiert. »Weil die Polizei hinter ihnen her ist?«

»Wer sind Sie?«

»Ich arbeite hier. Bin der Hausmeister. Wenn etwas kaputtgeht, repariere ich es.« Er blickte sich um und zuckte die Achseln. »Es gibt viel zu tun.«

»Werden Sie von der Autonomiebehörde bezahlt?«

»Zu Anfang. Dann wurde das Gebäude an Geschäftsleute verkauft. Palästinenser, glaubte ich, aber dann hörte ich, dass es in Wirklichkeit Israelis sind. Ich habe sie nie gesehen. Sie zahlen mir ein wenig mehr und stecken dieselbe Summe wie die Vorgänger in das Haus – nämlich nichts.«

»Sie sagten, die Ashawis sind weggezogen?«

»Nein. Ich habe gesagt, sie sind abgehauen. Fort.« Er suchte an seinem Schlüsselbund nach dem passenden Schlüssel. »Hier, ich zeige Ihnen …«

Er versuchte, einen Schlüssel ins Schloss der Wohnungstür zu schieben, stellte fest, dass es der verkehrte Schlüssel war, und probierte einen anderen. Ben wartete ungeduldig, bis der Hausmeister endlich den richtigen Schlüssel fand und die Tür aufschob.

Ben betrat die Wohnung und erkannte sofort, was der Mann gemeint hatte. Die Ashawis hatten sämtliche Möbel zurückgelassen. Ben ging an einer kleinen Küche mit Essecke vorbei in ein Wohnzimmer, das einen Blick auf mehrere im Bau befindliche Luxushotels bot. Noch auffallender waren die Stahlgerüste einer

Reihe hoher Bürogebäude, die ausländische Investoren in der Hoffnung bauten, Ramallah zu einem Handelszentrum machen zu können.

Ben schaute aus dem Fenster und versuchte sich zu erinnern, was genau abgerissen worden war, um Platz für all die Neubauten zu schaffen, doch es waren zu viele Jahre vergangen, und die Erinnerungen an Ramallah waren wohl nicht wichtig genug, sie zu bewahren, und wurden nun durch den Anblick von Kränen und dem Lärm schwerer Baumaschinen ersetzt. Diese Geräusche fand Ben am bemerkenswertesten, denn er konnte sich nicht erinnern, so etwas in seiner Jugend gehört zu haben, als er in der großen, palästinensisch-christlichen Gemeinde in Ramallah aufgewachsen war. In jenen Tagen waren die Bauten mit Hammer und Säge errichtet worden, anstatt mit schweren Maschinen.

Falls Ben sich entschied, nach Detroit zurückzukehren, würde es ihm seltsamerweise am meisten fehlen, zu erleben, wie Palästina vor seinen Augen wuchs. Er fragte sich allerdings, ob das ein Grund zum Bleiben oder zum Fortgehen war. Schließlich war er hierher zurückgekehrt, um die Welt seines Vaters in die Arme zu schließen und ein lebenswertes Leben zu finden. Aber in ein paar Jahren würde Palästina nicht mehr die Welt seines Vaters sein; die Palästinenser würden einen Werteverfall und neue Maßstäbe akzeptieren müssen.

Die Öffnung der Märkte, der Tourismus und blühender Handel würden breite Bevölkerungsschichten ausschließen, die nicht mehr durch die Bande der Brüderschaft einer Rasse zusammengehalten wurden, die um ihre Existenz kämpfen musste. Ihre Welt würde durch den Inhalt ihrer Brieftaschen bestimmt werden statt durch ihr Gewissen. Frieden war tatsächlich die größte Waffe des Krieges. Man würde Wolkenkratzer hochziehen, doch die Flüchtlingslager würden nicht verschwinden. Die Leute würden viel Aufhebens um humanitäre Hilfe machen, doch der Zorn würde verflogen sein: Dollars würden auf die Leute gehäuft werden, die einst Steine geworfen hatten.

Wenn Ben jetzt nach Detroit zurückkehrte, um für John Najarian und Security Concepts zu arbeiten, würde ihm dies alles erspart bleiben. Diese Welt hatte seinen Vater umgebracht. Er brauchte sich von ihr nicht auch noch vernichten zu lassen.

»Wie groß ist die Familie?«, fragte Ben den Hausmeister, begierig darauf, sich von seinen Gedanken abzulenken.

»Die Eltern und zwei Kinder … nein, drei. Jedenfalls glaube ich, dass es drei sind.«

Der Hausmeister hielt Distanz, als Ben das größte der drei kleinen Schlafzimmer betrat und den einzigen Schrank öffnete. Viele Kleidungsstücke hingen ordentlich darin, doch es gab auch eine Reihe von Kleiderbügeln, die auf dem Boden lagen, auf Schachteln und Schuhen verstreut – ein Anzeichen, dass die Ashawis hastig gepackt hatten und mit leichtem Gepäck eilig aufgebrochen waren.

Ben wandte sich zu dem Hausmeister um, der auf der Türschwelle zum Schlafzimmer stehen geblieben war. »Wie lange sind sie schon fort?«

Der Mann zuckte mit den Schultern. »Das weiß ich nicht.«

»Wann ist Ihnen aufgefallen, dass sie weg sind?«

»Vor ein paar Tagen. Vielleicht drei oder vier.«

Ben ging zur Tür. »Kommen Sie bitte mit mir runter.«

»Warum?«

»Ich möchte, dass Sie den Briefkasten der Ashawis für mich öffnen.«

Wie sich herausstellte, brauchte Ben die Dienste des Hausmeisters überhaupt nicht; der Briefkasten der Ashawis war hinter dem Schlitz aus den Angeln gerissen und ohne Schlüssel zu öffnen.

»He, reparieren Sie heute meinen Herd?«, rief die alte Frau, die sich nicht aus ihrem Sessel gerührt hatte, diesmal dem Hausmeister zu.

Als Ben die Klappe des Briefkastens öffnete, quoll ihm Post entgegen. Einige kleinere Kuverts fielen mit einer Reihe von Zeitschriften heraus, die zu Boden klatschten. Ben überprüfte die Daten der Poststempel. Allem Anschein nach hatten die Ashawis ihre Post seit einer Woche nicht mehr aus dem Briefkasten genommen.

Im gleichen Zeitraum war Michael Saltzman gestorben – scheinbar durch Selbstmord –, und Shahir Falaya war auf der Straße ermordet worden.

»Ich nehme an, sie haben keine Nachsendeadresse hinterlassen«, sagte Ben zum Hausmeister.

Der Mann schüttelte den Kopf, froh darüber, einen Vorwand zu haben, der alten Frau und ihrem reparaturbedürftigen Herd keine Aufmerksamkeit schenken zu müssen. »Nicht bei mir.«

»Waren sie mit jemandem im Haus befreundet?«

»Nicht, dass ich wüsste.«

»Gibt es jemanden, den Sie fragen könnten?«

»Ich wüsste nicht, wen ich fragen sollte. Das hier ist nicht das einzige Gebäude, in dem ich arbeite.«

Ben kniete sich hin und sammelte die heruntergefallene Post auf. »Dann besorgen Sie mir bitte einen Beutel.«

»Einen Beutel?«

»Ich brauche irgendwas, in das ich die Post der Ashawis stecken kann. Ich werde sie mitnehmen.«

»Warum?«

Ben stand auf und hielt den Stapel Post in der Hand. »Um sie ihnen zu bringen, wenn ich sie finde.«

20.

»Paul Hessler ist heute Morgen in die Vereinigten Staaten zurückgeflogen«, sagte Moshe Baruch zu Danielle, als sie sein Büro betrat. »Er glaubte sich offenbar in Lebensgefahr.«

»Das erklärt nicht, weshalb Sie mir den Fall wegnehmen.«

»Es geht nicht um Sie, Pakad. Es geht um uns – um die Nationalpolizei. Die Sache ist an andere Behörden übergeben worden.«

»Diese beiden Männer in der Pathologie …«

»Nur Boten, die dafür sorgen wollten, dass unser Beweismaterial vollständig gesammelt wurde.«

»Mossad?«, fragte Danielle und bezog sich auf Israels Auslands-Nachrichtendienst.

»Was macht das für einen Unterschied?«

»Ein inländischer Mord sollte nicht von Interesse für den Mossad sein.«

»Es sei denn, er wurde von einem Ausländer begangen.«

»Wie können sie etwas wissen, von dem ich soeben erst erfahren habe?«

Baruchs dunkle Augen schienen noch tiefer in seinem Schädel zu versinken. »Das juckt mich nun wirklich nicht. Es ist nicht mehr mein Problem.«

»Es war Hessler persönlich, der die Nationalpolizei anrief, um sicherzustellen, dass der Fall mir zugeteilt wird. Er muss den Mossad angerufen haben, dass er uns abgenommen wird. Aber warum? Gestern wollte er unbedingt, dass ich herausfinde, warum er das Ziel des Mordanschlags gewesen ist. Warum hat er es sich anders überlegt?«

»Ich wiederhole, das juckt mich nicht«, sagte Baruch unwirsch. »Mich interessieren nur die Fälle, die meinen eigenen Ermittlern zugeteilt sind. Zum Beispiel der, den Sie gestern hätten abschließen sollen. Da fällt mir ein, dass Sie den Bericht noch nicht abgeliefert haben.«

»Sie haben mir die Ermittlung im Fall Hessler zugeteilt, bevor ich mit der Schreibarbeit fertig war. Es ist nur eine Formalität«, log Danielle. »Ich werde Ihnen den Bericht vorlegen, sobald ich kann.«

»Ich bitte darum. Heute Morgen habe ich einen anderen Fall auf Ihren Schreibtisch gelegt. Ich schlage vor, Sie beschäftigen sich damit und mit dem Fall Saltzman, anstatt Ihre Gedanken an einen Fall zu verschwenden, der nicht mehr Ihrer ist.« Baruch hielt kurz inne; dann fügte er hinzu: »Es ist an der Zeit, dass Sie Ihre Grenzen kennen lernen, Pakad.«

»Eine schwierige Aufgabe, wenn diese Grenzen von Ihnen verändert werden, Rav nitzav.«

In ihrem Büro rekonstruierte Danielle die Tätowierung auf dem Arm des Killers so gut sie konnte. Sie hatte sie perfekt in Erinnerung, doch ihre zeichnerischen Fähigkeiten reichten nur zu einem vagen Umriss. Trotz Kugelwunde, Glasauge und möglichem Dienst für die Amerikaner entweder im Zweiten Weltkrieg oder im Koreakrieg war die Tätowierung des Täters wahrscheinlich der beste Anhaltspunkt, um seine Identität festzustellen.

Natürlich gehörte dieser Fall nicht mehr Danielle; ihre Fälle lagen in Aktenheftern, die sie bei dem Versuch voll gekritzelt hatte, die Tätowierung des Killers zu zeichnen.

Ein Wurm, der ein Messer hält, von dem Blut tropft . . .

Aber welche Art Wurm? Und was hatte das Messer zu bedeuten?

Eines nach dem anderen.

Danielle schob die Akte Michael Saltzman beiseite und überflog rasch den Inhalt der Akte, die Moshe Baruch an diesem Morgen auf ihren Schreibtisch gelegt hatte. Ein dreizehnjähriger Junge war bei einem Fahrradunfall ums Leben gekommen.

Schädelbruch, denn er hatte keinen Helm getragen. Der Junge hatte zwei Wochen im Koma gelegen, bis sein Hirntod festgestellt worden war und seine Eltern die Apparate hatten abstellen lassen.

Er passte also nicht ins Profil von Michael Saltzman und den anderen toten Schülern, die bis vor kurzer Zeit die Gemeinschaftsschule außerhalb Jerusalems besucht hatten. Danielle schloss die Akte über den dreizehnjährigen Jungen und schob sie zur Seite.

Sie schloss die Augen, lehnte sich im Stuhl zurück und ließ die Fälle vor ihrem geistigen Auge vorüberziehen.

Nach allem, was sie gehört hatte, war das erste Opfer das israelische Mädchen gewesen, Beth Jacober, die bei einem Autounfall ums Leben gekommen war. Der Tod dieses Mädchens hatte vielleicht etwas mit Michael Saltzmans angeblichem Selbstmord zu tun, wie die Mutter des Jungen erklärt hatte.

Sie musste mit den Eltern des Mädchens sprechen, das bei dem Autounfall gestorben war. Die Einzelheiten erfahren. Ihre Trauer kennen lernen.

O Gott …

Sie fühlte sich wie ein Ungeheuer, das im Leben anderer Menschen herumschnüffelte, um ihr eigenes besser zu verstehen, und das Trost darin fand, dass der Schmerz anderer schlimmer war als ihr eigener – eine Therapie für ihr eigenes seelisches Leid, dass sie seit dem Gespräch mit Dr. Barr an diesem Morgen plagte.

Drei Schüler, die dieselbe Schule besucht hatten, waren tot. Ermordet. Vielleicht von ein und demselben Täter.

Warum?

Moshe Baruch interessierte das nicht. Für ihn waren es nur Fälle, in denen ermittelt werden musste, um sie, Danielle Barnea, weiterhin leiden zu lassen.

Nun, sie war entschlossen, Baruch eine Überraschung zu bereiten. Sie würde ihm eine Antwort bringen, die er nie erwartet hätte.

Wenn die Schüler ermordet wurden – warum?

Danielle wusste, dass sie die Antwort finden musste.

Für ihr eigenes Kind.

Für sich selbst.

21.

Ben wartete wie verabredet in der Amman Street gegenüber von Jerichos Polizeirevier, als der Minivan am Straßenrand stoppte. Er sah ein halbes Dutzend Schulkinder, Jungen und Mädchen zwischen sechs und sieben, die ordentlich angeschnallt waren. Er öffnete die Beifahrertür und sah Colonel Nabril al-Asi vom Palästinensischen Schutzsicherheitsdienst auf dem Fahrersitz.

»Steigen Sie ein, Inspector«, sagte der Colonel. Er trug einen cremefarbenen Leinenanzug und eine sorgfältig gebundene Armani-Krawatte, die über den Riemen des Gurtwerks seines Schulterholsters fiel. »Ich bin heute mit der Fahrgemeinschaft dran. Habe soeben meinen jüngsten Sohn und die anderen von der Schule abgeholt.«

Ben blickte zu den drei Jungen und fragte sich, wer davon al-Asis jüngster Sohn war. »Sie sagten, Sie wollten mehr Zeit bei Ihrer Familie verbringen.«

Der Colonel fuhr vorsichtig an und fädelte sich in den Verkehr ein. »Ich habe beschlossen, mehr wie ein normaler Elternteil zu sein. Fußballtrainer. Fahrer. Diesen amerikanischen Minivan habe ich eigens als Schulbus importiert.«

»Wie viele Fahrzeuge folgen uns zur Beschattung?«

»Drei. Einer hinter uns und einer vor uns.«

»Das sind nur zwei.«

»Habe ich vergessen, den Helikopter zu erwähnen?«

Ben steckte den Kopf aus dem Fenster und blickte nach oben.

»Wer weiß, was als Nächstes kommt?«, sagte al-Asi, und seine Stimme klang aufgeregt. »Die Schule meiner Tochter veranstaltet eine Abiturparty. Ich spiele mit dem Gedanken, als Anstandswauwau teilzunehmen.«

»Ich wusste gar nicht, dass palästinensische Schulen Partys veranstalten dürfen.«

Der Colonel räusperte sich. »Meine Tochter besucht eine Privatschule in Israel.«

Er fuhr weiterhin äußerst vorsichtig; offenbar war er mit dem Minivan nicht sehr vertraut. Ben beobachtete, wie er suchend am Armaturenbrett tastete und dann irgendetwas am Regler der Klimaanlage einstellte.

»Ist es Ihren Leuten gelungen, die Dateien dieses Computers wiederherzustellen, Colonel?«

»Nein, leider nicht. Es gibt keine Dateien. Jemand hat die Festplatte des Computers entfernt.«

Al-Asis Worte trafen Ben völlig unvorbereitet. Der Täter hatte zweifellos unter allen Umständen verhindern wollen, dass Shahir Falayas Dateien gefunden wurden.

»Möchten Sie mir erzählen, was los ist, Inspector?«, fragte al-Asi.

»Der Junge, dem der Computer gehört hat, wurde scheinbar zufällig ermordet.«

»Aber Sie glauben natürlich nicht, dass das Verbrechen zufällig geschah, und anscheinend haben Sie Recht. Sie sollten eine Stelle in Erwägung ziehen, bei der Ihre Talente mehr geschätzt werden.«

»Als Ihr Assistenz-Trainer, meinen Sie?«

»Warum nicht? In den Augen vieler Leute sind Sie das bereits seit einiger Zeit, wenn man unsere enge Beziehung in den vergangenen paar Jahren bedenkt. Man könnte sogar sagen, es erklärt, weshalb Ihre vielen Feinde in Palästina nichts gegen Sie unternommen haben. Sie fürchten die Konsequenzen.«

»Sie möchten die Beziehung offiziell machen.«

Al-Asi zuckte die Achseln. »Sie sitzen hier bequem auf dem Sitz des Kopiloten, Inspector. Ich bitte nur, dass Sie sich das merken.«

»Das werde ich.«

»Besonders weil ich hörte, dass Sie ohnehin mit dem Gedanken spielen, eine andere Art Arbeit zu übernehmen.« Irgendetwas im Tonfall des Colonels hatte sich verändert. Er klang gekränkt. »Ich bin sicher, dass es Ihnen auf dem privaten Sektor sehr gut ergehen würde, mein Freund.«

»Wie haben Sie es herausgefunden?«

»Ihr Treffen fand in der West-Bank statt.« Al-Asi lächelte kurz. »Wenn ein Amerikaner wie John Najarian herkommt, widme ich ihm Aufmerksamkeit. Aber glauben Sie mir – ein Job in den Vereinigten Staaten ist nichts für Sie, Inspector. Hier haben Sie wenigstens mich.«

»Ihr Angebot habe ich nicht vergessen.«

»Und das von Najarian?«

»Ich habe lange Zeit keine Auswahlmöglichkeiten gehabt. Das Gefühl, endlich wieder wählen zu können, möchte ich noch ein wenig länger genießen.«

Al-Asi zuckte mit den Schultern. »In diesem Fall sollten Sie mir erzählen, wen Sie für den Mörder des Jungen namens Falaya halten.«

»Ich weiß es nicht.«

»Aber diese andere Information, um die Sie mich gebeten haben, wird Ihnen helfen, es herauszufinden.«

»Vielleicht.«

Der Colonel stoppte an einer roten Ampel und fischte einen Zettel aus seiner Jacketttasche.

»Mir ist heiß, Daddy!«, quengelte ein Junge auf dem hintersten Sitz.

Wieder hantierte Al-Asi am Regler der Klimaanlage und fuhr bei Grün über die Kreuzung. Dann reichte er Ben den Zettel.

»Die Familie Ashawi ist ruhig, reserviert, bescheiden. Sie macht keine Probleme, deshalb habe ich leider keine Akte des Nachrichtendienstes aus jüngerer Zeit über sie. Ashawi ist ein häufiger Name, aber ich glaube, ich habe ihre Verwandten auf die drei Namen auf dieser Liste begrenzt.«

Ben schaute sich rasch die Namen und Adressen auf dem Zettel an. »Interessant, dass Sie trotzdem so schnell damit aufwarten können. Ich wusste gar nicht, dass Ihr Büro technisch so fortschrittlich ausgerüstet ist.«

»Das ist es nicht«, sagte al-Asi und betätigte den linken Blinker. »Wir haben die Akten von den Israelis geerbt, die es ziemlich gut verstanden haben, sich über jeden auf dem Laufenden zu halten. Geben Sie mir bis morgen früh Zeit, und ich habe die Liste bis auf einen Namen eingegrenzt.«

22.

»Ihre Leiche exhumieren? Warum, in Gottes Namen?«

»Bitte«, sagte Danielle zu David und Sheri Jacober mit so viel Mitgefühl, wie sie aufbringen konnte. »Ich weiß, wie das für Sie klingen muss. Aber ich wäre nicht hier und würde Sie darum bitten, wenn ich nicht meine Gründe hätte. Tatsache ist … ich bin hier, weil der Tod Ihrer Tochter Beth vielleicht kein Unfall war.«

Die Jacobers tauschten einen besorgten Blick. Sie wohnten in Saryan, einem exklusiven Vorort von Tel Aviv, wo die Häuser eingezäunte und mit Toren gesicherte Höfe hatten, die viel größer waren als diejenigen, an die normale Israelis gewohnt waren. Die frisch asphaltierten Straßen waren breiter als die meisten in anderen Vororten, und neben dem Kontingent der dort stationierten Armee und Polizei patrouillierte ein privater Sicherheitsdienst.

»Wovon reden Sie?«, fragte Sheri Jacober.

»Ich glaube, dass Ihre Tochter ermordet wurde.«

Sheri Jacobers Augen füllten sich mit Tränen. Danielle erinnerte sich an ein Foto von ihrer verstorbenen Tochter, das sie auf Layla Saltzmans Couchtisch gesehen hatte. Die Ähnlichkeit zwischen Mutter und Tochter war verblüffend. Das schwarze Haar, die feinen Gesichtszüge und der natürlich gebräunte Teint.

»Sie fuhr betrunken, Chief Inspector. Sie verließ eine Party im Haus von Freunden und fuhr betrunken, als sie …« Der Rest ihrer Worte ging in Schluchzen unter.

»Ich habe den Bericht gelesen. Ihre Freunde sagten, sie sei nüchtern gewesen.«

»Das sagen sie immer. Um einander zu schützen.«

»Wir sind von den Vereinigten Staaten hergezogen, um diesen Dingen zu entgehen«, fügte ihr Mann David hinzu. »Wir dachten, hier wäre es anders.«

»Genauso wie Sie dachten, die Gemeinschaftsschule, auf die Ihre Tochter bis vor einem Monat ging, wäre anders?«, fragte Danielle.

Sheri Jacober blickte zu ihrem Mann und antwortete dann. »Warum ist das wichtig?«

»Zwei andere Schüler dieser Schule sind in der vergangenen Woche gestorben.«

»Wir wissen von dem Selbstmord des jungen Saltzman, aber wir sind nicht zur Beerdigung gegangen. Wir konnten kein weiteres Begräbnis ertragen.«

»Ein palästinensischer Junge von dieser Schule ist ebenfalls tot.«

»Was hat das mit uns zu tun? Mit unserer Tochter?«, fragte David Jacober.

»Die drei waren eng befreundet. Unzertrennlich, sagt die Schuldirektorin.«

Sheri Jacober neigte sich vor, schien sich von ihrem Mann zu distanzieren. Bei Danielles Ankunft hatte sie Kaffee angeboten, die Kaffeemaschine in der Küche bestückt und angestellt, den Kaffee jedoch nicht aus der Küche geholt. Jetzt hing der Duft von frischem Kaffee schwer in der Luft und überdeckte alle Gerüche im Haus. »Was wollen Sie von uns, Chief Inspector?«

»Auf Ihren Wunsch wurde aus religiösen Gründen niemals eine Autopsie bei Ihrer Tochter durchgeführt. Warum die Mühe, wenn die Todesursache so offensichtlich war? Aber jetzt ist sie vielleicht nicht so offensichtlich, und wir müssen sichergehen …«

»Sie ist bei einem Autounfall ums Leben gekommen«, sagte David Jacober mit Bestimmtheit. »Was erwarten Sie da von einer Autopsie?«

Danielle neigte sich vor und sehnte sich nach der Tasse Kaffee – koffeinfreien, natürlich –, die Sheri Jacober ihr nie gebracht hatte. Außerdem hatte sie Heißhunger auf etwas Süßes, einem Plätzchen oder Keks. So war es seit kurzem. Sie war Tag und Nacht hungrig. Ihr Magen knurrte, und sie glaubte zu spüren, wie sich das Baby in ihr bewegte.

»Ich glaube nicht, dass der Tod Ihrer Tochter überhaupt ein Unfall war.« Danielle senkte die Stimme. »Ich glaube nicht, dass Michael Saltzman Selbstmord begangen hat, und ich glaube ebenso wenig, dass der Tod eines palästinensischen Jungen namens Shahir Falaya aus einem misslungenen Raubüberfall resultiert.«

David Jacobers Miene nahm einen harten Ausdruck an. Er reckte das Kinn vor und ergriff die Hand seiner Frau. »Was Sie glauben oder nicht … Es reicht nicht, um uns zu überreden, den Leichnam unserer Tochter zu entweihen.«

Danielle beugte sich vor. »In den Polizeiberichten steht,

dass Ihre Tochter die Party irgendwann zwischen 22 Uhr und 22 Uhr 15 verlassen hat. Aber die Uhr im Wagen blieb um 23 Uhr 20 stehen, als der Unfall geschah. Die Heimfahrt zu Ihrem Haus von der Wohnung in Tel Aviv, in der die Party stattfand, dauert höchstens fünfzehn Minuten.« Danielle legte eine Pause ein, um ihre Worte einwirken zu lassen. »Bleiben fünfundvierzig Minuten, für die es keine Erklärung gibt.«

Sheri Jacober entzog ihrem Mann die Hand. »Sie meinen, zwischen dem Zeitpunkt, als Beth die Party verließ, und dem Unfall ist etwas mit ihr geschehen?«

»Ja, das meine ich.«

»Das ist lächerlich!«, rief David Jacober und sprang auf, stemmte die Hände in die Hüften und starrte Danielle an. »Warum verfolgen Sie diese Theorie, wenn kein anderer Polizist es tut?«

»Die Polizeibeamten in Tel Aviv haben sich nicht die Mühe gemacht, diesen Punkt zu untersuchen.«

»Sie wollen uns also beweisen, dass die Nationalpolizei viel tüchtiger ist, wie?«

Danielle drehte sich David Jacober zu und blickte ihm in die Augen. »Ich glaube, dass Ihre Tochter ermordet wurde.« Sie blickte zwischen dem Ehepaar hin und her. »Ich weiß, wie schmerzlich das für Sie sein muss. Aber ich bin überzeugt, wenn Sie ein wenig darüber nachdenken, werden Sie Gewissheit haben wollen – so wie ich. Denn wenn ich Recht habe, und ich glaube fest daran, ist es die einzige Möglichkeit, den Mörder vor Gericht zu bringen.«

»Das alles ergibt doch keinen Sinn!«, warf Sheri Jacober ein. »Warum Beth? Warum?«

»Es gibt nur eine Möglichkeit, das herauszufinden«, sagte Danielle.

23.

Hans Mundt saß auf dem wackligen Stuhl, den er neben sein Bett gestellt hatte. Er hatte ein Zimmer im Petra Hotel beim Eingang zum arabischen Markt in der Altstadt von Jerusalem gemietet. Er hätte sich etwas Besseres leisten können, doch er hatte dieses Zimmer der Anonymität wegen gewählt. Trotzdem wäre es schön gewesen, ein Zimmer mit einem Schreibtisch zu haben; die Enge dieser schäbigen Bude zwang ihn, sein Bett als Ablage zu benutzen, und er hatte seine Briefe und Notizen darauf ausgebreitet. Statt eines Schreibtischs hatte er einen vergammelten Balkon mit Blick auf den Turm von David. Aus einem Tanzklub unten im Gebäude drang die ganze Nacht Musik herauf. In der vergangenen Nacht war das Gedudel so schlimm gewesen, dass Mundt die Balkontür geschlossen und die stickige Hitze ertragen hatte, um Ruhe zu haben.

Mundt hatte seit Jahren die Briefe von Überlebenden des Arbeitslagers der Nazis nördlich von Lodz in Polen gesammelt und versucht, ihnen eine zusammenhängende Geschichte zu entnehmen. Er wusste, dass er der Wahrheit nahe war. Die Notizen der Befragungen und die Antwortschreiben vor ihm enthielten diese Wahrheit. Mundt hatte sie in chronologischer Reihenfolge auf der Bettdecke ausgebreitet, beginnend fast ein Jahr vor Räumung des Lagers Ende 1944 …

Der Junge neigte sich über das Loch. Beinahe erbrach er sich bei dem Gestank, der sich darin gesammelt hatte. Er spürte, wie der Waffenlauf von der Türschwelle her wieder gegen ihn stieß.

»Beeil dich! Es sind noch andere in der Reihe draußen.«

Der Junge würgte wieder, und sein leerer Magen verkrampfte sich. Er versuchte, auf die Füße zu kommen, doch von neuem setzten die Krämpfe ein, und er krümmte sich vornüber.

»Ich sagte, du sollst rauskommen!«

Der Waffenlauf stieß ihm gegen die Rippen; dann traf ihn ein harter Stiefeltritt ins Gesäß. Der Junge krümmte sich zusammen und sah, wie der Schatten des Lagerkommandanten, Hauptsturmführer Günther Weiss, über ihm aufragte.

»Du Abschaum! Du kennst die Regeln. Wenn du nicht arbeitest, stirbst du. Was soll es denn sein?« Ein weiterer, härterer Stoß mit dem Waffenlauf. »Wie willst du's haben?«

Der Junge wollte sich aufrappeln, schaffte es jedoch nicht. Er rang nach Atem, doch Weiss drückte ihm die Waffenmündung noch fester in die Rippen, sodass er kaum noch Luft bekam.

»Mundt!«, brüllte Hauptsturmführer Weiss.

Sekunden später schlug ein anderer Soldat, den der Junge nicht kannte, die Hacken zusammen und näherte sich. Er war zwar nicht älter als 20, doch er sah wie ein Zwilling des Hauptsturmführers aus, nur jünger.

»Mundt, Sie werden diesen Jungen hinter das Gebäude schaffen und erschießen!«, befahl Weiss ohne Zögern. »Er ist ein wertloses Stück Scheiße, und es ist an der Zeit, dass Sie Ihr Gewehr einschießen.«

»Jawohl, Hauptsturmführer!«

»Bewegung! Los!«

Der Junge wurde brutal gepackt und auf die Füße gerissen.

»Nur eine Kugel, Mundt. Wenn ich einen zweiten Schuss höre, bekommen Sie eine Kugel von mir. Wenn er nach dem Schuss nicht erledigt ist, benutzen Sie Ihr Bajonett oder Ihr Messer. Ist das klar?«

»Jawohl, Hauptsturmführer!«

»Dann Bewegung!«

Der Junge war zu schwach zum Gehen und wurde von Mundt über das schlammige Feld zur Rückseite eines ehemaligen Stalls geschleift, der in ein Kasernengebäude umgewandelt worden war. Der starke Geruch nach Leim und Gerbstoffen aus der na-

hen Fabrik ließ erneut Übelkeit in dem Jungen aufsteigen. Hinter dem alten Holzgebäude, das mit Streifen von Decken und Tüchern geflickt waren, ließ Mundt den Jungen auf den Boden fallen. Der Junge kauerte sich zusammen, zitterte heftig und kämpfte gegen den Brechreiz an.

»Sieh mich an!«, kam der Befehl.

Der Junge tat sein Bestes, durch die Strähnen seines verschmutzten Haars zu dem jungen Nazi aufzublicken, der mit Stiefeln und warmem Mantel vor ihm aufragte. Das Haar des Soldaten war kurz geschnitten, und seine Gesichtszüge und die Augenfarbe waren dunkel für einen Deutschen. Jetzt erkannte der Junge ihn als ein jugendliches Mitglied der Waffen-SS.

»Du bist Jude, nicht wahr?«, fragte Mundt, dessen Gewehr noch geschultert war. »Antworte!«

»Was ändert das? Wollen Sie mich zweimal töten?«

»Der kleine Scheißer kann also sprechen.«

Der Junge zitterte noch stärker und hielt die Arme um sein dünnes Hemd. »Es ist nicht meine Schuld, dass ich so schwach bin. Es liegt an meinem Bein. Ich habe es mir gebrochen, bevor man mich aus dem Getto holte, und es ist nicht richtig zusammengewachsen.«

Mundt ließ seinen Blick an ihm hinabgleiten. »Sieht doch gut aus.«

»Dann töten Sie mich … bringen Sie es hinter sich.«

Mundt ging in die Hocke, so nahe bei dem Jungen, dass dieser den Geruch der Seife auf der Haut des Deutschen wahrnehmen konnte. »Ich werde dich nicht töten.«

Der Junge blickte auf, wagte nicht zu hoffen. »Was?«

»Du wirst wieder in die Fabrik gehen und härter als je zuvor arbeiten. Aber wenn du trödelst, werde ich tun, was mir der Hauptsturmführer befohlen hat. Hast du verstanden?«

Der Junge nickte. »Ja …«

Mundt hob sein Gewehr und feuerte einen einzigen Schuss ab,

der laut im Wind verhallte. Für einen Moment überdeckte der Geruch des Kordits den Gestank der Farbstoffe, der aus der Fabrik drang. Dann kniete Mundt sich hin und half dem Jungen beinahe sanft auf die Füße.

»Wie heißt du?«

»Hessler«, brachte der Junge durch trockene, aufgesprungene Lippen hervor. »Paul Hessler.«

Hans Mundts Kopfschmerzen waren zu groß, und er setzte seine Erinnerungen nicht weiter fort. Er sammelte die Briefe und Notizen vom Bett, stapelte sie sorgfältig und verstaute sie wieder in der abgenutzten Aktentasche, die seinem Vater Karl gehört hatte, wie seine Mutter ihm einst erzählt hatte. Karl Mundt, dessen erster und einziger Posten in der Wehrmacht der eines Aufsehers in einem Arbeitslager der Nazis gewesen war, das sich außerhalb von Lodz befunden hatte.

Die Namen dreier Männer …

In der vergangenen Nacht hatte er diese Namen dem ehemaligen Chef des israelischen Mossad übergeben, und heute Nacht würden diese Männer tot sein, davon war Mundt überzeugt.

Er legte sich aufs Bett und wartete auf das Klingeln des Telefons.

Jeden Moment musste Abraham Vorsky anrufen.

24.

Paul Hessler las noch einmal genau den Autopsiebericht, den sein Kontaktmann beim Mossad ihm an diesem Morgen geliefert hatte. Er glaubte immer noch nicht, dass er stimmte. Dennoch konnte der Killer seines Sohnes kein anderer Mann gewesen sein.

Nach all diesen Jahren, dachte Paul. *Warum ist der Mann nach all diesen Jahren wieder aufgetaucht?*

Die Ermittlung war abgeschlossen. Paul Hessler wusste, was er wissen musste. Die Beteiligung der Nationalpolizei war jetzt überflüssig, und so hatte er die Akte schließen lassen. Er versuchte sich einzureden, dass er den Leuten einen Gefallen tat, aber in Wirklichkeit befürchtete er, dass Danielle Barnea clever genug sein würde, die Wahrheit herauszufinden. Er hatte sie für diesen Fall ausgewählt, weil er wusste, dass sie die beste Ermittlerin war – und jetzt entließ er sie aus demselben Grund.

Hesslers Kontakte zu höchsten Stellen hatten ihm auch geholfen, dafür zu sorgen, dass die Leiche seines Sohnes in dem Flugzeug in die Vereinigten Staaten überführt wurde, mit dem er selbst zurückflog. Er hatte darauf bestanden, die Reisevorbereitungen selbst abzuwickeln, um sich zu beschäftigen und sich auf etwas anderes konzentrieren zu können als auf die gestrige Tragödie, auch wenn es nur für einen Moment war.

Paul wollte gerade seine geschützte Suite im Hilton für den Heimflug verlassen, als das Telefon klingelte.

»Ja?«, meldete er sich.

»Mr. Hessler? Hier spricht Burnstein in New York. Ich habe für Ihren Sohn gearbeitet. Es tut mir schrecklich Leid, Sir.«

»Worum geht es, Burnstein?«

»Ich bedauere die Störung, aber ich wollte Ihnen mitteilen, das ich sämtliche Pläne für die nächste Woche abgesagt habe.«

»Welche Pläne?«

»Den Empfang, den Ihr Sohn vor ein paar Tagen arrangiert hat.«

Der Telefonhörer fühlte sich plötzlich schwer in Paul Hesslers Hand an. »Welcher Empfang?«

»Äh ... ich dachte, Sir, Sie sind über die Party informiert ...«

»Das bin ich nicht, Burnstein.«

»Er hat mir nicht die genauen Einzelheiten mitgeteilt, Sir. Er sagte nur, Sie würden etwas feiern.«

»Das fällt jetzt flach.«

»Das weiß ich, Sir. Es tut mir Leid.«

»Dann ist das Gespräch wohl beendet«, sagte Paul und legte auf.

Doch Burnsteins Worte beschäftigten ihn weiter. Warum hatte Ari eine Party geplant, und warum hatte er es vor ihm geheim gehalten? Sein Sohn hatte sich in letzter Zeit ohnehin merkwürdig verhalten. Zu glücklich, zu energiegeladen und immer nahe daran, ihm irgendetwas zu sagen ... bis zu ihrem letzten Gespräch im Wagen, als Ari eine Überraschung angekündigt hatte, die er ihm nach der Rückkehr in New York mitteilen würde.

Was für eine Überraschung?

Paul fragte sich, ob diese Überraschung etwas mit der geplanten Party zu tun hatte. Jetzt, wieder von Trauer erfasst, wurde ihm klar, dass er es niemals erfahren würde.

25.

»Mehr willst du wirklich nicht mit mir besprechen?«, fragte Ben Kamal, als sie zu den Golanhöhen fuhren.

»Du sagtest, du willst dich mit mir beraten«, sagte Danielle.

»Und das haben wir getan. Du lässt ohne Erlaubnis deines Vorgesetzten eine Leiche exhumieren, und ich suche nach einer Familie, die plötzlich verschwunden ist. Außerdem lasse ich Shahir Falayas Nachbarn von Polizeibeamten überwachen.«

»Warum?«

»Weil jemand sich große Mühe gegeben hat, in seine Wohnung einzubrechen und die Festplatte von seinem Computer zu entfernen. Vielleicht hat ein Nachbar etwas beobachtet.«

»Und was werden wir deiner Meinung nach auf den Golanhöhen erfahren, Inspector?«

»Du weichst dem Thema aus.«

»Nein, ich will nur nicht darüber sprechen.«

»Mit mir oder überhaupt?«

»Mit wem sonst könnte ich darüber reden?«

»Genau darauf wollte ich hinaus.«

Danielle seufzte hinter dem Lenkrad. »Ich mag gar nicht daran denken, was der Arzt gesagt hat.«

»Du musst daran denken. *Wir* müssen daran denken.«

»Es ist erst ein paar Stunden her. Ich brauche Zeit, um zu verarbeiten, was der Arzt gesagt hat.«

»Es wird nicht helfen. Glaub mir. Solche Nachrichten lassen sich nie verarbeiten. Sie nagen an einem, bis man völlig davon besessen ist. Ich kenne das.«

»Sagst du das, damit ich mich besser fühle?«

»Ich kann nichts sagen, dass du dich besser fühlst.«

Eigentlich hatte Danielle das Thema nicht ansprechen wollen, doch jetzt sprudelten die Worte aus ihr heraus. »Diesmal ist es ein noch schlimmeres Gefühl als beim ersten Mal. Als ich das erste Mal ein Baby verlor, war es zu einem früheren Zeitpunkt der Schwangerschaft, und es geschah plötzlich. Ich hatte gar keine Zeit, mich so mies zu fühlen wie jetzt.«

»Weil du diesmal eine Wahl hast.«

»Wirklich, Ben?«

»Nein. Du solltest dir das nicht antun, Danielle.«

»Du meinst, ich soll abtreiben lassen.«

Ben senkte die Stimme. »Ich fühle mich, als hätte ich dieses Baby zweimal verloren. Zum ersten Mal, als du mir sagtest, dass du es allein aufziehen willst, und heute Morgen zum zweiten Mal, als der Arzt gesagt hat, was die Untersuchungen ergeben haben. Ich weiß nicht, wie viele weitere Gelegenheiten ich haben werde, Vater zu werden. Ohne dich vermutlich keine. Aber ich finde mich lieber damit ab, kein Vater mehr zu werden, als der Vater eines Babys mit solchen Problemen zu sein, wie der Arzt es angedeutet hat.«

Danielle lächelte traurig. »Weißt du, es ist komisch. Dieser Fall, in den wir geraten sind, scheint etwas mit ermordeten Kindern zu tun zu haben, und ich habe das Gefühl, noch etwas für sie tun zu können. Sie sind tot, und dennoch will ich ihnen unbedingt helfen. Aber für mein eigenes Baby, das noch lebt, kann ich nichts tun.«

»Ich muss dir ein Geständnis machen«, sagte Ben, und sie blickte zum Beifahrersitz und schaute ihn an. »Ich war froh, als Moshe Baruch zum kommissarischen Chef der Nationalpolizei ernannt wurde. Denn ich dachte, er würde dich vielleicht feuern, und du würdest mit mir in den Vereinigten Staaten leben …«

»Du würdest Palästina verlassen?«

»Für dich und das Baby? Sag nur ein Wort. Ich würde nicht mal mehr packen.«

»Selbst jetzt noch?«

»Noch mehr als zuvor.«

Danielle ging mit dem Tempo herunter und fuhr zum Kontrollpunkt, der zu den Golanhöhen führte. »Ich verdiene dich nicht, Ben.«

»Du hast mich trotzdem.«

Die Familie von Yakov Katavi lebte unter den siebzehntausend Israelis, die sich inmitten der landschaftlich schönen Hügel und Wasserläufe der Golanhöhen angesiedelt hatten. Ihre Siedlung in Mevo Hama bestand aus weißen Stuckhäusern in einer weiten Ebene, die jeder Familie ein großzügiges Stück Land bot. Von diesem Teil des Plateaus aus, das die Golanhöhen bildete, hatten die Bewohner von Mevo Hama nahe der syrischen Grenze klare Sicht auf die eingezäunten Minenfelder und Ruinen syrischer Dörfer und Armeestützpunkte, die 1967 während des Sechstagekrieges überrannt worden waren.

Regenwolken erhoben sich über den Klippen oberhalb des

Galiläischen Meers und der Siedlung, als Danielle ihren Wagen über die schmale Straße zum Haus der Katavis lenkte. Der beste Wein Israels kam aus Weingärten im Golan, und der Anblick der Reben auf den Feldern, die sich erstreckten, so weit das Auge reichte, überzeugte Danielle davon, dass die Katavis zu den Winzern zählen mussten. In Mevo Hama gab es eine bekannte heiße Quelle, die sich in hohem Maße auf die Beschaffenheit des Erdreichs auswirkte. Die Luft roch nach frischen, süßen Weintrauben, und der Geruch beherrschte auch das Plateau – ein starker Kontrast zum Gestank der Auspuffgase, der ständig über Tel Aviv und jetzt sogar über Jerusalem zu hängen schien. Danielle nahm die Luftverschmutzung kaum noch wahr, so sehr war sie daran gewöhnt – bis die Golanhöhen sie daran erinnerten, wie frische Luft roch.

Sie bog von der Hauptstraße auf eine schmalere Straße ab, die wie ein Tunnel durch reifende Reben führte. Das Haus der Katavis erschien voraus auf einer Lichtung, ein Stück von der Straße entfernt. Auf Danielles Anweisungen hin waren hier seit dem Morgen zwei Soldaten postiert, doch jetzt war nur einer zu sehen. Er hob eine Hand; die andere hielt er drohend auf seiner Uzi-MPi.

»Kann ich Ihnen helfen?«, rief er und kam zur Fahrerseite des Wagens, nachdem Danielle gehalten hatte.

Danielle zeigte ihm seinen Ausweis. »Man hätte Sie über unsere Ankunft informieren sollen.«

»Selbstverständlich, Pakad.«

»Ist Yakov Katavi von der Schule nach Hause gekommen?«

»Er ist drinnen mit seiner Mutter.«

Sie wandte sich an Ben. »Reden wir mit dem Jungen, Inspector.«

Die Haltung des Soldaten spannte sich an, und er musterte Ben misstrauisch. »Sie darf ich passieren lassen, Pakad, aber niemanden sonst.«

»Das ist Inspector Bayan Kamal von der palästinensischen Polizei. Er ist mit meiner Genehmigung hier.«

»Das können Sie mit dem Sergeant besprechen, der im Haus bei der Familie postiert ist, während ich hier bei Inspector Kamal bleibe.«

»Na toll«, sagte Danielle verärgert, stieg aus dem Wagen und schritt über den Kiesweg zum Haus.

Der Soldat behielt Ben im Auge, während er beobachtete, wie Danielle kurz an die Haustür klopfte und dann den Türgriff drehte. Die Tür schwang nach innen. Danielle setzte sich in Bewegung – und blieb wie erstarrt stehen. Sie wollte gerade zu Ben herumwirbeln, als die Tür hinter ihr zuknallte.

Ben sah, wie der israelische Soldat, der am Wagenfenster stand und ihn bewachte, seine Uzi zu ihm herumschwang.

26.

Ben warf sich auf den Fahrersitz von Danielles Jeep und schaffte es gerade noch, den Lauf der Uzi zur Seite zu stoßen, bevor der Soldat das Feuer eröffnete. Die Kugeln der Maschinenpistole stanzten ein gezacktes Muster in den Sitz des Jeeps und zerschmetterten das Heckfenster.

Ben umklammerte den Lauf der Uzi, doch der Soldat riss ihm die Waffe aus den versengten Händen und schlug ihm den Kolben ans Kinn. Vor seinen Augen schienen Sterne zu explodieren. Schmerzen rasten durch sein Kinn, und seine Augen füllten sich mit Tränen, die ihm die Sicht raubten.

Doch er nahm auch so wahr, dass der Soldat den Oberkörper weit in den Jeep geneigt hatte. Ben schnellte hoch und rammte den Soldaten mit dem Schädel gegen das Wagendach. Während er die Uzi herunterdrückte, erwischte er den Soldaten mit einem Kopfstoß im Gesicht.

Er spürte, wie die Nase des Mannes beim Anprall brach. Die Knochen wurden zusammengedrückt wie der Balg eines Akkordeons. Der Soldat schnappte vor Schmerzen nach Luft. Ben konnte jetzt Blut riechen, hörte den Mann keuchend durch den Mund um Luft ringen. Doch er war geistesgegenwärtig genug, seine Uzi festzuhalten und den Lauf zu drehen, um ihn gegen Ben zu stoßen.

Ben versuchte von neuem, den Soldaten mit einem Kopfstoß zu treffen, verfehlte ihn jedoch und spürte, wie der Schwung sie beide gegen die Wagentür trieb. Einer der herumdreschenden Arme traf die Verriegelung, und die Tür sprang auf. Beide Männer stürzten aus dem Wagen auf die Straße.

Hätte Danielle zur Waffe gegriffen, als sie eine der Leichen der echten israelischen Soldaten in der Halle der Katavis sah, wäre sie jetzt tot. Stattdessen hatte sie sich zu Boden geworfen, und bei ihrem Schwung war die Tür zugefallen – in dem Moment, als Kugeln über sie hinwegpfiffen. Holzsplitter und Verputz flogen in sämtliche Richtungen.

Danielle rollte sich ab, zog ihre Pistole und feuerte auf die uniformierte Gestalt, die im Wohnzimmer über eine Couch in Deckung hechtete. Danielle schoss in die Couch und sah, wie Stofffetzen durch die Luft wirbelten. Der Schütze tauchte über dem Ende der Couch auf und feuerte. Seine Salve fetzte drei gerahmte Familienfotos von der Wand. Glassplitter und Papierfetzen regneten auf Danielle.

Sie erhaschte einen Blick auf eine Frauenleiche, die an einer Seite der Couch lag, während in einem Sessel ein Junge mit einer Kugelwunde in der Stirn saß – es musste Yakov Katavi sein. Neben ihm war ein Tisch umgeworfen, und der Computer, der darauf gestanden hatte, war zerschmettert.

Aber es waren die Fotos der Katavis, die Danielle am meisten beschäftigten, genau wie es bei den Saltzmans der Fall gewesen war. Bilder aus glücklichen Zeiten, die jetzt zerfetzt zwischen den Leichen zweier Menschen lagen, die auf den Fotos zu sehen gewesen waren: Mutter und Sohn.

In Danielle stieg Bitterkeit auf.

Sie hatte gerade ein neues Magazin in die Waffe geschoben, als der Schütze über die Couch flankte und schießend auf sie zustürmte.

Ben landete Gesicht an Gesicht mit dem Mann, der wie ein israelischer Soldat gekleidet war, auf dem Boden. Der warme, übel riechende Atem des Mannes streifte Bens Gesicht, als sie um die Uzi kämpften. Der Soldat stieß Ben ein Knie in den Unterleib. Blitze, greller als die Sonne, explodierten vor seinen Augen, und ihm blieb die Luft weg. Er bot seine letzte Kraft auf, um die Uzi festzuhalten.

Der Soldat versuchte, Ben noch einmal mit dem Knie zu treffen, erwischte ihn jedoch nur am Oberschenkel. Doch er drehte sich, sodass er auf Ben zu liegen kam. Immer noch Auge in Auge mit dem Mann, bemühte Ben sich verzweifelt, den Kopf zu seinem Gegner hochzustoßen. Wieder traf ihn der Atem des Mannes, und Ben spürte, wie sich die Uzi langsam aus seinem Griff löste. Die Augen des Mannes quollen hervor, und sein Finger lag am Abzug. Ben stellte sich vor, wie er abdrückte und ihm heißes Blei in den Bauch jagte. Dann hörte er Schüsse im Haus und dachte an Danielle, die dort drinnen so verbissen um ihr Leben kämpfte wie er hier draußen.

Er wagte es nicht, die Uzi loszulassen. Der heiße Atem des Mannes roch nach verdorbenem Essen, und das Blut aus seiner gebrochenen Nase rann auf Bens Wangen. Ben orientierte sich an der Blutspur, bäumte sich mit aufgerissenem Mund hoch und biss dem Mann in die Nase.

Der Mann stieß einen gellenden Schrei aus und zuckte von Ben fort. Der Schmerz lenkte ihn lange genug von seiner Uzi ab, dass Ben ihn von sich schleudern konnte. Er hämmerte dem Mann die Faust ins Gesicht, auf dem sich Sekunden zuvor noch Siegesgewissheit gespiegelt hatte.

Die Uzi schlug zwischen den beiden Männern zu Boden. Ben drückte die Daumen in die Augen des Gegners, während der Mann ihm mit den Fingernägeln das Gesicht zerkratzte. Ben zuckte schmerzerfüllt zurück. Sein Gegner nutzte verzweifelt seine letzte Kraft, Ben zurückzustoßen. Ben prallte mit den Schultern auf den Boden und rang um Atem. Er stemmte sich auf die Knie, gerade als der Mann die Uzi vom Boden hochriss und auf ihn anlegte.

Das Magazin klemmte beim Einschieben in ihre 9-Millimeter-Pistole. Danielle wusste, dass sie nicht mehr reagieren konnte, bevor sie von den Kugeln des Killers getroffen würde. Eine Standlampe ragte neben ihr auf, und sie warf sie dem Mann in den Weg, als dieser vor ihr aufragte.

Der Mann stolperte und stürzte. Er schlug mit dem Kinn gegen den Couchtisch, der unter seinem Gewicht umkippte, wodurch er zwischen die toten Katavis und auf die Fotos fiel, die er mit seiner Salve von der Wand gefetzt hatte. Danielle war nicht sicher, ob das knackende Geräusch, das sie hörte, von Knochen oder Holz stammte, doch sie war geistesgegenwärtig genug, sich herumzuwerfen und in die Halle zurückzuspringen.

Der Mann feuerte in dem Moment weiter, als sie sich zu Boden warf und die Waffe zog, die noch in der Pistolentasche am Gurt des toten israelischen Soldaten steckte. Ihre Hand schloss sich um den Griff, und sie blickte zurück und sah den Killer schwankend auf die Beine kommen. Sein Blick war glasig, und seine rechte Gesichtshälfte hing tiefer als seine linke. Blut schoss aus einer klaffenden Wunde an seinem Kinn, als er vorwärts taumelte und versuchte, seine Pistole anzuheben.

Der Sicherungsriemen der Pistolentasche des toten Soldaten war geöffnet, und Danielle konnte die Pistole glatt herausreißen. Sie entsicherte die Waffe und richtete sie auf den Mann, der sich ihr näherte und dabei von neuem auf sie feuerte.

Glas klirrte hinter ihr. Eine Vase zu ihrer Rechten wurde zerschmettert.

Dann verstummten die Schüsse. Der Mann verharrte jäh. Die Waffe glitt ihm aus der Hand, und er brach zusammen. Die drei dunklen Flecken auf seiner Brust wurden rasch größer, bevor er vornüberstürzte.

Draußen eröffnete der falsche Soldat das Feuer mit seiner Uzi. Geblendet von Bens Angriff auf seine Augen, gingen seine Schüsse weit und hoch daneben, während Ben auf den Mann zuschnellte.

Der Anprall warf beide Gegner erneut zu Boden, und die Uzi flog zur Seite. Der falsche Soldat drehte sich auf den Bauch und kroch auf die Waffe zu, doch Ben warf sich auf den Rücken des Mannes, umklammerte mit beiden Händen seinen Nacken und drückte sein Gesicht in den Dreck. Der Mann wehrte sich verzweifelt, trat mit den Füßen aus und schlug mit den Händen um sich, drosch rückwärts nach Ben, doch der bog sich zurück, um den Schlägen zu entgehen, und drückte noch härter zu.

Schließlich reckten die Finger des Mannes sich wie Halt suchend in die Luft; dann sanken sie hinunter, zu Fäusten verkrampft. Ben drückte weiterhin zu, bis sein Gegner sich nicht mehr rührte.

Erst jetzt wurde Ben klar, dass die Schüsse im Haus verstummt waren. Er stemmte sich hoch und rannte los.

Im Haus ließ Danielle die Pistole aus der Hand gleiten und blieb auf den Knien. Vor ihren Augen schien sich alles zu drehen. Ihr war schwindelig und sie versuchte, sich mit tiefen Atemzügen zu beruhigen.

Es gelang ihr nicht. Von der Halle aus konnte sie einen toten Jungen im Sessel sitzen sehen, der emporstarrte, wie um auf die Wunde zu blicken, die ihn getötet hatte.

Wer immer Yakov Katavis Freunde von der Gemeinschaftsschule ermordet hatte – er war auch der Mörder der Soldaten, die Danielle mit dem Schutz der Katavis beauftragt hatte, und der Katavis selbst. Danielle fragte sich, ob der Vater irgendwo tot im Haus lag.

Sie neigte sich vor und musste sich übergeben. Sie würgte immer noch, als Ben durch die Tür stürmte, eine Uzi im Anschlag.

»Bist du verletzt?«

Danielle schüttelte stumm den Kopf und wischte sich mit dem Ärmel den Mund ab. Ben neigte sich über sie und streckte eine Hand aus, um ihr aufzuhelfen.

In diesem Moment zerklirrte die Fensterscheibe über seiner rechten Schulter unter einer neuerlichen Salve, und Glasscherben prasselten auf sie beide nieder.

27.

»Gib mir die MPi!«, verlangte Danielle und sprang auf. Sie riss Ben die Uzi aus den Händen und gab ihm stattdessen die Pistole, die sie dem toten israelischen Soldaten abgenommen hatte.

Weitere Schüsse fielen und Scherben regneten ins Haus, gefolgt von eiligen Schritten auf Kies. Danielle wirbelte von Ben fort und gab durch eines der zerschossenen Fenster einen Feuerstoß aus der Uzi ab. Ausgeworfene Patronenhülsen prallten von der Wand ab und rollten über den Boden.

»Die Rückseite!«, stieß Danielle hervor.

Durch die Fenster an der Rückseite des Hauses war keiner der Feinde zu sehen. Ben näherte sich als Erster der Hintertür, bereit, sie aufzureißen, während Danielle ihn sicherte. Die ersten Schritte draußen würden die gefährlichsten sein; falls jemand im Hinterhalt lauerte, würde er in diesem Augenblick schießen.

Ben hielt den Atem an, als er die Tür öffnete, die Pistole schussbereit. In diesem Moment wurde ihm klar, dass er keine Ahnung hatte, wie viele Patronen sich noch im Magazin befanden.

Als niemand aus dem Hinterhalt schoss, signalisierte er Danielle, ihm zu folgen.

Sie schloss sich ihm an und suchte die offene Fläche bis zum Beginn der Weingärten nach Anzeichen auf die Angreifer ab. Plötzlich hörten sie Geräusche im Haus der Katavis.

»Komm!«, stieß Danielle hervor, denn sie erkannte, dass der Feind sich auf den Angriff von der Frontseite des Hauses konzentriert hatte.

Sie packte Ben am Arm und zerrte ihn auf die dichten Rebenreihen des Weingartens zu. Sie sahen sofort, dass er von Pfaden durchzogen war, die so breit waren, dass sie von Fahrzeugen benutzt werden konnten. Das Rascheln der Reben im Wind klang wie das leise Rauschen von Blättern an einem Herbsttag. Danielle hoffte, dass dieser Laut die Geräusche ihrer Schritte verschluckte und die Weinstöcke die Sicht auf sie verdeckten, wenn die Killer im Haus sich an die Verfolgung machten. Als zusätzlicher Vorteil brach nun die Dunkelheit herein, und der Regen, der sich angekündigt hatte, blieb aus.

Der süße Geruch von reifen Weintrauben erfüllte die feuchte Luft, während Stängel und die scharfen Äste der Reben ihnen Gesicht und Arme zerkratzten, als sie durch die Reihen der Reben hetzten. Sie rannten Seite an Seite, bis sie einen dumpfen Schlag unter sich hörten, der unter ihnen widerzuhallen schien.

»Was, zum Teufel …«

Bevor Ben weitersprechen konnte, sprang die Bewässerungsanlage an und durchnässte sie beide, doch das Wasser konnte die Erinnerung an Blut und Tod nicht abwaschen.

»Deine verdammten israelischen Bewässerungs-Experten«, rief Ben.

»Meister der modernen Technologie«, erwiderte Danielle.

Sie liefen weiter, und ihre Fußabdrücke waren im feuchten Boden deutlich zu sehen.

»Warte!«, rief Danielle und hielt Ben am Arm fest.

»Was ist?«

»Sie kommen! Ich kann sie hören!«

Ben blickte den Pfad zurück, den sie hinuntergerannt waren. »Wir müssen uns ihnen entgegenstellen.«

»Ich habe eine bessere Idee«, meinte Danielle und bog nach rechts ab.

Sie passierten einen der offenen Pfade zwischen den Reihen der Reben und erreichten eine ausgedehnte Fläche Ackerland. In der Nähe stand ein großer Mähdrescher, den Danielle schon Sekunden zuvor zwischen den Reihen der Weinstöcke hindurch gesehen hatte. Sie und Ben hörten, dass der schwere Motor noch lief. Auf dem Boden neben dem Mähdrescher lag die Leiche eines Mannes.

»Yakov Katavis Vater«, stieß Ben grimmig hervor. »Die Killer müssen ihn hier draußen gefunden haben.«

»Schnell!«, sagte Danielle.

»Was?«

Sie gab keine Antwort, rannte auf den Mähdrescher zu, dessen Motor im Leerlauf lief und dessen scharfe Stahlzähne weit vorragten. Ben folgte ihr. Bevor sie den Mähdrescher erreichten, hörte er eilige Schritte über den frisch bewässerten Boden nahen.

Danielle reichte ihm die Uzi, kletterte auf den Mähdrescher, setzte sich hinter die Kontrollen, probierte die Pedale und Hebel aus und umfasste das Lenkrad.

Ben schaute ungläubig zu. »Weißt du, was du da tust?«, fragte er und quetschte sich auf den Sitz neben sie.

»Ich habe drei Sommer in einem Kibbuz gearbeitet. Du hast verdammt Recht – ich weiß, was ich tue. Zieh den Kopf ein!«

Der Geruch von Treibstoff hing schwer in der Luft. Danielle befürchtete, den starken Motor abzuwürgen, wenn sie anfuhr. Doch der Mähdrescher setzte sich mit einem Ruck in Bewegung und stotterte nur einmal, als sie Gas gab; dann gewann er auf der freien Fläche rasch an Geschwindigkeit.

Die Geräusche der Pumpen, mit denen die Bewässerungsanlage betrieben wurde, waren laut genug, um das Motorengeräusch des Mähdreschers zu übertönen, und so erkannten die Verfolger Danielles Schachzug zu spät. Reihe um Reihe von Reben wurden von dem Mähdrescher geschluckt, doch die Killer sahen die gewaltige Maschine erst, als sie aus einer Reihe Weinstöcke fast direkt vor ihnen hervorbrach.

Ben sah, wie ihre Augen vor Entsetzen hervorquollen. Ein, zwei Männer schafften es noch, einige überhastete Schüsse abzugeben, doch die Kugeln prallten vom Stahl des Mähdreschers ab.

Danielle drehte sich mit schussbereiter Waffe auf dem Sitz. Entsetzt sah sie, dass drei Männer unter das tonnenschwere Gefährt geraten waren. Sie hatten es nicht geschafft, sich schnell genug in Sicherheit zu bringen.

»Ich nehme an, wir können es vergessen, diese Leute zu verhören, Inspector«, sagte Danielle.

Ben starrte sie an. »Wer waren diese Kerle, Pakad? Wer, zum Teufel, waren sie?«

28.

Captain Asher Bain wartete, als der Wagen durch das Sicherheitstor und über den kreisförmigen Zufahrtsweg fuhr und vor dem Haus hielt. Das Haus war eines der größten Gebäude am Mittelmeerstrand im Nobelvorort von Herzliya Pituah, knapp zwanzig Kilometer von Tel Aviv.

»Guten Abend, Madame«, sagte Bain, als er die rechte Hintertür des Wagens öffnete.

Die Frau schwang zuerst die langen, in eine enge, schwarze Hose gehüllten Beine mit hochhackigen Schuhen aus dem Wagen und stieg dann aus.

»Meine Güte«, sagte sie. »Du bist aber ein ganz Ritterlicher, was?«

Bain musterte sie von oben bis unten. »Ich glaube, ich habe Sie hier noch nicht gesehen.«

»Sonderbefehl, Süßer. Was der General wünscht, bekommt er.« Sie blickte sich um. »Ich dachte, dieses Haus steht am Strand.«

»Wir sind zwei Querstraßen vom Strand entfernt. Hier haben wir mehr Intimsphäre.«

»Ich weiß warum«, sagte sie mit einem Zwinkern. »Angenehme Brise hier. Hey, ich kann das Meer hören.«

»Das freut mich«, sagte Bain. »Sie sind informiert worden, nehme ich an.«

Die Frau nickte. »Und du?« Sie machte eine Geste des Geldzählens. »Cash im Voraus, Süßer.«

Bain reichte ihr einen Umschlag. Die Frau schaute sich den Inhalt an, und ihre Augen strahlten, als sie das Kuvert in ihre Handtasche steckte.

»Kommen Sie mit«, sagte Bain, nachdem die Frau die Handtasche geschlossen hatte.

Er verabscheute diese nächtlichen Eskapaden von General

Efrain Janush, doch der stellvertretende Stabschef der israelischen Armee bestand darauf, und Bain verehrte den Mann zu sehr, als dass er sein Missfallen geäußert hätte. Außerdem kannte er den Schmerz und die Wut des Kriegshelden, die ihn zu einem psychischen Wrack gemacht hatten. Wenn dies hier eine Möglichkeit für den General war, seinen Zorn unter Kontrolle zu halten – in Ordnung.

Zwei Söhne von General Janush waren im Krieg gefallen, einer im Libanon und einer durch einen Selbstmordbomber, der eine Kaserne zum Ziel gehabt hatte. Doch es war der Krebstod seiner Tochter gewesen, die den General aus der Bahn geworfen hatte.

Sein Hass auf die Araber war legendär und der Grund dafür, dass er nicht zum Stabschef ernannt worden war, als er mit diesem Amt geliebäugelt hatte.

Captain Bain, sein Adjutant, führte die Frau für diese Nacht durchs Foyer und die Treppe hinauf, die sich kreisförmig bis zum ersten Stock hinaufwand. Sie blieb hinter ihm, doch Bain achtete sorgfältig darauf, sie stets im Auge zu behalten, wenn er den Kopf nur ein wenig drehte. Lange bevor er den Posten des Chefadjutanten des Generals angenommen hatte, war er Mitglied einer israelischen Elitetruppe gewesen, und einige seiner Kenntnisse und Fertigkeiten waren haften geblieben.

Im ersten Stock blieb Bain vor der dritten geschlossenen Tür stehen. »Dieser Raum führt direkt zum Arbeitszimmer. Die Tür befindet sich auf der linken Seite.«

Die Frau zwinkerte ihm zu. »Ich bin informiert, Süßer, wie ich schon gesagt habe.«

»Ich werde die ganze Zeit draußen sein.«

»Wenn es dir Spaß macht, Süßer.«

»Wenn er mit Ihnen fertig ist, werden Sie sofort gehen.«

»Genau so mag ich's«, erwiderte die Frau und verschwand in dem Raum neben dem Arbeitszimmer.

Bain nahm seinen Posten als Wächter ein.

Im Arbeitszimmer saß der General in einem schweren Ledersessel und wartete. Er hörte die Frau das angrenzende Zimmer betreten, und seine Erregung wurde schier unerträglich.

Dann öffnete sich die Tür des angrenzenden Zimmers, und die nackte Gestalt der Frau tauchte auf. Sie glitt durch das Halbdunkel des Zimmers und kauerte sich vor dem General nieder. Das schwache Licht fiel auf sie, als sie die Hand über den Schritt des Generals gleiten ließ und seinen Reißverschluss fand.

Ob sie tatsächlich Araberin war oder nicht, konnte der General nicht sagen. Doch die bloße Vorstellung genügte.

General Efrain Janush genoss es, dass diese Frau die Sklavin seines Geldes und seiner Launen war.

Die Frau nahm sein Glied in den Mund. Der General krallte die Hände in ihr Haar, während ihr Kopf auf seinem Schoß auf und ab glitt.

Er sah nicht, wie sie langsam die Hände hob.

Männer waren schwache Geschöpfe, anfällig, ja verloren in ihrer sexuellen Gier. Wie passend, überlegte die Frau, dass dieser Auftrag ihr erlaubte, jene besonderen Fähigkeiten zu nutzen, die sie im Laufe der Jahre entwickelt hatte.

Und ihre besondere Waffe einzusetzen.

Fingernägel mit einem messerscharf geschliffenen Stahlrand. Ein kurzes Ziehen über eine Schlagader, mehr war nicht nötig.

Das Lustgefühl des Generals wurde so groß, so überwältigend, dass er nur einen leichten Stich an der Kehle verspürte. Im nächsten Moment war er mit Blut bespritzt, das aus der klaffenden Wunde an seiner Gurgel sprudelte.

Schock und Schmerz lähmten den General. Er wollte schreien, brachte aber keinen Laut hervor, spürte in hilflosem Entsetzen, wie das warme Blut an seiner Brust und seinen Armen hinunterlief und alle Kraft aus seinem Körper strömte.

Als Letztes erkannte er, dass das scheußliche Gurgeln in seinen Ohren von ihm stammte.

Dann endete aller Schmerz, und es gab nur noch Dunkelheit.

Captain Bain betrat das Arbeitszimmer, als er sicher war, dass die Besucherin des Generals gegangen war.

Er entriegelte die Tür und lauschte einen Augenblick. Kein Geräusch war zu hören. Bain betrat das Arbeitszimmer …

… und blieb entsetzt stehen.

Der General saß in seinem Sessel, und das Blut vom Schnitt in seiner Kehle wirkte wie ein roter Latz auf seiner Brust. Seine Augen waren hervorgequollen und starrten ins Leere.

Bain sah das offene Fenster.

Die Person, die den General ermordet hatte, war spurlos verschwunden.

DRITTER TAG

29.

Paul Hessler hatte wieder einmal vom Arbeitslager geträumt. Jedes Mal, wenn er dachte, die Erinnerungen seien zu tief vergraben, als dass sie ihn noch quälen könnten, kehrten sie mit einer Wucht und Intensität zurück, als wäre alles erst gestern geschehen. Hessler hatte gelernt, diese Erinnerungen einigermaßen unter Kontrolle zu halten. Doch über das Unterbewusstsein besaß er keine solche Macht, und es meldete sich, wenn er schlief, besonders in Zeiten, da er großem Stress ausgesetzt war.

Bei seiner Rückkehr nach New York war er am Flughafen von Franklin Russett abgeholt worden, einem ehemaligen FBI-Agenten, der nun die Sicherheitsabteilung der Hessler Industries leitete. Russett war von einer Phalanx bewaffneter Männer mit winzigen Kopfhörern begleitet worden.

»Was soll das?«, fragte Hessler.

»Eine Vorsichtsmaßnahme, Sir«, erklärte Russett. »Unter den gegebenen Umständen habe ich veranlasst, dass Ihr Sicherheitspersonal vergrößert wird.«

»Gut. Dann veranlassen Sie jetzt, dass es auf das normale Maß verringert wird.«

»Sir …«

»Hören Sie, ich werde meine Lebensweise nicht ändern. Das musste ich bereits einmal, und ich habe nicht die Absicht, das zu wiederholen. Ich werde meinen normalen Tagesablauf beibehalten, meinen Morgenspaziergang machen und jeden Mittwoch die Fakultät besuchen. Jedenfalls sooft wie möglich.«

Hessler stand auf, als über der Skyline von Manhattan der Morgen graute. Seit der Scheidung von seiner zweiten Frau hatte er mit keiner anderen Frau das Bett geteilt und verspürte auch nicht den Wunsch danach. Aber er wünschte sich, sein Leben mit seinen Kindern zu teilen. Im Gegensatz zu Ari jedoch hatten sie ihr eigenes Leben und nicht den Wunsch, dem Weg zu folgen, für dessen Erreichen ihr Vater so hart gearbeitet hatte.

Einst hatte er sich ein Leben inmitten der Familie vorgestellt ... seine Kinder und Enkel hatten sich in Manhattan niedergelassen, sodass er sie sehen konnte, wann immer er den Wunsch hatte ...

Sicher, er hatte sie gestern gesehen, als die Familie sich in New York für Aris Beerdigung versammelt hatte. Doch in ein paar Tagen, höchstens einer Woche, würden sie wieder in alle Winde zerstreut sein – mit Versprechen, die sicherlich gebrochen würden und mit Angeboten, vergangene Entscheidungen noch einmal zu überdenken. Doch in Wahrheit interessierte sich keines von Hesslers Kindern fürs Geschäft.

Nur Ari hatte sich dafür interessiert.

Und Ari wurde an diesem Morgen beerdigt.

Hessler zog seine Pantoffeln und den Morgenrock an, setzte sich auf die Bettkante und beobachtete, wie sich der Himmel draußen vor dem Fenster erhellte. Er dachte wieder an das Arbeitslager, wo die Sonne scheinbar nur im Sommer geschienen, den stinkenden Boden ausgetrocknet und einen widerlichen, Übelkeit erregenden Gestank hervorgerufen hatte. In der Fabrik hatte es nach Chemikalien und Adstringentia gerochen. Des Abends hatte sich Hessler mit einem gestohlenen Stück Seife abgeschrubbt, wann immer er die Möglichkeit gehabt hatte. Doch den Gestank von Jod und Schwefel hatte er nicht loswerden können. Sogar heute noch bildete er sich manchmal ein, trotz seiner feinen Seifen, Parfums und seidenen Hemden ein Hauch dieses Gestanks wahrzunehmen, als stiege er aus seinen Poren, um ihn daran zu erinnern, dass dieser widerliche Geruch ebenso wenig verschwunden war wie die Erinnerungen, die ihn hervorgerufen hatten.

Für den Tag der Beerdigung hatten die Meteorologen heißes und trockenes Wetter vorhergesagt, mit drückender Schwüle am Nachmittag. Das ordentlich gemähte Gras des Friedhofs und die Blumen würden sauber und frisch duften, doch Hessler bezweifelte nicht, dass ihm vor dem Ende des Tages der Gestank des Arbeitslagers in die Nase steigen und sich einen Weg durch die parfümierte und gepuderte Haut bahnen würde. Dieser Gestank lauerte für immer unter der Oberfläche und wartete nur darauf, hervorzukommen und Hessler daran zu erinnern, wie wenig ihn von diesen vergangenen Jahren, von diesem vergangenen Leben trennte …

Aris Tod hatte ihn daran erinnert. Die Identität des Killers, die so unmöglich wie unvermeidbar war.

Wie hatte das geschehen können?

Gerade als Paul Hesslers Leben in Ordnung gekommen war, die Vergangenheit endlich verschwunden war und die Zukunft mit Ari an der Spitze seines Imperiums rosig ausgesehen hatte …

Ari war von klein auf der Einzige gewesen, der sich für das Geschäft seines Vaters interessiert hatte. Schon als kleiner Junge hatte er versucht, die Namen der zahlreichen Holdinggesellschaften von Hessler Industries mit seinen Alphabettafeln zu buchstabieren. Er hatte seinen Vater um eine Liste gebeten, als er Lesen gelernt hatte. Sehr bald schon hatte Ari die Börsenberichte und Aktiennotierungen lesen können.

Paul Hesslers Schultern sanken herab, und er begann zu schluchzen. Die Vergangenheit hatte wenig anderes als Schmerz aufzuweisen, und bei der Zukunft – vor Tagen noch so viel versprechend – war es nun genauso. Paul wusste nur zu gut, wie es ist, ohne Hoffnung zu leben, und jetzt würde er es wieder erfahren.

Vielleicht sollte er Chief Inspector Danielle Barnea den Job erledigen lassen, für den er sie erst vor zwei Tagen ausgewählt hatte. Aber dieses Risiko konnte er nicht eingehen. Es war besser, denjenigen frei herumlaufen zu lassen, der in Wirklichkeit hinter der Ermordung seines Sohnes steckte …

Hessler wusste, dass Franklin Recht hatte. Die Sicherheitsmaßnahmen mussten verstärkt werden. Er wusste, dass der versuchte Anschlag auf sein Leben in Tel Aviv kein Zufall gewesen war. Jemand hatte sich mit seiner Vergangenheit beschäftigt und die Wahrheit herausgefunden. Und solche Dinge wurden eher komplizierter als einfacher.

Aber heute, jetzt und hier, zählte das alles nicht. Heute würden ihn die Geister der Vergangenheit begleiten und jenen chemischen Gestank verströmen, der vor langer Zeit wie eine Glocke über dem Arbeitslager bei Lodz gehangen hatte.

Heute würde er seinen Sohn beerdigen.

30.

Als Danielle vor ihrem Büro eintraf, war abgeschlossen. Sie fand nach einigem Suchen den Schlüssel in ihrer Handtasche, schob ihn ins Schloss und wollte aufschließen.

Der Schlüssel bewegte sich nicht.

Sie blickte über die Schulter, zwang sich zu einem Lächeln und bemühte sich, lässig zu wirken. Ein paar rangniedrigere Kollegen, *Mefakeah misneh* und *Sgan Mefakeah,* Sub und Deputy Inspectors, drehten den Kopf und wichen Danielles Blick aus. Sie ging an ihnen vorbei zum Aufzug und drückte auf die 4.

In der obersten Etage des Präsidiums der Nationalpolizei saß Moshe Baruch hinter dem Schreibtisch im Büro des Commanders und lächelte, als Danielle eintrat.

»Ich habe Sie erwartet, Pakad.«

»Ich kann nicht in mein Büro.«

»Ich weiß. Ich habe das Schloss auswechseln lassen.«

Danielle spürte Hitze in sich aufsteigen.

Baruch neigte sich vor und musterte sie. »Anscheinend sind Sie in eine Prügelei geraten und endlich mal auf einen ebenbürtigen Gegner getroffen, wie?«

Danielle schaute ihm in die Augen. »Nein, noch nicht.«

Der Commander wich ihrem Blick aus. »Möchten Sie mir erzählen, was passiert ist, Pakad?«

Danielle zögerte. »Das werde ich tun. Zu gegebener Zeit.«

Baruch legte seine dicken Ellenbogen auf die Schreibtischunterlage. Danielle hasste es, ihn hinter jenem Schreibtisch zu sehen, an dem ihr Mentor Hershel Giott so viele Jahre gesessen hatte.

»Und welcher gegebene Zeitpunkt wird das sein? Ihrer? Meiner? Der Ihres palästinensischen Freundes?«

»Es wäre klug von Ihnen, sich anzuhören, was wir herausgefunden haben.«

»Das ist gegen die Dienstvorschriften, da der Kontakt mit palästinensischen Beamten zurzeit streng verboten ist, sofern es keine offizielle Genehmigung gibt.«

»Ich habe getan, was getan werden musste.«

»Und dadurch Ihre Karriere weggeworfen.«

Danielle sah, dass Baruch die Situation genoss. Doch plötzlich war seine Freude dahin. Seine Miene nahm einen harten Zug an, um die Lippen zuckte es, und die Augen schienen sich tiefer in die Höhlen zurückzuziehen. Er wirkte wie ein Raubtier, das bereit ist, sich auf sein Opfer zu stürzen. Er hob ein zweiseitiges Dokument vom Schreibtisch und ließ es darauf zurückflattern.

»Das ist ein Exhumierungs- und Autopsiebefehl für ein verstorbenes Mädchen namens Beth Jacober. Dieser Befehl hat Prioritätsstufe eins.« Baruch nahm das Schreiben wieder auf und überflog es von neuem. Dann schwenkte er es vor Danielle. »Es ist unterzeichnet von Ihrem Vorgesetzten, dem *Rav pakad*, dem Superintendent, der dieses Schreiben allerdings erst zu Gesicht bekam, als ich es ihm zeigte. Wer, glauben Sie, hat seine Unterschrift gefälscht?«

Danielle konnte nur schweigend dastehen.

»Haben Sie eine Erklärung, Pakad?«

»Ich habe Befehle befolgt.«

»Tatsächlich? Wessen Befehle?«

»Ihre.«

Baruch schüttelte den Kopf. »Sie lügen, Pakad.«

»Sie haben mir die Akten von zwei verstorbenen Kindern gegeben …«

»Beide Akten haben nicht auf dem Schreibtisch gelegen …«

»Weil ich es vorgezogen habe, eine der Akten offen zu halten, nämlich die von Michael Saltzman.«

»Aber es ist nicht seine Leiche, für die Sie eine Exhumierung und Autopsie unter Priorität eins erwirkt haben.«

»So ist es.«

»Es geht um die Leiche dieses Teenagers. Und zwar in einem Fall, der von der Polizei Tel Aviv bereits abgeschlossen wurde. Ein normaler Autounfall. Die Eltern des Mädchens sind äußerst verärgert. Sie wollten sogar Zivilklage gegen Sie und die Abteilung erheben, als ich heute Morgen mit ihnen sprach. Sie werden verstehen, Pakad, dass ich in diesem Fall keine Wahl hätte und zu Gunsten der Kläger aussagen müsste. Ich müsste dem Gericht sagen, dass Sie nicht nach meinen Anweisungen oder in den vertretbaren Grenzen der Ihnen übertragenen Ermittlung gehandelt haben.«

»Ermittlung?« Danielles Kopf glühte, ihre Augen brannten,

und das Blut rauschte ihr in den Ohren. »Sie nennen die Routineuntersuchung des Todes von Kindern eine Ermittlung? Wie viele weitere solcher Fälle wollen Sie mir geben, Commander?«

»So viele wie nötig.«

»Wozu nötig? Dass ich kündige? Das werde ich nicht tun, und das wissen Sie.«

»Sie haben keine Wahl mehr.«

Danielles Wangen glühten. »Ich werde Beschwerde einreichen.«

»Weil ich Sie so schlecht behandelt habe?«

»Da haben Sie verdammt Recht.«

»Sie hatten gerade erst einen besonders schwierigen Fall beendet, als ich zum Chef der Nationalpolizei ernannt wurde.«

»Na und?«

»Und Sie waren schwanger.«

»Und das ist Ihr Vorwand, mich aus meinem Büro auszusperren?«

»Tut mir Leid, dass Sie meine Absichten falsch ausgelegt haben, Pakad. Ich habe einer schwangeren Ermittlerin, die fast ums Leben gekommen wäre, eine Reihe von einfachen Aufträgen gegeben, damit sie ihren Rang und ihr Ansehen behalten kann. Aber diese Rücksichtnahme war Ihrer Meinung nach anscheinend falsch.«

Danielle starrte ihn an. Baruch hatte sie kalt erwischt. »Dann lassen Sie mich meinen Job tun.«

»Den Job, den Sie niemals abgeschlossen haben?«

»Michael Saltzman hat nicht Selbstmord begangen! Und Beth Jacobers angeblicher Unfall war keiner! Lassen Sie die Autopsie vornehmen, und ich werde es beweisen.«

»Was beweisen?«

»Dass Beth Jacober schon *vor* dem Zusammenstoß der Autos tot war. Sie und Michael Saltzman waren Freunde, Klassenkameraden. Sie besuchten eine Zeit lang dieselbe Schule, eine israelisch-palästinensische Gemeinschaftsschule außerhalb Jerusalems. Und mindestens zwei andere Schüler aus ihrer Klasse sind ebenfalls tot! Sie alle sind in der vergangenen Woche gestorben, einschließlich eines Jungen namens Katavi, der auf den Golan-Höhen wohnte. Die ganze Familie wurde gestern ermordet – und diesmal haben die Killer sich nicht bemüht, es als Unfall zu tarnen.«

Baruch betrachtete eingehend Danielles Schrammen und blauen Flecke. »Woher wissen Sie das?«

»Wir waren dort.«

»Wir?«

Danielle versuchte, ihre Lippen zu befeuchten, doch ihre Zunge war trocken geworden.

»Die Nationalpolizei ermittelt eingehend wegen der Ermordung dieser Familie«, sagte Baruch.

»Was ist mit den Leichen?«

»Die haben wir.«

»Ich rede von den Leichen der Killer.«

»Wir fanden nur die ermordete Familie.«

»Die Killer waren dort. Überprüfen Sie die Weingärten. Suchen Sie nach Blut.«

»Das haben wir vor, Pakad. Werden wir auch Blut von Ihnen am Tatort finden?«

»Ja.«

»Sonst noch etwas, das ich wissen sollte?«

Danielle bemühte sich, nicht zu zögern. »Sie werden dort auch Blut von Ben Kamal finden.«

»Sie hielten es also für richtig, einen Palästinenser in Ihre Ermittlungen mit einzubeziehen?«

»Es ist nicht nur meine Ermittlung. Es gibt mindestens einen palästinensischen Schüler aus derselben Schule, der ermordet wurde. Sämtliche Schüler waren befreundet.«

»Die Israelis und dieser Palästinenser?«

»Das können Sie kaum glauben, nicht wahr, Commander?«

Baruch schüttelte geringschätzig den Kopf. »Wo waren Sie in

den vergangenen paar Monaten, Pakad? Öffnen Sie die Augen. Betrachten Sie die Realität. Es gibt keinen Geist der Zusammenarbeit mehr zwischen unseren Völkern; es hat ihn niemals wirklich gegeben. Es war alles nur ein Mythos, und Sie sind darauf hereingefallen.«

»Das hat nichts mit dieser Ermittlung zu tun.«

»Es hat *alles* damit zu tun. Sie haben sich grob unbotmäßig verhalten. Befehlsverweigerung. Gründe für eine Suspendierung, sogar Entlassung, wenn nicht gar für eine Festnahme.« Baruch senkte die Stimme und verlieh ihr einen Klang falschen Mitgefühls. »Unter den gegebenen Umständen werde ich jedoch darauf verzichten. Stattdessen werde ich Sie der Verwaltung im ersten Stock zuteilen. Wir werden Ihre Zukunft nach Ihrem Mutterschaftsurlaub besprechen, um den Sie sicherlich ersuchen werden. Finden Sie das fair, Pakad?«

»Und meine Ermittlungen?«, fragte Danielle.

»Ermordete Kinder hier und in der West-Bank? Da gibt es keine Ermittlungen.«

Danielle schluckte schwer. »Überprüfen Sie nur die Ergebnisse von Beth Jacobers Autopsie, die wahre Ursache ihres Todes.«

»Das habe ich getan.« Baruch nahm einen Aktenhefter von seinem Schreibtisch und ließ ihn auf die Schreibunterlage fallen, in der seine Ellenbogen tiefe Dellen hinterlassen hatten. »Da haben wir die Akte. Sie können sie selbst lesen, wenn Sie wollen, aber ich kann Ihnen die Mühe ersparen. Beth Jacober starb an einem massiven Schädeltrauma, verursacht durch den Autounfall, in den sie verwickelt war. Ihr Blutalkohol betrug eins Komma fünf Promille. Zufrieden?«

Danielle blickte entgeistert auf den Aktenhefter auf Baruchs Schreibtisch. »Aber …«

»Sie werden in zwanzig Minuten in der Verwaltung erwartet«, sagte Baruch und verkniff sich ein zufriedenes Grinsen. »Kommen Sie nicht zu spät.«

31.

»Ich hoffe, Sie haben Hunger, Inspector«, sagte Colonel Nabril al-Asi und wartete, bis seine Frau und die Kinder in die Gondel der Drahtseilbahn gestiegen waren, bevor er Ben hineinführte.

»Ich wusste nicht, dass Sie Ihre Familie mitbringen«, erwiderte Ben verlegen, während sich die beiden jüngsten Söhne und die Tochter des Colonels um den besten Blick auf den Berg der Versuchung balgten, den sie bald ersteigen würden.

»Entspannen Sie sich, Inspector. Das gehört zu meinem Entschluss, mehr Zeit mit meiner Familie zu verbringen. Ich war immer nur für den Dienst da. Jetzt begleitet meine Familie mich manchmal beim Dienst.«

Ben sah, dass nur er und Familie al-Asi sich in der Gondel aufhielten. Die Frau des Colonels tat ihr Bestes, zwischen ihren Kindern Frieden zu stiften. Sie war jünger, als Ben angenommen hatte, und attraktiver in ihrer eleganten westlichen Kleidung, die so modisch war wie die europäischen Designer-Anzüge ihres Mannes.

Ben hatte kaum Platz genommen, als die Drahtseilbahn sich mit einem Ruck in Bewegung setzte und dann ruhig und lautlos an dem kahlen, felsigen Hang vorüberglitt. Ben wusste, dass der Berg der Versuchung so genannt wurde, weil es jener Ort war, wo Christus nach seiner Taufe im Jordan der Versuchung durch Satan widerstanden hatte. Auf der terrassenförmigen Kuppe oberhalb der Drahtseilbahn, verborgen durch Höhlen, wo Jesus angeblich länger als einen Monat gefastet hatte, war jetzt ein französisches Restaurant.

»Wissen Sie«, sagte al-Asi, als hätte er Bens Gedanken gelesen, »das alles wurde von der Autonomiebehörde durch einen Handel mit der griechisch-orthodoxen Kirche ermöglicht. Sie hat die Kontrolle über den Berg. Ich frage mich, ob denen klar war, worauf sie sich eingelassen haben. In zehn Jahren wird unser kleiner Distrikt Jericho über zehntausend Hotelzimmer verfügen, und es werden genug Touristen kommen, um jedes dieser Zimmer zu belegen.«

»Das ist erfreulich …«

»Haben Sie schon mal in diesem Restaurant gegessen, Inspector?«

»Noch nicht.«

»Sie müssen die *musakhana* probieren«, sagte al-Asi und bezog sich auf das beliebte beduinische Gericht aus Hühnerfleisch. »Oder *mansaf.*«

Ben rief sich den köstlichen Duft der Gewürze in Erinnerung, der sein Elternhaus tagelang erfüllt hatte, nachdem seine Mutter diese würzige Mahlzeit gekocht hatte. »Es ist ein wenig früh am Tag für Reis und Rindfleisch, Colonel.«

»Genau aus diesem Grund können Sie sich auf Crepes, feine Eierspeisen und französische Pasteten freuen – alles erhältlich, wenn Sie es verlangen.«

»Ich wusste nicht, dass das Restaurant zum Frühstück geöffnet hat.«

»Hat es auch nicht. Die Besitzer machen heute großzügig eine Ausnahme.«

Sie näherten sich der perfekt abgetragenen und planierten Kuppe des Berges. Aus der Nähe sah sie wie dunkles, stumpfes Eis aus, das nach der Sonne dürstete, unberührt von Menschen und kaum für seine Anwesenheit empfänglich.

Al-Asi blickte wieder nach vorne in die Gondel der Drahtseilbahn, wo seine Kinder schließlich Frieden geschlossen hatten. »Sie haben meine Frau nie kennen gelernt, nicht wahr, Inspector?«

»Nein.«

»Dann ist dieser Morgen die perfekte Gelegenheit für uns alle, besser miteinander bekannt zu werden. Ein Jammer, dass Pakad Barnea sich nicht zu uns gesellen kann. Ich hätte Sie näher informieren sollen.«

»Das hätte nichts genutzt.«

»Gibt es Probleme zwischen Ihnen?«

»Nur die üblichen.«

»Und welche sind das, Inspector? Die üblichen, wo ihr euch gegenseitig regelmäßig besucht habt, oder die mehr in jüngster Zeit üblichen, wo ihr euch überhaupt nicht mehr besucht?«

»Sie haben sich über mich auf dem Laufenden gehalten.«

Ein belustigtes Funkeln erschien in al-Asis grauen Augen. »Zu Ihrem eigenen Besten, natürlich. Und im Interesse von Pakad Barnea. Wir wollen doch nicht, dass Feinde eine Schwachstelle nutzen.«

»Haben irgendwelche Feinde das versucht?«

Al-Asi zuckte die Achseln. »Wenn Sie es nicht bemerkt haben, was macht es dann schon aus?«

Die Drahtseilbahn quietschte; sie war jetzt auf halbem Weg zum Gipfel.

»Irgendetwas Neues auf der Diskette, die im Fußballstadion sichergestellt wurde?«, fragte Ben.

»Sie meinen die Diskette, die *Sie* sichergestellt haben. Manchmal sind Sie zu bescheiden, Inspector.«

»Fasils Übergabe war zu offensichtlich.«

Al-Asi runzelte die Stirn. »Ich wünschte, der Inhalt dieser Diskette wäre ebenfalls offensichtlich. Aber leider scheint er immer noch keinen Sinn zu ergeben. Die Diskette hängt sicherlich nicht mit dem meistgesuchten Terroristen in Palästina zusammen.«

»Nicht mehr, Colonel.«

»Dank Ihrer Schießkunst. Ich habe unseren geplanten Ausflug zum Schießplatz nicht vergessen. Wir werden ihn nächste Woche machen. Die Israelis haben uns eine neue Lieferung Pistolen geschickt, die ich ausprobieren möchte.«

Ben blickte aus dem Fenster der Drahtseilbahn, um zu sehen, wie weit es noch bis zum Gipfel war.

»Was haben Sie noch über die Familie Ashawi herausgefunden, Colonel?«

Al-Asi rutschte auf dem Sitz etwas näher zu Ben. »Sie haben die West-Bank nicht verlassen, und ihre einzigen Verwandten leben im Aida-Flüchtlingslager in Bethlehem. Die Familie hat sich keiner Vergehen gegen Israel schuldig gemacht und hat keine Verbindungen zu den Hamas. Keine registrierte Festnahme, weder von uns noch von den israelischen Behörden.«

»Was ist mit der Tochter, mit Zeina?«

»So ziemlich dasselbe, was Sie mir gesagt haben. Klassenbeste. Hat bereits Stipendien von einer Reihe amerikanischer Universitäten erhalten. Ein Vorbild, was den Schulbesuch angeht – bis vor acht Tagen.«

»Als ihr Freund von der Gemeinschaftsschule starb.«

Al-Asi furchte die Stirn. »Ich kann Ihnen nicht sagen, ob die Ashawis bei ihren Verwandten in Aida eingezogen sind. Leider sind meine Kontakte in den Flüchtlingslagern nicht mehr das, was sie einmal gewesen sind. Als die Zäune abgerissen wurden, verschwanden mit ihnen auch meine Informanten. Auf jeden Fall werden Sie heute mit vollem Magen aufbrechen, Inspector – und das ist mehr, als ich von den Bewohnern Aidas sagen kann.«

Bens Mobiltelefon klingelte, und er zog es hastig aus der Tasche, weil er hoffte, dass am anderen Ende der Leitung Danielle war. Er entschuldigte sich und entfernte sich ein paar Schritte von Colonel al-Asi.

»Hallo.«

»Guten Morgen, Inspector«, grüßte eine heisere Stimme.

»Mr. Najarian?«

»Ich habe nichts von Ihnen gehört, und da dachte ich mir, ich rufe mal an, bevor ich in die Staaten zurückkehre.«

»Wie sind Sie an meine Nummer gekommen?«

»Ich bin in der Sicherheitsbranche tätig, erinnern Sie sich?«

Ben warf verstohlen einen Seitenblick zum Colonel. »Beim nächsten Mal fragen Sie mich einfach danach.«

»Haben Sie sich mein Angebot überlegt?«

»Ich hatte noch keine Zeit.«

»Ich spiele mit dem Gedanken, Sie zum Leiter unserer Abteilung Sonderermittlungen zu machen. Das ist eine private Streitmacht von Detektiven, die dafür bezahlt werden, Verbrechen aufzuklären, wenn örtliche Behörden die Ermittlungen verpfuscht oder die Fälle ignoriert haben. Ich könnte Ihnen die geplanten Projekte zeigen. Haben Sie ein wenig Zeit?«

»Heute nicht.«

»Na gut. Sie haben meine Nummer in Detroit, ja?«

»Ja.«

»Lassen Sie uns bald miteinander sprechen.«

Ben drückte auf die Aus-Taste und wandte sich wieder an al-Asi. »Entschuldigen Sie, Colonel.«

»Warum, Inspector?« Al-Asi lächelte zufrieden. »Sie haben den Job ja noch nicht angenommen.«

32.

Danielles neues »Büro« war ein einziger Schreibtisch aus zusammengeschraubten Fertigteilen, der eingezwängt zwischen Dutzenden anderer stand und dem es sogar am Holzfurnier ihres früheren Tisches mangelte. Verwaltungspersonal der Nationalpolizei hatte keinen Dienstgrad und wurde allgemein schlecht bezahlt.

Der Abteilungsleiter mit einem Vogelnest von gekräuseltem Haar, der höchstens wie 25 aussah, hatte Danielle Kaugummi kauend zu ihrem Schreibtisch geführt und versprochen, bald wiederzukommen, um sie über ihre Pflichten zu informieren. Der Typ trug ein weißes Hemd mit verblichenen Tintenflecken, die sich trotz des Plastik-Schonbezugs seiner Hemdtasche auf der linken Seite gebildet hatten. Seit er Danielle verlassen hatte, war jetzt eine Stunde vergangen. In dieser Zeit hatte sie sich damit beschäftigt, mit einem Taschenmesser regelmäßige Muster auf die Unterseite der obersten Schublade ihres Schreibtisches zu schnitzen. Sie war erstaunt, wie viel Befriedigung ihr diese Beschäftigung verschaffte, die eher zu einem ungezogenen Kind gepasst hätte. Doch es ließ sie an ihre eigene Kindheit denken, und bald war sie wieder von Traurigkeit erfüllt.

Immer wieder rief sie sich ihr Gespräch mit Commander Moshe Baruch in Erinnerung. Er hatte schließlich die Oberhand gewonnen; sie hatte es ihm so leicht gemacht, dass sie sich fragte, ob er das alles geplant hatte. Wahrscheinlicher war, dass er einfach abgewartet hatte, bis sie einen jener Fehler beging, der zwangsläufig kam, wie Baruch wusste; schließlich kannte er Danielle.

Irgendwie kam sie immer wieder auf die Ergebnisse der Autopsie und der Exhumierung der Leiche von Beth Jacober zurück. Baruch hatte behauptet, den Bericht gelesen zu haben, und dass er kein neues Licht auf den Tod des Mädchens werfe. Danielle war sicher, dass er die Wahrheit gesagt hatte, und sie war überzeugt, dass Beth Jacober ermordet worden war. Der Autopsiebericht hätte das zeigen sollen … und das bedeutete, dass er geändert worden war.

Von wem?

Von jemandem mit viel Macht und Einfluss, soviel stand fest. Von jemandem, der guten Grund hatte, dafür zu sorgen, dass die systematische Exekution von Klassenkameraden einer Oberschule unbemerkt blieb.

Danielle erschrak, als das Telefon auf ihrem Schreibtisch klingelte. Sie räusperte sich und griff nach dem Hörer, zog dann aber die Hand zurück und notierte sich im Geiste, Dr. Barr anzurufen und ihm ihre neue Dienstnummer mitzuteilen.

Das Telefon klingelte weiter. Einige von Danielles neuen Kollegen blickten zu ihr.

Schließlich nahm sie den Hörer ab.

»Hallo?«

»Chief Inspector Barnea?«

»Nicht mehr.«

»Ich weiß. Tut mir Leid.«

»Sie *wissen* es? Wer spricht denn da? Wie sind Sie an meine Telefonnummer gekommen? Ich kenne sie ja selbst nicht mal.«

»Ich muss mit Ihnen reden.«

»Hat das etwas mit einem Verwaltungsproblem zu tun?«

»Sie ermitteln im Mordfall Ari Hessler, dem Sohn von Paul Hessler, ja?«

»Ich befürchte, ich kann nicht ...«

»Bitte, das ist zu Ihrem eigenen Besten.«

»Also gut. Ich war dieser Ermittlung für sehr kurze Zeit zugeteilt, für einen einzigen Nachmittag, bis jemand anders den Fall übernahm.«

»Deshalb müssen wir miteinander reden.«

Danielle neigte sich unwillkürlich vor. »Was wissen Sie über diesen Mord?«

»Dass er mit anderen zusammenhängt.«

Danielle zügelte sich, denn sie stellte sich vor, dass Moshe Baruch am anderen Ende der Leitung lauschte und sich auf die wulstigen Lippen biss, um nicht in Gelächter auszubrechen. Danielle Barnea, das besessene Ermittler-Ross, das beim ersten Klang einer Glocke in ihrem Jagdfieber durchging.

»*Wie* hängt er mit den anderen zusammen?«, fragte sie.

»Ich sagte Ihnen, wir müssen uns treffen.«

»Nicht, bevor Sie mir sagen, wer Sie sind.«

»Mein Name ist Asher Bain. Bis gestern Nacht war ich Chef-Adjutant des stellvertretenden Stabschefs der Armee, General Efrain Janush.«

»Was ist geschehen?«

»Er wurde ermordet.«

Danielle hielt Ausschau nach dem Kaugummi kauenden Typ mit dem wilden Haar und entdeckte ihn bei der Kontrolle irgendwelcher Daten auf einem Klemmbrett. Offenbar hatte er sie vergessen.

»Wo möchten Sie sich mit mir treffen?«, fragte Danielle.

33.

Paul Hessler hatte die Beerdigung seines Sohnes wie durch einen Nebelschleier erlebt. Die vielen Anwesenden, von denen die Trauerhalle überfüllt war, bedeuteten keinen Trost für ihn. Viele hatten Ari nicht einmal gekannt oder waren nur flüchtige Geschäftsbekannte gewesen. Sie waren von weit her eingeflogen, nicht so sehr aus Trauer, sondern weil sie sich Paul Hessler gegenüber verpflichtet fühlten. Ihre Beileidsbekundungen waren ehrlich und mit herzlichem Händedruck erfolgt. Aber die meisten waren hier, weil sie befürchteten, es könnte einen negativen Eindruck machen, würden sie nicht erscheinen.

Paul aber wollte die wahren Trauernden um sich haben, Aris langjährige Freunde und Mitglieder der Studentenverbindung und die jungen Leute, mit denen er in der Firma gearbeitet hatte. Sie kannten seinen Sohn wirklich; der Verlust, den sie erlitten hatten, war so real wie sein eigener. Beinahe verabscheute Paul die dauernden Beileidsbeteuerungen; in den nächsten drei Tagen und Nächten der Shiva, der jüdischen Gedenktradition, würde es nichts anderes geben.

Aris Mutter Elaine, die Paul seit der Scheidung nicht mehr gesehen hatte, wirkte verändert. Paul fragte sich, ob sie das Trinken aufgegeben hatte. Doch beim Empfang nach der Beerdigung schüttete sie ein Glas Wein nach dem anderen in sich hinein, Rot-

und Weißwein durcheinander, bis sie so benebelt war, wie er sie nur zu gut in Erinnerung hatte. Während der letzten Stunde des Empfangs lehnte sie sich Halt suchend an ihren neuen Mann, der ständig nervös auf seine Rolex blickte, die er sich mit Paul Hesslers Geld gekauft hatte.

Pauls andere Kinder zeigten unterdessen Sinn für Solidarität, und mit viel obligatorischem Lächeln und Umarmen roch er die jeweiligen Parfummarken seiner Töchter. Schließlich konzentrierte er sich auf seine Enkelkinder, die er selten sah, und fragte sich, ob ein neuer Ari unter ihnen sein mochte, ein Namensvetter, dem er eines Tages die Zukunft von Hessler Industries anvertrauen konnte.

Paul Hessler hatte sich nie einsamer gefühlt als unter all diesen wohlmeinenden Menschen. Nur der lange, gefährliche Weg durch Polen nach seinem Entkommen aus dem Arbeitslager bei Lodz Ende 1944 konnte mit den vergangenen Tagen voll verzweifelter Einsamkeit konkurrieren. Er erinnerte sich an jeden Moment, jedes Wegstück mit einer Deutlichkeit, die nie verblasst war. Stets hatte er sich weitergeschleppt, noch eine Stunde, noch einen Kilometer, bis er vor Erschöpfung rasten musste.

Dem Arbeitslager hatte Paul in den letzten Kriegstagen entkommen können, doch vor dem Tod seines Sohnes gab es kein Entrinnen. Nachts, wenn er nicht einschlafen konnte, versuchte er sich laut bei Ari zu entschuldigen, weil er verantwortlich für dessen Tod war. Es gibt Probleme, die ein Vater niemals mit jemandem teilt, nicht einmal mit seinem Sohn, und das größte dieser Probleme war wiedergekehrt und peinigte Paul Hessler.

Ein alter, arthritischer Mann am Flughafen Ben-Gurion. Ein Geist, der das Atmen noch nicht aufgegeben hatte. Nach all diesen Jahren …

Warum? Und wie, in Gottes Namen, hatte er es herausgefunden?

Paul hatte Ari alles erklären wollen, hatte sogar den Zeitpunkt und den Ort geplant.

In der Burg. Nach deren Vollendung.

Vor drei Jahren hatte Paul Hessler einen Handel mit dem Staat New Jersey gemacht und für einen Dollar pro Jahr ein großes Stück Land in den Klippen des Palisades State Park mit Blick auf den Hudson River nördlich der George-Washington-Brücke gepachtet. Auf diesem Land hatte er eine mittelalterliche Burg wiederaufbauen lassen, die für die Öffentlichkeit zugänglich war und eines Tages vielleicht in ein Museum umgewandelt würde, das den Metropolitan's Cloisters nachempfunden war, den Klöstern schräg gegenüber auf der anderen Seite des Hudson.

Wenn Paul das nahezu fertige Bauwerk sah, betrachtete er es jedes Mal, als wäre es noch immer die Burg, die er vor 57 Jahren nach seiner Flucht aus dem Arbeitslager in den Wäldern von Leczyca in Polen entdeckt hatte. Diese Entdeckung hatte ihm damals das Leben gerettet; damit hatte jene Geschichte ihren Anfang genommen, die Hauptbestandteil der Legende Paul Hessler war.

Als Hessler erfahren hatte, dass die polnische Regierung die Absicht hatte, den verfallenen Bau abreißen zu lassen, hatte er die Burg gekauft und die Kalksteinquader der Mauern zerlegen, nummerieren und in Kisten nach New York verschiffen lassen, um sie dann an den Klippen von Palisades States Park wieder aufbauen zu lassen. Ein großer Teil des ursprünglichen Bauwerks war im späten Herbst 1944 verschwunden gewesen; heute war sogar noch weniger davon übrig. Die Mauer ringsum war eingefallen, der innere Teil nur noch Schutt, seit die Burg während des Protestantenaufstandes im 16. Jahrhundert aufgegeben worden war. Das alte Bauwerk aus dem 14. Jahrhundert hatte ursprünglich sechs Türme gehabt, aber nur vier waren noch so gut erhalten gewesen, dass man sie wieder aufbauen konnte. Die Stützpfeiler aus rosafarbenem Marmor und die gemeißelten Steinsäulen waren verfallen, konnten jedoch restauriert werden – zu einem Preis, den nur Paul Hessler zu zahlen bereit war.

Er war persönlich nach Polen zurückgekehrt, um die ersten Arbeiten zu beaufsichtigen. Lastwagen hatten die riesigen Mengen zerlegter Materialien – jedes Teil war sorgfältig beschriftet und fotografiert – zu gecharterten Frachtflugzeugen transportiert. Hessler hatte angeordnet, dass die vier verbliebenen Türme intakt abtransportiert wurden. Mit modernster Lasertechnik waren sie von ihren Fundamenten abgetrennt und mit Kränen für die Fahrt zum Flughafen auf riesigen Tiefladern abgesetzt worden.

Wieder in New Jersey, hatte Hessler den Bau von Straßen bezahlt, die breit und tragfähig genug waren, dass sie den Transport der Türme und Einzelteile mit Frachttransportern zur Baustelle erlaubten. Selbst dann hatten diese Straßen sich als kaum breit genug erwiesen, um die Schwerlastkräne aufzunehmen, die erforderlich gewesen waren, um die Türme auf die Klippen zu hieven.

Seit über einem Monat hatte Paul Hessler die Burg nicht mehr gesehen, scit er nach Israel geflogen war, um die Entwicklung des Antiraketen-Systems zu überwachen. Er wusste, dass sich das gewaltige Bauvorhaben im Endstadium befand – einschließlich der Renovierungen und Rekonstruktionen mit dem Ziel, eine funktionelle Nachbildung zu schaffen. Um dies zu erreichen, hatte Hessler ein Dutzend Künstler beauftragt, die Fresko-Gemälde verschiedener Landschaften wieder zu erschaffen, die der ursprüngliche Burgherr besucht hatte; Steinmetze reparierten die Wände und erneuerten die rissig gewordenen und gebrochenen Steinbänke, von denen viele Fresken eingerahmt waren.

In den neu geschaffenen Parkanlagen dachte Paul oft daran, was sich vor über einem halben Jahrhundert in diesen Mauern ereignet hatte. Das Geheimnis, das er bislang mit keinem Menschen geteilt hatte. Das Geheimnis, das den wahren Grund offenbarte, weshalb er dieses Stück seiner Vergangenheit so nahe bei seinem Zuhause in New York City wieder aufgebaut hatte.

»Sir?«

Paul wandte sich um und sah eine attraktive Frau, die ihm eine Tasse Kaffee hinhielt. Im Arbeitslager waren den Gefangenen zwei Tassen Kaffee pro Tag bewilligt worden, der niemals heiß gewesen war. Aus diesen zwei Tassen Kaffee, 200 Gramm Brot und zwei Portionen Suppe – kaum ein Liter – hatte seine gesamte tägliche Ration bestanden.

»Danke«, sagte Paul und nahm die Tasse von der Frau entgegen, wobei er das Zittern seiner Hand unterdrückte. Er war überzeugt, die Frau zu kennen, doch er wusste nicht genau, wo er sie unterbringen sollte. »Danke, äh …«

»Ich bin Tess Sanderson, Mr. Hessler. Ich arbeitete für Sie, oder genauer gesagt, ich habe für Ari gearbeitet.«

»Haben wir uns schon mal getroffen?«

»Nicht offiziell, nein. Ich wollte Ihnen mein Beileid aussprechen.«

Paul zuckte die Achseln und wartete darauf, dass sie davonging wie alle anderen, nachdem sie kondoliert hatten.

»Da ist noch etwas, über das ich mit Ihnen sprechen muss, Sir«, sagte sie stattdessen mit gesenkter Stimme. »Bezüglich Ari.«

»Selbstverständlich. Sobald ich wieder im Büro bin.«

»Mr. Hessler, ich glaube, Sie müssen es so schnell wie möglich hören. Ari hätte es so gewünscht. Ich weiß, dass er vorhatte, es Ihnen nach der Rückkehr in New York selbst zu sagen. Er wollte Sie überraschen.«

»Mich überraschen?« Eine Erinnerung stieg in Paul Hessler auf; Worte fielen ihm ein, die zu den letzten seines Sohnes gezählt hatten … Ari hatte tatsächlich versprochen, ihm nach der Rückkehr in die Vereinigten Staaten irgendetwas zu erzählen. Und da war der Anruf von einem Geschäftspartner gewesen, der etwas von einer Feier gesagt hatte, die von Ari geplant gewesen war.

»Hat es etwas mit einer Party zu tun, die er plante?«

Tess Sanderson räusperte sich. »Es hat mit Projekt vier-sechs-null-eins zu tun.«

»Mit dem Projekt, dessen Abbruch ich angeordnet habe?«

»Ari ordnete einen neuen Test an.«

»Ohne meine Genehmigung?«, fragte Paul, verwirrt und beinahe ärgerlich über das eigenmächtige Handeln seines Sohnes.

»Er glaubte an das Projekt, Sir. Er glaubte wie ich, dass wir nahe daran sind. Er erlaubte uns vorbereitende Versuche.«

Paul Hessler lächelte, als er sich vorstellte, wie er Ari die Meinung gesagt hätte. »Fahren Sie fort.«

»Es funktioniert, Sir.«

Paul blinzelte. »Haben Sie gesagt …?«

»Ja, Sir«, bestätigte Tess Sanderson. »Projekt vier-sechs-null-eins funktioniert.«

34.

»Ashawi«, wiederholte der Verwalter des Flüchtlingslagers Aida und blätterte in seinem Kasten mit Karteikarten. »Ashawi …« Ben bemerkte auf seinem Schreibtisch einen alten IBM-Computer, der nicht einmal angeschlossen war. »Lassen Sie mir bitte einen Moment Zeit.«

In der komplizierten Aufspaltung, die Palästina erlebt hatte, war Bethlehems Teilung die vielleicht komplizierteste. Wo christliche Pilger sich in Sichtweite des Manger Square versammelten, wurde letzte Hand an ein umstrittenes Siedlungsprojekt gelegt. Nicht weit entfernt befand sich eine ehemalige palästinensische Mädchenschule – im ersten nachchristlichen Jahrtausend der Palast eines Sultans –, die nun zum Inter-Continental Bethlehem geworden war, ein Luxushotel mit Suiten, Gourmet-Restaurants, Bars und Fitnessklub. Das Hotel befand sich fast direkt gegenüber der Straße vom Flüchtlingslager, in das heute

Bens Ermittlungen geführt hatten. Der Bau des Hotels hatte sich wegen häufiger Zusammenstöße zwischen israelischen Soldaten und palästinensischen Jugendlichen mehrmals verzögert, und oft war Tränengas über das Grundstück geweht. Es war das einzige bedeutende Bauprojekt, bei dem die Arbeiter Gasmasken an ihren Gürteln trugen.

Am luxuriösen Swimmingpool des Hotels befand sich eine hohe Betonwand, die das Grundstück des Inter-Continental vom Aida-Flüchtlingslager trennte, in dem die Verwandten der verschwundenen Familie Ashawi lebten. Ben fragte sich, ob je nach Windrichtung die Düfte der reichlich vorhandenen Blumen des Hotels oder die Gerüche von Feinschmeckeressen der Hotelküche ins Lager trieben – und ob anders herum der Gestank von Dreck und Schlamm und der Kanalisation die wohlhabenden Hotelgäste behelligte.

Ben hatte seinen Wagen vor dem schäbigen Bau geparkt, in dem die Verwaltung des Flüchtlingslagers untergebracht war. Das Symbol der Palästinensischen Autonomiebehörde war neben die Tür gemalt worden und konkurrierte mit dem der Vereinten Nationen und des Internationalen Roten Kreuzes. Es gab auch noch andere, kleinere Symbole, die Ben nicht einmal kannte, als wären die Signets internationaler Hilfsorganisationen zu Firmenzeichen und Produktreklamen in amerikanischen Sportstadien geworden.

»Ja, natürlich«, sagte der Lagerverwalter und zog eine Karteikarte aus dem Kasten. »Ich habe den anderen beiden Beamten erst vor ein paar Minuten den Weg zu ihrer Unterkunft erklärt.«

Ben verspürte plötzlich ein flaues Gefühl im Magen. »Den anderen beiden Beamten?«

»Was haben die Ashawis verbrochen? Die Verwaltung sollte informiert werden, wissen Sie«, rief der Mann Ben nach, als er durch die Tür hinauseilte. »Wir haben hier die Amtsgewalt!«

Danielle arrangierte ein Treffen mit Asher Bain beim Holyland Hotel südwestlich der Stadt – genauer gesagt, außerhalb des Hotels in der Nähe der Miniatur-Nachbildung der Altstadt. Rekonstruiert aus Marmor, Stein, Holz, Kupfer und Eisen – den Materialien jener Zeit –, war das Modell eine genaue Nachbildung des biblischen Jerusalem. Danielle ging an der Miniatur-Version der großen Mauer entlang, die einst die Altstadt geschützt hatte, als sich ihr aus der entgegengesetzten Richtung ein Mann näherte.

»Pakad Barnea, ich bin Captain Asher Bain.«

Er hielt ihr die Hand hin, und Danielle ergriff sie und spürte einen kräftigen Händedruck. Asher Bain war nur ein wenig größer als sie mit ihren einsfünfundsiebzig. Er trug bequeme, weit geschnittene Freizeitkleidung, die jedoch nicht seine Körperfülle und die massige Statur verbergen konnte. Es war fast kein Hals zu sehen, und sein Gesicht war so kantig und von Falten zerfurcht, dass man denken konnte, ein Künstler hätte es mit einem Meißel bearbeitet. Sein schütteres Haar war militärisch kurz geschnitten. Er wirkte wie jemand, der sich in einer Uniform behaglicher fühlen und lieber ein Galil-Sturmgewehr unter dem Arm tragen würde als eine Broschüre, mit der er sich den Anschein gab, ein Tourist zu sein.

»Woher kennen Sie mich, Captain Bain?«

»Ich habe Ihr Bild gesehen, Pakad. Im Fernsehen und in der Zeitung.«

»Ich sprach von der Ermittlung im Mordfall Hessler. Woher wussten Sie von meiner kurzen Beteiligung an der Ermittlung?«

»General Janush sprach davon. Er wollte bei Paul Hessler anrufen und kondolieren. Er hatte sogar erwogen, in die Vereinigten Staaten zu fliegen und an der Beerdigung teilzunehmen, bevor er ...«

»Das mit seinem Tod tut mir Leid. Soviel ich hörte, starb er an einem Herzanfall.«

»Das stimmt nicht. Ich war dort. Er wurde ermordet.«

Sie schritten langsam um den Stadtrand des winzigen Jerusalem, das so exakt aus Kalkstein nachgebildet war, dass sogar die winzige Inschrift am Eingang eines Tempels zu sehen war.

»Die Einzelheiten spielen keine Rolle«, fuhr Bain fort, der sich sichtlich unbehaglich fühlte. »Es zählt allein, dass General Janush nicht das einzige Mordopfer war. Gestern wurden zwei andere ermordet.«

»Generäle?«

»Zivilisten«, sagte Asher Bain. »Alte Männer, die keine Gemeinsamkeiten hatten.«

Ben eilte durch die engen Höfe zwischen den Hütten im Lager, um so schnell wie möglich zu den Ashawis zu gelangen. Sein Gefühl sagte ihm, dass die Männer, die vor ihm eingetroffen waren, um nach der verschwundenen Familie zu suchen, nicht von der Polizei waren. Und sie waren zu zweit, er war allein. Nach ihrem bisherigen mörderischen Vorgehen zu urteilen, keine guten Aussichten.

Als Ben die Hälfte des Weges zur Unterkunft der Verwandten der Ashawis zurückgelegt hatte, waren seine Füße mit Schlamm und dem Dung der Gärten bedeckt, die er durcheilt hatte. Ben war nur noch zwei schmale, schmutzige, von Unrat übersäte Gassen von seinem Ziel entfernt, als er beinahe mit zwei uniformierten Fatah-Repräsentanten zusammenstieß, die dem Lager vom Palästinensischen Rat zugeteilt worden waren.

»Ich brauche Ihre Hilfe!«, sagte Ben, als er halbwegs zu Atem gekommen war.

Die beiden jungen Männer tauschten erstaunte Blicke.

»Ich bin palästinensischer Polizist.« Ben zeigte ihnen seinen Ausweis. »Es handelt sich um einen Notfall.«

»Was können wir für Sie tun?«

»Folgen Sie mir, und sagen Sie kein Wort.« Ben ging voran. »Hier entlang. Schnell!«

»Ein alter Schullehrer, der bei einem Fahrradunfall ums Leben kam, ein prominenter Geschäftsmann, der bei einem ärztlichen Routineeingriff vergiftet wurde, und natürlich General Janush – das sind die drei Toten«, sagte Asher Bain.

»Alle drei starben *gestern*?«

Bain nickte. »So ist es, Pakad. Und alle waren Anfang siebzig.«

»Mehr hatten sie nicht gemein, Captain?«, fragte Danielle.

»Nein, Pakad. Das heißt, sie waren Überlebende des Holocaust, genau wie ...«

»Paul Hessler«, vollendete Danielle für ihn.

»Stellen Sie sich an die Seite. Es muss so aussehen, als hätten Sie Waffen«, wies Ben die beiden jungen Fatah-Leute an, als sie sich der Unterkunft von Abdul Ashawis Bruder näherten.

»Warum?«, fragte einer der Männer zögernd.

»Weil es Ihr Leben retten könnte. Und jetzt Bewegung. Schnell!«

Ben führte die beiden jungen Fatah-Funktionäre zu der Hütte, in der die Familie Ashawi hauste. Sie hatten gerade den bescheidenen Hof durchquert, der mit feinmaschigem Drahtgeflecht eingezäunt war, als eine verschrammte Tür aufgestoßen wurde, die zu groß für den Rahmen war.

Zwei Männer in der Kleidung palästinensischer Polizisten tauchten auf. Sie hielten ein junges Mädchen zwischen sich, das Ben nach ihrem Schulfoto als Zeina Ashawi erkannte. Schluchzende, protestierende Familienangehörige folgten den Polizisten die verfallenen Stufen der kurzen Treppe hinunter und traten aus dem dürftigen Schatten einer zerlumpten Plane, die als Sonnenschutz diente. Die Polizisten ignorierten das Flehen der Familie und blieben erst stehen, als sie Ben und die Fatah-Funktionäre sahen, die ihnen den Weg versperrten.

»Von hier an übernehme ich«, sagte Ben und sorgte dafür, dass die beiden Männer sahen, wie dicht seine Hand an seiner Pistole war.

Die falschen Polizisten tauschten einen Blick, wogen ihre Chancen ab. Ben wusste, was sie getan hätten, hätten nicht links und rechts von ihm die Fatah-Funktionäre gestanden. Die Szene wirkte wie eingefroren. Die Familie blieb hinter den falschen Polizisten stehen, die immer noch überlegten, was sie tun sollten.

Der Fatah-Mann links neben Ben begann zu zittern.

Ben legte ihm beruhigend die Hand auf den Unterarm und sah im gleichen Augenblick, wie einer der falschen Polizisten zur Waffe griff.

35.

»Wie haben Sie das herausgefunden?«, fragte Danielle.

»Mein Verdacht verstärkte sich, nachdem der General ermordet wurde und ich mehr über Hesslers Beinahe-Ermordung las«, sagte Asher Bain. »Daraufhin habe ich Nachforschungen angestellt. Was ich herausfand, war erstaunlich ...«

»Weiter«, drängte Danielle.

»Alle vier Männer zählten zu den ursprünglichen Flüchtlingen, die nach dem Zweiten Weltkrieg hier siedelten.«

»Haben sie sich seit dieser Zeit gekannt?«, fragte Danielle auf der Suche nach irgendeinem Zusammenhang.

Bain schüttelte seinen massigen Kopf. »Der General kannte den Geschäftsmann, und er hatte Hessler kennen gelernt, aber er wusste nichts von dem Schullehrer, der bei einem Fahrradunfall starb.«

»Können die Männer sich als Flüchtlinge kennen gelernt haben?«

»Nein. Den Informationen zufolge, die ich einholen konnte, kam keiner der vier Männer mit demselben Schiff oder zur selben Zeit nach Palästina.«

»Drei von ihnen sind tot, und der vierte lebt nur deshalb noch, weil die für ihn bestimmte Kugel seinen Sohn traf.«

»So ist es.«

»Warum haben Sie Kontakt zu mir aufgenommen?«

»Wegen Ihrer Verbindung zur Ermittlung im Fall Hessler.«

»Der Fall wurde mir entzogen, Captain.«

»Aber erst, nachdem Sie die Möglichkeit hatten, mit Paul Hessler persönlich zu sprechen. Hat er irgendetwas gesagt, das vielleicht mit der Sache zu tun hat? Hat er sich sonderbar verhalten? Haben Sie irgendetwas Ungewöhnliches bemerkt?«

Danielle schüttelte den Kopf. »Nichts. « Sie zögerte kurz. »Jedenfalls ist mir bei Hessler nichts Ungewöhnliches aufgefallen.«

»Bei einem anderen?«

Danielle nickte. »Bei dem Mann, der ihn beinahe ermordet hätte.«

Ben legte die Hand auf den Pistolengriff. Im letzten Moment, bevor der falsche Polizist seine Waffe ziehen konnte, legte der andere ihm eine Hand auf den Arm und hielt ihn zurück. Langsam bewegten sie sich von Zeina Ashawi fort, die nicht minder entsetzt aussah.

»Danke, meine Herren«, sagte Ben gemessen. »Ich werde dafür sorgen, dass Ihr Commander von Ihrer Kooperation erfährt.«

Ben behielt die falschen Polizisten im Auge, als sie den Hof verließen und ihn zu beiden Seiten passierten. Als sie außer

Sicht waren, versuchte der kleinere der beiden Fatah-Repräsentanten, sich eine Zigarette anzuzünden, schaffte es aber nicht, weil seine Hände zu sehr zitterten. Ben zündete die Zigarette für ihn an.

»Danke für Ihre Hilfe«, sagte er dann und zog einen kleinen Notizblock aus seiner Brusttasche. »Nennen Sie mir Ihre Namen. Ich werde eine persönliche Botschaft an den Präsidenten schicken und Sie lobend erwähnen.«

Die jungen Männer tauschten einen Blick. »Wird er diese Botschaft auch wirklich bekommen?«, fragte einer der beiden.

»Ich kenne einen hohen Beamten, der dafür sorgen wird.«

Die Fatah-Repräsentanten nickten und nannten Ben ihre Namen, bevor sie gingen. Ben hatte kaum sein Notizbuch weggesteckt, als ein Mann zu ihm geeilt kam, den er für Zeina Ashawis Vater hielt.

»Was geht hier vor? Was will die Polizei mit meiner Tochter?«

Ben hob eine Hand, um ihn zu beruhigen. »Die beiden Männer waren keine echten Polizisten, Abdul Ashawi.«

Die Miene des Mannes spiegelte Unsicherheit wider. »Sie waren keine Polizisten? Aber wer ...«

»Ich muss drinnen mit Ihrer Tochter sprechen«, unterbrach Ben. »Dann wird Ihnen alles klar.«

Die heiße Sonne brannte auf Danielles Haut und briet die Miniaturstadt zu ihren Füßen, während sie sich an alles zu erinnern versuchte, was sie aus dem Autopsiebericht über den alten Mann wusste, der Paul Hesslers Sohn erschossen hatte.

»Er trug keine Papiere bei sich, nicht einmal Geld.«

»Weil er wusste, dass er sterben würde«, sagte Bain. »Es war ein Selbstmordattentat.«

»Der Killer hatte Magenkrebs. Er hatte ohnehin nicht mehr lange zu leben. Er war Amerikaner, da war der Pathologe sicher.

Seine einzigen auffallenden körperlichen Merkmale waren ein Glasauge und eine ungewöhnliche Tätowierung.«

»Was für eine Tätowierung?«

»Eine Art Wurm, der ein Messer hielt, von dessen Klinge Blut tropfte. Und über der Tätowierung stand ein Name: NIGHT-CRAWLERS.«

»Ein Erdwurm, der nachts auf Nahrungssuche geht.«

»Ich wusste nicht, dass sie Wurm-Experte sind, Captain.«

»Das bin ich nicht. Aber der Begriff ›Nightcrawlers‹ hat auch andere Bedeutungen.«

»Zum Beispiel?«

»Das möchte ich erst sagen, wenn ich meiner Sache sicher bin. Der Tote war um die siebzig?«

»Ja, vermutlich ein amerikanischer Veteran des Zweiten Weltkriegs oder des Koreakriegs. Beides ist möglich, doch nach dem Alter einiger Narben war sich der Pathologe fast sicher, dass der Mann im Zweiten Weltkrieg gekämpft hat.«

Danielle versuchte Asher Bains Reaktion einzuschätzen, doch seine Miene blieb stoisch, wie versteinert. Sie wollte gerade nachsetzen und weitere Fragen stellen, als ihr Handy klingelte.

»Hallo?«

»Pakad Barnea?« Eine Frauenstimme.

»Ja. Wer spricht da?«

»Layla Saltzman, Michaels Mutter.« Die Worte wurden von angestrengten Atemzügen unterbrochen.

»Ja, Mrs. Saltzman?«

»Ich möchte Sie nicht stören. Es ist nur, dass ich ... ich habe etwas gefunden ... in Michaels Zimmer, und ich ... nun, ich weiß nicht, wen ich sonst anrufen könnte.«

»Was haben Sie gefunden?«

»Sie müssen zu mir kommen, Pakad. Vertrauen Sie mir, Sie müssen es sehen.«

36.

»Meine Tochter ist jetzt bereit, mit Ihnen zu sprechen, Inspector«, sagte Abdul Ashawi und führte Zeina ins Zimmer, die sich von dem Schreck erholt hatte. »Sie wird Ihre Fragen beantworten.«

Zeina sah dünn und blass aus. Ihr dunkelbraunes Haar fiel offen über ihre Schultern – eine westliche Mode, die sie als Palästinenserin vielleicht auf der Gemeinschaftsschule angenommen hatte. Der Blick ihrer Augen, die den gleichen dunkelbraunen Farbton besaßen, war nervös.

»Kommen Sie hier herüber, Inspector«, forderte Abdul Ashawi Ben auf.

Ben hatte beschlossen, das Mädchen nicht mit Fragen zu bestürmen. Stattdessen war er darauf aus, die Familie besser kennen zu lernen und ihr Vertrauen zu gewinnen. Diese Hütte im Flüchtlingslager gehörte Abduls Bruder. Sie hatte nur drei kleine, dunkle Zimmer, was schon für die beiden Erwachsenen und die drei Kinder zu wenig war, die normalerweise hier wohnten, ganz zu schweigen von den fünf Gästen, die sich dort nun schon seit einer Woche versteckten. Die Frauen gingen in die winzige Küche, um Tee aufzubrühen und Gebäck zu holen. Sie waren erleichtert, weil Zeina nicht festgenommen wurde. Ben jedoch war beunruhigt. Er wusste nicht, wie er sich schützen konnte, falls weitere Männer erschienen, die von den Auftraggebern der falschen Polizisten geschickt wurden, um das Mädchen zu holen.

Eine halbe Stunde später war Zeina endlich bereit, ihre Geschichte zu erzählen, während sie den warmen Tee aus einem Pappbecher nippte, weil ihrer Tante die wenigen Steinguttassen und Gläser der Familie ausgegangen waren. Ben fiel auf, dass keine der Tassen und Unterteller zusammenpassten.

»Sind Sie einverstanden, dass ich dabei bin?«, fragte Abdul Ashawi.

»Ich bestehe sogar darauf«, erwiderte Ben, obwohl das palästinensische Gesetz nicht verlangte, dass Eltern bei einer Befragung Minderjähriger anwesend sein mussten.

Vor einem alten, rußschwarzen Ofen, der nach Rost roch, wurde auf kleinen Stühlen Platz geschaffen.

»Hat dir die Schule für Palästinenser und Juden gefallen, die du im vergangenen Semester bei Abu Gosh besucht hast, Zeina?«

Sie lächelte, erleichtert über seine Frage. »Ja. Sehr. Es war eine prima Schule. Ich habe viel gelernt.«

»Wie ich hörte, hattest du dort sehr gute Freunde.«

Jetzt versteifte sie sich leicht. »Ein paar.«

»War Michael Saltzman einer davon?«

»Ja.«

»Und Beth Jacober?«

Diesmal ein Nicken.

»Und Shahir Falaya?«

Wieder ein Nicken.

»Yakov Katavi?«

Zeina Ashawi blickte Hilfe suchend zu ihrem Vater.

»Ist das wirklich nötig?«, fragte er Ben.

»Sie sind mit Ihrer Familie hierhin gezogen, ohne es einer Menschenseele zu erzählen«, erwiderte Ben. »Warum hielten Sie das plötzlich für nötig, Abu Ashawi?«

Keine Antwort.

»Ich glaube, Sie sind hierher geflüchtet, um sich zu verstecken, nachdem drei Freunde Ihrer Tochter binnen einer Woche starben.« Ben schaute wieder Zeina Ashawi an. »Es tut mir Leid, dir sagen zu müssen, dass auch Yakov Katavi tot ist. Er wurde gestern ermordet.«

»Mish mumkin!«, stöhnte Zeina. »Das kann nicht sein!«

»Diesmal wurde es nicht wie ein Unfall oder Selbstmord inszeniert. Der Junge wurde in seinem Elternhaus umgebracht. Er wurde erschossen – wie auch seine Eltern.« Ben neigte sich vor, und der kleine Stuhl knarrte unter seinem Gewicht. Er schaute Abdul Ashawi an. »Wenn ich nicht rechtzeitig hier eingetroffen wäre, hätten die Männer, die sich als Polizisten ausgegeben haben, Ihre Tochter mitgenommen, und Sie hätten sie niemals wieder gesehen. Ich möchte Sie schützen, Abu Ashawi. Ich möchte Sie alle schützen. Aber ich muss wissen, warum vier der Klassenkameraden – und Freunde – Ihrer Tochter tot sind.«

Abu Ashawi schaute Zeina an und nickte.

»Ich habe nichts damit zu tun!«, beschwor sie Ben. »Ich habe die Freundschaft mit ihnen aufgegeben, das schwöre ich!«

»Ich glaube dir«, sagte Ben. »Erzähl mir nur, was geschehen ist.«

Zeina Ashawi nickte und begann.

Layla Saltzman öffnete die Haustür, als sie Danielle über den Plattenweg zu ihrem Haus im Jerusalemer Vorort Har Adar kommen sah.

»Wenn es verkehrt von mir war, Sie anzurufen …«

Danielle dachte an ihren Vorgesetzten in der Verwaltungsabteilung, der gerade Mitte 20 war, und stellte sich vor, wie er ihr Verschwinden bei Commander Moshe Baruch meldete.

»Sie haben nichts Verkehrtes getan. Zeigen Sie mir nur, was Sie gefunden haben.«

Das Haus wirkte so, wie Danielle es vor zwei Tagen erlebt hatte. Alles war unverändert; der gleiche Geruch hing in der Luft, vielleicht ein wenig abgestandener.

»Ich hielt es für an der Zeit, Michaels Sachen aufzuräumen«, erklärte Layla Saltzman. »Keine andere Beschäftigung hat mir geholfen. Ich wollte mich dadurch ablenken.«

Sie gelangten an eine Schlafzimmertür. Layla Saltzman schaltete eine Lampe ein, die ein Zimmer erhellte, das typisch für einen Jungen im Teenageralter war. Eine Stereoanlage, ein Fernseher, Zeitschriften und Bücher auf den Regalen. Eine Fender-Gitarre und ein Paar Skier lehnten in einer Ecke. Am Boden vor dem Schrank lag eine Jeans. Ein Aquarium mit tropischen Fischen, dessen Filter leise summte, stand so dicht am Fenster, dass es einen Teil des Lichts wegnahm.

Layla Saltzman ging zum Bett ihres Sohnes. Die Decken waren verwühlt, und die Matratze zeigte eine leichte Vertiefung, wo der Junge gelegen hatte. Der ausziehbare Bettkasten stand ein Stück offen, und Kleidungsstücke quollen heraus.

»Der Bettkasten klemmte«, erklärte Layla Saltzman. »Und als ich daran zog, kam alles heraus. Ich habe es sofort zurückgesteckt, als ich es sah.«

»Was?«

Danielle schaute zu, als Layla Saltzman den Kasten ganz aufzog.

»Das«, sagte sie nur und wies auf irgendetwas hinter dem Kleiderfach.

Danielle ging in die Hocke und leuchtete mit ihrer kleinen Taschenlampe in das Dunkel des Bettkastens. Sie blinzelte und konnte nicht glauben, was sie sah.

»Ich wollte ihre Freundin sein«, sagte Zeina Ashawi und schaute mehr zu ihrem Vater als zu Ben. »Ich mochte die anderen, und sie mochten mich. Sie wussten, dass ich gut mit Computern umgehen kann. Sie hatten diesen … Plan.«

Ben schwieg und ließ dem Mädchen Zeit.

»Ich weiß nicht, wer die Idee hatte … Shahir, glaube ich«, fuhr sie nach einigem Zögern fort. »Es ging um Geld. Sie wollten eine Menge Geld machen.«

Diese Enthüllung überraschte Ben. Er hatte angenommen, die Schüler seien unschuldige Opfer gewesen, weil sie durch Zufall irgendetwas herausgefunden hatten oder in irgendeine Sache verwickelt worden waren. Damit, dass ihr eigenes Handeln ihren Tod herbeigeführt hatte, hätte er niemals gerechnet. Doch die Behauptung ihrer Freundin wies darauf hin.

»Erzähl weiter«, forderte Ben das Mädchen auf und verbarg seine Überraschung.

Zeina Ashawi blickte wieder zu ihrem Vater, bevor sie fortfuhr. »Ich weiß nicht alles. Nicht einmal viel. Ich habe den Kontakt mit ihnen abgebrochen, als mir klar wurde, um was es ging und was sie wirklich vorhatten.«

Ben neigte sich gespannt ein wenig vor. »Und was war das?«

Danielle griff in den dunklen Bettkasten und zog den Rucksack hervor, um bestätigt zu sehen, was das Licht ihrer Taschenlampe erfasst hatte.

Der Rucksack war voller Geld. Sorgfältig gebündelte Stapel amerikanischer 20-Dollar-Scheine, die aus dem Rucksack quollen – so viele, dass er nicht mit dem Reißverschluss geschlossen werden konnte. Zwischen fünfzig- und hunderttausend Dollar, schätzte Danielle.

»Ich würde ja gern sagen, dass Michael das Geld zum Bar-Mizwa geschenkt bekommen hat«, sagte Layla Saltzman, doch dieser Versuch eines Scherzes ging kläglich daneben. »Ich dachte, es hat vielleicht etwas mit seinem Tod zu tun. Ich habe niemals geglaubt, dass es Selbstmord war. Das habe ich Ihnen ja gesagt.«

In ihrer Stimme klang ein seltsamer Hauch von Hoffnung mit, dass der Tod ihres Sohnes irgendeinen Grund gehabt hatte, den sie nicht hatte beeinflussen können.

»Wann haben Sie zum letzten Mal in diesen Bettkasten geschaut?«, fragte Danielle.

»Oh, vor Jahren. Vermutlich nicht mehr, seit das Bett geliefert worden ist.« Layla Saltzmans Augen füllten sich mit Tränen, und sie wischte sie mit dem Ärmel weg. »Ja, es ist Jahre her. Und da ist noch etwas.« Layla Saltzman schaute Danielle an. »Dieser Rucksack gehört nicht Michael.«

Danielle bemerkte die Initialen darauf. BKJ.

Beth Jacober.

Sie versuchte, sich die vier Klassenkameraden als eine Art Jugendbande vorzustellen. Als Täter, deren Handeln zu ihrem Tod geführt hatte. Als Erstes kamen ihr Drogen in den Sinn. Ein Geschäft, das sich in Israel immer mehr ausweitete, wie sie wusste.

Doch die Killer, denen sie und Ben gestern auf den Golan-Höhen begegnet waren, hatten sich nicht wie Drogendealer verhalten. Auch die Raffinesse der Killer, die diese Schüler getötet hatten, sprach dagegen. Ein Selbstmord und ein Autounfall in Israel. Ein zufälliger Überfall in Jericho, um ein Auto zu rauben. Nur die Morde auf den Golan-Höhen waren anders gewesen. Aber wenn sie, Danielle, und Ben nicht rechtzeitig aufgetaucht wären – wer weiß, wie die Killer dann die Morde vertuscht hätten? Vielleicht als Überfall syrischer Terroristen.

Nein, Drogen waren nicht im Spiel.

Was dann?

»Erpressung«, sagte Zeina Ashawi, nachdem sie tief durchgeatmet und versucht hatte, sich zu beruhigen. »Sie wollten Leute erpressen. Mächtige, bedeutende Leute.«

»Wie?«

»Das weiß ich nicht. Ich habe Ihnen ja schon gesagt, dass ich mich nicht darin verwickeln ließ, nachdem ich es herausgefunden hatte. Ich habe mich mehr mit den anderen herumgetrieben. Aber ich habe keinem sonst von der Sache erzählt. Es ging mich nichts an.« Zeina lehnte sich zurück, als wäre sie mit ihrer Geschichte fertig.

»Was weißt du sonst noch?«

»Sie wollten viel Geld kassieren.«

Ben dachte an die fehlende Festplatte von Shahir Falayas Computer.

»Einige von den anderen konnten gut mit Computern umgehen. Könnte das etwas damit zu tun haben?«

Zeina Ashawi zuckte die Achseln. »Vielleicht. Oder ...«

»Oder?«

»Vielleicht hatte es was mit Shahirs Job in Israel zu tun.«

»Wieso?«

»Sie redeten manchmal darüber, dass dieser Job nach der Schule sie reich machen würde. Ich habe gar nicht richtig zugehört. Ich hielt es für einen Scherz. Sie wissen ja, was Jungs so reden.«

»Natürlich. Weißt du, was für ein Job das war?«

»Die Schule hat ihn besorgt. Muss bei einer großen Firma gewesen sein.«

»Kannst du mir sonst noch etwas darüber erzählen? Du weißt nicht, wen deine Freunde erpressen wollten?«

Sie versteifte sich. »Sie waren nicht mehr meine Freunde. Das habe ich Ihnen doch gesagt.«

»Und es waren nur diese vier?«

Zeina Ashawi zögerte. »Ich glaube, da war vielleicht noch jemand anders ...«

»Haben die anderen einen Namen erwähnt?«

»Nein, aber sie machten Andeutungen. Ich bin mir nicht sicher, aber ich glaube, es war noch ein anderer Schüler daran beteiligt. Nicht sofort, erst später.«

»Und du hast deine Freundschaft zu den ermordeten Schülern aufgegeben, bevor sie ihren Plan in die Tat umgesetzt hatten«, sagte Ben.

»Ich weiß nicht mal, wen sie erpressen wollten. Oder wie sie herausfanden, was sie wussten. Oder wie viel Geld sie kassiert haben. Nach einiger Zeit gaben sie sich nicht mehr mit mir ab.

Sie haben mich wie Luft behandelt ... die ganze Klasse war für sie Luft. Da waren nur die vier, und jetzt ... *sind sie tot!*«

Zeina sprang vom Stuhl auf und fiel ihrem Vater in die Arme. Der Stuhl kippte um und prallte gegen den Ofen.

»Sie haben mich abgeholt!«, stieß sie schluchzend hervor. *»Diese schrecklichen Männer haben mich abgeholt!«*

Abdul Ashawi streichelte Zeina übers Haar, und sein Blick glitt zu Ben. »Sie haben meiner Tochter das Leben gerettet. Dafür stehen meine Familie und ich für immer in Ihrer Schuld.«

»Lassen Sie sich von mir beschützen«, sagte Ben und stand auf. »Sie alle.«

»Wie meinen Sie das, Inspector?«

»Sie brauchen ein sicheres Versteck, wo die Kerle nicht an Sie herankommen. Sonst kommen sie wieder.«

Abdul Ashawi drückte seine Tochter fester an sich. »Aber sie hat Ihnen alles erzählt, was sie weiß. Sie kann diesen Leuten nicht schaden, wer sie auch sind.«

»Das wissen diese Leute aber nicht.«

Das pockennarbige Gesicht des Mannes rötete sich. »Wer ermordet *Kinder*, Inspector?«

»Jemand, der glaubt, einen Grund dafür zu haben. Und jetzt muss ich herausfinden, was für ein Grund das ist.«

37.

»Was ist los?«, fragte Abraham Vorsky Hans Mundt. »Schmeckt es Ihnen nicht?«

Mundt starrte auf den Teller mit Pita, Falafel, Zwiebeln und Gürkchen, der vor ihm stand. Das Restaurant Abu Shukri befand sich in Jerusalem, ein paar hundert Meter vom Damaskus-Tor entfernt, auf der linken Seite, während es nach rechts in die Via Dolorosa ging. Für Mundts Geschmack war das Lokal zu voll und zu laut. Kahle Holztische standen dicht an dicht, und Stimmengewirr erfüllte die Luft; der dichte Zigarettenrauch wurde von den Ventilatoren an der Decke erfasst und träge davongetrieben. Mundt wünschte, er hätte Vorsky gebeten, ein einfacheres Lokal auszuwählen.

»Ich dachte, hier gefällt es Ihnen«, sagte der alte Mann.

»Ich habe keinen Appetit.«

»Ich meine das Drumherum und die vielen Leute.« Vorsky hielt Ausschau nach dem Kellner. »Ich weiß natürlich nicht, was mit unserem nächsten Gang passiert ist ...«

»Ich nehme an, Sie haben sich noch nicht mit den Leuten befasst, deren Namen ich Ihnen gegeben habe.«

Vorsky blickte sich weiterhin suchend nach dem Kellner um. »Das geht Sie nichts mehr an.«

»Da Sie mich sehen wollten, nehme ich an, Sie waren zufrieden mit der Zuverlässigkeit meiner Informationen.«

Vorsky stellte die Suche nach dem Kellner ein und schaute Mundt über den Tisch hinweg an. »Die Informationen zwingen mich zu etwas, das mir nicht gefällt.« Er kaute ein Gürkchen und rümpfte die Nase, weil es bitter schmeckte.

»Aber Sie möchten immer noch die restlichen Namen haben, nicht wahr?«

Vorsky schluckte den Rest des Gürkchens und neigte sich vor. »Ich möchte wissen, wie Sie an diese Informationen gekommen sind, Herr Mundt.«

»Auf die gleiche Weise, wie ich an die anderen Namen herangekommen bin, die Sie sicherlich haben wollen.«

»Hat es vielleicht etwas mit Ihrem Ausflug nach Polen zu tun, den Sie kürzlich unternommen haben? In eine Gegend in der Nähe von Lodz, glaube ich.«

Mundt wusste, dass die Äußerung eine verschleierte Drohung war, die auf die Quellen abzielte, die Vorsky immer noch besaß. »Das geht Sie nichts an.«

»Und ich soll Ihnen glauben?«

»Wenn Sie die restlichen Namen haben wollen, ja.«

»Haben Sie die mitgebracht?«

»Haben Sie die Datenbank dabei, zu der Sie mir Zugang versprochen haben? Als Gegenleistung, erinnern Sie sich?«

»Wie viele weitere Namen sind es?«, fragte der alte Mann und kratzte sich an seinem dünnen Bart.

»Sie werden keinen bekommen, bevor Sie nicht Ihren Teil des Handels erfüllen.«

»Was suchen Sie?«

Mundts Miene blieb ausdruckslos. »Gewissheit.«

»Die ist heutzutage schwer zu bekommen.«

»Wollen Sie die restlichen Namen oder nicht?«

»Was würden Sie tun, wenn ich Nein sage?«

»Die internationale Presse wäre sehr an dieser Story interessiert.«

»Sie glauben, ich würde zulassen, dass Sie diese Information verbreiten?«

»Vielleicht ist das schon geschehen. Eine E-Mail, darauf programmiert, zu einer bestimmten Zeit verschickt zu werden, sofern ich den Befehl nicht rückgängig mache. Wäre ich tot, könnte ich das nicht mehr. Und Sie würden mich nicht killen und riskieren, dass die restlichen Männer auf meiner Liste in Ihrem Land herumlaufen.«

Der alte Mann aß einen Bissen Pita. »Sie kennen meine Absichten anscheinend besser als ich selbst.«

»Ich weiß, was Besessenheit ist.«

»Hier geht es um Pflicht, Herr Mundt.«

»Für uns beide.«

Vorsky wog die Worte des Deutschen ab und schob seinen Teller in die Tischmitte. Dann griff er unter seinen Stuhl und zog einen Laptop hervor.

»Die Datei für die Datenbank, an der Sie interessiert sind, ist bereits geöffnet«, erklärte er. »Drücken Sie ENTER, um fortzufahren.«

Bevor Mundt das tun konnte, legte der alte Mann ihm eine Hand auf den gewaltigen Unterarm. »Der Computer ist so programmiert, dass Sie nur Zugang zu einem Namen haben. Wenn Sie es bei einem zweiten Namen versuchen, wird die Datei automatisch geschlossen. Sie werden nichts auf Diskette speichern. Sie werden keine Notizen machen. Sie werden sich die Hälfte dieser Datei anschauen und fertig sein.«

Mundt spannte sich an. »Die Hälfte? Das war nicht abgemacht.«

»Die Abmachung ist geändert, Herr Mundt. Sie werden Zugang zur zweiten Hälfte der Datei erhalten, wenn wir überzeugt sind, dass Sie die anderen versprochenen Namen nicht aus dem Telefonbuch abgeschrieben haben.«

Mundt schob eine CD über den Tisch, im Austausch für den Laptop des alten Mannes. »Wann?«, fragte er.

Vorsky steckte die CD schnell ein. »Reicht morgen?«

»Ich nehme an, es muss reichen.«

»Da ist noch etwas«, sagte Vorsky. »Der Adjutant des verstorbenen Generals Janush hat Fragen gestellt und offenbar Verbindungen zwischen den drei Opfern hergestellt.«

»Warum sollte mich das interessieren?«

»Weil es mir so vorkommt, als hätte ihm jemand einen Tipp gegeben. Jemand, der Interesse daran hat, zusätzlichen Druck auf uns auszuüben, weil es seinen eigenen Zwecken dient.«

Der große Mann klopfte auf den tragbaren Computer. »Ich habe nur *ein* Interesse.«

»Es beunruhigt Sie nicht, dass sich der Adjutant des Generals mit einem Inspector von der Nationalpolizei getroffen und sie um Hilfe bei seiner Ermittlung gebeten hat?«

»Sie?«

»Ein weiblicher Inspector. Einer der besten Ermittler.«

»Dann haben Sie anscheinend ein Problem.«

»Und wir haben vor, damit fertig zu werden. Nur wenn es nicht Ihr Werk ist. Ich hasse den Gedanken, das Sie uns mit hineinziehen würden, um Ihre eigene Lage zu verbessern.«

»Wie kommen Sie auf den Gedanken?«

Der alte Mann wies auf den Laptop. »Falls Sie nicht finden, was Sie suchen.«

»Lassen Sie mich sehen«, sagte der große Mann und drückte auf die Taste ENTER.

38.

»Pakad?«, sagte Ben durch Danielles offenes Wagenfenster.

Sie schreckte auf und erkannte, dass sie eingedöst war, während sie auf ihn gewartet hatte. »Du kommst spät.«

»Alles in Ordnung?«

»Es waren ein paar anstrengende Tage. Und ich habe wer weiß wie lange auf dich gewartet. Zu lange.«

Aus irgendeinem Grund hatte Danielle sich entschieden, vor der palästinensisch-israelischen Schule bei Abu Gosh im Wagen zu warten statt im Gebäude. Als die Nachmittagssonne untergegangen war, hatte sie Jane Wexler angerufen, die Direktorin der Gemeinschaftsschule, und sie gebeten, auf ihre Ankunft zu warten.

»Lass uns reingehen.«

»Zuerst will ich etwas über dieses Mädchen hören, das du im Flüchtlingslager gefunden hast.«

»Das kann ich nicht glauben«, sagte Danielle, als Ben von seinem Gespräch mit Zeina Ashawi berichtet hatte. »Wird sie bewacht?«

»Es dauerte einige Zeit, aber Colonel al-Asi hat veranlasst, dass die ganze Familie in ein Sicherheitshaus einquartiert wird. Ich bin bei ihnen geblieben, bis seine Leute eingetroffen sind. Deshalb komme ich so spät. Was ist mit dir?«

»Ich bin in die Verwaltung versetzt worden. Commander Baruch war stinksauer, weil ich eine nicht genehmigte Ermittlung durchgeführt habe.«

»Dieser Bastard!«

»Keine Sorge. Ich habe mir selbst den Tag freigenommen und einen Teil des Nachmittags mit Layla Saltzman verbracht«, sagte Danielle und erwähnte zunächst nichts von ihrem Treffen mit Captain Asher Bain. »Du wirst nicht glauben, was ich unter dem Bett ihres Sohnes gefunden habe …«

»Es ergibt keinen Sinn«, sagte Ben, nachdem Danielle ihm von dem Geld in einem Rucksack erzählt hatte, der einer der ermordeten Schülerinnen gehört hatte. »Die Schüler wickeln alles sehr diskret ab, achten sorgfältig darauf, ihre Spuren zu verwischen – und dann gehen sie das Risiko ein und lassen eine solche Summe zurück? Warum?«

»Wie du schon sagtest, es passt nicht zur restlichen Ausführung ihres Plans.«

»Aber sie müssen ihre Gründe gehabt haben, Pakad.«

»Werden wir der Direktorin die Wahrheit sagen?«, fragte Danielle, nachdem beide eine Zeit lang überlegt hatten, welche Gründe das sein konnten.

»Dass ihre besten Schüler eine Erpresserbande waren? Nein, wir erzählen ihr einfach, wir brauchen Einzelheiten über den Job, den die Schule Shahir Falaya besorgt hat. Dann graben wir tiefer, um herauszufinden, ob noch ein anderer Schüler in die Sache verwickelt war, wie Zeina Ashawi behauptet hat. Vielleicht kann dieser Schüler uns mehr erzählen.«

»Bevor er oder sie ermordet wird, natürlich. Wohin wird uns das alles führen, Inspector?«

Ben zuckte mit den Schultern. »Ich weiß es nicht. Vielleicht bekam der junge Falaya einen Aushilfsjob bei einem großen Unternehmen, vielleicht bei einem internationalen Konzern. Irgendwann hat er etwas gesehen oder gehört, das nicht an die Öffentlichkeit dringen darf.«

»Und dann suchte er sich die anderen Schüler als Komplizen aus? Warum?«

»Um sich abzusichern. Jeder übernimmt eine Rolle. Die Einzelheiten müssen wir noch herausfinden.«

»Und dann beschließt diese Firma, den Jungen und seine Komplizen umzubringen?«, fragte Danielle zweifelnd. »Auch das ergibt keinen Sinn.«

»Dann müssen wir herausfinden, *was* Sinn ergibt. Vielleicht finden wir dann ihre Mörder.«

»Danke, dass Sie auf uns gewartet haben«, sagte Ben zu Direktorin Jane Wexler, als er und Danielle in ihrem Büro Platz nahmen.

»Sie sagten, es sei wichtig.«

»Wir brauchen Einzelheiten über den Job, den die Schule Shahir Falaya besorgt hat«, informierte Danielle die Direktorin.

»Einen Moment, bitte«, erwiderte Jane Wexler und schaltete ihren Computer an. »Das war in Tel Aviv, glaube ich.«

Sie öffnete eine Datei und überflog die Informationen.

IBM hatte eine bedeutende Filiale in Tel Aviv eröffnet, wie Ben wusste, und es gab eine Reihe von Großbanken, Maklerbüros und Versicherungsgesellschaften. Alles erstklassige Opfer für einen Erpresser.

»Da haben wir's«, sagte die Direktorin schließlich.

Ben und Danielle warteten gespannt.

»Abasca Machines«, sagte Jane Wexler.

Ben neigte sich über den Schreibtisch der Direktorin. »Wie bitte?«

»Die Firma heißt ›Abasca Machines‹. Möchten Sie die Adresse haben?«

»Was ist das für eine Firma?«, fragte Ben.

Jane Wexler lächelte. »Eine sehr kleine, kann ich mir vorstellen. Sie fertigen Maschinen oder Teile davon, nehme ich an.«

Ben blickte zu Danielle, die sich erhob und sich dabei auf die Stuhllehnen stützte. Ihr Gesicht hatte alle Farbe verloren. Plötzlich klammerte sie sich am Schreibtisch fest, als wäre ihr schwindelig geworden.

»Pakad?«

In diesem Augenblick fiel Danielle nach hinten. Ben konnte sie gerade noch auffangen.

39.

Tess Sanderson blieb noch lange nach dem Weggang der anderen Trauergäste in Paul Hesslers Apartment. Sie saßen zusammen auf dem großen Balkon und schauten auf das nächtliche Manhattan.

»Ich verstehe das nicht«, sagte Paul, die Hände auf die Schläfen gepresst. Es war ihre erste Gelegenheit, das Gespräch fortzusetzen, das sie früher am Tag begonnen hatten. Paul mochte die Gesellschaft der jüngeren Frau, besonders nachdem er erkannt hatte, dass Ari in den vergangenen Monaten viel Zeit mit ihr verbracht hatte. »Wie konnte ein Projekt, das ich für beendet erklärte, erfolgreich die vorbereitende Testphase durchlaufen?«

»Ari hat in dieser Sache Ihre Anweisungen nie befolgt«, erklärte Tess Sanderson. »Er hielt das Projekt für zu wertvoll.«

»Wertvoll?«, wiederholte Paul Hessler gereizt. »Wir hatten

bereits eine halbe Milliarde Dollar für die Entwicklung von Projekt vier-sechs-null-eins ausgegeben, ohne etwas vorweisen zu können.«

»Ari glaubte felsenfest an das Potenzial des Projekts.«

»Potenzial, Sanderson, ist die Torheit der Jugend.«

Tess Sanderson lächelte, und ihre perlweißen Zähne schimmerten im Mondschein. »Ari wusste genau, wie Sie denken. Deshalb leitete er die Forschungsgelder aus einer anderen Quelle um und änderte im Hessler Institute die Protokolle des Projekts.«

»Damit ich es nicht erfuhr.«

»Ari glaubte, vor der vielleicht größten Entdeckung in der Geschichte der medizinischen Wissenschaft zu stehen.«

»Welche Rolle haben Sie dabei gespielt, Sanderson?«

Tess zögerte nicht mit der Antwort. »Ich war verantwortlich für die Umleitung von Geldern in ein Phantom-Projekt, sodass Projekt vier-sechs-null-eins in der Entwicklung bleiben konnte.«

»Ein Grund, Ihnen fristlos zu kündigen.«

»Wir *beide* wussten das, Ari und ich.«

»Wollen Sie mir sagen, mein Sohn war bereit, für dieses Projekt seine Karriere zu opfern?«

»Ja. So sehr glaubte er daran.«

»Dann müssen Sie mir unbedingt erzählen, wie sein Glaube sich als berechtigt erwies.«

»Eine abgeschlossene und geheime Studie, die von den Empfängern für jedwede Maßnahme abgesegnet worden war. Sie wussten nie, ob sie überhaupt Projekt vier-sechs-null-eins erhielten.«

»Als ich das Projekt abschloss«, erinnerte sich Paul Hessler, »waren wir bei Projekt vier-fünf-null-zwei, und alle Probanden waren gestorben.«

Sie wussten beide – und akzeptierten beide –, dass der Zweck solcher geheimer Forschungen nicht so sehr darin bestand, festzustellen, ob eine neue Droge wirkte, sondern um herauszufinden, an welchem Punkt sie nicht mehr zum Tod führt, sodass eine exakte und sichere Dosierung bestimmt werden konnte. Erst dann wurden offizielle klinische Untersuchungen vorgenommen.

»Acht weitere Versuchsreihen scheiterten, nachdem Ari das Projekt übernahm«, erklärte Tess Sanderson. »Aber Projekt vier-sechs-null-eins erzielte positive Ergebnisse bei acht von zehn Patienten, denen die Droge verabreicht wurde.«

»*Acht von zehn?* Das ist beispiellos!«

Sanderson nickte begeistert. »Und alle Patienten hatten das so genannte Sterblichkeitsalter erreicht. Sieben von ihnen leben noch heute.«

Paul Hesslers Augen weiteten sich. »Warum, um Himmels willen, hat mein Sohn mir nichts davon erzählt?«

»Er hatte es vor. Aber er wollte zuerst sämtliche Daten in Händen haben. Er hat Ihren Zorn gefürchtet.«

»Zorn? Ich hätte ihm einen Kuss gegeben.« Zum ersten Mal seit Tagen lächelte Paul, doch das Lächeln verschwand rasch, und er spürte, wie seine Augen wieder feucht wurden.

»Sofort nach Ihrer gemeinsamen Rückkehr aus Israel, sobald das Arrow-Antiraketen-System entwickelt war, wollte Ari Ihnen die Testergebnisse zeigen. Zuvor wollte er Sie durch nichts ablenken.«

»Deshalb hatte er diese Party geplant?«

Tess Sanderson nickte traurig.

»Sie wissen, was das bedeutet, Sanderson, nicht wahr?«

»Wir können nur Vermutungen anstellen.«

»Versuchen Sie es. Ich möchte die Vision meines Sohnes teilen.«

Tess Sanderson seufzte. Sie fühlte sich sichtlich unbehaglich bei dieser Aufgabe. »Es bedeutet die Revolutionierung der ärztlichen Behandlungsmethoden für die meisten tödlichen Krankheiten. Die Beendigung der Leiden von Millionen Patienten. Verlängerung von Menschenleben. Die Rettung von Familien.«

»Hat er auch den möglichen wirtschaftlichen Gewinn erwähnt?«

Tess Sanderson lächelte leicht. »Er hat sogar detaillierte Berichte erstellen lassen. Nach den jüngsten Hochrechnungen betrug das Potenzial bis zu fünfzig Milliarden Dollar allein im ersten Jahr, in dem die Droge auf dem Markt ist.«

Sie glaubte, diese Informationen würde Paul Hessler begeistern; stattdessen ließ er den Kopf hängen und wirkte so traurig wie an diesem Morgen am Sarg seines Sohnes.

Tess Sanderson berührte kurz die Schulter des alten Mannes. »Aber nur um das Geld ging es ihm nie. Ari betrachtete es als Chance, sich Ihnen zu beweisen. Er wusste, dass Sie beeindruckt von ihm gewesen wären, hätte er das Projekt erfolgreich abgeschlossen.« Sie wartete, bis Paul Hessler sie wieder anblickte, bevor sie fortfuhr. »Das sollten Sie wissen.«

Hessler tupfte sich mit einem Taschentuch über die feuchten Augen. »Sagen Sie mir, Sanderson, wie habt ihr beiden das alles hinter meinem Rücken geschafft?«

»Sie waren zu sehr in das Arrow-Antiraketen-Projekt für Israel vertieft, deshalb. Meine gesamte Kommunikation mit Ari vom Institut aus fand per Fax oder E-Mail über unsere Hauptfiliale in Tel Aviv statt. Der Durchbruch kam, während Sie beide dort waren. Vor gut einem Monat. Er sagte mir, er werde eine Kopie des Berichts für Sie herunterladen, denn er könne nicht mehr warten.« Tess Sanderson senkte den Blick. »Ich nehme an, er hat es sich anders überlegt.«

»All diese Heimlichtuerei ...«

Tess Sanderson schluckte schwer. »Ari wusste, wie scharf Sie ihn im Auge behielten und seine Arbeit überwachten. Er wollte Ihnen keinen Hinweis auf sein Engagement bei Projekt vier-sechs-null-eins geben. Ich habe ihn nie persönlich informiert.

Wir haben nie miteinander zu Mittag gegessen und uns nur selten und immer sehr kurz getroffen.«

Paul Hessler sah einen veränderten Ausdruck in den Augen der Frau. »War das schwierig für Sie?«

»Sehr schwierig, Sir.«

»Ich nehme an, für meinen Sohn ebenso.«

»Ich hoffe es.«

»Aber es war raffiniert von euch beiden.«

Ari hat mich besser gekannt, als ich wusste, dachte Paul Hessler. Und du hast dem Jungen zu wenig zugetraut ...

Dieser Gedanke machte den Verlust noch unerträglicher.

»Natürlich«, fuhr Paul fort und versuchte, sich abzulenken, »bleibt da der derzeitige Status von vier-sechs-null-eins. Jemand wird das Projekt übernehmen und zu Ende bringen müssen. Sind Sie interessiert, Sanderson?«

»Selbstverständlich, Sir.«

»Hatten Sie und Ari Gelegenheit, über einen Gehalts- und Bonusvertrag zu sprechen?«

»Äh ... nein, Sir.«

»Ich werde Ihnen binnen achtundvierzig Stunden einen Vorschlag unterbreiten.«

»Das ist nicht ...«

»Doch, das ist nötig, Sanderson. Hier geht es ums Geschäft, nicht um Familie oder Freundschaft. Je früher wir das jetzt akzeptieren, Sie und ich, desto besser für uns. Ich nehme an, Sie werden mit unserer Vereinbarung zufrieden sein. Morgen früh möchte ich sämtliche Berichte und Daten von Projekt vier-sechs-null-eins auf meinem Schreibtisch haben.«

»Ja, Sir.« Tess Sanderson zögerte. »Möchten Sie, dass ich die Unterlagen angesichts der Umstände hierher bringe, Sir?«

»Nein«, sagte Paul Hessler. »Ich glaube, es wird mir gut tun, mal wieder ins Büro zu schauen.«

40.

Als Danielle die Augen aufschlug, sah sie Bens Gesicht über sich und erblickte ihren Arzt Dr. Barr am Fußende des Bettes. Sie bemerkte, dass sie ein Krankenhaushemd trug, und sah durchs Fenster in der Ferne den Berg Scopus, was nur bedeuten konnte, dass sie sich in Jerusalems Hadassah-Hospital befand – nicht zum ersten Mal, wie sie bestürzt dachte.

Sie stemmte sich auf die Ellenbogen. »Ist es eine …«

»Fehlgeburt?«, vollendete Dr. Barr, als Danielle nicht weitersprechen konnte. »Nein. Nur eine Reaktion auf Stress und Belastungen, denen sich keine Frau aussetzen sollte, die im vierten Monat schwanger ist.«

»Da hörst du's, Danielle«, sagte Ben und drückte sie sanft aufs Kissen zurück. Er war von der Schule aus mit ihr im Krankenwagen gefahren, wodurch er die Einreisegenehmigung nach Israel bekommen hatte, was sonst nicht so schnell möglich gewesen wäre. »Du musst dich schonen.«

Danielle konzentrierte sich weiterhin auf den Arzt. »Dann hatte es nichts mit den Problemen mit dem Baby zu tun, über die wir gestern gesprochen haben?«

»Überhaupt nicht«, erwiderte er. »Obwohl ich glaube, dass es in Ihrem besten Interesse ist, in dieser Sache so schnell wie möglich eine Entscheidung zu treffen.«

»Dem Baby geht es im Augenblick doch gut, nicht wahr?«

»Nun …«

»*Ich* meine, ihm ist nichts passiert, als ich ohnmächtig geworden bin?«

Dr. Barr nickte widerstrebend. »Die Ultraschalluntersuchung, die wir gemacht haben, hat keine strukturelle Beschädigung des Fötus gezeigt.«

»Habe ich die Untersuchung genehmigt?«, fragte Danielle. »Ich kann mich nicht erinnern, dass …«

»Ich habe sie genehmigt«, unterbrach Ben. »Ich dachte mir, dass du Gewissheit haben möchtest.«

»Aber vergessen Sie nicht, dass der derzeit gute Zustand Ihres Babys kein Anlass zu falschen Hoffnungen ist«, schaltete der Arzt sich ein. »Ich befürchte, so wird es nicht lange bleiben.« Als Danielle schwieg, ging er zur Tür. »Ich schaue am Morgen bei Ihnen vorbei. Ruhen Sie sich aus.«

»Was hast du ihm gesagt?«, fragte Danielle, als Dr. Barr das Zimmer verlassen hatte.

»Dass er die Ultraschalluntersuchung machen soll.«

»Sonst nichts?«

»Das war nicht nötig. Er weiß Bescheid. Gestern in seinem Büro konnte er es mir am Gesicht ablesen. Dir auch.«

»Ich hätte dich nicht bitten sollen, mit mir zu kommen.«

»Ich will nicht, dass du das alles allein durchmachst.«

»Daran bin ich gewöhnt. Verstehst du denn nicht, dass es so schon schwer genug für mich ist?«

»Allein wäre es noch schwerer«, beharrte Ben. »Ich gebe nicht leicht auf, Danielle.«

»Und dafür danke ich dir, Ben.«

»Aber manchmal ist Aufgeben nicht das Schlimmste.«

Sie drehte sich auf die andere Seite, von ihm weg. »Warum überprüfst du nicht einfach dieses Unternehmen … Abasca Machines?«

»Weil die Firma ihren Sitz in Tel Aviv hat. Ohne dich kann ich nicht dorthin fahren. Außerdem …«

Danielle dreht sich wieder zu Ben. »Was?«

»Commander Baruch weiß, dass du hier bist.«

»Mist! Wie hat er davon erfahren?«

»Dein Ausweis, als du hier eingeliefert wurdest. Man hat die Nationalpolizei angerufen. Inzwischen wurde Baruch bestimmt schon informiert.«

»Es überrascht mich, dass ich nicht unter Arrest stehe«, sagte

Danielle. Der Gedanke machte ihr weniger aus, als sie gedacht hatte.

Ben neigte sich vor und küsste sie leicht auf die Stirn. »Ich muss rasch etwas erledigen. In ein paar Minuten bin ich zurück.«

»Lass dir Zeit. Ich laufe schon nicht weg.«

Danielle hatte sich gerade im Bett zurücksinken lassen, als die Tür von neuem geöffnet wurde. Captain Asher Bain steckte den Kopf ins Zimmer.

»Hoffentlich störe ich nicht, Pakad«, sagte er leise.

»Überhaupt nicht.«

Bain betrat das Krankenzimmer, und seine stämmige, muskulöse Gestalt füllte beinahe den Türrahmen aus. »Als ich erfuhr, dass Sie hier sind, war ich besorgt. Ich dachte, es hätte das Werk derjenigen sein können, hinter denen wir her sind.« Er schloss die Tür hinter sich.

»*Wir,* Captain?«

»Wenn meine Annahme falsch ist ...«

»Das ist sie nicht, Captain«, fiel Danielle ihm ins Wort und schaute in Bains tief liegende, dunkle Augen, die den gleichen leeren Ausdruck widerspiegelte wie bei ihrem Vater und ihren beiden Brüdern. »Ich hatte einen kleinen Unfall. Nicht das Ergebnis feindlicher Aktivitäten, das versichere ich Ihnen. Ich sollte morgen hier raus sein.«

»Das ist tröstlich.«

»Und wie haben Sie erfahren, dass ich im Krankenhaus bin?«

»Ich ...«

»Sie können es eigentlich nur wissen, wenn Sie mich beobachten ließen.«

»So ist es auch, Pakad. Zu Ihrem eigenen Schutz. Mein Mitarbeiter sah den Krankenwagen bei der Schule eintreffen, die Sie besucht haben. Was drinnen geschehen war, wusste er nicht.«

»Aber er hat eine feindliche Aktion vermutet.«

Bain zuckte mit den gewaltigen Schultern. »Er ist Berufssoldat wie ich. Wir vermuten so etwas immer.«

»Schon gut. Ich bin froh, dass Sie gekommen sind.«

Das schien Asher Bain etwas aufzulockern. Danielle sah, dass er sich ein wenig entspannte. »Ich habe die von Ihnen erbetene Information bezüglich Paul Hesslers Attentäter. Ich glaube, es wird Sie interessieren. Und ich habe eine andere Information, die ... ich weiß noch nicht, was ich damit anfangen soll.«

»Fangen Sie mit dem an, was Sie über diese Tätowierung herausgefunden haben.«

Bain verschränkte die Hände hinter dem Rücken und wirkte wieder angespannt. »Die ›Nightcrawlers‹ waren im Zweiten Weltkrieg eine Infanterieeinheit, die dem O.S.S. angeschlossen war.«

»O.S.S.?«

»Der Vorläufer der amerikanischen Special Forces oder Special Operations, wie sie jetzt genannt werden. Jedenfalls arbeiteten die Nightcrawlers in den letzten Monaten des Krieges oft hinter den feindlichen Linien. Sie sprengten Munitions- und Treibstoffdepots, hauptsächlich um die Deutschen aufzuhalten. Später machten sie auch Vorstöße, um die Überlebenden aus den Arbeitslagern in Polen zu retten, nachdem die Russen vom Osten her einmarschiert waren.«

»Das hatten diese Nightcrawlers also vor, als sie Hessler retteten.« Danielle nickte beeindruckt. »Aber wie haben Sie das alles herausgefunden?«

»Ein Freund im Pentagon war mir einen Gefallen schuldig. Und den Akten zufolge, zu denen er mir Zugang verschaffte, war der Mann, der Paul Hessler zu töten versuchte, ein gewisser Staff Sergeant Walter Phipps. Das Glasauge war der entscheidende Hinweis. Phipps verlor in den ersten Tagen seiner Dienstzeit in Europa ein Auge, weigerte sich jedoch, den Dienst zu quittieren. Stattdessen trug er eine Augenklappe.«

»Sagen Sie mir nicht, dass Phipps zu den Männern zählte, die Paul Hessler in den Wäldern gefunden haben.«

»Halb tot, nach allem was man hört. Phipps und die restlichen Männer seines Zuges haben Hessler wahrscheinlich das Leben gerettet.«

»Und dann, fast siebenundfünfzig Jahre später, versucht dieser Phipps, Hessler zu töten.«

Bain runzelte die Stirn. »Das ergibt für mich auch keinen Sinn. Jedenfalls noch nicht. Phipps und seine Männer dachten zuerst, sie hätten einen Nazi-Spion gefunden, keinen Flüchtling aus einem Arbeitslager der Nazis.«

»Konnten Sie irgendeine Verbindung zwischen Hessler und den drei Mordopfern finden?«

»Noch nicht«, sagte Bain. »Aber da ist etwas anderes.« Bain blieb weiterhin am Fuß von Danielles Bett stehen, die Arme steif an den Seiten. »Es hat mit Ihrem verstorbenen Vater zu tun, Pakad.«

Captain Asher Bain ging um die rechte Seite des Bettes herum näher zu Danielle. Sie sah eine Spur von Wärme und Herzlichkeit in seinem Gesicht und rechnete schon damit, dass er sie berühren würde, doch er verharrte außer Reichweite.

»Sie müssen wissen, dass ich in einem unserer militärischen Computer nach einer Liste anderer Männer gesucht habe, die zum Profil von Hessler und den drei anderen Holocaust-Überlebenden passen, die ermordet wurden.« Er legte eine Pause ein und schluckte. »Der Name Ihres Vaters stand auf dieser Liste.«

41.

»All diese Männer waren Überlebende – entweder aus Arbeits- oder aus Gefangenenlagern«, fuhr Bain fort. »Es tut mir Leid, dass ich das zur Sprache bringen muss.«

»Schon in Ordnung, Captain«, sagte Danielle und fragte sich, was genau Bains Entdeckung zu bedeuten hatte. »Aber mein Vater wurde nicht im Wald gefunden. Er landete in einem Umsiedlungslager und kam als Flüchtling nach Palästina.«

»Und kämpfte darum mit, den jüdischen Staat zu schaffen. Ihr Vater ist eine Legende, Pakad.«

»Danke.«

»Aber das war General Janush ebenfalls«, fügte Bain hinzu. »Die gestrigen Morde waren gut geplant und wurden von Profis verübt.«

»Aber Walter Phipps war ein alter, todkranker Mann«, wandte Danielle ein. »Kein Profi.«

»Deshalb müssen wir die Möglichkeit in Betracht ziehen, dass der versuchte Mord an Hessler keine Beziehung zu den anderen Hinrichtungen hat.«

»Wenn wir nur wüssten, was Walter Phipps dachte, als er abdrückte ...«

»Die Akte des Pentagons über Phipps endet leider nach seinem Dienst in Korea. Deshalb haben wir keine Ahnung, was in den darauf folgenden Jahren geschehen ist.«

»Jahre zählen nicht, Captain. Was auch immer Walter Phipps zu seiner Tat getrieben haben mag, es muss in jüngster Zeit geschehen sein. Warum hätte er sonst so lange warten sollen, um Hessler zu töten? Und warum in Israel statt in den Vereinigten Staaten?«

Captain Bain zuckte die Achseln und wich Danielles Blick aus.

»Was ist?«, fragte Danielle, denn sie spürte, dass er ihr etwas verschwieg.

»Nichts. Jedenfalls noch nicht«, erwiderte Bain. »Es gibt da nur einige ... Anzeichen, die ich beunruhigend finde.«

»Beunruhigend?«

Bains stählerner Soldaten-Blick war verschwunden, und seine Augen hatten das zuversichtliche Funkeln verloren. »Unmöglich wäre eine bessere Beschreibung. Es sei denn ...«

»Es sei denn *was*?«

»Die Antworten finden sich in Deutschland. Ich werde dorthin reisen. Zu einem Pflegeheim in Remscheid, nicht weit von Düsseldorf, um einen Mann namens Günther Weiss zu besuchen. Weiss war der Kommandant des Arbeitslagers in Polen, in dem Paul Hessler interniert war. Ich werde Ihnen sicherlich mehr sagen können, nachdem ich mit Weiss gesprochen habe.«

»Seien Sie vorsichtig, Captain.«

Bain lächelte zum ersten Mal bei diesem Besuch, soweit Danielle sich erinnern konnte. »Danke für Ihre Fürsorglichkeit, Pakad.«

Sie schauten einander noch immer an, als die Tür geöffnet wurde und Ben Kamal mit einem Blumenstrauß in der Hand ins Zimmer trat.

»Ich dachte, dir gefällt vielleicht …« Ben verstummte, als er den Mann mit der kräftigen Statur an Danielles Bett stehen sah. Er fuhr sich mit den Zähnen über die Unterlippe. »Verzeihung, Pakad, ich wusste nicht, dass ich störe.«

»Das ist Captain Asher Bain, Inspector. Wir arbeiten bei einer bestimmten Sache zusammen.«

Ben reichte Bain nicht die Hand, konzentrierte sich weiterhin ganz auf Danielle. »Ein anderer Fall?«

»Das ist zu diesem Zeitpunkt inoffiziell.«

»Du übernimmst dich. Deshalb der Zusammenbruch.«

»Es gibt keinen Grund zur Sorge, glaub mir.«

»Ich sollte jetzt gehen«, sagte Bain, wieder steif und verlegen.

»Ich glaube, der Inspector wollte sich ebenfalls auf den Weg machen.«

Ben hielt Danielle die Blumen hin. »Sobald ich die hier in Wasser gestellt habe.«

»Ich sollte wirklich gehen«, entschuldigte sich Bain und versuchte, sich taktvoll zu entfernen.

»Wir bleiben in Verbindung«, meinte Danielle.

Captain Bain schaute Ben an und zuckte mit den breiten Schultern. »Ich werde Sie wissen lassen, was ich herausfinde, Pakad.«

Dann schloss er leise die Tür hinter sich.

»Was herausfinden?«, fragte Ben.

»Das spielt keine Rolle.«

»Und ob es eine Rolle spielt, wenn es deine Gesundheit gefährdet. Vielleicht machst du es deshalb.«

»Meine Gesundheit gefährden? Das ist absurd!«

Ben ließ sich nicht beirren. »Nicht nur deine.«

»Das Baby? Meinst du, ich versuche, dem Baby zu schaden?«

»Ich meine, du versuchst dich für das, was geschehen ist, selbst zu bestrafen.«

Sie setzte sich gerade im Bett auf. »Hör zu. Captain Bain hatte Informationen über Paul Hessler. Das ist alles.«

»Welche Informationen?«

Danielle seufzte. Sie wollte jetzt allein sein und wünschte sich, ihre Erschöpfung durch einen langen Schlaf zu überwinden. »Die Ermordung von drei Holocaust-Überlebenden.«

»Wobei Paul Hessler beinahe der vierte Ermordete gewesen wäre?«

»Möglich. Wir sind uns noch nicht sicher.«

»Du meinst, Captain Bain ist sich noch nicht sicher.«

Danielle ignorierte Bens Sarkasmus. »Ich nehme es an. Ich habe meine Gründe, in Ordnung?«

»Prima«, sagte Ben halbherzig.

»Was hast du mit meinem Arzt besprochen, nachdem du das Zimmer verlassen hattest?«

»Woher weißt du, dass ich mit dem Arzt gesprochen habe?«

»Ich wusste es gar nicht. Aber jetzt weiß ich es.«

»Ich habe ihn gebeten, dass der radikale operative Eingriff vor der Geburt in den Vereinigten Staaten stattfindet.«

Danielle nickte. »Ich weiß alles darüber. Er kommt nicht infrage.«

»Aber der Doktor erwähnte auch …«

»Ich will nicht darüber reden. Geh jetzt. Bitte.«

Danielle schloss die Augen und öffnete sie erst wieder, als Ben die Tür hinter sich schloss.

42.

Ben stürmte über den Flur zum Aufzug. Er hatte geglaubt, den Gedanken an ein Zusammenleben mit Danielle nie mehr in Erwägung zu ziehen, doch ihr Anruf vor zwei Nächten hatte seine alten Gefühle wieder erweckt. Er hatte wieder Hoffnung auf eine gemeinsame Zukunft gehabt – und das schmerzte schrecklich.

Die einzige Alternative bestand darin, Danielle aus seinem Leben auszuschließen. Merkwürdigerweise hatte Ben vor ihrem gemeinsamen Arztbesuch am gestrigen Morgen tatsächlich geglaubt, dies schaffen zu können. Jetzt aber hatte sich alles verändert. Danielle verlor vielleicht ihr Kind, und das hatte in Ben wieder all die widerstreitenden Gefühle erweckt, gegen die er seit ihrer ersten Begegnung angekämpft hatte. Einst war er in der Lage gewesen, ihre berufliche Beziehung von der privaten zu trennen. Jetzt konnte er das nicht mehr. Jetzt konnte er keinen Fall mit Danielle gemeinsam bearbeiten, ohne in die alten Diskussionen zu verfallen, die sie beide schon ungezählte Male geführt hatten. Vor Danielles Schwangerschaft war es Ben möglich gewesen, sein Leben abzuschotten, sich damit zufrieden zu geben, was sie ihm gab und von einer Zukunft zu träumen, die mehr bringen würde.

Aber damit war es aus und vorbei. Der heutige Tag hatte es ihm deutlich vor Augen geführt. Wie oft musste er sich noch als ihrer würdig erweisen? Was konnte er denn noch tun? Ihm waren die Ideen und schließlich die Geduld ausgegangen. Er glaubte, ein Leben ohne Danielle überstehen zu können: Er glaubte jedoch nicht, überleben zu können, wenn er hoffte, sie könnte immer noch ein Teil seines Lebens sein.

Die Tür des Aufzugs glitt im Erdgeschoss des Hadassah-Hospitals auf. Ben konnte sich nicht mehr erinnern, dass er die Kabine betreten und den Knopf fürs Erdgeschoss gedrückt hatte. Er war verwirrt und ratlos und wollte nur noch ins Freie.

Kurz bevor er den Ausgang erreichte, gellte ein Schrei. Ben fuhr herum und tastete unwillkürlich nach der Pistole, die er in Israel nicht tragen durfte.

In der Halle sah er eine Krankenschwester, die vor einem Vorratsschrank zurückprallte, die Hände vors Gesicht gepresst. Wieder schrie sie. Ben und mehrere Mitarbeiter des Krankenhauspersonals eilten zu ihr. Ben bahnte sich einen Weg, bis er freie Sicht auf einen Schrank hatte, in dem Tabletts, Bettwäsche und Handtücher gestapelt waren.

Blut bedeckte den Boden und breitete sich vor einem Mann aus, der mit durchgeschnittener Kehle auf dem Rücken lag. Das schwache Licht reichte gerade bis zum Gesicht des Toten.

Ben erkannte ihn.

Ihm stockte der Atem.

Der Tote war Captain Asher Bain.

Danielle träumte davon, wie sie als kleines Mädchen ins Bett gesteckt wurde, als sie hörte, wie die Tür ihres Krankenzimmers geöffnet wurde. Sie drehte sich auf den Rücken und rechnete beinahe damit, ihren Vater zu sehen. Stattdessen näherte sich eine Krankenschwester mit einem Tablett.

»Ich habe die Arznei, um die Sie gebeten haben«, sagte die Schwester und kam zum Bett.

Danielle bewegte sich unruhig. Sie beobachtete, wie die Krankenschwester das Tablett auf dem Nachttisch abstellte und dann mit einem Plastikbecher in einer Hand und einem Tablettenspender in der anderen näher kam.

»Tut mir Leid«, sagte Danielle, »ich habe nicht …«

»So, das nehmen wir jetzt, Miss.«

Danielle wollte der Schwester sagen, dass sie nicht um Arznei gebeten hatte; sie hatte sich sogar geweigert, die mildesten Schmerztabletten oder Beruhigungsmittel zu nehmen, weil sie befürchtete, die Nebenwirkungen könnten dem Baby schaden. Doch die Schwester hielt ihr weiterhin den Becher und den Tablettenspender hin. Ihre Blicke trafen sich, und die Schwester lächelte, doch sie wirkte gezwungen.

Danielle reagierte blitzschnell, doch bevor sie sich aus dem Bett schwingen konnte, warf die Krankenschwester ihr den Becher mit Wasser ins Gesicht und stürzte sich mit vorgestreckten Händen auf sie.

Diese Fingernägel!

Die Fingernägel der Frau waren lang und makellos geformt, doch ihre Hände und Finger waren mit trocknendem Blut bespritzt …

Danielle wehrte den ersten Angriff ab und schnappte sich das Tablett vom Nachttisch, um auch die zweite Attacke abzublocken. Die Fingernägel der Krankenschwester schnitten mit einem kratzenden, reißenden Geräusch durch das Plastik des Tabletts. Danielle drehte sich vor dem nächsten Angriff weg, und die Fingernägel schnitten tief durch das Laken in die Matratze, während Danielle zu Boden prallte.

Die Krankenschwester riss die Hände zurück, und Fetzen der Matratzenfüllung rieselten wie Schnee auf Danielle herab. Sie sah, wie die Krankenschwester sich auf sie stürzte, tastete verzweifelt nach dem Tablett, das neben ihr zu Boden gefallen war, und konnte es gerade noch rechtzeitig hochreißen, sodass die Fingernägel dagegen stießen.

Einer der Nägel brach ab und fiel zu Boden, doch die Schwester stieß weiterhin zu, jetzt mit beiden Händen, während Danielle über den Boden rückwärts kroch. Das Tablett war ihre einzige Waffe, und sie benutzte es, um die Hiebe abzublocken, bis ihr ein von der Seite geführter Hieb das Tablett aus den Händen riss.

Die Krankenschwester schlug mit dem Handrücken nach ihr. Danielle blockte den Hieb ab, doch schon erfolgte der nächste. Es gelang ihr, die Handgelenke der Schwester zu umklammern. Danielle versuchte sie festzuhalten, damit die Gegnerin sie nicht mit den Fingernägeln treffen konnte.

Bei ihrem Kampf ums Überleben stieß Danielle der Schwester einen Fuß in den Unterleib, hob die kleinere Frau an und schleuderte sie über sich hinweg. Die Schwester landete mit einem dumpfen Aufprall hinter ihr, erlangte aber sofort das Gleichgewicht wieder. Danielle blieb gerade noch Zeit, ein Laken vom Bett zu reißen. Sie warf es über den Oberkörper der Schwester und drehte den Stoff fest, um ihre Bewegungen zu behindern; dann versuchte sie, die Frau mit den Ellenbogen zu rammen, doch sofort rissen deren messerscharfe Fingernägel das Laken auf und schlugen blindlings zu. Danielle schaffte es nur mit Mühe, außer Reichweite zu bleiben und das Laken um Kopf und Hals der Frau zu wickeln, in der Hoffnung, ihr die Luft zu nehmen.

Doch die tödlichen Hände der vermeintlichen Krankenschwester hielten sie auf Distanz. Danielle spürte plötzlich, wie die Fingernägel über ihre Schulter schrammten; als ein stechender Schmerz sie durchzuckte, lockerte sich ihr Griff um das Laken – genug für die falsche Krankenschwester, um Luft zu bekommen und einen weiteren Angriff zu unternehmen, bei dem sie Danielle eine tiefe Schnittwunde an der linken Brust beibrachte.

Vor Schmerzen schnappte sie nach Luft und versuchte einen Kopfstoß, traf den Schädel der Frau jedoch nicht richtig und sah vor ihren eigenen Augen Sterne explodieren. Die falsche Krankenschwester schüttelte schließlich das Laken ab und erwischte Danielle mit einem Schlag am Knöchel, als diese versuchte, auf Händen und Knien davonzukriechen.

Danielle drehte sich und trat der falschen Krankenschwester ins Gesicht, als diese wieder mit den tödlichen Fingernägeln zustoßen wollte. Danielle traf das Kinn der Frau. Ein knackendes Geräusch erklang, und mit einem Mal war die linke Seite ihres Gesichts schief. Wieder stürzte die Frau sich auf Danielle, wurde aber erneut von einem Tritt getroffen, diesmal unter der Kinnspitze.

Danielle blickte sich verzweifelt nach einer Waffe um, sah aber nichts Geeignetes in Reichweite und beschloss, die Flucht aus dem Zimmer zu versuchen. Doch die falsche Schwester packte sie an den Knöcheln und zerrte sie zurück.

In diesem Augenblick flog die Zimmertür auf. Ben Kamal stürmte herein. Die Schwester erschrak. Danielle hatte genügend Zeit, sich loszureißen und zur Seite zu kriechen. Ben sprang auf die falsche Schwester zu. Diese fuhr zu ihm herum – eine kleine Gestalt in zerrissener, blutbeschmierter Schwesterntracht, die tödlichen Hände vorgestreckt.

»Pass auf, Ben! Ihre Fingernägel!«, rief Danielle.

Während die Hände der Frau durch die Luft zischten, packte Ben den Rollstuhl, der an der Wand stand, und riss ihn zwischen sich und die Schwester. Wieder griff sie an, und wieder zischten die tödlichen Hände durch die Luft, doch mit dem Rollstuhl parierte Ben die Hiebe.

Er sah, wie sich das Gesicht der Schwester vor Hass und Enttäuschung verzerrte. Verstohlen blickte die Frau zu Danielle, wollte Ben damit ablenken, doch der ließ sich nicht täuschen. Als die Frau erneut mit den tödlichen Fingernägeln ausholte, rammte Ben ihr den Rollstuhl entgegen. Der Anprall nahm ihr das Gleichgewicht, und sie krümmte sich vor Schmerz zusammen.

Vom Boden aus beobachtete Danielle atemlos, wie Ben den Rollstuhl noch härter vorstieß. Es sah aus, als wollte er die falsche Schwester gegen das Fenster treiben. Immer schneller drehten sich die Räder des Rollstuhls, der sich unaufhaltsam der Frau mit den tödlichen Fingernägeln näherte – und dem Fenster.

Die Frau prallte mit dem Kopf gegen den Fensterrahmen, und ihr Oberkörper wurde durchs offene Fenster gedrückt. Ben packte den Rollstuhl und stieß ihn gegen die Frau, trieb sie mit dem Oberkörper noch weiter nach draußen. Sie klammerte sich am Fensterrahmen fest und trat hektisch mit den Beinen aus, um kein Übergewicht zu bekommen, doch es nutzte nichts. Die Halt suchenden Hände mit den tödlichen Fingernägeln schrammten knirschend über die Fensterscheibe; dann stürzte die Frau rücklings in die Dunkelheit, wobei sie gellend schrie. Der Rollstuhl folgte ihr bis aufs Pflaster; beim Aufprall sprühten Funken, die im Blut der Frau erloschen.

Drei echte Krankenschwestern stürzten ins Zimmer.

Ben eilte zu Danielle und neigte sich über sie. »Holen Sie einen Arzt!«, rief er, als er das Blut sah, das Danielles Krankenhaushemd tränkte. »Haben Sie gehört? *Rufen Sie einen Arzt!*«

VIERTER TAG

43.

Paul Hessler schob seinen Ausflug zum Büro in seinen Terminplan ein. Er legte ihn in die zwei Stunden am Nachmittag, in denen keine Trauergäste kamen; sie würden erst am Abend eintreffen, weitere in den beiden Tagen darauf. Paul würde sie alle begrüßen, ihre Beileidsbekundungen entgegennehmen – ob aufrichtig oder nicht –, und sie dann bei Kaffee und Gebäck zurücklassen, die auf Tischen im großen Wohnzimmer seiner Penthousewohnung bereitstanden.

In der Nacht zuvor hatte er vor Schmerz und Aufregung kaum schlafen können. Schmerz, weil sein Sohn ihm die Neuigkeit über Projekt 4601 nicht mehr persönlich hatte mitteilen können; Aufregung, weil der Erfolg des Projekts ein großartiges Vermächtnis seines Sohnes war. Noch im Tod würde Ari für die größte Leistung in der langen Geschichte der Hessler Industries verantwortlich sein. Und zum ersten Mal seit vier Tagen hatte Paul ein Ziel, einen Grund zum Weitermachen.

Die Bürotürme, in denen sich die Zentrale seines weltumspannenden Konzerns befand, erhoben sich auf einem neun Morgen großen Grundstück am East River. Hessler hatte das Land nach einem erbitterten Bieterstreit gekauft und die massiven Proteste der Konkurrenz gegen den Bau des riesigen Bürogebäudes so nahe am Wasser abgeschmettert.

Entworfen nach dem Vorbild der berühmten Petronas Twin Towers in Kuala Lumpur, Malaysia, waren die beiden 90 Etagen hohen Türme von asiatischer Architektur inspiriert. Die Gesamthöhe betrug 450 Meter vom Straßenniveau aus. Es gab 30 Aufzüge, 65.000 Quadratmeter Glas und 75.000 Quadratmeter Stahl. Mehr als 30.000 Tonnen Beton waren für beide Türme zu Fundamenten gegossen worden. Für Hessler war jedoch das charakteristische Merkmal seiner Türme die Verbindungsbrücke im 41. und 42. Stock. Sie überspannte die 70 Meter zwischen den Zwillingstürmen, gestützt von vier in den Türmen verankerten Trägern aus jeweils zwei Tonnen Stahl.

Es dauerte nur ein paar Sekunden, bis der Expresslift ohne Stopp und nahezu lautlos die gesamte Distanz bis zu Hesslers Büro in der 19. Etage emporschoss. Paul trat hinaus in das geräumige Büro, das von Glas und orientalischer Architektur beherrscht wurde. Die Beleuchtung war absichtlich schwach; nur direkt über dem Schreibtisch, dem Konferenztisch und den Sesseln brannten helle Lampen. Shoji-Schirme bildeten Raumteiler zwischen verschieden gestalteten Bereichen des riesigen Büros, und eine extravagante Sammlung asiatischer Kunst bedeckte die Wände. Sämtliche Objekte waren Originale. Die meisten hatte Ari in den beiden Monaten entdeckt und gekauft, als er nach dem Examen in Wirtschaftswissenschaft mit Paul Hesslers Kollegen in Tokio, Singapur und Hongkong gearbeitet hatte.

Paul hatte das Büro nach dem Tod seines Sohnes nicht mehr betreten, und er fühlte sich augenblicklich beruhigt von dem weichen, bernsteinfarbenen Licht. Ein großer Zimmerwasserfall nahm die Mitte des Büros ein; er war so beherrschend, als wäre das ganze Gebäude um ihn herum errichtet worden. Wasser fiel über nachgebildete Felsen, die bis zur Decke reichten, und rann leise in den Umwälzungsteich in Bodenhöhe. Paul Hessler trat nahe genug heran, um die feine Gischt des Wassers zu spüren. Er stellte sich vor, die Stimme seines Sohnes in dem leisen Rauschen und Plätschern zu vernehmen. Der Wasserfall war ein Geschenk von Ari gewesen – das letzte Geschenk, das der Sohn dem Vater gemacht hatte. Hessler sah Tess Sanderson aus einem Sessel im Sitzbereich aufstehen und zwang sich, die Erinnerungen an seinen Sohn zurückzudrängen.

»Sie sind genau zur richtigen Zeit da, Sanderson«, sagte Paul und gab der jungen Frau die Hand. »Sie haben doch nicht warten müssen?«

»Nein.«

»Sie haben Ihre Unterlagen mitgebracht, wie ich sehe.«

Sandersons Blick glitt zu dem Stapel von Aktenheftern, der auf einem Mahagonitisch zwischen zwei identischen Ledersesseln lag. »Die Berichte über Projekt vier-sechs-null-eins, die Sie gewünscht haben, Sir.«

»Ich möchte sie zusammengefasst hören, mit Ihren eigenen Worten«, bat Paul und setzte sich in den zweiten Sessel, von dem er einen Rundblick auf New York Harbor hatte. »Beginnen Sie mit dieser Studic, die Sie gestern erwähnt haben.«

»Von acht Patienten, die nach Einnahme von vier-sechs-null-eins gesund wurden, hatten vier Krebs, einer AIDS, einer ALS, einer akute Hepatitis und einer Blasenfibrose.«

»Wer davon starb später?«

»Eine der Krebspatientinnen. Aber ihr Tod wird als nebensächlich zu der Studie erachtet.«

»Nebensächlich?«

»Verursacht durch prädisponierte Zustände. Nebenwirkungen der Chemotherapie, die selbst Projekt vier-sechs-null-eins nicht überwinden konnte.«

»Wir haben ihre Krankengeschichten geheim halten können, nehme ich an?«

»Alle Patienten haben sich mit ihren Unterschriften zu Stillschweigen verpflichtet. Ich glaube, einer hat versucht, seine Geschichte an die Boulevardpresse zu verkaufen, aber niemand hat sie gewollt. Man glaubte ihm nicht.«

»Ich kann es selbst kaum glauben. Was ist mit der nächsten Testreihe?«

»Im Augenblick stelle ich die Daten für die Gesundheitsbehörde zusammen. Die Skepsis der FDA macht eine schnelle Zulassung unwahrscheinlich, aber nicht unmöglich.«

»Was hatte Ari in dieser Hinsicht geplant, Sanderson?«

»Nun, Sir, er wollte vorschlagen, dass Sie mit dem Ergebnis der Voruntersuchungen an die Öffentlichkeit gehen, bevor Sie die Zulassung durch die FDA beantragen.«

»Um ihr Druck zu machen.«

Sanderson nickte. »Das war sein Gedanke, ja.«

»Ich bin mir nicht sicher, ob ich diese Ansicht teile. Wie lange ist es her, seit diese geheime Studie abgeschlossen wurde?«

»Etwas über einen Monat.«

Hessler dachte über die Information nach. »Nicht lange genug, um die kurzfristige Wirksamkeit von Projekt vier-sechs-null-eins zu ermitteln, geschweige denn die langfristige. Wir sind nicht einmal sicher, ob die wundersame Wirkung anhält, ganz zu schweigen von möglichen Nebenwirkungen.«

»Bis jetzt, Sir, hat es keine nennenswerten Nebenwirkungen gegeben.«

»Bis jetzt. Aber da sehr viel auf dem Spiel steht, müssen wir sicher sein, bevor wir weitermachen. Ich will eine komplette Übersicht und Präsentation von Projekt vier-sechs-null-eins, Sanderson. Sagen wir, morgen im Institut.«

44.

Die Polizei hatte sich die ganze Nacht im Hadassah-Hospital breit gemacht und die Zahl der Ärzte und Krankenschwestern der Spätschicht übertroffen. Das größte Kontingent hatte die Jerusalemer Polizei gestellt, bis der Shin Bet am Tatort aufgetaucht war und einer Zusammenarbeit mit der Nationalpolizei zugestimmt hatte, weil eine ihrer Kriminalbeamtinnen beinahe ein Opfer geworden wäre.

Ben Kamal ignorierte die ätzenden Blicke der israelischen Polizisten. Er blieb bis zum Morgen in Danielles Krankenzimmer oder in der Nähe und gab sofort jede Information an sie weiter, die er aufschnappte.

»Die Frau, die dich umbringen wollte, hat sich beim Sturz in die Tiefe das Genick gebrochen. Sie wurde noch nicht identifiziert.«

»Das macht nichts. Ich weiß, wer sie ist«, sagte Danielle und verzog das Gesicht. Die Verletzungen, die ihr von den tödlichen Fingernägeln der Frau zugefügt worden waren, hatten sich als oberflächlich erwiesen. »Wir sind schon in der Vergangenheit aneinander geraten.«

»Eine Terroristin?« Ben kämpfte gegen das Verlangen, sich an dem Schorf zu kratzen, der sich auf den Schnittwunden gebildet hatte, die ihm der falsche Soldat vor zwei Tagen beim Haus der Katavis auf den Golan-Höhen zugefügt hatte.

»Sie war keine Terroristin. Sie arbeitete für den Mossad.«

»Mossad?«, fragte Ben fassungslos. Die Frau hatte für Israels internationalen Nachrichtendienst gearbeitet?

Danielle nickte. »Sie arbeitete unter dem Namen Ellie. Keine Vorgeschichte, kein Hintergrund. Eine Profikillerin.«

»Die für den Mossad arbeitete.«

»Ich will nicht sagen, dass der Mossad sie geschickt hat. Es ist lange her, seit unsere Wege sich gekreuzt haben. Vielleicht hatte sie jetzt freiberuflich gearbeitet.«

»Du hast einen Freund, der für den Mossad arbeitet, nicht wahr?«

»Mehrere. Aber ich bin mir nicht sicher, wie viel sie über Ellie wissen. Ich bezweifle, dass man über sie und ihre Aufträge in irgendeiner Akte etwas findet.«

»Woher kennst du sie?«

»Wir wurden zusammen von der Armee rekrutiert.«

»Offensichtlich nicht für den gleichen Job.«

»Wir müssen herausfinden, für wen Ellie in letzter Zeit gearbeitet hat.«

»Sobald du dich ausgeruht hast.«

»Heute Morgen passt prima.«

»Der Arzt will dich ein wenig länger hier behalten.«

»Zum Besten für meine Gesundheit, nehme ich an. Nein, ich finde, ich habe draußen eine viel bessere Chance, am Leben zu bleiben«, sagte Danielle, als Commander Moshe Baruch auf der Türschwelle auftauchte.

Danielle beobachtete, wie Baruch durch die Tür kam. Er war genauso breit wie Captain Asher Bain, aber viel größer. Seine Schritte waren schwerfällig und schleppend, was auf die Erkrankung beider Knie zurückzuführen war.

Baruch ließ die Tür offen und blickte Ben an. »Lassen Sie uns allein, Inspector.«

Ben rührte sich erst von der Stelle, als Danielle mit einem Nicken ihr Einverständnis signalisierte.

»Ich warte draußen«, sagte er.

»Machen Sie die Tür hinter sich zu«, verlangte Baruch, ohne ihn dabei anzuschauen.

Baruch wirkte nicht so wütend, wie Danielle angenommen hatte. Stattdessen war er erstaunlich ruhig und zurückhaltend.

»Sie machen mir die Dinge leicht, Pakad. Sie wissen, dass ich Sie aus der Nationalpolizei heraushaben will, und Sie helfen mir dabei mit jedem Ihrer Schritte.«

»Vielleicht habe ich es nur satt, für jemanden zu arbeiten, den ich nicht respektiere.«

Baruch schien die Bemerkung nicht zu beeindrucken. »Es

überrascht mich, dass Sie so lange gebraucht haben, um mir das zu sagen.«

»Ihr Vorgänger, mein Mentor, war ein großer Mann. Ich wollte sein Amt nicht beschmutzen.«

»Sie meinen natürlich *mein* Amt.«

»Ihr Amt? Ihnen gehört bloß der Titel Rav nitzav, den Sie nicht verdient haben und dem Sie niemals gerecht werden können.«

»Aber aus ähnlichem Respekt gegenüber meinem Vorgänger kann ich Sie in Pension schicken.«

»Mit der Hälfte meiner derzeitigen Bezüge.«

»Ja. Nach den Bestimmungen über eine Pensionierung wegen Unfähigkeit.«

»Ich bin also unfähig.«

»Sagen wir, Sie sind nicht mehr in der Lage, Ihre Pflichten zu erfüllen«, sagte Baruch schadenfroh.

Danielle konnte seine schnaufenden Atemzüge vom Bett aus hören. Seine Kleidung und sein Atem rochen wie immer nach Knoblauch, und der Gestank wehte zu ihr herüber.

»Sie haben mich nicht gefragt, was in der vergangenen Nacht hier passiert ist«, sagte sie.

»Ich werde die Zuständigkeit an die Jerusalemer Polizei abtreten.«

»Nicht an den Shin Bet?«

Danielle spürte, dass Baruch sich zwingen musste, nicht zu lächeln. »Sie waren zum Zeitpunkt des Angriffs offiziell suspendiert und folglich keine Staatsbeamtin mehr. Der Shin Bet wird nicht interessiert sein.«

»Es ist Ihnen gleichgültig, dass jemand versucht hat, mich zu ermorden.«

»Da es nichts mit Ihrer Arbeit für mich zu tun hat, ist es mir tatsächlich gleichgültig, Miss Barnea«, erwiderte Baruch und genoss es, sie nicht mehr mit »Pakad« anreden zu müssen.

»Haben Sie von Ellie gehört?«

Bei der Erwähnung des Namens ruckten Baruchs buschige Augenbrauen hoch, doch er schüttelte den Kopf. »Nein, ich habe nichts von ihr gehört.«

»Eine Meuchelmörderin, die ursprünglich vom Mossad ausgebildet wurde. Eine wie Ellie würde man niemals auf eine gewöhnliche Mission schicken. Also bin ich hier irgendetwas Bedeutsamem auf der Spur.«

»Geht es um diese Kinder, die ermordet wurden, wie Sie behaupten?«

»Nein.«

»Was dann? Ah, Sie haben hinter meinem Rücken an einem anderen Fall gearbeitet! Hat es etwas mit dem Tod von Captain Bain zu tun?«

»Wenn es so wäre, würde es Ihnen etwas ausmachen, Commander?«

»Warum haben Sie mit Bain Kontakt aufgenommen?«

»Er hat Kontakt mit *mir* aufgenommen. Wegen der Ermordung seines Chefs, General Janush. Wenn Sie tiefer forschen, werden Sie wohl herausfinden, dass Janush von Ellie ermordet wurde.«

»Warum sollte eine Frau, die Ihrer Behauptung nach eine Meuchelmörderin des Mossad ist, den stellvertretenden Stabschef der Armee ermorden?«

»Es hat etwas mit Holocaust-Überlebenden zu tun. General Janush war nicht das einzige Mordopfer. Zwei andere ältere Männer wurden am selben Tag ermordet.«

»Und Bain kam zu Ihnen, weil ...«

»Die Verbindung zu Paul Hessler. Bain dachte, ich hätte vielleicht etwas herausgefunden.«

»Was natürlich nicht der Fall war.«

»Stimmt«, gab Danielle zu.

»Also ermordet irgendjemand Holocaust-Überlebende ... und noch jemand tötet Schüler«, sagte Baruch melodramatisch.

»Es macht es nicht weniger wirklich, wenn Sie es bagatellisieren.«

Baruchs Miene veränderte sich nicht. Er blickte zur Tür, sichtlich begierig darauf, zu gehen. »Sind Sie fertig, Miss Barnea?«

»Offensichtlich, Commander.«

45.

»Das hätte besser laufen können«, sagte Ben, als Moshe Baruch fort war.

»Es gab keinen anderen Weg für mich.«

»Das hört sich an, als hättest du dich damit abgefunden, dass deine Karriere bei der Polizei beendet ist.«

»Im Moment ist meine Karriere mir gleichgültig«, erwiderte Danielle mit einem Schulterzucken. »Ich weiß, dass jemand mich immer noch töten will.«

»Wegen dieser ermordeten Holocaust-Überlebenden.«

»Du hast gut zugehört.«

Ben tippte an sein rechtes Ohr. »Ich habe an der Tür gelauscht, als Baruch sie hinter mir geschlossen hatte.«

»Dann weißt du, dass ich meine eigenen Probleme habe, um die ich mir Sorgen machen muss.«

»Du meinst deinen eigenen Fall. Drei Überlebende des Holocaust, die ermordet wurden.«

»Wir wissen von drei Opfern«, erwiderte Danielle, ließ jedoch aus, dass der ermordete Captain Bain ihren Vater erwähnt hatte. »Es könnten aber mehr sein.«

»Ich nehme an, dann muss ich allein nach Tel Aviv fahren.«

»Ohne Genehmigung? Du wirst in einem israelischen Gefängnis landen, bis dein Freund Colonel al-Asi dich herausholen kann.«

»Welche Wahl habe ich denn?«

»Ich werde mitkommen.« Danielle warf einen Blick auf ihre Armbanduhr, die auf dem Nachttisch lag. »Es ist fast acht. Wir sollten uns gleich auf den Weg machen, wenn wir bei all dem Verkehr in der Firma Abasca Machines sein wollen.«

»Danke, Pakad.«

»Ich bringe gerne zu Ende, was ich anfange, Inspector.« Sie blickte ihn scharf an. »Was mehr ist, als ich von dir behaupten kann.«

»Wovon redest du?«

»Warum hat du mir nicht erzählt, dass du nach Amerika zurückkehrst?«

Ben verspürte ein flaues Gefühl im Magen. »Das tue ich doch gar nicht.«

»Aber man hat dir einen Sicherheitsjob in Detroit angeboten.«

»Das hat Colonel al-Asi dir erzählt, nicht wahr?«

»Er hat erfahren, dass ich im Krankenhaus bin, und gestern Abend angerufen, um sich zu erkundigen, wie es mir geht.«

»Ich hatte das Telefon abschalten lassen.«

»Es klingelte trotzdem. Zufällig kam bei dem Telefonat dein Job-Angebot zur Sprache.«

»Al-Asi will mich nicht gehen lassen. Stattdessen soll ich für ihn arbeiten. Er hat es dir erzählt, damit du es mir ausreden kannst.«

»Lass dich von mir nicht aufhalten, Inspector. Wir hatten alles besprochen und geplant.«

»Nein, Danielle, *du* hattest alles geplant. Ich konnte nur nicken, weil du mir keine Wahl gelassen hast.«

»Du wärst nicht gegangen, wenn das Baby gesund wäre.«

»Wer hat gesagt, dass ich gehe? Ich habe mich noch nicht entschieden. *Falls* ich gehen sollte, wird die Entscheidung nichts mit dem Baby zu tun haben.«

Danielle schaute ihn so an wie in vielen gemeinsamen Nächten. Es war lange her, seit er diesen Blick zum letzten Mal gesehen hatte. »Ich kann das ohne dich nicht schaffen, Ben. Nicht jetzt.«

»Du hast gehört, was der Arzt gesagt hat, Danielle.«

»Dann lauf weg! Tu, was du willst!«

»Ich will hier bleiben. Ich will, dass wir zusammenbleiben. Du bist es, die …«

»… ihr Kind als Jüdin aufziehen will, die stolz auf sein Vermächtnis sein kann? Ich bekenne mich schuldig im Sinne der Anklage. Und wenn du ernsthaft darüber nachdenkst, würdest du wissen, dass meine Entscheidung richtig ist.«

Ben starrte sie an. »Das ist jetzt nicht das Thema, und das weißt du.«

»Du gibst auf«, entgegnete Danielle heftig.

Ben senkte die Stimme zu dem Tonfall, den er immer dann benutzte, wenn sie zusammen im Bett lagen und er ihr Haar streichelte. »Manchmal ist es das Beste, was man tun kann.«

»Umziehen, meinst du?«

Er setzte sich zu ihr auf die Bettkante. »Komm mit mir.«

»Je nachdem, wie ich mich entscheide, was das Baby angeht?«

»*Wie auch immer* du dich entscheidest.« Ben dachte an das Gespräch, das Danielle vorhin mit Moshe Baruch geführt hatte. »Es ist ja nicht so, dass deine Karriere dich im Mittleren Osten festhält.«

Danielle gestattete sich ein Lächeln. »Eine suspendierte israelische Polizistin und ein palästinensischer Kriminalbeamter … Wir sind wie immer ein großartiges Team. Lass uns jetzt nach Tel Aviv fahren.«

46.

Abasca Machines war eine Firma für den Verkauf und die Wartung von Geräten verschiedenster Art; sie war in arabischem Besitz und befand sich in der Innenstadt von Tel Aviv. Ben hatte erfahren, dass das Hauptgeschäft der Firma eine neue Serie von Digital-Kopierern und der Vollservice für Büromaschinen war, die zum Leasing angeboten wurden. Offenbar war Zeina Ashawis Tipp, dem zufolge Shahir Falayas Job in Israel eine entscheidende Rolle bei dem Erpressungsplan der vier Klassenkameraden gespielt hatte, falsch gewesen.

Das Gefühl verstärkte sich, als sie schließlich dort eintrafen. Abasca Machines befand sich im Erdgeschoss eines dreistöckigen Gebäudes neben der Allenby Street in Tel Avivs Finanz- und Geschäftsdistrikt. Nachdem sie beim Überqueren der Straße, die im Verkehr zu ersticken drohte, ihr Leben riskiert hatten, sahen sie im Schaufenster ein stattliches Sortiment von Kopiergeräten verschiedener Größen und Fabrikate. Sie nahmen einen großen Teil des Verkaufsraums ein. Es gab sowohl neue als auch gebrauchte Kopierer im Angebot. In Regalen, die zwei Wände einnahmen, standen die kleineren Kopierer und Faxgeräte.

Danielle zeigte ihren Ausweis, doch ihr war klar, dass er wertlos sein würde, wenn eine Überprüfung durch einen schnellen Anruf bei der Nationalpolizei stattfand. Commander Moshe Baruch hatte den Ausweis nicht zurückverlangt, vielleicht weil er hoffte, sie bei etwas so Dummen wie dem Vorlegen eines ungültigen Dienstausweises zu erwischen.

Tabar Azziz, der Besitzer des Geschäfts, war ein beleibter Mann mit schütterem Haar, dessen Haarkranz um die Glatze flammend rot war. Bei seinem Lächeln entblößte er ein paar Zahnlücken, und er trug eine ausgebeulte blaue Hose und ein weißes Hemd. Seine abgekauten Fingernägel waren mit Tinte befleckt.

»Willkommen in meinem Geschäft«, grüßte er, nachdem ein Angestellter ihn aus einem hinteren Raum geholt hatte. »Bitte sagen Sie mir, wie ich Ihnen helfen kann. Ich mag die Polizei. Ich helfe Ihnen auf jede erdenkliche Weise.« Er sah Ben genauer an. »Sie sind kein Israeli.«

»Palästinenser.«

Azziz wich ein wenig zurück. »Arbeiten Sie beide zusammen?«

»Der Fall, in dem wir ermitteln, macht es erforderlich«, erklärte Danielle.

Die Überraschung war Azziz weiterhin deutlich anzusehen. »Möchten Sie Tee? Ich habe soeben welchen gemacht, heißen und kalten.«

»Danke. Vielleicht später«, sagte Danielle.

Azziz wirkte gekränkt, weil sein Angebot abgelehnt wurde. »Dann sagen Sie mir bitte, womit ich Ihnen dienen kann. Ich möchte helfen.«

»Sie hatten hier einen jungen Angestellten ...«, begann Danielle.

»Shahir Falaya«, fügte Ben hinzu.

»Der vor vier Tagen außerhalb von Jericho tot aufgefunden wurde«, ergänzte Danielle.

Tabar Azziz nickte und erwiderte, bevor einer der beiden fortfahren konnte: »Ich weiß. Schreckliche Nachrichten, schrecklich. Ein guter Junge, ein guter Mitarbeiter.«

»Sie hatten keine Probleme mit ihm?«, fragte Ben.

»Er kam einige Male zu spät, wegen der Kontrollpunkte. Ein paar Mal wollte man ihn überhaupt nicht durchlassen.« Azziz setzte alles daran, es nicht zu kritisch klingen zu lassen.

»Sie können uns ruhig unverblümt die Wahrheit sagen, Mr. Azziz«, ermunterte ihn Danielle.

»Die Wahrheit?«

»Hat der junge Mann Sie jemals um Geld gebeten?«

»Sie meinen, außer um seinen wöchentlichen Lohn?«

»Ja.«

»Wie ein Kredit?«

»Wir denken mehr an eine … Forderung«, warf Ben ein.

»Ich versichere Ihnen, dass alles, was wir hier besprechen, unter uns bleibt«, beteuerte Danielle.

Tabar Azziz nickte, doch es war klar, dass er nicht verstand, wovon sie sprach.

»Wenn dieser Junge also irgendetwas über Ihr Geschäft herausgefunden hat, können Sie es uns ruhig sagen.«

Das Vertrauen verschwand aus seinen Augen. »Shahir Falaya war ein guter Junge, das können Sie mir glauben. Ich nahm ihn unter meine Fittiche, wies ihn bei Wartungsaufträgen ein. Er hatte hier eine Zukunft. Und er hatte ein Händchen für die Geräte, mit denen wir es hier zu tun haben. Sein Vater war Automechaniker, glaube ich, bevor er ins Exil gehen musste. Ich weiß nicht, wovon Sie reden, wenn Sie von Problemen zwischen uns sprechen.«

»Was wissen Sie über den Tod des Jungen?«, fragte Ben.

»Das war schrecklich. Tragisch.«

»Es war Mord.«

»Ja, schrecklich.«

»Kein zufälliger Mord, *sidi.* Dieser Junge wurde ermordet, weil er etwas wusste, in etwas verwickelt war.«

Tabar Azziz' runde Augen spiegelten plötzlich Furcht wider. »Sie meinen, er war hier in irgendetwas verwickelt? Wenn die anderen arabischen Händler streiken, streike ich nicht, und wenn sie zum Boykott aufrufen, mache ich nicht mit. Nie hat man mir etwas vorwerfen können!«

»Wir werfen Ihnen nichts vor«, sagte Ben, der erkannt hatte, dass eine weitere Befragung des Mannes keinen Sinn mehr machte. »Aber eine Klassenkameradin dieses Jungen hat mir erzählt, dass sein Job der Schlüssel zu irgendeiner Sache war, in die er und einige andere Schüler verwickelt waren. Etwas Kriminelles.«

»Nicht sein Job hier.« Azziz schüttelte den Kopf. »Nein, ich kann mir nicht vorstellen, wie das sein könnte.«

»Vielleicht verstehen Sie es, wenn Sie uns erklären, was der junge Mann für Sie getan hat«, sagte Danielle.

»Ich könnte es Ihnen *zeigen*«, schlug Tabar Azziz vor.

Der hintere Bereich des Ladens war gefüllt mit Schachteln und einigen großen Kisten, die mit Material gefüllt waren. Bestellungen warteten auf ihre Erledigung, Geräte auf die Vorführung und Ausstellung; außerdem gab es einen Lagerbestand kleinerer Maschinen, die häufiger verkauft wurden.

»Heutzutage gibt es einen großen Konkurrenzkampf unter den Firmen«, erklärte Azziz und führte sie zu einem Arbeitsbereich hinter einer Trennwand. »Manchmal bieten wir Geräte im Leasing an, manchmal schließen wir nur Wartungsverträge ab. Bisweilen werden wir von einer Firma bezahlt, manchmal – je nach Vertrag – auch vom Hersteller. Es gibt einen großen Konkurrenzdruck. Hier habe ich Shahir viel vom Geschäft beigebracht.«

Dem Dreck unter den Fingernägeln des Mannes nach zu urteilen hatte Ben erwartet, dass im Werkstattbereich Geräte standen, die auseinander genommen waren und repariert wurden. Doch alles war sauber, beinahe antiseptisch. Defekte Geräte waren nirgends zu sehen.

»Wir können hier keine Reparaturen durchführen«, sagte Azziz, als hätte er Bens Gedanken gelesen. »Das bedeutet zumeist, dass wir ein Bauteil zur Fabrik schicken oder ein neues bestellen müssen. Der größte Teil unserer Arbeit ist die Beseitigung von Papierstaus, defekten Tintenpatronen oder schadhaften Mikrochips. Ein ganzer Schaltkreis kann dadurch ausfallen.«

Danielle schob sich ein wenig näher heran. Selbst diese leichte Bewegung fiel ihr schwer und war teils auf die Müdigkeit zurückzuführen, die immer noch in ihr steckte, rührte hauptsächlich aber von dem Gefühl her, ein zusätzliches Gewicht in sich zu tragen. Es war das erste Mal, dass sie es bemerkte.

»Schaltkreis?«, fragte sie.

»Die digitalen Geräte, die Sie im Verkaufsraum sehen, haben komplizierte Festplatten, keine Tintenstrahl-Technik wie die kleineren Geräte. Das erleichtert die Dinge auf der einen Seite, macht sie auf der anderen Seite aber auch komplizierter. Wenn etwas nicht funktioniert, wird uns von dem Gerät normalerweise angezeigt, was defekt ist. Falls nicht, müssen wir sämtliche Verbindungen überprüfen und feststellen, ob die verschiedenen Chips intakt sind. Nötigenfalls müssen wir die ganze Festplatte auswechseln. Ich habe eine spezielle Schulung für solche Reparaturen absolviert.«

»Hat Shahir Falaya das ebenfalls in einer besonderen Schule gelernt?«, erkundigte sich Ben.

Azziz wies auf den makellosen Boden. »Dies hier war seine Schule.«

»Was passiert, wenn ein Chip schadhaft ist?«, fragte Danielle.

Azziz blickte sie verwundert an. »Manchmal ersetzen wir ihn. Und manchmal ersetzen wir die gesamte Festplatte, wie ich schon sagte. Es kommt darauf an. Die Garantiebestimmungen und Service-Verträge sind sehr strikt und sehr genau.«

Ben ging zu einem modernen Digital-Kopierer und Drucker, dessen Teile ausgepackt waren und noch zusammengesetzt werden mussten. Auf der Theke darüber bemerkte er einen Computermonitor.

»Diese Geräte sind also digital«, sagte er. »Aber was bedeutet das genau?«

»Die älteren Geräte, noch vor ein paar Jahren, waren wie große Kameras. Wenn sie hundert Kopien haben wollten, machte das Gerät hundert Aufnahmen. So ist das heute nicht mehr.«

»Nein?«

»Das Gerät nimmt das Bild zwar immer noch auf, doch statt eine Kopie zu machen, schickt sie das Bild zu einem Chip. Dann wird die Kopie von dem Chip gemacht und im Computer der Maschine gespeichert, bevor es kopiert wird.«

»Und wie?«

»Jeder Benutzer hat seine eigene Datei. Jeder ist zufrieden – bis irgendetwas schief geht.«

»Dann ruft man Sie an«, sagte Ben.

»Wenn ich Glück habe.«

»Was ist mit Faxgeräten?«, fragte Ben. Als Danielle die Aufregung in seiner Stimme hörte, drehte sie sich zu ihm und musterte ihn. Er erwiderte ihren Blick nicht.

»Seit es die großen Kopiergeräte gibt, brauchen wir sie nicht mehr«, erwiderte Tabar Azziz. Er wies auf das neueste Xerox-Modell, das noch nicht montiert vor ihm auf dem Boden stand. »Sie brauchen nichts sonst. Telefonleitungen verbinden Sie mit jedem Büro einer Firma.«

»Und Shahir Falaya wusste, wie diese Chips ausgewechselt werden«, sagte Ben und spürte, wie sein Puls sich beschleunigte. »Die Chips und die Festplatten?«

»Das habe ich ihm beigebracht, Inspector.«

Ben und Danielle schauten sich an und erkannten, dass sie vielleicht genau das gefunden hatten, wonach sie gesucht hatten.

»Offenbar haben Sie es ihm zu gut beigebracht«, sagte Ben zu Azziz.

47.

Hans Mundt betrachtete im Petra Hotel wieder seine Notizen und Briefe, als die Tür splitterte und krachend aufflog. Mundt fuhr auf dem Stuhl herum und dachte an die Pistole, die er auf der Kommode zurückgelassen hatte, doch ihm blieb keine Zeit, an die Waffe heranzukommen, denn zwei Männer stürmten herein, die bereits Pistolen in den Händen hielten. Mundt sah, dass ihnen dichtauf eine große, dunkelhaarige Frau folgte, deren Gesicht von einer dicken Schicht Make-up bedeckt war.

»Wissen Sie, wer ich bin, Mr. Mundt?«

»Ich habe keine Ahnung«, erwiderte Mundt und setzte sich zurück, wobei er darauf achtete, seine Hände in Sicht der Bewaffneten zu halten. Einer der Männer baute sich direkt vor ihm auf, während der andere den möglichen Fluchtweg zum Balkon versperrte.

»Keine Ahnung? Das sollten Sie aber. Offenbar haben wir viele Gemeinsamkeiten.«

»Zum Beispiel?«, fragte Mundt. Ihm fiel auf, dass die Frau die ganze Zeit ihre rechte Gesichtshälfte von ihm abgewandt hielt.

»Die drei Namen, die Sie an einen gewissen ehemaligen Beamten der israelischen Regierung weitergegeben haben. Ich möchte wissen, wie Sie daran gekommen sind.«

Mundt musterte die ausdruckslosen Mienen der beiden Kerle, von denen die Frau flankiert wurde. »Weshalb interessieren Sie sich dafür?«

Die Frau trat einen Schritt näher und blieb auf gleicher Höhe mit ihren Leibwächtern stehen. »Sie erkennen meinen Akzent, Mundt?«

»Deutsch.«

»Wie Ihrer.«

»Ja.«

»Und wenn ich Ihnen erzählen würde, dass ich aus dem gleichen Grund in Israel bin wie Sie, was würden Sie dann sagen?«

»Dass ich es sehr bezweifele.«

»Hans Mundt«, sagte sie und verbarg noch immer eine Seite ihres Gesichts vor ihm. »Sohn von Karl Mundt, Wächter im größten der drei Arbeitslager der Nazis bei Lodz, Polen, bis zu seinem Tod. Sie waren Mitglied der Stasi, der ostdeutschen Geheimpolizei, die nach der Wiedervereinigung aufgelöst wurde. Was haben Sie seither mit Ihrer Zeit angefangen?«

»Warum fragen Sie nicht Abraham Vorsky? Ich meine, er war es, der Ihnen erzählt hat, wo Sie mich finden, nicht wahr?«

»Mit gutem Grund. Er dachte, Sie hätten Ihre Zeit damit verbracht, die Namen zu sammeln, die Sie ihm gestern Abend gegeben haben. Er dachte, dass ich Sie vielleicht kenne, dass Sie vielleicht für mich gearbeitet haben.«

»Für *Sie* gearbeitet?«

Die große Frau trat noch näher auf ihn zu und ließ ihn ein Stückchen von der bisher verborgenen Seite ihres Gesichts sehen. »Wissen Sie jetzt, wer ich bin, Herr Mundt?«

Mundt nickte. Nun hatte er keinen Zweifel mehr an ihrer Identität. »Sie sind eine Zeugin aus der Vergangenheit.«

»Ich halte mich lieber für jemand, der sich weigert, Zeugen der Vergangenheit zu verfolgen. Genau wie Sie. Und das ist der Grund, weshalb ich so sehr an Ihrer Arbeit interessiert bin.«

»Die betrifft Sie nicht.«

»Es betrifft mich, dass die Besitzer der zusätzlichen Namen, die Sie gestern Abend Vorsky auf der CD im Restaurant gegeben haben, *nicht* abgekratzt sind.«

Mundt bemühte sich, keine Reaktion zu zeigen. Vorsky war mit der zweiten Gruppe von Namen nicht so leicht zu täuschen gewesen, wie er gedacht hatte. Und er, Mundt, hatte nicht damit gerechnet, dass diese Frau in die Sache verwickelt war. Vorsky konnte er täuschen, aber sie …

»Es sind alles Holocaust-Überlebende«, behauptete Mundt. »Genau wie die ersten drei Männer … die ersten drei Namen, die ich Vorsky gegeben habe.«

»Nicht nach meinen Informationen, Herr Mundt. Und meine Informationen sind äußerst genau.« Die Frau schob sich noch ein wenig näher. Schweißtropfen verschmierten ihr dickes Make-up und ließen ihr Gesicht fleckig wirken. »Sie wären längst tot, hätte Vorsky Ihnen nicht nur die Hälfte der Datei gegeben, die Sie haben wollten. Wir beide sind neugierig, was Ihr plötzliches Interesse an Paul Hessler betrifft.«

»Mein Handel mit Vorsky schließt Sie nicht ein, Fräulein.«

»Sie haben sich nicht an den Handel gehalten, Herr Mundt, als sie ihm Informationen übergeben haben, die falsch sind, wie Sie sehr genau wussten. Ich bin hier, um einen neuen Handel zustande zu bringen. Warum war der Zugang zu Paul Hesslers vertraulicher Datei so wichtig für Sie?« Die Frau legte eine Pause ein und hob die linke Augenbraue. Es gab keine Lücke in den Haaren, als wären sie mit einem Augenbrauenstift aufgemalt worden. »Es kommt mir seltsam vor, Herr Mundt, dass Paul Hessler im selben Arbeitslager interniert war, in dem Ihr Vater als Wächter tätig war. Karl Mundt, Mitglied der Waffen-SS. Anfang 1944 im Alter von zwanzig Jahren einem der drei Arbeitslager bei Lodz in Polen zugeteilt, in dem Jahr, in dem Sie geboren wurden. Laut Berichten und Zeugenaussagen wurde Ihr Vater von Paul Hessler erschossen, kurz vor Hesslers Flucht Ende 1944. Seine Leiche wurde nie gefunden.«

»Sie kennen meine Familiengeschichte ziemlich gut.«

»Ich bin noch nicht fertig. Paul Hessler wurde Tage später und Kilometer entfernt von einer Abteilung amerikanischer GIs im Wald nördlich von Lodz gefunden. Einer dieser GIs war der Schütze, der Hessler vor vier Tagen zu ermorden versuchte: Staff Sergeant Walter Phipps.«

»Das sagt mir nichts.«

»Sie kennen Staff Sergeant Walter Phipps nicht?«

»Ich habe den Mann nie gesehen.«

»Haben Sie jemals mit ihm gesprochen?«

»Nein.«

»Interessant. Denn eine Woche, bevor er nach Israel flog, erhielt Walter Phipps einen Telefonanruf aus Deutschland. Wir verfolgten die Nummer zu einer Schule, die geschlossen hatte und deren Telefone monatelang nicht angeschlossen waren. Offenbar hat derjenige, der Staff Sergeant Phipps angerufen hat, diese Dinge zu manipulieren gewusst.« Die Frau drehte ihm genügend von ihrem Gesicht zu, dass Mundt das zerfurchte Gewebe auf der rechten Hälfte sehen konnte. »Was hat der versuchte Mord an Paul Hessler mit dem zu tun, das Sie nach Israel gebracht hat, Herr Mundt?«

»Soll das ein Verhör sein?«

»Beantworten Sie nur meine Frage. Weshalb Ihr Interesse an Paul Hessler, Herr Mundt?«

»Wenn ich es Ihnen nicht sage, werden Sie mich töten, nicht wahr?«, fragte Mundt und blickte zu den beiden Schießern, deren Finger immer noch am Abzug lagen. »Sie wären dazu in der Lage, nehme ich an, aber es wäre schmutzig und problematisch. Können Sie sich das Risiko erlauben? Kann Ihre Organisation sich das erlauben – angesichts der Tatsache, dass Sie offiziell nicht mehr existieren?«

Die Frau versteifte sich. »Wir haben niemals *offiziell* existiert.«

»Ihre Zeit ist vorbei.«

»Nicht Ihren Daten zufolge, Herr Mundt.«

Mundt schaute der Frau in die Augen. »Sagen Sie den Männern, sie sollen ihre Waffen wegstecken oder sie benutzen. So oder so, dieses Gespräch ist beendet.«

»Da werden Sie Besseres tun müssen. Und Besseres als diese gefälschte Drohung per E-Mail, mit der Sie Vorsky mitgeteilt haben, Informationen an die Sensationspresse zu geben.«

»Aber ich habe seit meinem letzten Gespräch mit Vorsky einen Abschnitt hinzugefügt. Ich habe ihn als Holocaust-Überlebenden und Kriegshelden beschrieben, der das Gesetz in eigene Hände nimmt, indem er drei unschuldige Leute ermordet beziehungsweise ermorden lässt, einschließlich den stellvertretenden Stabschef der Armee.«

Mundt sah den Zorn, der in den Augen der Frau aufflammte, doch ihr Gesicht blieb unverändert bleich und ausdruckslos.

»Unschuldige?«

»Es gibt keinen Beweis für die Schuld der Opfer, der vor einem Gericht standhalten würde, und das wissen Sie.« Mundt erhob sich, was einer Einladung an die beiden bewaffneten Männer gleichkam, ihn zu erschießen. »Also töten Sie mich, und Sie vernichten Ihren Freund Abraham Vorsky.«

Die Frau zog sich zur Tür zurück. »Wir werden herausfinden, was Sie wissen, Herr Mundt. So oder so.«

»Bitte sehr«, erwiderte Mundt.

48.

»Gehen Sie!«, zischte Tabar Azziz wütend. »Ich will nicht mehr mit Ihnen reden! Mir gefällt nicht, was Sie andeuten!«

»Wir gehen nicht«, erklärte Ben.

»Erst wenn Sie uns ein paar weitere Fragen beantwortet haben«, fügte Danielle hinzu.

»Wir nehmen an, dass von mindestens einer der Firmen, deren Geräte Sie warten, brisante Daten gestohlen wurden«, sagte Ben. »Zum jetzigen Zeitpunkt haben wir keinen Grund zu der Annahme, dass Sie darin verwickelt sind, und jeden Grund zu glauben, dass Shahir Falaya es war. Das könnte sich allerdings ändern, wenn Sie so unkooperativ bleiben.«

»Es ist schon schwer genug für einen arabischen Geschäftsmann, in Israel zu überleben«, fügte Danielle hinzu. »Machen Sie es nicht noch schwerer für sich.«

Tabar Azziz zuckte die Achseln. »Was wollen Sie wissen?«

»Sie sagten, die modernsten Geräte, die Sie warten, haben Festplatten«, sagte Ben.

Azziz nickte bestätigend.

»Und wenn diese Festplatten schadhaft sind?«, fragte Danielle.

»Dann wird das gesamte Schaltsystem ausgetauscht.«

»Ist dann alles Gespeicherte verloren?«

»Nicht unbedingt«, erwiderte Azziz. »Es ist einfach, alles Gespeicherte von einer Festplatte auf eine andere zu übertragen. Für gewöhnlich ist nur ein Chip oder eine Schaltung defekt.«

»Sie sind ein guter Lehrherr, Mr. Azziz?«, fragte Ben.

»Ich bin ein sehr guter Lehrherr, Inspector.«

»So gut, dass Shahir Falaya diese Festplatten ganz allein austauschen konnte?«

»Selbstverständlich. Ist keine große Sache.«

»Und wenn die Festplatte gar nicht defekt war?«

Die Luft schien aus Azziz' Lunge zu entweichen. Er sackte sichtlich zusammen und nickte.

»Wie lange würde es dauern?«, fuhr Ben fort.

»Minuten.«

»Und die entsprechende Firma würde es nie erfahren, stimmt's?«

»Nicht, wenn er es richtig gemacht hätte.«

»Sie haben es ihm gut beigebracht, nicht wahr?«

Azziz nickte grimmig. »Der Junge hätte es richtig gemacht.«

»Jetzt hat er also die Festplatte in seinem Besitz, auf der alles gespeichert ist, was kopiert oder gefaxt oder ausgedruckt wurde, seit das Gerät ausgeliefert und aufgestellt wurde.«

»Ja.« Azziz nickte heftig.

»Könnte er erfahren, wie dieser Inhalt aussieht? Ihn ausdrucken, zum Beispiel?«

Azziz zögerte, bevor er widerstrebend nickte. »Aber ich habe den Jungen niemals allein gelassen. Wir haben immer Seite an Seite gearbeitet.«

»Sie haben ihm natürlich beigebracht, wie man schadhafte Festplatten erkennt«, sagte Danielle und bemühte sich, es nicht wie eine Anschuldigung klingen zu lassen.

»Es ist nicht so schwer. Ein paar einfache Überprüfungen, wenn die Büromaschine an unsere System-Tester angeschlossen ist. Hier ist einer.« Azziz zog ein Gerät von der Größe einer Autobatterie mit einer LED-Messanzeige aus einem Regal über der Theke.

»Und wenn Sie zusammengearbeitet haben, Seite an Seite, dann haben Sie ihn manchmal mit dem System-Testgerät arbeiten lassen«, sagte Danielle. »Vielleicht haben Sie ihm so sehr vertraut, dass Sie seine Entdeckungen nicht infrage gestellt haben.«

»Shahir war ein guter Junge. Sonntags kam er sehr früh zur Arbeit. Und in der Woche blieb er bis zum späten Abend.«

»Ist es möglich, dass er Festplatten ohne Ihr Wissen austauschte?«

»Möglich ist das schon«, gab Azziz zu und zuckte mit den Schultern. »Aber was hätte er davon gehabt? Er hätte immer noch Zugang zu der Information haben müssen. Das hat er unmöglich schaffen können. *Mish mumkin*! Er hätte ein Gerät haben müssen, das dieselbe Festplatte hat, ein *identisches Gerät*.«

Ben fand, dass die Teile des Puzzles zusammenpassten. »Wie die Modelle, die vorne im Geschäft ausgestellt sind?«

»Über siebzig Firmen«, sagte Ben seufzend auf dem Beifahrersitz von Danielles Jeep, während er die Liste überflog, die Tabar

Azziz ihnen von den Firmen zusammengestellt hatte, deren Bürogeräte von Abasca Machines gewartet wurden. »Azziz ist ein viel beschäftigter Mann.«

Neben ihnen kroch der Verkehr vorbei, wurde sogar noch langsamer, weil hoffnungsvolle Fahrer glaubten, der Jeep würde gleich seinen Parkplatz verlassen.

Danielle blätterte ihre Kopie mit beträchtlich weniger Interesse durch. »Anwaltskanzleien, Firmenzentralen, und das ist nur der Beginn unserer Probleme.«

»Wie meinst du das?«

»Wenn das alles um Erpressung geht, können wir nicht sicher sein, dass das Ziel … oder die Ziele … tatsächlich die Firmen sind, deren Bürogeräte von Abasca Machines gewartet werden«, erklärte Danielle. »Es könnte ein Mandant der Anwaltskanzleien oder ein Kunde einer dieser Firmen sein.« Sie blätterte seufzend die Seiten der Liste durch. »Wer kann sagen, wer hinter dem Tod dieser Kinder stand?«

»Ich verstehe, was du meinst.«

»Da ist noch mehr, befürchte ich. Wir haben keine Möglichkeit, Zugang zu den Festplatten zu bekommen, die *vielleicht* von Shahir Falaya ausgetauscht wurden, sodass es uns unmöglich ist, die Zahl der infrage kommenden Firmen einzugrenzen. Selbst wenn wir es könnten, werden Erpressungsopfer vermutlich nicht reden – deshalb haben sie überhaupt erst bezahlt. Deshalb würden sie uns niemals Zugang zu den Akten gewähren, die wir brauchen.«

»Wir suchen einen vierfachen Mörder, Pakad. Das dürfen wir nicht vergessen.«

»Selbst wenn wir die Zahl der Firmen auf der Liste verringern könnten …«

»Es muss eine Möglichkeit geben.«

»Welche?«

»Wir müssen rekonstruieren, welche Schritte die vier Schüler unternommen haben, nachdem Shahir die gestohlene Festplatte in seinen Besitz gebracht hatte.«

»Wenn man bedenkt, in welchem Zustande der Computer von Shahir war, als du ihn gefunden hast, wird uns das nicht ...«

Sie verstummte plötzlich und blätterte die Seite zurück, die sie gerade erst umgeblättert hatte.

»Was ist?«, fragte Ben.

Sie hielt ihm ihre Kopie der Liste hin und wies auf einen der untersten Namen. »Sieh dir das an.«

49.

Als die Frau und ihre Handlanger fort waren, setzte sich Hans Mundt und dachte nach. Er hatte keine Erinnerung an seinen Vater, kannte Karl Mundt nur von Fotos, die seine Mutter zu Hause aufbewahrt hatte, und von seiner Suche nach ihm, als er versucht hatte, die Vergangenheit des Mannes aus seiner Erinnerung zu rekonstruieren.

Darüber hinaus hatte Karl Mundt in der Erinnerung seines Sohnes weitergelebt, weil Hans Geschichten über den Vater gehört hatte, die von Bekannten erzählt worden waren. Oftmals waren diese Geschichten nur gesammelte Notizen auf Papier oder die verblassten Erinnerungen alter Männer gewesen, die mit krächzender Stimme gesprochen hatten. Seit kurzem, seit Hans Mundt so nahe an die Wahrheit herangekommen war, hatten diese Geschichten jedoch eine eigene Realität angenommen.

Paul Hessler lag blass und zitternd auf seinem Bett im Quartier des Lagers. Er hatte so stark abgenommen, dass er sich daran gewöhnt hatte, seine Hose mit einem Strick um die Hüften zu bin-

den, damit sie nicht hinunterrutschte, aber jetzt, da ihn die Ruhr quälte, mangelte es ihm an Kraft, den Strick zu verknoten.

Er war allein in dem stinkenden Kasernengebäude, das einst ein Stall gewesen war und jetzt von den Arbeitern mit Ratten geteilt wurde. Des Nachts, wenn er nicht schlafen konnte, hörte Paul die Ratten herumhuschen. Sie machten ihm keine Angst mehr. Früher hatte er sich davor gefürchtet, jetzt nicht mehr.

Er wickelte die dünne Decke fester um seine Schultern. Sie roch nach Moder und Schimmel und war aus Kisten ausgepackt worden, die draußen im Regen gestanden hatten, während die Insassen gearbeitet hatten. Er hatte eine Matratze und ein Strohkissen. Die gesamte Habe seines Lebens.

Paul Hessler wusste, dass man kein Essen bekam, wenn man nicht arbeitete. Das Schmuggeln von Essen zu einem Kranken oder Arbeitsunfähigen wurde mit dem Tode bestraft – und der Hauptsturmführer, Günther Weiss, liebte es, Exempel zu statuieren. Paul wusste, dass bald die Wächter kommen würden, um sein Leiden zu beenden, weil er jetzt nicht mehr von Nutzen war. Sie würden ihn nach draußen bringen, wo die anderen Insassen sehen konnten, wie die Waffe gegen seinen Kopf gepresst wurde und beim Todesschuss sein Gehirn auf den Boden spritzte. Er war nicht sicher, ob ihm das etwas ausmachen würde. Vielleicht hätte er sich auf diesen Moment freuen sollen, wenn er sich zu seinen Eltern gesellte, die im Getto von Lodz abgeschlachtet worden waren, bevor man ihn hierher gebracht hatte. Wenn er nicht durch eine Kugel ums Leben kam, dann höchstwahrscheinlich durch Typhus oder die Ruhr, die ihn im Augenblick peinigte.

Nein! Er musste für seine Eltern überleben. Sie hatten alles geopfert, letztendlich ihr eigenes Leben, um ihn so lange wie möglich am Leben zu halten. Wenn er aufgab, wäre ihr Tod sinnlos gewesen.

Die Tür im Obergeschoss knarrte, als sie geöffnet wurde, und

Schritte näherten sich. Jemand mit schweren Stiefeln kam Treppe herunter.

Paul Hessler schaute nicht hin, bewegte sich nicht. Er war froh, dass es bald zu Ende sein würde. Die Schritte pochten jetzt näher bei ihm, und er begann lautlos zu beten.

Eine Hand legte sich auf seine Schulter und drehte ihn sanft herum.

»Ich bringe dir ein bisschen Brot«, sagte Karl Mundt, der junge Wächter, der ihm schon einmal das Leben gerettet hatte. »Und ein paar Pillen.« Er setzte sich neben Hessler auf die Pritsche und gab ihm sechs Tabletten. »Nimm zwei jetzt und die restlichen später. Du wirst sie trocken schlucken müssen. Ich konnte nichts zu trinken hierher schmuggeln. Ich werde es später noch einmal versuchen.«

Paul Hessler schaffte es mit großer Mühe, die ersten beiden Tabletten hinunterzuwürgen und dann den Kanten Brot entgegenzunehmen, den Karl Mundt unter seinem Uniformrock hervorzog.

»Danke«, sagte Hessler und klammerte sich an den Ärmel des jungen Wächters. »Danke.«

Mundt riss sich von ihm los, als wäre er angewidert von der Berührung. »Bei der Suppenausgabe sehe ich dich immer um einen der ersten Plätze kämpfen.«

»Natürlich.«

»Von jetzt an wartest du, bis das Ende der Schlange bedient wird. Die Kartoffeln und kräftigen Stücke setzen sich unten in den Kesseln ab. Warte bis zum Ende, und du wirst mehr als nur Brühe in deinen Napf bekommen. Hast du verstanden?«

Hessler nickte dankbar und biss ein Stück Brot ab. »Ich werde eines Tages ein reicher Mann sein«, sagte er kauend, während sein Magen das erste feste Essen seit einer Woche bekam. »Und ich werde Ihnen alles zurückzahlen. Sie werden es nicht bereuen.«

… lu auf den Gedanken, dass ich nicht selbst reich … ndt.

… r.

… an, ich könnte dann immer zu dir kommen und einen … gen«, fuhr der Wächter fort.

»Nur wenn ich lebe.«

»Oh, du wirst leben«, versicherte ihm Karl Mundt. »Dafür werde ich sorgen.«

Hans Mundt hatte Dutzende Überlebende aus dem Arbeitslager befragt, in dem sein Vater geschuftet hatte, und alle hatten über die merkwürdige Freundschaft berichtet, die sich zwischen Karl Mundt und Paul Hessler entwickelt hatte, und wie sein Vater den Jungen gesund gepflegt und während der restlichen Zeit im Arbeitslager am Leben erhielt. Die Überlebenden hatten Unterhaltungen mitbekommen, bei denen die beiden jungen Männer ihr unterschiedliches Leben verglichen hatten. Karl Mundt, hatten sie gesagt, habe behauptet, zum Militärdienst gezwungen worden zu sein; man habe ihn direkt aus der Schule geholt, die er liebte, und fort von der Frau, die er gerade erst geheiratet hatte.

Karl Mundt erfuhr erst, dass er Vater wurde, als ihn kurz nach seiner Ankunft im Lager ein Brief erreichte. Ein Brief, den Hans unter anderen zeitgeschichtlichen Dokumenten in einem deutschen Staatsarchiv entdeckt hatte. Der Wunsch, mehr über den Vater zu erfahren, den er nie gesehen hatte, war für Hans Mundt lange Zeit eine Besessenheit gewesen. Sie hatte einen großen Teil seines Lebens eingenommen, hatte es in letzter Zeit sogar völlig beherrscht. Er war auf der Suche nach der Wahrheit, die er sich aus den wenigen Informationen über jenen Mann zusammenreimen konnte, dessen Abwesenheit eine Lücke in seinem Leben hinterlassen hatte – eine Lücke, die für ihn im Laufe der Jahre immer schmerzlicher geworden war.

Doch die Wahrheit, die Hans Mundt schließlich entdeckte, war völlig anders, als er erwartet hatte.

Erst vor ein paar Wochen, als seine finanziellen Mittel fast erschöpft gewesen waren, hatte Hans endlich die lang gesuchte Leiche gefunden, die in den Wäldern jenseits des ehemaligen Arbeitslagers nördlich von Lodz begraben war. Zuvor schon hatte er einen Verdacht gehabt, der durch Widersprüche und zu viele Fakten entstanden war, die einfach nicht zusammenpassten.

Die vermoderten Knochen, die er aus der Erde geholt hatte, gaben jedoch Zeugnis von einer anderen Geschichte. Hans Mundt war mit einer Realität konfrontiert worden, die so grauenvoll wie unglaublich war. Deshalb war er jetzt hier. Deshalb musste er handeln.

Und das würde er tun.

Bald.

50.

Ben schaute auf den Firmennamen auf der Liste, auf die Danielle wies, und ihm stockte der Atem. »Hessler Industries.«

»Merkwürdig, findest du nicht?«

»Du meinst, es gibt einen Zusammenhang zwischen ermordeten Holocaust-Überlebenden und ermordeten Schülern einer High School?«, sagte Ben und schüttelte den Kopf. »Nein, Danielle. Hessler Industries hat eine moderne Digital-Druckanlage, die von Abasca Machines gewartet wird. Such nicht nach mehr, als es gibt.«

»Ich dachte, du hast mal gesagt, dass du nicht an Zufälle glaubst.«

»Bedauere, das war nicht ich, sondern Sherlock Holmes.«

»Ein anderer großer Detective.«

Sie lächelten beide. Ben wünschte, es könnte andauern.

»Was wirst du mit dieser Liste anfangen?«, fragte Danielle.

»Vielleicht kann ich herausfinden, welche dieser Firmen erpresst wurde.«

»Du kannst mir erzählen, was du herausgefunden hast, wenn ich aus Deutschland zurück bin.«

»Deutschland?«

Danielle nickte. »Um die Spur aufzunehmen, die Asher Bain verfolgt hat.«

»Man hat Bain ermordet. Man wird auch dich umbringen.«

Danielles Blick war seltsam emotionslos. »Sie haben Ellie geschickt, und sie werden jemand anders schicken, ob ich nun nach Deutschland fliege oder nicht. Sie werden einen anderen Killer schicken, falls ich sie nicht zuerst erwische und herausfinde, was Bain beinahe entdeckt hatte. Ich habe keine Wahl.«

»Doch, die hast du«, sagte Ben. »Die haben wir beide.«

»Wie meinst du das?«

»Ich kann den Job in Detroit annehmen.« Er hielt einen Augenblick den Atem an. »Du kannst mit mir kommen.«

»Weglaufen?«

»Entkommen. Das ist ein Unterschied.«

»Ich sehe keinen.«

»Weil du dieser Möglichkeit keine Chance gibst, Danielle. Du gibst *uns* keine Chance.«

Danielles Gesichtsausdruck wurde weicher, doch sie blieb bei ihrer Entscheidung. »Captain Bain hat mir erzählt, dass der Name meines Vaters auf einer Liste steht, die er erstellt hat. Er passt zum Profil dieser Holocaust-Überlebenden, die ermordet wurden.«

»Tatsächlich?«

»Erinnerst du dich, wie du dich gefühlt hast, als du die Wahrheit über den Tod deines Vaters erfahren hast?«

Ben nickte und wünschte, er könnte lügen.

»Diese Männer wurden ermordet, weil es irgendeine Gemeinsamkeit gab. Irgendetwas, in das sie verwickelt waren. Was ist, wenn mein Vater ebenfalls darin verwickelt gewesen ist?«

Ben neigte sich zu ihr und umarmte sie zärtlich. Er spürte, wie sie zurückzuckte, ließ sie aber nicht los. »Hüte dich, nach Geheimnissen zu forschen, die du lieber nicht finden möchtest, Danielle.«

Danielle blieb unbeeindruckt. »Ellie war eine Mörderin des Mossad, Ben. Das bedeutet, dass irgendjemand in Israel den Tod dieser Holocaust-Überlebenden befohlen hat. Den Tod der Männer, zu deren Profil das meines Vaters passt.«

Ben hielt sie weiterhin in den Armen und spürte die Weichheit ihres Körpers. »Ich kann sofort John Najarian anrufen. Wir können morgen in einem Flugzeug sitzen, und alles hier kann uns egal sein.«

»Du hast mir nicht zugehört. Wir würden zu viel zurücklassen.«

»Das ist nicht immer schlecht«, bemerkte Ben.

51.

»Ich befürchte, selbst meine Kontakte können da nicht helfen, Inspector«, sagte Nabril al-Asi entschuldigend zu Ben und tippte auf die Liste der Firmen, die den Wartungsdienst von Abasca Machines in Anspruch nahmen. »Nicht mit den dürftigen Informationen, die Sie zur Verfügung haben.«

Monate zuvor, nachdem israelische Kampfhubschrauber das Gebäude des Hauptquartiers des palästinensischen Schutzsicherheitsdienstes mit Bordwaffen beschossen hatten, hatte al-Asi sein Büro hierher in die hinteren Räume eines Gebäudes an der Amman Street verlegt. Die vorderen Räume wurden für Ziviltrauungen von Juden benutzt und an weltgeistliche Israelis vermietet, die sich nicht von einem orthodoxen Rabbi trauen lassen wollten. Solch ein Ritus war erforderlich, um eine Ehe in Israel gültig zu machen. In der West-Bank, wo ein israelischer Geschäftsmann eine Kapelle betrieb und eine Registriergebühr für jede Trauung bezahlte, war das jedoch nicht nötig. Das Gebäude sei perfekt für sein Büro, hatte al-Asi Ben erklärt, weil das Kommen und Gehen unbekannter Gesichter niemals große Aufmerksamkeit erregte.

»Und wenn ich weitere Informationen beschaffen könnte?«, fragte Ben. »Sagen wir mal, einen unwiderlegbaren Beweis, dass die Schüler von einem ihrer Erpressungsopfer ermordet wurden?«

Al-Asi kratzte sich am Kinn. Sein Büro war eng und schlicht möbliert, anscheinend nur ein Treffpunkt, obwohl Ben einige Male sicher gewesen war, eine Etage tiefer Aktivitäten gehört zu haben. Er konnte jedoch keine Treppen oder Zugangstüren entdecken.

»Erzählen Sie mir noch einmal von diesen Kindern, Inspector.«

Ben schilderte die Einzelheiten seiner Ermittlung von Anfang an und fühlte sich ein wenig beruhigter, als al-Asi am Ende seines Berichts nickte.

»Eine Frage, Inspector«, sagte al-Asi. »Wie haben die Schüler mit den Opfern Kontakt aufgenommen?«

»Ich nehme an per E-Mail.«

»Über ihre persönlichen Computer?«

»Möglicherweise.«

»Das bezweifle ich. Wenn Sie vorhätten, solch ein Verbrechen zu begehen, würden Sie dann einen so offenkundigen Beweis zurücklassen?«

»Ich verstehe, was Sie meinen.«

»Natürlich würden Sie das nicht tun, denn keine Verbindung in diesem Teil der Welt ist wirklich sicher. Meine israelischen Freunde beobachten und belauschen *alles.*«

»Sie meinen, elektronische Korrespondenz kann zu ihrer Quelle zurückverfolgt werden wie ein Telefonat?«

Al-Asi nickte. »Im Wesentlichen *ist* es ein Telefonat, Inspector. Sicher, es ist möglich, die Sache zu verwirren, indem man das Signal ein wenig herumgeistern lässt. Aber selbst das kann verfolgt werden, vorausgesetzt, man ist geduldig.«

»Auf diese Weise sind Drohungen über das Internet zurückverfolgt worden.«

»Mehr oder weniger.«

»Und was ist die Alternative?«

»Wie wäre es damit, wie ein Kriminalbeamter zu denken, Inspector?«

»Nein, Colonel, wie ein Schüler.«

»Sie haben soeben Ihre eigene Frage beantwortet.«

»Was?«

»Ein Ort mit mehreren Ausgangsleitungen und mehreren Benutzern würde ein Zurückverfolgen viel schwieriger machen. Selbst wenn es der Zielperson tatsächlich gelingen würde, weiß sie nicht zwangsläufig, von welchem Computer die Nachricht gekommen ist oder welche Person sich zu diesem Zeitpunkt eingeloggt hat.«

»Ein Verbund von Computern.«

»Richtig.«

Ben fühlte sich, als hätte ihm soeben jemand einen harten Stoß versetzt. »Die Art, die man ... sagen wir mal, in einer High School finden würde.«

»Sehr gut, Inspector«, lobte al-Asi. »Ich glaube, Sie lernen.«

FÜNFTER TAG

52.

Leichter Nebel bedeckte die Landschaft, als Danielle mit dem Mietwagen zum Pflegeheim in Remscheid fuhr. Es befand sich in einem Villenviertel und umfasste zwei miteinander verbundene Gebäude.

Danielle folgte der Beschilderung zum Besucherparkplatz, der zu dieser Morgenstunde praktisch verlassen war. Vom Wagen aus stieg sie eine kleine Treppe hinunter zu einem zweiten Zufahrtsweg, der zum Eingang des Pflegeheims führte. Die riesigen gläsernen Doppeltüren glitten automatisch auf, als sie sich näherte, und sie ging nach links zum Empfangspult.

»Sprechen Sie Englisch?«, fragte sie die in weiß gekleidete Frau an der Rezeption.

»Ja.«

»Ich möchte Herrn Weiss sprechen. Ich nehme an, er ist noch Patient hier.«

»Günther Weiss?«

»Richtig.«

Die Empfangsdame betrachtete Danielle misstrauisch. »Sie sind keine Verwandte, nicht wahr?«

Danielle zücke ihren Ausweis der Nationalpolizei und reichte ihn über das Pult. »Ich bin in einer dringenden Angelegenheit hier.«

Die Frau am Empfang furchte die Stirn, als sie Danielles Ausweis betrachtete. »Wird bei Ihnen gegen Herrn Weiss ermittelt?«

»Nicht direkt, nein.«

»Ich frage deshalb, weil es unsere Aufgabe ist, unsere Patienten zu schützen. Wir wollen nicht, dass sie belästigt werden oder in ihrer Vergangenheit herumgeschnüffelt wird.«

»Wie kommen Sie auf den Gedanken, dass es um die Vergangenheit geht?«

»Bei Männern wie Günther Weiss dreht es sich immer um die Vergangenheit«, sagte die Empfangsdame.

»Wenn es Ihnen nichts ausmacht, lassen Sie mich bitte mit ihm sprechen. Ich habe einen sehr weiten Weg hinter mir.«

»Es macht mir überhaupt nichts aus.« Die Empfangsdame schob ein Klemmbrett mit zwei Papierseiten über das Pult zu Danielle. »Füllen Sie nur das Formular aus, damit es von unserem Justiziar begutachtet werden kann. Und notieren Sie Ihre Kontaktnummer in Deutschland, damit wir Sie anrufen können, falls er den Besuch genehmigt.«

Danielle drehte das Klemmbrett herum und schob es über das Anmeldepult zurück. »Ich bin als Repräsentantin der israelischen Regierung hier«, bluffte sie. »Wenn Sie wollen, kann ich mit einem Angehörigen unserer Botschaft wiederkommen, zusammen mit meiner Kontaktperson des Bundeskriminalamts.« Sie neigte sich vor. »Dann können wir bei der Gelegenheit noch einige weitere Ihrer Patienten überprüfen.«

Die Empfangsdame hängte das Klemmbrett auf einen Haken zurück und nahm stattdessen ein Besucherschild, doch das Unbehagen war ihr weiterhin anzusehen. »Sie werden ohnehin nichts aus Günther Weiss herausbekommen.«

»Wie meinen Sie das?«

»Sie werden schon sehen.«

Das Besucherschild an der Jacke, fuhr Danielle mit dem Aufzug in den dritten Stock und betrat einen großen, offenen Bereich. Sie sah Bewohner des Pflegeheims, die in Rollstühlen saßen oder mit Messgeräten an den Seiten herumschlenderten. Einige lehnten unbeholfen an einer Wand. Die Atmosphäre war ruhig und gedämpft, abgesehen von einem gelegentlichen Schrei, der von unten aus der Halle heraufdrang. Die Luft war abgestanden und muffig, und der durchdringende Geruch von Lysol haftete an den Möbeln und Wänden.

Eine andere Empfangsdame verwies Danielle an einen kleinen Raum an der Seite. Sie näherte sich den Geräuschen deutscher Stimmen, die aus einem Fernseher drangen, der in einem fensterlosen Zimmer hing, in dem drei Reihen miteinander verbundener Stühle standen. Ein einzelner Mann saß in einem Rollstuhl und schaute zu dem an der Wand befestigten Fernseher hinauf. Eine karierte Decke lag über seinen Beinen. Er lächelte zahnlos, während er sich die morgendlichen Zeichentrickfilme anschaute, zu kurzatmig, um zu lachen. Sein Mund stand offen, und er zwinkerte nicht mit den Augen.

»Herr Weiss?«

Keine Reaktion.

»Herr Weiss?«

Er drehte Danielle kurz den Kopf zu; dann wandte er den Blick wieder zum Fernseher. Danielle ging zum Rollstuhl und trat vor ihn hin, sodass sie zwischen Weiss und dem Fernseher stand. Weiss wirkte aufgeregt und wischte mit der Hand durch die Luft, als wolle er eine lästige Fliege verscheuchen. Schließlich gab er auf und fuhr mit dem Rollstuhl ein Stück zurück, damit er wieder freie Sicht auf den Zeichentrickfilm hatte, den Danielle jetzt als alte amerikanische Serie erkannte, die Deutsch synchronisiert war.

»Ich muss mit Ihnen sprechen, Herr Weiss. Über ihre Tätigkeit im Zweiten Weltkrieg«, sagte Danielle und hoffte, dass er sie verstand. »Ich habe ein paar Fragen.«

Ein Werbespot unterbrach den Trickfilm, und der alte Mann blinzelte. Er schaute Danielle an, als sähe er sie zum ersten Mal.

»Sie sind nicht meine neue Schwester.«

»Nein, ich bin von der Polizei.«

»Polizei? Ich mag keine Polizei.«

Danielle warf verstohlen einen Blick zum Fernseher, überzeugt davon, dass der alte Mann nur in der Werbepause ansprechbar bleiben würde. »Ich möchte mit Ihnen über das Arbeitslager bei Lodz in Polen reden.«

»Ich war nicht dort. Ich weiß nicht, wovon Sie sprechen. Ich war Schullehrer.«

»Sie haben für Ihre Verbrechen zwanzig Jahre im Gefängnis gesessen. Das ist aktenkundig.«

»Aber ich wäre ein guter Lehrer gewesen.«

»Und wie waren Sie als Hauptsturmführer des Arbeitslagers?«

Weiss blickte wieder zum Fernsehschirm und sah, dass ein weiterer Werbespot begann. Die Luft schien aus seinem dünnen Gesicht zu weichen wie aus einem angestochenen Ballon.

»Das ist lange her. Zu lange.«

Danielle blickte den gebrechlichen alten Mann im Rollstuhl an und erkannte plötzlich, dass sie keine Ahnung hatte, was sie ihn fragen sollte. Captain Asher Bain hatte vor seinem Tod nur gesagt, Weiss sei der Schlüssel. Schlüssel *wozu*? Was sonst hatte Bain über diesen Fall und Danielles Vater herausgefunden?

Auf dem Bildschirm des Fernsehers endete eine Waschmittelreklame.

Günther Weiss blickte plötzlich zu Danielle auf. »Sie sind gekommen, um mich ebenfalls nach ihm zu befragen.«

»Nach wem?«

»Karl Mundt. Der Bastard. Hielt sich für viel besser als wir, zu gut für den Dienst im Arbeitslager. Ich habe ihm nie getraut. Ich hätte es wissen sollen, hätte früher erkennen sollen, was er wirklich im Schilde führte.«

»Und was war das?«

In diesem Augenblick wurde der Zeichentrickfilm fortgesetzt, und Günther Weiss verfiel wieder in seine verzückte Trance und blickte gebannt auf den Bildschirm.

53.

Als Ben Kamal an der Türschwelle des Büros von Jane Wexler verharrte, Direktorin der palästinensisch-israelischen Gemeinschaftsschule bei Abu Gosh, war Jane mit einem Stapel von Schülerakten beschäftigt.

»Was tun Sie hier, Inspector?«, fragte sie, sichtlich ärgerlich über seinen unangekündigten Besuch.

»Ich hoffe, Sie können mir helfen.« Ben hatte nicht erwartet, von den israelischen Soldaten draußen hereingelassen zu werden. Sie hatten ihn jedoch wieder erkannt und ihn widerstrebend passieren lassen, nachdem sie sich vergewissert hatten, dass er unbewaffnet war.

Jane Wexler blickte sich um, als rechnete sie damit, Danielle Barnea hinter Ben auftauchen zu sehen. »Sie haben keinerlei Befugnis in Israel. Ich sollte nicht einmal mit Ihnen reden.«

»Auch wenn es in Ihrem eigenen Interesse und zum Besten der Schule ist?«

»Kommen Sie zur Sache, bitte.«

»Wollen Sie mir helfen, herauszufinden, wer Ihre Schüler ermordet hat, Miss Wexler?«

Jane Wexler schob den Aktenstapel beiseite. »Fahren Sie fort.«

Ben nickte. »Ich habe Zeina Ashawi gefunden. Sie lebt und steht unter dem Schutz der Palästinensischen Autonomiebehörde.«

»Gott sei Dank.«

Ben schloss die Tür des Büros der Direktorin hinter sich.

»Zeina hat mir etwas erzählt, das Sie bestimmt sehr beunruhigend finden, Miss Wexler. Sie erzählte mir, die ermordeten Schüler hatten mit einer Art Erpresserbande zu tun.«

»Erpresserbande?«, fragte Jane Wexler ungläubig.

Ben nickte. »Shahir Falaya nutzte seinen Job als Techniker einer Wartungsfirma, um brisante Informationen von bedeutenden Firmen zu stehlen. Ich vermute, einer oder mehreren dieser Firmen wurde dann angedroht, die gestohlenen Informationen der Öffentlichkeit bekannt zu machen.«

Auf Jane Wexlers Gesicht spiegelten sich plötzliches Begreifen und Furcht. »Dann wurden die Schüler von jemandem umgebracht, den sie erpresst haben? Das wollen Sie doch sagen, oder?«

»Ja. Ich muss herausfinden, wer – welche Firma es gewesen sein kann.«

»Ich habe Ihnen schon einmal gesagt, Inspector, dass ich nicht gewusst habe, was die Schüler getrieben haben. Ich kann Ihnen wirklich nicht helfen.«

»Doch, das können Sie«, sagte Ben und blickte sie scharf an. »Denn Sie waren in den Plan verwickelt.«

54.

Tess Sanderson und Paul Hessler betraten das Hessler Institute kurz nach Beginn der Mittagspause. Sie hofften, dass ihr Besuch kein Aufsehen erregte, doch das Sicherheits- und Laborpersonal, das noch im Hause war, glaubte seinen Augen nicht trauen zu können. Paul Hessler war sehr selten in dem Institut gewesen, das seinen Namen trug, besonders in der letzten Zeit.

»Sie gehen zu schnell«, sagte Paul, dessen Hüften schmerzten.

»Ich bin nervös, Sir.«

»Ich habe Sie gebeten, mich Paul zu nennen. Außerdem gibt es keinen Grund, nervös zu sein.«

Tess Sanderson schob am Zugang zum gesicherten Laborbereich ihre Karte in den Schlitz der Überwachungsanlage und tippte am nächsten Kontrollpunkt bei der Entwicklungsabteilung die Kombination ein, um Zugang zu bekommen.

»Waren diese Kontrollen Ihre Idee, Tess?«, fragte Paul beeindruckt.

»Die Ihres Sohnes.«

Paul verspürte einen altbekannten Druck in der Magengegend, als er durch die Stahltür in das Vorzimmer trat.

»Das ist das Vermächtnis meines Sohnes«, sagte er ernst. »Alles, was mir von ihm geblieben ist.«

Tess Sanderson wandte sich ihm zu und nickte verständnisvoll, bevor sie sich der inneren Tür zum Projektlabor näherte. Sie ließ vom Kontrollgerät ihre Iris abtasten und hörte, wie die Tür sich mit einem Klicken öffnete.

»Ich habe dieses Institut gegründet, um Medikamente und Behandlungen für Krankheiten zu finden, von denen die Menschheit am schlimmsten geplagt wird«, sagte Hessler, bevor sie eintraten. »Krankheiten, die Personen beiderlei Geschlechts heimsuchen. Krankheiten, die keinen Unterschied zwischen Schwarz und Weiß, Herkunft und Gesellschaftsklassen machen, und die sich nicht um die Größe unserer Brieftaschen oder unserer Herzen scheren. Ich hielt mich für einen Mann mit einer Vision, Tess.« Hesslers Stimme wurde leiser. »Doch irgendwann im Laufe der Zeit muss ich diese Vision verloren haben. Gott sei Dank hatte Ari sie auch und führte sie weiter.«

Tess Sandersons Augen wurden feucht, und sie blinzelte. »Die Welt wird es auch ihm danken, Sir.«

Hessler lächelte gezwungen. »Paul. Nun zeigen Sie mir das Vermächtnis meines Sohnes. Zeigen Sie mir Projekt vier-sechs-null-eins.«

55.

Danielle blieb nichts anderes übrig, als auf eine weitere Werbepause bei dem Zeichentrickfilm zu warten, den Günther Weiss sich anschaute. Sobald der Film wieder von Werbung unterbrochen wurde und die matten grauen Augen des alten Mannes wieder so etwas wie Leben widerspiegelten, hakte Danielle nach.

»Herr Weiss, Sie sagten, Sie hätten es eher herausfinden sollen. *Was* hätten Sie herausfinden sollen? Was meinten Sie damit?«

Die Lippen des alten Mannes zitterten, und in seinen Augen war Furcht zu sehen. Danielle erkannte, dass sie zu entschlossen und zu schnell vorgegangen war. Sie zwang sich zur Zurückhaltung.

»Sie sprachen von jemandem namens Mundt.«

Weiss presste die trockenen Lippen zusammen. »Ja, Karl Mundt, der Bastard. Habe ihm nie getraut – von dem Tag an nicht, als er ins Lager kam. Wusste, dass er etwas im Schilde führte.«

»Und was?«, fragte Danielle und beobachtete mit einem Auge die Fernsehwerbung.

»Es hat lange gedauert, bis ich dahinter kam«, krächzte der alte Mann. Er schien mehr durch Danielle hindurchzusehen, als ihr Gesicht wahrzunehmen. »Ich hatte schon gedacht, ich würde ihn niemals durchschauen, doch ich hab's geschafft. Er wusste, dass der Krieg verloren war. Er wusste, dass unsere Zeit fast um war. Ich wusste es auch, wollte es nur nicht wahrhaben. Aber Mundt war dazu bereit. Er war *vorbereitet.*«

Danielle sah, das der Bildschirm kurz dunkel wurde, bevor ein weiterer Werbespot begann.

»Wie war er denn vorbereitet, Herr Weiss?«, fragte sie freundlich.

»Sie sind eine dumme Frau.«

»Warum?«

»Weil es so offensichtlich ist. Können Sie es nicht sehen?«

»Warum erklären Sie es mir nicht?«

Weiss' Blick schweifte wieder zum Fernseher; vielleicht spürte er, dass gleich die Fortsetzung des Trickfilms begann. »Karl Mundt war ein Verräter. Die ganze Zeit war er ein Verräter, und ich erkannte es erst, als es zu spät war. Bis ich sah, wie er ...«

Günther Weiss' Miene wurde ausdruckslos, sein Blick so leer wie der Bildschirm nach dem Ende des Werbeblocks. Danielle packte den alten Mann an den Schultern und drehte seinen Rollstuhl, bis er ihr zugewandt war.

»Bis Sie *was* sahen?«

Der Zeichentrickfilm füllte wieder den Bildschirm, doch Danielle versperrte Weiss die Sicht darauf. Sie schüttelte den alten Mann.

»Reden Sie!« Danielle ging in die Hocke und packte Weiss an den knorrigen Armen. Sie schüttelte ihn wieder, um seine Aufmerksamkeit zu behalten. »Bis Sie sahen, wie er ... *was*?«

»Starb.« Die trockene Stimme des alten Mannes schnarrte, tat fast dem Ohr weh. »Bis ich sah, wie Mundt starb.«

56.

Jane Wexler bemühte sich nicht, Bens schockierende Anschuldigung zu leugnen, stand nur wie erstarrt zwischen ihm und ihrem Schreibtisch.

»Wie haben Sie es herausgefunden?«, fragte sie schließlich.

»Zeina Ashawi meinte, dass noch jemand in den Plan verwickelt war, aber wenn es ein anderer Schüler gewesen wäre, dann wäre er wie die anderen getötet worden.«

»Ich nehme an, da hatte ich Glück«, sagte Jane Wexler.

»Nicht genug, um Ihr Geld zu bekommen. Fast hunderttausend Dollar in bar wurden unter Michael Saltzmans Bett gefunden, offenbar zurückgehalten von Beth Jacober. Es ergab keinen Sinn, dass die Schüler ein solches Risiko eingegangen waren, es sei denn, ein anderer Kumpan erwartete seinen Anteil.«

Jane Wexler zitterte leicht. Sie wischte sich mit dem Ärmel über die Augen, die weiterhin trocken waren. Ihr Gesicht zeigte keine Spur von Reue oder gar Trauer, doch in ihren Augen blitzte Empörung, und ihr Blick war hart.

»Ich habe mich geirrt, nicht wahr?«, fragte Ben. »Die Schüler brauchten Sie überhaupt nicht. Sie haben das alles ganz allein getan, bis Sie ihnen auf die Schliche kamen. Und dann wurden sie von *Ihnen* erpresst.«

Jane Wexler schwieg.

»Warum?«, fragte Ben. *»Warum?«*

»Ich will weg von hier, Inspector. Ich war in Amerika vor einigen ... Problemen davongelaufen, kam jedoch vom Regen in die Traufe. Das Geld war meine Chance, von hier fortzukommen, heimzukehren und die Dinge in Ordnung zu bringen. Ich habe die Schüler um das Geld gebeten, das ich brauchte, um keinen Penny mehr.«

Ben bemühte sich nicht, seinen Abscheu zu verbergen. »Wie großzügig von Ihnen.«

Sie blickte ihn trotzig an. »Werden Sie mich festnehmen? Mich Ihrer israelischen Geliebten übergeben?«

Ben blieb ruhig. »Sie müssen sich größere Sorgen wegen einer anderen Sache machen. Wer immer Ihre Schüler ermordet hat, wird über kurz oder lang herausfinden, dass Sie an der Sache beteiligt waren.«

Jane Wexler schluckte hart. »Was wollen Sie von mir?«

»Indizien weisen darauf hin, dass alle Kontakte via Computer stattfanden, bis zur Übergabe des erpressten Geldes. Aber die Schüler haben niemals ihre eigenen Computer benutzt, weil das Risiko, dass die Botschaften zu ihnen zurückverfolgt wurden, zu groß für sie gewesen wäre. Sie hielten einen Verbund von Computern mit zahlreichen Ausgangsleitungen – wie an dieser Schule – für viel sicherer. Und dabei müssen Sie, Miss Wexler, die Schüler auf frischer Tat ertappt haben.«

»Lassen Sie mich laufen, und ich helfe Ihnen, so gut ich nur kann«, versprach Jane Wexler und bemühte sich, nicht flehend zu klingen.

Ben senkte die Stimme, versuchte den Abscheu zu verbergen, den er gegenüber dieser Frau empfand. »Ich muss herausfinden, mit wem die Schüler von hier aus Kontakt aufgenommen haben. Welche Information sie austauschten. Wenn Sie mir helfen, werde ich Sie nicht anzeigen. Das verschafft Ihnen Zeit, sich vor den Killern in Sicherheit zu bringen, die Sie andernfalls finden würden, das können Sie mir glauben.«

Jane Wexler starrte auf ihren Schreibtisch und schwieg eine Zeit lang. »Ein lobenswertes Experiment, diese Schule, finden Sie nicht?«, sagte sie schließlich.

»Wenn sie in besseren Händen wäre, ja.«

»Aber wir sind immer noch auf israelischem Gebiet, und um unser gemeinsames Programm genehmigt zu bekommen, mussten wir gewisse Zugeständnisse machen.«

»Keine weiteren Spielchen, Miss Wexler.«

»*Sicherheits*konzessionen, Inspector. Die Regierung besteht drauf, dass wir detaillierte Vermerke über jede Webseite machen, zu denen die Schüler Zugang haben.«

»Natürlich unter Ihrer Aufsicht.«

Jane Wexler nickte.

»Was bedeutet, dass Sie die Vermerke gelöscht und den Beweis vernichtet haben.«

Sie schüttelte den Kopf. »Nein, Inspector, das habe ich nicht getan.«

57.

Tess Sanderson hatte dafür gesorgt, dass nur Will Nakatami bei der Präsentation von Projekt 4601 anwesend war, um die Paul Hessler gebeten hatte. Die drei Personen schlossen sich in dem kleinen Konferenzraum ein, der schalldichte Wände und eine doppelte Schutzdecke hatte.

»Will«, begann Tess, »Ich habe Mr. Hessler gesagt, dass Sie als Projektleiter die Besonderheiten von Projekt vier-sechs-null-eins am besten erklären können.«

Nakatami nickte nervös. Er wandte sich an Paul Hessler, die Augen geweitet, der Blick besorgt. »Ich habe gehört, Sir, dass Sie Projekt vier-sechs-null-eins nur in seinem ersten Stadium kennen«, sagte er.

»Da haben Sie richtig gehört, Will.«

»Dann ist Ihnen bekannt, dass die Biotech-Abteilung von Hessler Industries seit Jahren ein Vorreiter auf dem Gebiet der Gentherapie ist.«

Paul zuckte die Achseln. »Ich muss gestehen, dass ich nicht viel davon verstehe.«

»Als Hintergrund brauchen Sie nur zu wissen, dass sich der Großteil dieser Forschungen ursprünglich auf Gewebe- und Organ-Regeneration konzentriert hat. Natürlich waren wir nicht die Einzigen, die dieses Ziel verfolgt haben, und wir hinkten hinter einigen der größeren Unternehmen her, die sich ausschließlich dieser Art fortgeschrittener biotechnischer Forschung widmen.«

Paul nickte. »Und das Resultat war, dass die gesamte Abteilung beinahe geschlossen worden wäre, als mein Sohn und ich einen israelischen Wissenschaftler kennen lernten, der uns – hauptsächlich meinem Sohn Ari – das Konzept verkaufte, aus dem Projekt vier-sechs-null-eins wurde.«

»Ja«, bestätigte Nakatami. »Der israelische Wissenschaftler hatte die Gentherapie auf die nächste Stufe gebracht, eine Stufe, die als weit über unsere gegenwärtigen technologischen Möglichkeiten hinaus erachtet wurde. Der Wissenschaftler nannte es den ›biologischen Computer‹.«

»Das war der Punkt, an dem ich nicht mehr mithalten konnte«, bekannte Paul Hessler.

Nakatami wirkte entspannter, ganz in seinem Element. »Da waren Sie nicht der Einzige, Sir. Stellen Sie sich einen Computer von der Größe eines Mobiltelefons vor, der mit dem mobilen Apparat des menschlichen Körpers kommunizieren kann. Statt aus Mikrochips wären diese organischen Maschinen aus lebenden Molekülen zusammengesetzt, die genauso reagieren wie Mikrochips. Das heißt, sie würden programmiert, um gewisse Aufgaben zu erfüllen, was den Ärzten die theoretische Möglichkeit gibt, direkt in vivo zu helfen.«

Nakatami nahm die Fernbedienung, deren Benutzung er bis zu Tess Sandersons und Paul Hesslers Ankunft geübt hatte. Er berührte eine Taste auf dem Gerät, und alle Lichter im Raum gingen aus; nur das schwache Glühen von der Decke blieb. Durch den Druck auf eine zweite Taste wurde ein dreidimensionales Bild in die Mitte des Konferenzraums projiziert. Das Bild bewegte sich und wogte wie ein See mit fließendem Wasser. Darin schwammen tausende elliptische Schatten; die dunkleren überfielen und verschlangen die helleren.

»Was Sie sehen«, erklärte Nakatami, »ist eine virtuelle Darstellung, wie Krebs den menschlichen Körper befällt. Die dunklen Krebszellen verschlingen die hellen gesunden Zellen, bis der Körper zugrunde gerichtet ist.«

Nakatami drückte auf eine dritte Taste, und rote, kreisförmige Schatten fluteten durch eine unsichtbare Lücke ins Bild.

»Die roten Schatten stellen die biologischen Maschinen von Projekt vier-sechs-null-eins dar, die darauf programmiert sind, die Krebszellen aufzuspüren und zu vernichten.« Noch während Nakatami redete, begannen die roten Kreise die dunklen Krebszellen anzugreifen und zu verschlingen. »Beachten Sie, dass unsere organischen Maschinen sich nur auf die Krebszellen konzentrieren und die gesunden Zellen in Ruhe lassen. Selektive Zerstörung, Mr. Hessler – etwas, das Krebsforscher seit Jahren für theoretisch möglich hielten.

Theoretisch, weil niemand tatsächlich die Mittel geschaffen hat, um dieses Ziel zu erreichen, bis es uns mit Projekt vier-sechs-null-eins gelang. Auf dem Papier funktionierte alles, doch unser israelischer Wissenschaftler brauchte Unsummen an Kapital, um das Projekt zu realisieren. Hier kamen die Hessler Industries ins Spiel. Wir richteten dem Wissenschaftler in diesem Institut ein Labor ein und rüsteten es mit allem aus, was er brauchte. Ich möchte Sie nicht mit Einzelheiten wie Aufwand oder Kosten langweilen. Es reicht, wenn ich sage, dass beides extrem war. Aber die ursprünglichen Ergebnisse in den ersten Jahren – und nach der Investition von ein paar hundert Millionen Dollar – waren nicht sehr beeindruckend.«

Paul Hessler nickte, als wäre das alles ein alter Hut für ihn. »Ja, ja. Und dann starb der betreffende Wissenschaftler, und das Projekt schien dem Untergang geweiht zu sein. Weil ich nicht die zusätzlichen zehn Millionen für die Weiterführung der Forschungen riskieren wollte, erteilte ich Anweisung, das Projekt einzustellen. Aber mein Sohn Ari teilte diesen Pessimismus anscheinend nicht. Er glaubte daran, dass wir dicht vor der größten medizinischen Entdeckung aller Zeiten waren. Er *konnte* das Projekt nicht aufgeben. Ohne mein Wissen gab er die Anweisung, es in seinem Labor fortzusetzen.«

»Mit gutem Grund«, warf Tess Sanderson ein. »Ari sah den Krebs besiegt. Er sah die mögliche Ausrottung aller ererbten und erworbenen tödlichen Krankheiten. Er sah die Heilung, nicht nur die Behandlung, von Herzkrankheiten und Arthritis, um nur zwei zu nennen. Und er hatte Recht! *Er* sollte jetzt hier stehen und Ihnen diese Neuigkeit verkünden.« Tess atmete schwer, war kaum in der Lage, die nächsten Worte hervorzubringen. »Fahren Sie fort, Will.«

»All dies entstand aus den zuvor unerprobten Theorien der Nanotechnologie, bei der Schaltkreise und Dioden durch Biomoleküle ersetzt werden, und polymere Dehnung und Ligatur ...« Er verstummte, als er Paul Hesslers verwirrte Miene sah. »Entschuldigen Sie, Sir«, fügte er hinzu.

»Entschuldigen Sie sich bitte nicht.«

»Aber ... «

»*Lebende* Maschinen. Davon ist die Rede, nicht wahr? Von lebenden Maschinen.«

»Das ist richtig, Sir«, sagte Will Nakatami.

»Und nun«, ergriff Tess Sanderson das Wort, »sind wir darauf vorbereitet, mit Projekt vier-sechs-null-eins in das erste Stadium der Erprobung am Menschen zu gehen. Was Dr. Nakatami soeben beschrieben hat, ist möglicherweise die größte Entdeckung in der Geschichte medizinischer Forschung. Ari glaubte, dass wir mit der richtigen Unterstützung und Kooperation der Food and Drug Administration mit Projekt vier-sechs-null-eins in weniger als zwei Jahren auf dem Markt sein und es in der Hälfte der Zeit in der Experimentierphase haben können. Und danach werden wir ...«

»Danach werden wir *was,* Tess?«, fragte Hessler.

Sanderson holte tief Luft. »Danach werden wir das Ende der schlimmsten Krankheiten erleben, die der Menschheit bekannt sind.«

58.

»Hessler hat Mundt erschossen«, erklärte Günther Weiss, als der Trickfilm wieder von Werbung unterbrochen wurde.

Danielle war wie betäubt. »Paul Hessler war in Ihrem Lager? Und er hat diesen Karl Mundt erschossen?«

»Mundt war der Wächter, dem ich einst befahl, Hessler zu töten. Ich wusste, er würde es nicht tun. Ich sah am Ausdruck seiner Augen, dass er nicht das Zeug dazu hatte. Aber er wusste, dass ich nichts dagegen unternehmen konnte, denn er war von der SS und kam aus einer Familie mit guten Beziehungen. Sie muss die Verwendung für ihn arrangiert haben, um sicherzustellen, dass er überlebt. Aber, wissen Sie, Mundt hatte andere Pläne.«

»Welche anderen Pläne?«

Günther Weiss holte tief Luft, bevor er antwortete.

»Sie wollten mich sprechen, Hauptsturmführer?«, fragte Karl Mundt auf der Türschwelle des Büros in der Fabrik, das Günther Weiss als sein eigenes requiriert hatte.

»Kommen Sie herein, Mundt. Machen Sie die Tür hinter sich zu.«

Weiss wartete, bis Mundt vor seinem Schreibtisch stillstand, bevor er fortfuhr.

»Ich habe mir Ihre Personalakte angesehen. Sie haben eine Frau, die ihr erstes Kind erwartet.«

»Jawohl, Hauptsturmführer.«

»Ich nehme an, das war einer der Gründe, weshalb jemand diesen Dienst für Sie arrangierte, weil er ihn für sicher und einfach hielt.«

»Ich habe mich für diese Aufgabe gemeldet, wie ich es für jede andere getan hätte, Hauptsturmführer.«

»Ihr Pflichtgefühl ist lobenswert«, sagte Weiss mit einer Spur von Sarkasmus. »Warum bin ich Ihrer Meinung nach hier, Mundt?«

»Ich weiß es nicht, Hauptsturmführer.«

»Aus den gleichen Gründen wie Sie? Weil es ein sicherer und einfacher Dienst ist?«

Mundt stand weiterhin still. »Es steht mir nicht zu, dies zu sagen, Hauptsturmführer.«

Weiss erhob sich ruckartig von seinem Stuhl und ging um den Schreibtisch herum. »Was fertigen wir hier, Mundt?«

»Stiefel, Hauptsturmführer.«

»Und wie, meinen Sie, wird der Krieg verlaufen, wenn die Armee des Reiches keine Stiefel hat, oder wenn diese Stiefel zu schnell verschleißen?«

»Sehr schlecht, Hauptsturmführer.«

Weiss blieb so dicht vor Mundt stehen, dass er ihm ins Ohr sprechen konnte. »Deshalb hat man mich hierhin befohlen, um sicherzustellen, dass die Arbeit richtig gemacht wird. Man hat mich herbefohlen, damit ich junge Männer beaufsichtige, um dafür zu sorgen, dass unser Soll erfüllt wird, damit es der Armee des Reiches nicht an den Dingen mangelt, die wir für die Soldaten produzieren sollen. Meinen Sie, ich habe eine leichte Aufgabe, Mundt? Meinen Sie das?«

»Nein, Hauptsturmführer.«

»Warum machen Sie mir die Arbeit dann schwieriger, indem Sie einem speziellen Gefangenen eine Extrawurst geben?«

»Wir können es uns nicht erlauben, auch nur einen Arbeiter zu verlieren, Hauptsturmführer, aus den Gründen, die Sie soeben dargelegt haben.«

»Und das erklärt, weshalb Sie vor einigen Wochen meine Befehle missachtet haben, diesen Jungen zu töten?«

Mundt zuckte mit keiner Wimper. »Ich wusste, dass Sie mich auf die Probe stellen wollten.«

»Sie haben also absichtlich versagt. Ich könnte Sie auf der Stelle hinrichten lassen. Das wissen Sie doch?«

»Jawohl, Hauptsturmführer.«

»Dennoch haben Sie den Jungen nicht erschossen wie befohlen. Warum, Mundt?«

»Ich glaube, Sie haben gehandelt, ohne die Konsequenzen zu

bedenken, Hauptsturmführer. Die Arbeiter hier, die Stiefel produzieren, schuften sich zu Tode, weil sie sich an die Hoffnung klammern, zu überleben, solange sie arbeiten. Wenn Sie diese Leute aufs Geratewohl töten lassen, nehmen Sie ihnen diese Hoffnung. Sie schaden Ihrem eigenen Ziel, Hauptsturmführer.«

Weiss zwängte sich zwischen den Schreibtisch und den jungen SS-Mann. »Als ich Sie kennen lernte, erwartete ich Großes von Ihnen. Ich sah Sie als Führer eines Stoßtrupps oder wenigstens einer Wacheinheit. Aber Sie haben mich enttäuscht, Mundt. Ich weiß, was Sie hier vorhaben – halten Sie mich nicht für ahnungslos. Sie glauben, dass der Krieg bereits verloren ist. Sie hören auf die Gerüchte von der Front, auf die Propaganda, die von unseren Feinden verbreitet wird. Deshalb machen Sie sich Sorgen, was man mit Ihnen als Kriegsverbrecher tun wird, welches Urteil man über Sie spricht. Sie wollen zu Ihrer Frau und dem Kind zurückkehren, und diesen Wunsch stellen Sie über Ihren Dienst für das Reich. Sehe ich das richtig, Mundt?«

»Nein, Hauptsturmführer, Sie sehen das falsch!«

»Dann korrigieren Sie mich. Erklären Sie mir die Art Ihrer Beziehung zu dem Hessler-Jungen.«

»Jeder Arbeiter ist für die Produktion von vier Komma zwei Paar Stiefeln pro Tag verantwortlich, Hauptsturmführer. Wie kann er sein Soll erfüllen, wenn er arbeitsunfähig ist?«

»Aber Sie haben solche Extrawurst keinem anderen kranken Gefangenen gebraten. Ich habe Sie nicht weinen sehen, als wir die Leichen der anderen begraben haben, die abgekratzt sind.«

»Ein Grund mehr, dass wir es uns nicht leisten können, noch mehr gute Arbeiter zu verlieren.«

Weiss starrte Mundt in die Augen. »Halten Sie mich für einen Blödmann, Mundt?«

»Nein, Hauptsturmführer.«

»Dann glauben Sie auch nicht, dass ich zu dumm bin, um zu erkennen, was zwischen Ihnen und Hessler los ist?«

»Da ist nichts, Hauptsturmführer.«

Weiss nickte wissend. »Er ist ein hübscher Knabe, nicht wahr, Mundt?«

Mundts wie versteinert wirkendes Gesicht zeigte zum ersten Mal eine Regung. »Wie meinen Sie das, Hauptsturmführer?«

»Die ganze Zeit, die Sie mit ihm allein verbracht haben ... was spielte sich zwischen euch ab? Das, was ich vermute?«

»Nein, Hauptsturmführer!«

»Was würde Ihre Frau denken, wenn sie davon erfährt? Wie würde Ihr Kind sich fühlen, wenn es in Schande aufwächst?«

»Ich versichere Ihnen, dass ich nicht ...«

»Wenn Sie den Jungen nicht ficken, worauf sind Sie dann aus?«

»Das habe ich Ihnen bereits gesagt, Hauptsturmführer.«

»Wenn ich Ihnen jetzt befehlen würde, Hessler zu töten, würden Sie es tun?«

»Ich würde es tun, Hauptsturmführer. Aber ich wäre gezwungen, eine Meldung zu machen und Ihr Urteilsvermögen und Ihre Fähigkeit als Leiter dieses Lagers in Zweifel zu ziehen.«

»Soll das eine Drohung sein, Mundt?«

»Es ist eine Pflicht, Hauptsturmführer. Es geht mir nur um das Reich. Alles, was ich tue, ist zum Besten des Reiches.«

Weiss verschränkte die Hände hinter dem Rücken. »Ich weiß, dass Sie etwas im Schilde führen, Mundt, und ich werde herausfinden, was es ist. Sie sind für mich eine Herausforderung geworden. Deshalb befehle ich auch nicht, Sie an Hesslers Stelle zu erschießen. Aber bedenken Sie bei allem, was sie tun, dass ich Sie im Auge behalte.«

Monate später, kurz nachdem Befehle kamen, das Arbeitslager aufzulösen und die verbliebenen Gefangenen zu exekutieren, blickte Weiss aus seinem Fenster und sah etwas Überraschendes. Er sah, wie Paul Hessler Karl Mundt eine Kugel in den Kopf schoss. Der Hauptsturmführer hätte vielleicht eingegriffen, hätte er sich nicht selbst auf die Flucht vorbereitet. Aber er fand auch tiefe Genugtuung: Mundt hatte Hessler fast ein Jahr lang am Leben gehalten, nur um von ihm erschossen zu werden – dem Mann, den er gerettet hatte. So waren seine Bemühungen belohnt worden! So war sein raffinierter Plan ausgegangen!

Während Weiss zuschaute, hängte sich Hessler einen kleinen Rucksack auf den Rücken und begann Mundts Leiche in den Wald jenseits der Fabrik zu schleifen, wo er sie vermutlich begraben wollte. Dichter Nebel stieg auf und verschluckte fast sofort den Jungen und seine Last – es war das letzte Mal, dass Günther Weiss einen der beiden sah.

Anstatt zu bleiben, um die Auflösung des Lagers zu beaufsichtigen, versuchte Weiss, ebenfalls zu flüchten, wurde jedoch von einem russischen Trupp gefunden. Er verlangte, auf der Stelle exekutiert zu werden, wurde jedoch verhaftet und als Kriegsverbrecher vor Gericht gestellt. Er gähnte, als das Urteil verkündet wurde: lebenslänglich.

Es dauerte zwanzig Jahre, bis die Welt so weit vergessen hatte, sodass Weiss' Freilassung möglich wurde. Ironischerweise konnte er nur eine Stelle als Arbeiter und später Vorarbeiter in einer Fabrik finden, die Schuhe herstellte. Günther Weiss kannte den Geruch von Farb- und Gerbstoffen und rohem Leder gut. Die Welt mochte sich verändert haben, dieser Gestank nicht.

Danielle wusste von der Empfangsdame im Erdgeschoss, dass Weiss seit über sechs Jahren in dem Pflegeheim war, nach einer kurzen Zeit des Ruhestands im Anschluss an die Arbeit in der Fabrik, die er soeben beschrieben hatte. Asher Bains Interesse an diesem alten Mann musste etwas mit Paul Hessler zu tun gehabt haben. Hessler war das einzig denkbare Bindeglied. Doch Weiss' Geschichte hatte nur eine Lücke in Paul Hesslers Lebenslauf gefüllt, über die der große Mann verständlicherweise nicht sprechen wollte, weil sie zu schmerzlich war. Zu traurig.

Was ist mir entgangen?, fragte sich Danielle. Hessler war die Verbindung zu allem. Er hatte überlebt, weil er 1944 aus dem Arbeitslager bei Lodz entkommen war, nachdem er den Wächter erschossen hatte, der ihm Freundschaft erwiesen hatte. Konnte das der Schlüssel zu dem sein, was Bain beinahe entdeckt hatte? Nur Weiss konnte die fehlenden Puzzlestücke zur Klärung des *Warum* liefern. Was war in den letzten Kriegstagen passiert?

»Ich möchte mehr über Paul Hessler hören, Herr Weiss«, drängte Danielle den Mann im Rollstuhl. »Wir sind noch nicht fertig.«

Doch die Aufmerksamkeit des alten Mannes galt nicht mehr ihr. Ein neuer Zeichentrickfilm hatte begonnen, und er verrenkte sich beinahe den Hals, um an Danielle vorbei auf den Fernseher zu schauen. Als es ihm nicht gelang, versuchte er, Danielle mit seinen knochigen Armen fortzuschieben.

»Das reicht, Chief Inspector Barnea!«

Danielle erkannte die Stimme der Empfangsdame aus dem Erdgeschoss und wandte langsam den Kopf. Hinter ihr in der Tür standen zwei Männer.

»Diese Herren sind von der Polizei«, sagte die Empfangsdame. »Sie möchten sich Ihren Ausweis genauer ansehen.«

Danielle wusste, dass es keine Polizisten waren, und wünschte sich die Waffe herbei, die sie vor dem Flug nach Deutschland hatte zurücklassen müssen. Die Empfangsdame warf jedem der beiden Männer einen Blick zu.

Sie kennt sie, hat sie schon zu dem Pflegeheim gerufen …

»Kommen Sie bitte mit nach unten«, sagte der größere der beiden Männer. »Es dürfte nicht lange dauern.«

Danielle wog ihre Chancen ab und verfluchte, dass sie niemandem außer Ben von ihrer Reise erzählt hatte. Sie bewegte sich langsam von Günther Weiss fort und überließ ihn seinem Trickfilm, näherte sich der Tür, bereit, den kleineren der beiden

Männer anzugreifen, wenn sie in seine Reichweite gelangte. Ihn kampfunfähig machen und seine Waffe nehmen, solange das Überraschungsmoment auf ihrer Seite war … Dann glitt Danielles Blick an den Männern vorbei zum Flur.

Zwei weitere Männer waren zu beiden Seiten des Aufzugs postiert, die Hände in die Jacketts geschoben; sie standen so starr und steif da wie Schaufensterpuppen.

»Wenn Sie uns jetzt begleiten wollen, Chief Inspector Barnea …«, sagte der größere Mann und ergriff ihren Unterarm.

59.

»Da ist sie«, sagte Jane Wexler, die Schuldirektorin, als sie vor dem Computer in ihrem Büro saß. »Die E-Mail-Korrespondenz, die seit Jahresanfang von der Schule aus geführt wurde.«

Ben spähte über ihre Schulter. »Sie sagten, niemand sonst hat jemals diese Liste überprüft?«

»Es war eine strikte Vorsichtsmaßnahme, wie schon gesagt.« Dann fügte sie mit einer Spur von Ironie hinzu: »Niemand hatte einen Grund, sie zu überprüfen.«

Ben blickte weiterhin auf den Bildschirm. Irgendwo inmitten des Materials befanden sich höchstwahrscheinlich die Erpressungsopfer der Schüler, von denen eines ihr Mörder war. Aber wie sollte er diese Erpressungsopfer identifizieren?

»Was kommt als Nächstes?«, fragte er. »Und entscheiden Sie sich jetzt nicht anders, Miss Wexler. Dann wäre ich gezwungen, Sie anzuzeigen.«

Jane Wexler tippte wieder auf der Tastatur. »Wir können alle E-Mails seit dem Tod der Schüler und vor dem Beginn ihrer Schulzeit ausschließen.« Sie wartete, bis der Computer genau dies tat.

»Und jetzt?«, drängte Ben.

»Haben Sie die Namen der Firmen, die Sie im Verdacht haben, in die Sache verwickelt zu sein?«

Ben zog die Liste mit den Namen, die er von Tabar Azziz bei der Firma Abasca Machines erhalten hatte, aus der Tasche.

»Okay, ich werde eine Suche nach diesen Namen durchführen.«

»Ich glaube, das kann ich selbst, Miss Wexler«, sagte Ben und bemühte sich nicht, seinen Eigensinn zu verbergen. »Ich finde, Sie haben genug getan.«

Ben wartete, bis Jane Wexler das Büro verlassen hatte, bevor er mit seiner Suche begann. Es ging reibungsloser, als er es sich vorgestellt hatte. Er hatte nie viel von Computern verstanden und benutzte sie so wenig wie möglich, weil er sich darüber ärgerte, dass sie die hässliche Angewohnheit hatten, ihn vor scheinbar unlösbare Probleme zu stellen.

Heute jedoch hatte er keinerlei Probleme mit dem Computer. Ben nahm die Suche nach den Firmen vor, die von den ermordeten Schülern erpresst worden waren.

Es dauerte nur Sekunden, bis der Computer fertig war. Es ging so schnell, dass Ben zunächst gar nicht bemerkte, dass die Antworten bereits auf dem Bildschirm erschienen.

»Was bedeutet das?«, fragte Ben Jane Wexler bei Ihrer Rückkehr.

Sie betrachtete das Ergebnis seiner Suche: elektronische Adressen von vier Firmen, und keine davon mit einer dazugehörigen Botschaft.

»Sie müssen einen Bandwurm installiert haben, um sicherzustellen, dass niemand ihre Botschaften abfangen konnte.«

»Einen Bandwurm?«

»Er verschlüsselt die Botschaften sofort nach dem Abschicken.«

»Aber die Adressen sind unverschlüsselt. Dieser Bandwurm muss wohl nicht richtig funktioniert haben.«

Jane Wexler runzelte die Stirn, aus dem Gleichgewicht gebracht durch den Beweis, den Ben zu ihrem Erstaunen erbracht hatte. »Ich nehme an, heute ist Ihr Glückstag, Inspector.«

»Ihrer bestimmt nicht, Miss Wexler«, erwiderte Ben. »Die Killer Ihrer Schüler werden nicht mehr weit hinter Ihnen sein.«

60.

Gleich nach dem Treffen fuhr Paul Hessler zur Burg. Sein Reise- und Arbeitsplan hatte ihm fast einen Monat lang keinen Besuch der Burg erlaubt, und er war neugierig zu sehen, welchen Fortschritt die Arbeiten gemacht hatten.

Das Gebäude sah beinahe fertig aus. Jeder Stein, jedes Bauteil war peinlich genau zusammengesetzt worden. Der Wächter am Tor, das zu dem eingezäunten Bauplatz längs der Klippen von New Jerseys Palisades State Park führte, wollte Hessler den Zugang verwehren, bis er ihn erkannte und sich überschwänglich entschuldigte. Paul ließ seinen Fahrer und die Leibwächter zurück, die ihn auf Anweisung von Franklin Russett auf Schritt und Tritt begleiteten, und ging zu Fuß weiter.

Zehn Meter innerhalb des Zauns stand die Sandsteinmauer, die den Umkreis der Burg schützte. Sie war kaum mehr als Schutt gewesen, als Hessler zum ersten Mal 1944 auf den Hügel zur Burg gestiegen war. Seine Arbeiter hatten sie jedoch wie durch Zauberei rekonstruiert und eine Mischung der ursprünglichen Steine mit perfekt passenden Nachbildungen benutzt, um die Mauer in ihrer mittelalterlichen, einstigen Form und in allen Einzelheiten zu restaurieren. Der überwölbte Torweg und das Tor waren noch nicht fertig, damit noch Platz für die schwere Ausrüstung und die Maschinen blieb.

Paul ging durch die große Lücke auf den Burghof, der eines Tages einen verschwenderischen Park aufnehmen würde. Er stapfte durch den Schlamm und sank in den tiefen Furchen ein, die einer der gewaltigen Tieflader hinterlassen hatte, der auf der Baustelle geblieben war. Er blickte an der Burg empor und sah, dass die oberen Fundamente der vier verbliebenen Türme jetzt an Ort und Stelle waren. Dies waren die Bauteile, die er vom Original des Schlosses hatte entfernen lassen, um sie dann per Schiff in die Staaten transportieren zu lassen. Mit gewaltigen, speziellen Kränen waren die schweren Bauteile an Ort und Stelle gehievt worden. Jetzt waren die Kräne fort – ein Anzeichen, dass nur noch die letzte Feinarbeit erledigt werden musste. Binnen sechs Monaten, genau wie geplant, würde die Burg eröffnet werden, was den Besuchern eine Reise in eine Vergangenheit erlaubte, die sie niemals verstehen würden.

Paul Hessler betrat die Burg durch das riesige Portal aus Eiche, dessen schwere Angeln und Beschläge von Experten wieder angebracht worden waren. Wäre nicht gelegentliches Hämmern und das Summen von Arbeitsgeräten zu hören gewesen, hätte Paul sich ins Jahr 1944 zurückversetzt gefühlt. In der Burg war es überraschend kühl an diesem warmen Frühlingstag, als hätten die Bauarbeiter sogar die einstige Atmosphäre der alten Burg eingefangen. Paul erinnerte sich, wie erstaunt er gewesen war, als er erfahren hatte, dass die Burg nur knapp 50 Kilometer vom Arbeitslager bei Lodz entfernt gewesen war. Es war ihm zu jener Zeit viel weiter vorgekommen.

Er wünschte sich, wieder im Jahr 1944 zu sein, wünschte sich eine Chance, ganz von vorn anfangen zu können, die Dinge in Ordnung zu bringen, angefangen mit der Nacht, in der er zum ersten Mal auf diese Burg gestoßen war. Seit dem Tag, als er erfahren hatte, dass polnische Beamte die Zerstörung der verfallenen Burg befohlen hatten, hatte es sechs Jahre und Abermillionen Dollar gekostet, um das Gebäude hierher nach New Jersey zu verpflanzen. Natürlich war es für Paul nicht leicht gewesen, die Leute, besonders die Medien, davon zu überzeugen, dass er aus einer Laune heraus handelte – ein alter Mann, dem es widerstrebte, einen wesentlichen Teil seiner Vergangenheit einfach zu vergessen.

Er hatte sie alle getäuscht.

In Wahrheit war die Burg ihm gleichgültig. Sie hatte sich seit der Nacht verändert, in der er sie zum ersten Mal gesehen hatte, und nicht zum Besseren. Zerstört und im schlammigen, stinkenden Boden, auf dem sie im 15. Jahrhundert von einem normannischen Prinzen im Exil erbaut worden war, hätte sie ihm genauso gut gefallen. Und wenn es hätte sein müssen – Paul hätte sogar persönlich die Abrissbirne betätigt.

Aber das konnte er nicht wegen des Geheimnisses, das immer noch in den Mauern der Burg verborgen war. Ein Geheimnis, das er um jeden Preis bewahren musste.

Paul Hessler fröstelte im kühlen Luftzug, als die schwere Eichentür hinter ihm zufiel. Arbeitslampen hingen von der Decke; ihr Licht zerschnitt die sonst undurchdringliche Schwärze, an die er sich von seinem ersten Besuch vor 57 Jahren erinnerte, als er in der Nacht mitten in einem Unwetter durch Zufall auf die verfallene Burg gestoßen war.

Ein Geschenk Gottes – das war diese Burg gewesen. Paul war überzeugt, dass er gestorben wäre, hätte das Gemäuer ihm nicht Ende 1944 Schutz gewährt. Seine Kleidung war vom Regen durchtränkt gewesen, sein karger Vorrat an Lebensmitteln war vor vielen Kilometern im Sturm und Unwetter verloren gegangen. Das einzige Licht auf diesen Kilometern war das von Blitzen gewesen, und einer dieser Blitze hatte die Burg auf der Hügelkuppe aus der Dunkelheit gerissen.

Zunächst war sie ein Ziel gewesen, aus dem Unwetter herauszukommen. Paul war an der Mauer innen neben dem Portal zusammengebrochen, hatte dem Prasseln des Regens auf die steinerne Fassade gelauscht … und hatte zum ersten Mal den kalten, modrigen Geruch der Burg wahrgenommen.

Plötzlich war ihm ein anderer Geruch in die Nase gestiegen. Zuerst hatte Paul Hessler es nicht glauben können. Eine Halluzination, Einbildung, hatte er sich gesagt. Doch der Geruch war geblieben, und schließlich war Paul Hessler aufgesprungen.

Was in den nächsten fünf Minuten geschah, war der wahre Grund, weshalb Paul Hessler unglaubliche Summen bezahlt hatte, um diese Burg zu kaufen, sie Stein für Stein und Stück für Stück auseinander nehmen und hier in den Vereinigten Staaten wieder zusammensetzen zu lassen, wo sein Geheimnis nun für immer sicher sein konnte. Paul fragte sich, was geschehen würde, wenn die Welt die Wahrheit über jene Nacht erführe, in der er zum ersten Mal auf die Burg gestoßen war.

Bei diesem Gedanken erschauerte er.

61.

Danielle blickte auf die Landschaft, die an den Fenstern des Wagens vorbeizufliegen schien, während die Fahrt, die beim Pflegeheim begonnen hatte, sich bis tief in die Nacht hinzog. Sie saß auf dem Rücksitz zwischen zwei hageren und muskulösen Männern, die sie nicht zu beachten schienen. Dass die Männer ihr nicht die Hände zusammengebunden oder sie mit Handschellen gefesselt hatten, war eine Lektion an sich: Sie sahen keine Bedrohung in ihr. Danielle hatte Männer mit solchen Mienen schon gesehen, hauptsächlich in der Armee, als sie bei den israelischen Special Forces gedient hatte. Doch diese Männer waren keine Israelis; das stand fest. Sie waren Deutsche.

Keiner der Insassen des Wagens sprach auch nur ein Wort

während der langen Fahrt, die scheinbar ziellos war, bis sie die Stadt Mönchengladbach erreichten. Nach weiteren fünf Minuten Fahrt gelangten sie an den Bökelberg, einen Hügel mit großen Villen. Je höher es den Hügel hinaufging, desto größer und vereinzelter wurden die herrschaftlichen Wohnhäuser. Einige der Grundstücke waren mit hohen Zäunen eingefriedet, und die Villen waren von dichtem Buschwerk umgeben, sodass sie von der Straße aus kaum sichtbar waren. Danielle sah die Stopplichter des voranfahrenden Autos aufleuchten und spürte, wie der Wagen, in dem sie saß, bei einer Villa langsamer wurde, deren Grundstück nicht von einem eisernen Zaun, sondern von einer Steinmauer umgeben war.

Die Wagen hatten kaum angehalten, als sich ein elektronisch gesichertes Tor öffnete; der Wagen rollte über einen gewundenen Zufahrtsweg, der bei einem riesigen Haus endete, das weit von der Straße stand. Das Herrenhaus war aus rehbraunen Steinen erbaut, die im Licht der Scheinwerfer glänzten, die den kreisförmigen Zufahrtsweg beleuchteten.

Trotz der Wärme der Nacht waren die Fenster des Hauses geschlossen, und zwei Männer standen oben auf der Treppe, die zum Eingang führte.

Danielle beobachtete, wie ihre Bewacher aus dem Wagen stiegen. Einer packte sie so hart am Arm, dass es wehtat. Zornig versuchte sie, sich loszureißen, doch der Griff des Mannes war zu hart, und so gab sie nach und ließ sich aus dem Wagen ziehen und die Treppe hinaufführen.

Die zweiflügelige Tür war bereits geöffnet worden, als sie den oberen Treppenabsatz erreichten, und Danielle betrat das Haus. Wer diese Männer auch waren, sie mussten von irgendjemandem offiziell zum Pflegeheim gerufen worden sein. Und genauso offensichtlich war, dass Günther Weiss ein Mann sein musste, den sie im Auge behielten.

Ein gebrechlicher alter Mann, der sich Zeichentrickfilme anschaute, wurde überwacht ... Was immer Weiss nicht hatte erzählen können, musste sehr wichtig sein. Danielle dachte wieder an ihren Vater, dessen Name auf der Liste der alten Männer stand, die den Holocaust überlebt hatten.

Was werde ich am Ende dieses Weges finden?

Vier der Männer, die Danielle auf der Fahrt begleitet hatten, führten sie jetzt durch ein marmornes Foyer über einen Orientläufer zu einer Tür zur Rechten, die offen stand. Sie drängten sie, einzutreten, und folgten ihr in eine große Bibliothek, an deren Wänden dunkel gebeizte Regale standen, die mit in Leder gebundenen Büchern gefüllt waren. Die Regale und die Täfelung verliehen dem Raum eine düstere Atmosphäre, woran auch die gleichmäßige Beleuchtung nicht viel ändern konnte. Die Quelle der Beleuchtung war nicht zu sehen. Das Licht drang aus den Ecken und Winkeln der Decke.

Jetzt erinnerte sich Danielle, dass die Eingangshalle ebenfalls dunkel gewesen war, voller Schatten, als würde der Bewohner der Villa sie dem Licht vorziehen.

Danielle verharrte in der Mitte des Zimmers auf einem dicken Teppich, der zur Pracht der Bibliothek beitrug. Sie bemerkte, dass ihre vier Begleiter Positionen einnahmen, an die sie gewöhnt sein mussten – ein Anzeichen darauf, dass sie, Danielle, nicht die erste Person war, die gegen ihren Willen in diese Villa gebracht wurde.

Danielle hörte Absätze im Foyer klacken, und kurz darauf betrat eine Frau die Bibliothek. Sie war groß, sogar noch größer als Danielle, mindestens einsachtzig. Sie trug ein eng anliegendes schwarzes Kleid. Das Haar der Frau war ebenfalls schwarz und ziemlich kurz zu einer sportlichen Frisur geschnitten; ihr Gesicht war länglich und hager. Ihre Augen konnte Danielle nicht sehen, weil sie sich im Schatten hielt und es sorgfältig vermied, in die Lichtflecke zu treten.

»Lassen Sie uns allein«, befahl die Frau den vier Männern, die auf Posten standen.

Die Männer zögerten, als wären sie es nicht gewöhnt, einen solchen Befehl zu erhalten.

»Auf der Stelle!«, sagte die Frau mit Nachdruck.

Widerstrebend gehorchten die Männer. Der Letzte schloss die Tür hinter sich.

»Chief Inspector Danielle Barnea von der israelischen Nationalpolizei«, sagte die Frau, nachdem die Tür ins Schloss gefallen war. Sie war am Rand des Teppichs stehen geblieben, auf dem Danielle stand. »Derzeit vom Dienst suspendiert wegen Gehorsamsverweigerung. Keine Rückkehr in den Polizeidienst zu erwarten. Ein Jammer angesichts Ihrer einzigartigen Karriere und Ihrer Vorgeschichte.«

»Ich nehme an, ich sollte mich für das Kompliment bedanken.«

»Wissen Sie, wer ich bin, Chief Inspector?«

»Ich habe keine Ahnung.«

»Das enttäuscht mich. Ich dachte, Sie hätten es bei Ihrer Unterhaltung mit Günther Weiss erfahren.«

»Leider nicht.«

»Haben Sie jemals von den ›Wächtern des Tores‹ gehört, Chief Inspector?«

Danielle zögerte und fröstelte plötzlich. »Ja.«

»Meine Frage überrascht Sie?«

»Weil die Wächter des Tores nicht mehr existieren.«

Die Frau wurde zornig bei der Bemerkung. »Und wenn doch?«

»Eine Gruppe Deutscher, die sich nach dem Zweiten Weltkrieg dem Ziel widmete, Nazis, die unter anderem Namen auf der ganzen Welt leben, aufzuspüren und zu verfolgen. Sie arbeiteten eng mit den Israelis zusammen, oftmals inoffiziell.«

»Mein Name ist Anna Krieger, Chief Inspector Barnea. Meine Eltern haben die Wächter des Tores gegründet. Der Vater meiner Mutter war verantwortlich für die Versorgung der Nazis mit militärischem Feldzeugmaterial. Der Bruder meines Vaters war Wächter in Auschwitz. Ihr einziger Wunsch nach dem Krieg war, zu sühnen.«

»Und das haben sie getan – außerordentlich gut nach allem, was man hört –, bis ihre Dienste nicht mehr gebraucht wurden.«

»Der Tod meiner Eltern hat die Welt nicht von Nazi-Kriegsverbrechern befreit, Chief Inspector. Aber ihr Tod gab den verbliebenen Verbrechern ein Gefühl der Sicherheit … bis ich es auf mich nahm, die Wächter des Tores wieder zu beleben und dafür zu sorgen, dass Deutschland seine Fehler der Vergangenheit nicht wiederholt, sondern dafür büßt. Wir alle sind Verwandte, manchmal sogar Kinder von Nazi-Kriegsverbrechern. Von einigen dieser Nazis werden Sie gehört haben, von anderen nicht.« Die Frau sprach emotionslos, beinahe so, als hätte sie ihre Worte geübt. »Und einige dieser Nazis sind einer Bestrafung entkommen und auf freiem Fuß geblieben. Die meisten waren während des Krieges junge Männer, und einige wurden nach sorgfältigen Ermittlungen über ihre Vergangenheit in Frieden gelassen. Andere sind zu alt und gebrechlich, um sich weiter mit ihnen zu befassen …«

»Mein Vater hat Dachau überlebt«, sagte Danielle und brachte das Thema zur Sprache, das sie in erster Linie veranlasst hatte, nach Deutschland zu fliegen.

»Tatsächlich? Sind Sie sicher?«

Die gleichgültige Art der Frau namens Anna ließ Zorn in Danielle aufsteigen. Sie zwang sich zur Ruhe. »Was wissen Sie über meinen Vater?«

»Sie sind den ganzen weiten Weg hergekommen, um das zu erfahren, nicht wahr?«

»Ich bin gekommen, weil die Spur der Mörder von drei alten Männern in Israel mich hergeführt hat.«

»Holocaust-Überlebende.«

»Ja.«

»Und diese Spur führte Sie zu Günther Weiss.«

»Wo Ihre Leute mich gefunden haben.«

»Dann sind Sie vergebens nach Deutschland gekommen.«

Irgendetwas in Annas Stimme und ihren Augen beunruhigte Danielle, rief ein quälendes Gefühl in ihr hervor, das sie sich nicht erklären konnte.

»Sie brauchen eine ganze Armee, um ein paar alte Männer zur Strecke zu bringen?«, fragte sie.

Anna schüttelte den Kopf. »Wir brauchen diese Armee, um zu verhindern, dass die Fehler der Vergangenheit sich wiederholen. Das Aufkommen des Neonazismus in ganz Europa, das seit Jahren beobachtet wird, ist so erstaunlich wie schrecklich. Wir infiltrieren diese Gruppen und ermitteln diejenigen, die am gefährlichsten sind, um ihnen das Handwerk zu legen.«

»Sie und Ihre Helfer sind Mörder, nichts anderes«, sagte Danielle.

»Wir ziehen es vor, uns als Retter zu betrachten«, sagte Anna Krieger und rieb sich mit einer Hand über ihre linke Gesichtshälfte.

»Und was wollen Sie von mir?«

»Ihr Gespräch mit Herrn Weiss, Hauptsturmführer des größten der drei Arbeitslager bei Lodz, wurde auf Band aufgenommen. Wir müssen genau wissen, was Sie zu ihm geführt hat, wie Sie an Ihre Informationen gelangt sind und was Sie erfahren haben.«

»Ich habe *gar nichts* erfahren! Ich erhoffte mir von Weiss Informationen, aber er hat mir nichts erzählt. Wenn Sie unser Gespräch auf Band aufgenommen haben, wissen Sie das.«

»Sie haben ihn nach Paul Hessler und Karl Mundt befragt.«

»Ich habe ihn nach Hessler befragt. Mundt brachte er selbst ins Spiel.«

»Sie hatten nie zuvor von Karl Mundt gehört?«, fragte Anna Krieger.

»So ist es.«

»Und Ihr Interesse an Paul Hessler entstand durch die Ermordung seines Sohnes – ein Fall, an dem Sie kurze Zeit gearbeitet haben. Habe ich Recht?«

»Ja.«

»Und dann erfuhren Sie von den anderen Morden, die Sie erwähnten und die anscheinend im Zusammenhang mit dem versuchten Mordanschlag auf Paul Hessler und auch mit Ihrem Vater stehen.«

»Was wissen Sie über meinen Vater?«

»Ich kenne die Verbindung zwischen ihm und den drei scheinbaren Holocaust-Überlebenden, die ermordet wurden.«

»Den *scheinbaren* Überlebenden?«, wiederholte Danielle verwundert. »Was meinen Sie damit?«

Ein anderer Ausdruck stahl sich auf Annas Gesicht, das immer noch teilweise im Schatten war. »Auf dem Tisch zu Ihrer Rechten liegt ein Foto. Bitte nehmen Sie es.«

Danielle trat an den Rand des Teppichs und sah auf einem kleinen Beistelltisch ein Schwarzweißfoto liegen, das ein zerfurchtes Gesicht mit harten Zügen und einer dichten Haarfülle zeigte, die das Alter des Mannes Lügen strafte.

»Kennen Sie diesen Mann, Chief Inspector?«

»Ich habe ihn noch nie gesehen.«

»Dann haben Sie nie von Hans Mundt gehört?«

»Weiss sprach von einem *Karl* Mundt.«

»Das stimmt. Karl ist Hans Mundts Vater. Hans ist der Mann auf dem Foto. Er hat sein Gewerbe vor Jahren bei der Stasi in der ehemaligen DDR erlernt. Hans Mundt lieferte die Namen der drei Männer, die vor drei Tagen in Israel ermordet wurden, zusammen mit einer Reihe anderer Namen.«

»Dem meines *Vaters*?«

»Ihr Vater ist bereits tot. Das hätte keinen Sinn gehabt.«

»Warum wollte Mundt den Tod dieser drei Männer, und warum interessiert *Sie* das?«

»Weil sie Nazis waren, Chief Inspector.«

62.

Auf der Fahrt in seinem alten, grünen Peugeot in die West-Bank dachte Ben über die Computersuche der E-Mail-Korrespondenz zwischen der Schule und den Firmen nach, deren Bürogeräte von Abasca Machines gewartet wurden. Es hatte *vier* Übereinstimmungen gegeben. Nicht eine, sondern *vier*. Es war kein Erpressungsversuch aufs Geratewohl gewesen, der tragisch mit der Ermordung der Schüler geendet hatte, kein Spiel, das schief gegangen war. Die Erpresser hatten das ganz große Geld kassieren wollen. Niemand wusste, wie viel auf die Konten der Schüler überwiesen worden war, die sie elektronisch eröffnet und sofort nach der Überweisung leer geräumt hatten. Bei dem Geld, das Danielle unter Michael Saltzmans Bett gefunden hatte und das von Jane Wexler erpresst worden war, handelte es sich vermutlich nur um einen kleinen Teil der Beute.

Und hier hatten die Schüler ihren größten Fehler begangen: Beth Jacober musste das Geld von dem Konto, das sie elektronisch eröffnet hatten, in bar abgehoben haben, um Jane Wexler zu bezahlen – und das hatte jemand beobachtet. Das Abheben so großer Summen war leicht zu verfolgen und musste die Killer aufmerksam gemacht haben. Als sie Beth Jacober überprüften, wurde ihnen klar, dass sie einen ihrer Erpresser gefunden hatten.

Ben erinnerte sich an die Diskrepanz, die Danielle aufgefallen war. Zwischen der Zeit, in der Beth Jacober die Geburtstagsparty ihres Freundes verlassen hatte, und dem angeblichen Autounfall gab es eine Lücke. Genügend Zeit für die Killer, die Identität ihrer Komplizen aus Beth Jacober herauszuholen. Drogen oder Folter machten schnell gefügig. So hatten die Killer sich die Namen aller vier Schüler verschafft – fünf, einschließlich Zeina Ashawi –, und dies erklärte auch, weshalb Beth als Erste hatte sterben müssen.

Jane Wexlers Erpressung hatte das alles herbeigeführt, hatte die Schüler gezwungen, sich eine Blöße zu geben. Wäre Wexler nicht gewesen, würden die Schüler noch leben, davon war Ben überzeugt.

Er dachte noch einmal über die Liste der möglichen Verdächtigen nach.

Die Erpressungsopfer der Schüler waren bekannte Firmen und Gesellschaften. Doch eine stach wegen ihrer Größe und Macht hervor:

Hessler Industries.

Der Zusammenhang mit Danielles Ermittlungen drängte sich auf. Das konnte kein Zufall sein. Aber wie sah die Verbindung aus?

Ben überlegte seinen nächsten Schritt. Er hatte jetzt die Namen von vier Firmen, deren Büromaschinen von Abasca Machines gewartet wurden und mit denen die Schüler vor ihrer Ermordung sehr wahrscheinlich Verbindung gehabt hatten: eine Anwaltskanzlei, ein palästinensisches Investment-Konsortium, eine Makleragentur und schließlich die Büros der Hessler Industries in Tel Aviv.

Ben musste eine Möglichkeit finden, Zugang zu den Firmen auf der Liste zu bekommen, doch es war nahezu aussichtslos. Sie waren alle vier verdächtig, aber es mangelte ihm an Beweisen, die er brauchte, um eine offizielle Ermittlung vorzunehmen. Außerdem würde keine der Firmen zur Zusammenarbeit bereit sein, weil dies ein Eingeständnis wäre, dass sie die Forderungen der Erpresser erfüllt hatten. Und was immer die Schüler herausgefunden hatten, war offenbar so brisant, dass die Erpressungsopfer zu extremen Mitteln greifen würden.

Vier Firmen, drei in Israel und eine in der West-Bank … Ben musste herausfinden, welche hinter dem Tod von vier Jugendlichen steckte, musste sie mit dem konfrontieren, was er wusste, und mit dem bluffen, was er nicht wusste.

Mit der Firma in der West-Bank würde er anfangen, mit dem palästinensischen Konsortium, das vielleicht Grund hatte, ihn zu fürchten.

63.

Danielle brauchte einen Augenblick, um Annas Worte zu verarbeiten.

Kriegsverbrecher. Die ermordeten alten Männer, einschließlich des stellvertretenden Stabschefs der Armee, waren Nazi-Kriegsverbrecher gewesen!

Und mein Vater?, dachte Danielle. Wie kann sein Name auf einer solchen Liste stehen?

»Wir haben vor einigen Monaten erfahren, dass Mundt einen sterbenden Deutschen verhörte«, fuhr Anna fort, »und wir nehmen an, dass dieser Deutsche Mundt die Namen von Ex-Nazis nannte, die noch leben – als Juden in Israel.«

»Sie glauben, es können mehr als drei sein?«

»Das befürchte ich.«

»Und dass mein Vater einer davon gewesen sein könnte?«

»Wir waren uns nicht sicher. Ich kann Ihnen nur sagen, dass er zu dem Profil passte.«

»Profil?«

Anna hob die Augenbrauen. »Kann es eine bessere Tarnung für einen Nazi geben als die eines Juden, besonders eines Flüchtlings und Überlebenden eines Konzentrationslagers?«

»Sie sagen, das war *weit verbreitet*?«

»Das wissen wir nicht. Das Problem ist, dass wir hier nicht über ein organisiertes Netzwerk oder einen systematischen Plan sprechen. Die Identität jüdischer Gefangener wurde individuell durch Soldaten oder Wächter vorgenommen, die meist einen relativ niedrigen Rang hatten. Es war nicht schwierig – viele ihrer

Opfer waren einsam und ihre Angehörigen tot. Die Tarnung als jüdische Flüchtlinge passte perfekt für Nazi-Soldaten, die einer Strafverfolgung entgehen wollten.«

Danielle schluckte schwer. »Erzählen Sie mir, was Sie über meinen Vater herausgefunden haben.«

»Das habe ich bereits.«

»Sie haben nichts gesagt!«

»Da haben Sie Ihre Antwort.«

Danielle glaubte einen Kloß in der Kehle zu haben. »Ein paar Jahre vor seinem Tod, bevor er einen Schlaganfall erlitt, schoss ihm ein Heckenschütze in den Kopf. Er war nie wieder derselbe.«

»Der Schütze war keiner von uns, Chief Inspector. Aber das heißt nicht, dass keine solche Aktion von uns erwogen wurde. In seinem Fall gab es zu viele … Unklarheiten.«

»Zum Beispiel?«, brachte Danielle mühsam hervor.

»Zum Beispiel das Geld.«

Danielle spürte, wie Hitze in ihre Wangen stieg. »Welches Geld?«

»Über eine Million Dollar, deponiert auf einem Konto seines Namens in den Vereinigten Staaten.«

»Um Himmels willen, er lebte nicht einmal lange genug, um seine Rente zu bekommen!«

»Das stimmt. Aber eine so große versteckte Summe ist eines der Anzeichen, die auf mögliche Zielpersonen hinweist.«

»Hören Sie auf, meinen Vater ›Zielperson‹ zu nennen.«

»Wie schon gesagt, es mangelte uns an Beweisen.«

»Aber Sie haben seinen Namen nicht reingewaschen.«

»Ebenso wenig haben wir ihn getötet, Chief Inspector.«

»Warum nicht? Weil er in einem Krankenhaus lag? Oder war er bereits tot, als Sie Ihre Entscheidung trafen?«

Anna zeigte sich unbeeindruckt von Danielles Anschuldigung. »Wir sind jetzt daran interessiert, Hans Mundt zu finden.«

»Warum?«

»Weil er eine Information hat, die wir suchen. Eine Information, die er möglicherweise mit Ihnen geteilt hat.«

»Ich hatte bis jetzt nie von ihm gehört.«

»Zu schade. Für Sie und die Zukunft. Wir werden die Taten unserer Väter und Großväter sühnen. Was geschehen ist, wird nie wieder geschehen. Weder hier noch sonst wo. Nicht, solange wir die Wächter des Tores sind.«

Danielle schüttelte geringschätzig den Kopf. »Die Welt hat Sie längst eingeholt. Ihre so genannten Zielpersonen, die Neonaziführer, sind Ausgestoßene. Es ist jetzt alles Rechtfertigung. Sie haben ihre alten Feinde vernichtet, deshalb müssen Sie mit neuen aufwarten, um Ihre Existenz zu rechtfertigen.«

»Sie meinen, das ist alles, was uns antreibt?«

»Genau das meine ich.«

»Sie irren sich.« Anna trat ins Licht und nahm die Perücke ab, die ihren Kopf bedeckte.

Danielle stockte der Atem. Annas gesamte rechte Gesichtsseite war mit Narbengewebe bedeckt. Das wulstige, rötliche Fleisch ringelte sich um ihren kahlen Schädel. Anna drehte sich leicht, und Danielle konnte sehen, dass die andere Seite des Schädels glatt rasiert war, damit ihre Perücke passte, und etwas dunkler als die dicke, bleiche Schminkschicht, die ihr Gesicht bedeckte.

»Meine Eltern haben sich mit ihrer Arbeit viele Feinde gemacht, Chief Inspector«, erklärte Anna mit ruhiger Stimme und hielt die Perücke an ihrer Seite. »Odessa, die Organisation, deren Aufgabe es war, entkommene Nazis wieder anzusiedeln, zählte zuerst zu diesen Feinden. Eines Nachts jagten sie unser Haus in die Luft. Man fand mich auf dem Rasen. Mein halbes Gesicht war verbrannt, doch ich wurde gerettet. Meine Eltern nicht.«

»Das tut mir Leid ...«

»Das braucht Ihnen nicht Leid zu tun. Wir tun das nicht für

Sie. Wir tun es für Deutschland und das Vermächtnis unserer Namen.«

»Es geht nicht nur um Mundt, nicht wahr?«, sagte Danielle. »Sie dachten, ich hätte Informationen über etwas anderes, über *jemanden* anders. Über wen? Wohinter sind Sie wirklich her?«

»Können Sie sich das nicht zusammenreimen?«

»Nein.«

»Mundt konnte es. Es steckte hinter allem, was er in Ihrem Land getan hat. Aber das spielt jetzt keine Rolle mehr, denn wir werden mit oder ohne den Beweis handeln, dass er gefunden ist.«

»Welcher Beweis?«

Bevor Anna antworten konnte, gingen im Haus die Lichter aus.

64.

Sekunden später flog die Tür der Bibliothek auf, und die Wächter, die Anna davongeschickt hatte, stürzten ins Zimmer.

»Gnädige Frau!«, rief einer.

»Hier!«, stieß Anna hervor, bevor Danielle ihr eine Hand auf den Mund pressen konnte. Sie wollte Anna als Geisel nehmen, um freien Abzug zu bekommen. Doch Anna wand sich aus der Umklammerung. Danielle hörte das Kleid der Frau reißen, als sie sich von ihr losriss.

»Erschießt sie nicht!«, befahl Anna.

Zwei weitere Wächter stürmten herein und schwangen Taschenlampen. Ihre Strahlen schnitten durch die Dunkelheit in dem großen Raum, als die Männer nach Zielen suchten.

Plötzlich blitzte Mündungsfeuer von den Reihen der Bücher, mit denen eine gesamte Wand bedeckt war. Die Feuerblitze trafen den Fußboden; einer zerschmetterte eine Taschenlampe, während der Strahl der zweiten Lampe weiterhin die Bibliothek erhellte.

Anna rief verzweifelt Befehle. Ihre verbliebenen Wächter stürmten durch den Raum, wobei sie vom Licht der unversehrten Taschenlampe erfasst wurden, die über den Boden rollte. Weitere schallgedämpfte Schüsse begleiteten jetzt die Mündungsblitze. Danielle hörte Schreie und den Aufprall Getroffener, die zu Boden fielen.

Im blassen Licht der Lampe wollte sie zur Tür.

»Nein!«, befahl plötzlich eine Männerstimme hinter ihr, und ein erstaunlich starker Arm umklammerte ihre Taille. »Von dort kommt Verstärkung.«

»Wer sind Sie?«

»Keine Zeit! Zum Fenster! *Schnell*!«

Das große Flügelfenster vor ihnen führte hinaus aufs Grundstück. Der hünenhafte Fremde eilte darauf zu und zog Danielle hinter sich her.

Er feuerte ein paar Mal auf die Fensterscheibe, und das Glas zersplitterte. Danielle und der Fremde sprangen hinaus, landeten draußen auf weichem Boden und stürmten weiter. Wieder zersplitterte Glas. Schritte pochten hinter ihnen, und Schüsse peitschten durch die Nacht. Danielle konnte mit dem Mann an ihrer Seite kaum Schritt hatten. Sie sah, wie er eine Nachtsichtbrille wegwarf, was erklärte, weshalb er in der Finsternis im Haus hatte zielen und so geschickt handeln können.

Danielle konzentrierte sich auf die Steinmauer um das Grundstück, die jetzt vor ihnen erschien. Sie war fast drei Meter hoch und kaum zu erklettern, es sei denn, man klammerte sich an dem wilden Wein fest, der an der Mauer emporrankte.

Genau das taten sie.

Der große Mann hangelte sich ein gutes Stück vor Danielle über die Mauer und schaute zurück, um zu sehen, wo sie blieb. Danielle kletterte mühsam hinter ihm her, bis sie die obere Mauerkante erreichte. Sie ließ sich über die Mauerkrone fallen und landete in einem dichten Busch, der ihren Sturz bremste. Erleichterung durchströmte sie, als sie von dem Villengrundstück herunter war.

Wer ist der Mann, der mich gerettet hat?

Ein Wagen fuhr im Rückwärtsgang heran und stoppte mit quietschenden Reifen. Die Beifahrertür schwang auf, als die ersten Verfolger über der Mauer auftauchten.

»Rein, wenn Sie überleben wollen!«, rief ihr Retter.

Danielle sprang in den Wagen. Der Mann fuhr los, bevor sie Zeit hatte, die Tür ganz zu schließen.

Sie blickte zu dem Mann hinter dem Lenkrad und erkannte ihn von einem Foto, das sie nur Minuten zuvor gesehen hatte.

Es war Hans Mundt.

65.

»An Iznak«, wiederholte Ben bei dem Vorarbeiter am Fuß des riesigen Stahlgerüsts. »Verzeihen Sie. Ich muss mit Max Price sprechen.«

Der Vorarbeiter betrachtete noch einmal die Polizeimarke, und Ben hielt sie ihm näher vors Gesicht. »Mr. Price ist Israeli, Inspector«, sagte der Vorarbeiter schließlich. »Sie haben keine Befugnis, mit ihm zu sprechen.«

»Als ich beim letzten Mal die Stadt überprüfte, war Nablus unter palästinensischer Kontrolle«, erinnerte Ben. »Und wenn Sie mir nicht helfen, werden Sie als Erster meine Befugnis kennen lernen.«

Der Vorarbeiter schnaubte und wies am Stahlgerüst nach oben. »Mr. Price ist da oben. Wenn Sie ihn sehen wollen, können Sie mein Gast sein. *Allah yisallimak*«, fügte er sarkastisch hinzu. »Gott schütze Sie.«

Ben stieg in den offenen Aufzug und drückte auf den Knopf mit der Aufschrift UP. Die Plattform ruckte an und fuhr dann schwankend an der Seite des Gerüsts in die Höhe.

Das im Bau befindliche Gebäude war das zwölfgeschossige *Marriot Hotel and Resort*. Das Hotel wurde von einem Konsortium errichtet, das sich »Partner für den Frieden« nannte, und befand sich im exklusiven Distrikt Raffiddiyah, nur ein paar Querstraßen von der soeben flügge gewordenen palästinensischen Wertpapierbörse entfernt.

»Partner für den Frieden« war auch das einzige Ziel der ermordeten Studenten gewesen, das Ben gut kannte. Das Konsortium bestand aus israelischen und palästinensischen Geschäftsleuten und widmete sich der ökonomischen Expansion in der West-Bank. Ein endgültiger Friedensvertrag, sollte er jemals kommen, würde zu einem gewaltigen Bauboom führen, der viele Leute sehr reich machte. Deshalb hatten sich einige Geschäftsleute – Spekulanten – entschieden, mit dem Bau zu beginnen, solange die Grundstücke hier noch billig waren.

Da der Frieden in den vergangenen paar Monaten in weitere Ferne gerückt war denn je, schien dieses riskante Spiel nicht aufzugehen. Außerdem ging der Bau nur sporadisch voran; oftmals hing es von den Ereignissen eines jeweiligen Tages ab.

Von der Zentrale des Konsortiums hatte Ben erfahren, dass sich an diesem Tag ein wichtiges israelisches Mitglied von »Partner für den Frieden«, Max Price, auf der Baustelle aufhielt.

Ben hielt sich am Sicherheitsgeländer fest, als der Aufzug an der Seite des Stahlskeletts emporfuhr. Kurz vor der obersten Etage hielt die Plattform ruckend an. Stahlarbeiter, mit ledernen Sicherheitsgurten an das Gerüst geseilt, waren hier mit Schweißarbeiten beschäftigt. Ein Mann mit Sicherheitshelm und gelockerter Krawatte bemerkte Ben und kam behände über einen kaum einen Meter breiten Laufsteg zum Aufzug.

»Ich bin Max Price«, sagte er und blickte finster auf Ben herab. »Ich hörte, Sie suchen mich.«

Ben hielt seinen Ausweis mit einer Hand, während er sich mit der anderen am Sicherheitsgeländer festklammerte. »Inspector Bayan Kamal von der palästinensischen Polizei, Mr. Price.«

»Wollen Sie heraufklettern?«

»Eigentlich nicht.«

»Was kann ich für Sie tun?«

»Eigentlich kann ich etwas für *Sie* tun«, erwiderte Ben und steckte den Ausweis ein. »Ich kann Sie aus dem Knast heraushalten.« Ben vergewisserte sich, dass keiner der Arbeiter in Hörweite war, bevor er fortfuhr: »Ich habe die Information, dass Sie und Ihr Konsortium erpresst werden. Ich arbeite an dem Fall.«

»An welchem Fall? Es gibt keinen Fall.«

»Da werden die Medien aber etwas ganz anderes erfahren, wenn ich die Baustelle schließen lasse.«

»Dazu haben Sie keine Befugnis!«

»Die Erpresser wurden ermordet. Das macht all ihre Opfer zu potenziellen Tatverdächtigen, auch Sie. Deshalb könnte ich Sie vorläufig festnehmen …«

Price kratzte sich mit einem gestiefelten Fuß am Knöchel des anderen Beins. »Ich bin Israeli.«

»Und dies hier ist Palästina. Wir spielen hier nach unseren Regeln.«

»Ein Grund mehr, dass Sie sich zurückziehen sollten, Detective.«

»Ich bin Inspector. Und ich ziehe mich zurück, wenn ich von Ihrer Unschuld überzeugt bin.«

»Mal angenommen, es stimmt, was Sie behaupten, und wir sind hier die Opfer gewesen, diejenigen, die erpresst wurden ….«

»Sie haben gezahlt.«

»Vielleicht hatten wir keine Wahl.«

»Ich werde Sie nicht fragen, was die Erpresser herausgefunden haben. Ich nehme an, es hat etwas mit den Quellen ihrer Gelder zu tun, mit irgendeiner Sache, über die die palästinensischen und israelischen Behörden sehr erstaunt wären. Zum Beispiel, dass Ihre palästinensischen Partner fingiert sind. Vielleicht nutzt dieses Projekt – und noch andere, die von den Partnern des Friedens unternommen werden – nur den Israelis.«

»Wer hat Ihnen das gesagt?«

»Wenn es stimmt und öffentlich bekannt würde, wären Sie ruiniert. Deshalb haben Sie gezahlt, nicht wahr?«, fuhr Ben fort, anstatt zu antworten. »Sie hatten keine Wahl.«

Price umklammerte das Geländer des Aufzugs und schüttelte ihn leicht. »Das ist nur eine Vermutung, die Sie niemals beweisen können.«

»*Noch* nicht.«

»Und ich weiß nichts davon, dass diese Erpresser tot sind. Wir haben nie erfahren, wer sie sind und wollten es auch gar nicht wissen. Und erwarten Sie nicht von mir, dass es mir um die Verbrecher Leid tut.«

»Sie waren Schüler.«

Price wurde blass. »Wir haben hunderttausend Dollar an *Schüler* gezahlt?«

»An vier Schüler, ja. Sie sind alle tot, ermordet von einem ihrer Opfer.«

»Nicht von mir! Nicht von uns!« Price neigte sich vor, und seine Fußspitzen waren gefährlich nahe an der Kante des Laufstegs. »Ich glaube nicht, dass ich mit Ihnen sprechen sollte.«

»Die Alternative sind die israelischen Behörden.«

»Sie arbeiten nicht mit ihnen zusammen?«

»Noch nicht. Zeigen Sie sich kooperativ, und es kann so bleiben.«

Price schob sich noch näher heran und sprang auf die Aufzugplattform. Sie ruckte und schwankte, und Ben klammerte sich an das Geländer.

»Sie können auf der Fahrt nach unten mit mir reden«, sagte Price und drückte auf den Knopf DOWN. Die Plattform senkte sich mit einem Ruck, und Ben klammerte sich wieder am Geländer fest. »Die Erpresser – diese Schüler, wie Sie sagen – wussten Dinge, die niemandem bekannt sein konnten. Ich hielt es für Insiderwissen.«

Insiderwissen … natürlich, dachte Ben. Die Schüler hatten dank Shahir Falayas Manipulationen von digitalen Kopier- und Druckgeräten Zugang zu den brisantesten Informationen der Partner des Friedens.

Ben verlagerte sein Gewicht, um besser die Balance halten zu können. »Wie haben Sie die Erpresser bezahlt?«, fragte er.

»Elektronischer Transfer an eine Bank in Zürich.«

»Haben Sie die Spur des Kontos zurückverfolgt?«

»Sie war tot, als wir es versuchten.«

»Die Erpresser haben Sie per E-Mail kontaktiert, nicht wahr?«

»Fünf Botschaften. Die ersten beiden haben wir gar nicht beachtet. Nummer drei und vier ließen erkennen, dass die Erpresser im Besitz von äußerst sensiblen Informationen waren. Und Nummer fünf gab uns Anweisungen, wie wir zahlen sollten.«

»Keine Adresse oder Ähnliches?«

Price schüttelte den Kopf. »Nichts, was uns zu ihnen führen konnte. Die wussten genau, was sie tun. *Schüler?* Ich kann es nicht glauben.«

Die Plattform gewann an Geschwindigkeit und ratterte an jeder Etage vorbei in die Tiefe.

»Hören Sie, ich habe Ihnen alles erzählt. Wir haben sogar sämtliche E-Mails gelöscht, um sicherzustellen, dass es keine Hinweise darauf gibt, was stattgefunden hat.«

Ben nickte. Er war zu dem Schluss gelangt, dass Price und das

Konsortium »Partner für den Frieden« nichts mit den Morden zu tun hatten. Der Mann war zu entgegenkommend, zu schockiert über die Enthüllungen gewesen.

Blieben drei andere Tatverdächtige. Ben kannte jetzt wenigstens die Methode, die von den Schülern angewandt worden war. Das konnte ihm helfen, falls er Zugang zu den drei Firmen in Israel bekam.

»Können Sie mir sagen, wie diese Kinder das alles über uns herausgefunden haben?«, fragte Price, als der Aufzug mit einem Ruck zum Stehen kam.

»Bedaure«, sagte Ben und entriegelte das Sicherheitsgeländer. »Wir sind soeben auf dem Boden angekommen. Wir sind fertig.«

66.

»Ich weiß, wer Sie sind«, sagte Danielle, während Mundts Blick zwischen dem Innenspiegel, in dem er den Audi der Verfolger beobachtete, und der Straße vor ihm hin und her glitt.

Er schaute kurz zu ihr herüber. »Was hat Anna über mich erzählt?«

»Dass Sie Nazi-Kriegsverbrecher suchen, die nach dem Zweiten Weltkrieg die Identität von Holocaust-Überlebenden angenommen haben.«

Mundt schüttelte den Kopf. »Das stimmt nicht ganz. Ich suche nur einen.«

Er fuhr mit kreischenden Reifen durch eine Haarnadelkurve, und Danielle klammerte sich am Haltegriff über der Tür fest.

»Trotzdem haben Sie Zeit gefunden, mich zu retten«, bemerkte sie.

»Ich kam nach Deutschland, um Anna zu töten.«

»Warum?«

»Um zu verhindern, dass sie herausfindet, was sie in Israel erfahren wollte.«

»Anna ist in Israel gewesen?«

»Sie hat dort einen Freund.« Abermals blickte Mundt kurz zu seiner Beifahrerin. »Ein ehemaliger Leiter des Mossad namens Abraham Vorsky.«

»*Vorsky?* Ich kenne Vorsky!«

»Er war es, der Ellie losschickte, um Sie zu töten.«

»Mein Gott ...«

»Sie kamen der Wahrheit zu nahe«, sagte Mundt.

»Über die Holocaust-Überlebenden ...«

»Als Captain Bain Ihnen seinen Verdacht mitteilte, schickte Vorsky Ellie los.«

»Um uns beide zu töten. Aber ich habe Vorsky den Plan verdorben. Ich überlebte und nahm Bains Spur bis zu Günther Weiss auf.«

»Woraufhin Anna glaubte, Sie arbeiten mit mir zusammen.«

»Das alles geht auf die Verbindung Ihres Vaters mit Weiss zurück, nicht wahr? Auf die Tatsache, dass die beiden im selben Arbeitslager gedient haben.«

»In Wirklichkeit gibt es da viel mehr«, sagte Mundt, bog mit quietschenden Reifen scharf rechts ab und fuhr in Richtung Hauptstraße, die vom Bökelberg abwärts führte.

»Ich verstehe immer noch nicht, warum Sie sich die Mühe gemacht haben, mir das Leben zu retten.«

»Unserer Väter wegen, Pakad Barnea.«

Der Wagen jagte weiter durch die Nacht.

»Es geht um Paul Hessler«, stieß Danielle hervor. Sie war so angespannt, dass sie nach Luft schnappte, als sie diese paar Worte hervorgebracht hatte. »Er hat Ihren Vater umgebracht, und Sie wollen sich jetzt rächen.«

»Hat Anna Ihnen das gesagt?«

»Nein. Günther Weiss.«

»Dann war es einer der redseligeren Tage des alten Herrn.«

»Es war nicht leicht, etwas Zusammenhängendes aus ihm herauszubekommen.« Danielle zögerte. »Erzählen Sie mir von meinem Vater.«

»Wie viel wissen Sie denn?«

»So gut wie nichts.«

»Wissen Sie von dem Geld?«

»Anna hat es erwähnt.«

»Hat sie gesagt, woher es stammte?«

Danielle schüttelte den Kopf. »Nein.«

»Er bekam es von Paul Hessler.«

Danielle stockte der Atem. »Er hat mir nie erzählt, dass er Hessler kannte. Er hat nie seinen Namen erwähnt.«

»Das alles hat sich vor vielen Jahren abgespielt. Zu einer Zeit, an die sich alte Männer nicht erinnern wollen.«

Danielle sah Mundt mit einer Mischung aus Schock und Abscheu an. »Woher wissen Sie das alles?«

»Ich habe einen guten Teil meines Lebens mit Ermittlungen über Paul Hessler verbracht, habe in Berichten gestöbert und Dokumente gesammelt, geheime und andere.«

»So wie die Unterlagen, die Sie in Israel erhalten haben. Als Austausch für Namen auf einer Liste.«

»Ja.«

»Die drei Männer, deren Namen sie dem ehemaligen Leiter des Mossad gegeben haben, wurden am Tag darauf ermordet.«

»Aber ich erhielt nie Zugang zu Hesslers gesamter Akte.«

»Warum nicht?«

»Weil die Namen auf der größeren Liste, die ich Abraham Vorsky gab, keiner Überprüfung standhielten. Er schluckte diesen Köder nicht. Ich dachte, die ersten drei Namen würden reichen, um ihn zu überzeugen.«

»Sie können nicht damit gerechnet haben, dass er Kontakt zu Anna Krieger aufnimmt. Sie muss bestätigt haben, dass die zweite Liste, die Sie übergaben, die Namen *unschuldiger* Männer enthielt!«

»Nein, nur die von Männern, bei denen wir nicht sicher sein können.«

»Wie bei meinem Vater?«

»Er ist tot. Dabei können Sie es belassen.«

»Nein, das kann ich nicht. Ebenso wenig wie Sie!«

Mundt wirkte erfreut über ihre Antwort. »Ich hatte gehofft, dass Sie das sagen. Denn ich brauche Ihre Hilfe … und wenn Sie die Wahrheit über Ihren Vater hören wollen, brauchen Sie auch meine.«

»Sie erwarten von mir, Ihnen zu helfen, *Paul Hessler* zu töten? Rache, weil er Ihren Vater umbrachte, bevor das Lager geschlossen wurde? So viel habe ich von Weiss erfahren.«

Mundt trat auf die Bremse und hielt am Straßenrand. »Sie haben *nichts* erfahren! Ich hatte Hoffnung in Sie gesetzt, Barnea. Aber wie sich herausstellt, sind Sie so dumm und irregeleitet wie die anderen.«

»Bin ich das? Wenn hier noch etwas anderes vorgeht, erzählen Sie es mir.«

»Es ist besser, ich zeige es Ihnen.«

67.

Paul Hessler war zu lange in der kalten Burg geblieben. Über den Feierabend der Arbeiter hinaus. Über die Zeit seiner Erinnerungen hinaus.

Die meiste Zeit seines Besuchs hatte er im obersten Geschoss des größten der Burgtürme auf einer Steinbank gesessen, die akribisch genau von europäischen Steinmetzen nachgebildet worden war. Paul hatte diese Fachleute einfliegen lassen, damit sie bei der Rekonstruktion halfen – alte Männer wie er selbst, die sich noch an die alten Geheimnisse der Steinmetzkunst erinnerten. Er hatte auf der Bank gesessen und auf den offenen Kamin gestarrt, der eines Tages vielleicht wieder in Betrieb genommen werden konnte, wie man ihm versichert hatte. Er hatte darauf gestarrt, bis die Gedanken an all die vergangenen Jahre, die Hölle des Arbeitslagers und die darauf folgende, noch fremdere Hölle, seinen Verstand betäubt hatten. Dann hatte er sich wieder mit der vergangenen Woche beschäftigt, eine so traurige und tragische Zeit, die nicht einmal durch die wunderbare Entdeckung des Hessler Institute versüßt werden konnte.

Projekt 4601 hätte die Krönung seines Lebenswerks sein sollen. Seine letzte Buße für das Geheimnis, das er all die Jahre bewahrt hatte. Dank Hessler Industries würde Abermillionen Menschen endloses Leiden erspart bleiben. Kinder würden nicht mehr durch tückische Krankheiten, die grausam und zufällig zuschlugen, ihre Eltern verlieren, und Eltern nicht ihre Kinder. Krebs, AIDS, ALS … die Liste ging weiter und weiter. Das Potenzial von Projekt 4601 war unbegrenzt.

Doch Paul fühlte sich nicht würdig, dass er sich das Verdienst dafür anrechnete. Wie konnte er das, wo er doch befohlen hatte, das Projekt einzustellen? Nein, das Verdienst gehörte allein seinem Sohn Ari, der aber nicht lange genug gelebt hatte, um es zu beanspruchen.

Paul glaubte schließlich, den großen Plan zu verstehen, der hinter allem steckte. Er hatte sich gerade zu fragen begonnen, ob er genug getan hatte, genug gebüßt hatte, um die letzte Bestrafung für seine Sünden abzuwenden, als der Killer beim Flughafen Ben-Gurion aufgetaucht war.

Paul lehnte sich mit den Schultern gegen die raue Mauer und dachte an die Kosten und die Mühe, die er für die Rekonstruktion dieser Burg aufgewandt hatte. Zu schade, dass Menschenleben nicht ebenso leicht neu geformt, auseinander genommen, wieder zusammengesetzt und in ihrer ursprünglichen Großartigkeit und Schönheit restauriert werden konnten.

Der Wind pfiff durch die Mauern der Burg; es klang wie das Klagen eines Geistes. Vor ihm schien es im alten Kamin zu prasseln. Paul Hessler hustete vom Staub und stand auf.

Er wusste, dass die Zeit kommen würde, da er der Welt seine Geschichte preisgeben musste, sie erzählen musste, bevor die Mörder, deren Kommen Franklin Russett befürchtete, ihn schließlich finden würden. Im Augenblick jedoch wollte er nur fort von dieser Stätte, die das dunkelste seiner Geheimnisse enthielt.

Die Steine, von denen die enge Wendeltreppe gesäumt war, fühlten sich kalt und brüchig an, verbunden mit dem grauen Mörtel des Alters. Die gewundenen Stufen waren rissig und an den ausgetretenen Stellen geschwärzt. Hessler stieg sie vorsichtig hinunter, ließ seine Erinnerungen zurück, eine Hand gegen die Mauer gestützt, um nicht zu stürzen.

Doch der wirkliche Sturz würde noch kommen, das wusste er, und es gab nichts, womit er ihn verhindern konnte.

SECHSTER TAG

68.

Weit nach Mitternacht saß Ben immer noch hinter seinem Schreibtisch im Polizeipräsidium in Jericho und dachte über seinen nächsten Schritt nach. Er musste Zugang zu den drei Firmen in Israel bekommen, seine übrig gebliebenen Tatverdächtigen. Und dafür brauchte er Hilfe.

Er brauchte Danielle.

Aber sie meldete sich nicht auf ihrem Mobiltelefon. Es konnte sein, dass die Israelis als Vergeltungsmaßnahme die Übertragungstürme störten, wie sie es vor kurzem schon einmal getan hatten. Ben hoffte, dass dies der Fall war, denn er wollte nicht an die Alternative denken: dass Danielle in Deutschland, wohin sie auf der Fährte der ermordeten Holocaust-Überlebenden gereist war, etwas zugestoßen war. Ben wusste, dass sie schreckliche Angst davor hatte, dass ihr Vater in die geheimnisvolle Sache verwickelt gewesen war, die Asher Bain herausgefunden hatte. Ben hatte ihr von der Reise abgeraten, doch Danielle hatte sich nicht umstimmen lassen, obwohl sie im Augenblick nicht in bester Verfassung war.

Ben machte sich große Sorgen um sie. Er wählte immer wieder ihre Nummer, selbst als offensichtlich war, dass sich niemand melden würde. Er machte sich Vorwürfe, weil er sie überhaupt hatte reisen lassen.

Schließlich schlug er einen Aktenhefter auf, der am Rand seines Schreibtisches lag. Darin lagen Außenberichte von den Beamten, die er mit der Bewachung von Shahir Falayas Nachbarschaft beauftragt hatte – auf die Möglichkeit hin, dass vielleicht jemand die Person gesehen hatte, deren Name von der Festplatte von Shahirs Computer entfernt worden war. Ben erwartete nichts Besonderes, als er mit der Lektüre der Berichte begann, stellte dann aber überrascht fest, dass drei Zeugen ausgesagt hatten, dass sie am Todestag des Jungen ein und denselben Mann hatten herumschleichen sehen. Der Mann hatte sich offenbar nicht bemüht, seine Anwesenheit zu verbergen, denn die Beschreibungen der Zeugen stimmten fast perfekt überein.

Moment mal, ich kenne diesen Mann, durchfuhr es Ben.

Er las noch einmal die Beschreibungen, ließ vor seinem geistigen Auge ein Bild entstehen. Die Beamten hatten allen drei Zeugen genau die richtigen Fragen gestellt. Die Ausbildung der Männer war besser gewesen, als er angenommen hatte – mit dem Ergebnis, dass er die von den Zeugen beschriebene Person deutlich vor Augen sah.

Das kann nicht wahr sein, dachte er. *Ausgerechnet …*

Er überlegte rasch, wie er weiter vorgehen sollte. Al-Asi – er musste mit Colonel al-Asi sprechen!

»Inspector Kamal«, ertönte eine Stimme von der Türschwelle her.

Ben blickte auf und sah, dass ihn zwei gut gekleidete Männer anstarrten. Er hatte sie schon irgendwo gesehen, konnte sie jedoch nicht einordnen.

»Verzeihen Sie die Störung, Inspector«, fuhr der Sprecher der beiden fort, »Colonel al-Asi wünscht Sie zu sehen.«

Al-Asis Männer … erinnerte er sich deshalb an sie?

»Ich habe versucht, ihn zu erreichen. Niemand hat sich gemeldet. Wo ist er?«

»Das dürfen wir nicht sagen. Es gab heute Abend Probleme.«

»Probleme?«

»Begleiten Sie uns bitte, Inspector. Der Colonel wartet.«

te. Sie folgte Mundt durch die feuchten Schwaden näher zum Fabrikgebäude. Die Brise trieb den Geruch von verfaultem Holz und modriger Erde heran.

Mundt blieb vor einer Gedenktafel aus Granit stehen, die ein paar hundert Meter von dem vernagelten, mit einer Kette versehenen Eingang in den Boden zementiert war.

»Die Namen derjenigen, die in Massengräbern auf dem Gelände des Lagers vergraben wurden«, erklärte Mundt. »Die polnische Regierung will diese Stätte nicht zerstören, hält es aber auch nicht für nötig, sie instand zu halten. Sie lässt hier einfach alles verrotten. Passend, finde ich.«

Mundt fuhr mit der Hand über die eingemeißelten Namen auf der Gedenktafel.

»Den Namen meines Vaters werden Sie hier nicht finden, Pakad Barnea. Nur die der Arbeiter, die hier gestorben sind, Juden und andere. Sie werden feststellen, dass Paul Hesslers Name ebenfalls nicht zu finden ist.«

»Weil er entkommen konnte, nachdem er Ihren Vater getötet hat.«

Mundt antwortete, ohne sich ihr zuzuwenden. »Dieses Gebäude enthält viele Geheimnisse, von denen ich jetzt eines mit Ihnen teilen werde.«

Sie gingen jedoch nicht näher an das Gebäude heran. Stattdessen wandte Mundt sich davon ab und schritt langsam auf den feuchten Wald zu. Danielle folgte ihm dichtauf. Nach ein paar hundert Metern verharrten sie bei einem rechtwinkligen Loch, unverkennbar ein Grab.

»Hier war mein Vater begraben. Ich fand vor drei Wochen die Leiche. Die Knochen waren noch mit einem SS-Mantel bedeckt. Ausgefranst und zerfressen, aber die Rangabzeichen waren noch deutlich zu erkennen. Der Anblick ekelte mich an.«

»Sie haben Ihren Vater niemals gekannt.«

»Ich wurde geboren, als er schon im Krieg war.«

»Im Pflegeheim erzählte mir Günther Weiss, dass Ihr Vater mit Hessler befreundet war und ihm mindestens zweimal das Leben gerettet hat. Und er war dafür verantwortlich, dass Hessler am Leben blieb.«

»Stimmt alles. Paul Hessler traf hier nach dem Tod seiner Eltern im Getto von Lodz als sechzehnjähriger, entkräfteter, völlig verängstigter Junge ein. Er war hier in eine andere Art Tod, eine andere Art Hölle geschickt worden. Wäre mein Vater nicht gewesen, hätte er diese Hölle zweifellos gefunden.«

Danielle senkte die Stimme. Ihre Lippen waren trocken und rau vom Wind. »Sie können all diese Jahre nicht zurückholen. Sie können Ihren Vater nicht auf diese Weise kennen lernen.«

»Nicht?«

»Eine lebenslange Besessenheit ist bei Ihnen zur Midlifecrisis geworden. Sie haben keine Kinder, oder?«

»Ebenso wenig wie Sie, Pakad Barnea.«

»Der Unterschied ist nur, dass Sie niemals Kinder haben werden. Das haben Sie erkannt, können es aber nicht akzeptieren. Deshalb sind wir hier. Darum dreht sich all dies.«

»Wer sind Sie, mir zu sagen, worum sich das alles hier dreht?«

»Hessler hat Ihren Vater getötet – Karl Mundt –, um zu entkommen, und jetzt, nachdem Sie die Bestätigung haben, wollen Sie Hessler töten.«

Mundts Gesichtsausdruck wurde beinahe gütig. »Ich habe nicht vor, Hessler zu töten.«

Danielle hatte das Gefühl, von einem unsichtbaren Strick zurückgerissen zu werden. »Warum haben Sie dann Sergeant Phipps, den alten Mann, in der vergangenen Woche zum Flughafen Ben-Gurion geschickt?«

Mundt schüttelte den Kopf. »Das habe ich nicht. Er wurde nicht von mir geschickt.«

»Sie wollen abstreiten, dass Sie Kontakt mit Phipps hatten?«

»Nein. Ich habe mit ihm gesprochen. Er sollte mir helfen, einige der letzten fehlenden Einzelheiten zu klären. Darüber, wie er Paul Hessler Wochen nach dessen Flucht halb tot in den Wäldern fand.«

»Und was haben Sie ihm gesagt?«

»Nichts. Aber er muss es sich selbst zusammengereimt haben.«

»*Was* hat er sich selbst zusammengereimt?«, fragte Danielle ärgerlich.

Mundts steinerner Gesichtsausdruck begann ein wenig zu weichen. »Der Mann, den er rettete, war nicht Paul Hessler. Er war Karl Mundt. Mein Vater.«

70.

»Ich will diese Schweinerei in Ordnung gebracht haben. Ist das klar?«

Israels Außenminister David Turkanis bemühte sich nicht, seinen Zorn zu verbergen, der sich auf den ehemaligen Leiter des Mossad richtete, Abraham Vorsky.

»Das ist nicht *meine* Schweinerei, Minister«, sagte Vorsky und versuchte, respektvoll zu klingen. »Sie gehört zur Geschichte.«

Turkanis schnaubte angewidert. »Sie schieben diese Morde auf die *Geschichte*?«

»Die Gerechtigkeit lässt sich oftmals Zeit.«

Turkanis schüttelte den Kopf. Er trat in den Sand der Negev-Wüste, um seine Wut abzureagieren. Sie hatten sich hier auf Turkanis' Wunsch getroffen, da er im israelischen Hauptquartier des Luftverteidigungskommandos wegen weiterer Tests mit dem Arrow-Raketen-Verteidigungssystem dabei sein musste; diese Tests sollten um Mitternacht stattfinden. Doch der Treffpunkt bot auch ein gewisses Maß an Abgeschiedenheit und Intimsphäre, das für Israel normalerweise kaum möglich war.

»Gerechtigkeit«, wiederholte Turkanis und zwang sich, nicht zu schreien. »Wenn es stimmt, was Sie sagen, und davon bin ich gar nicht überzeugt, hätten Sie die Information durch die entsprechenden Kanäle weitergeben sollen.«

»Auf diese Weise werden solche Dinge nicht erledigt.«

»Zu Ihrer Zeit vielleicht nicht«, blaffte Turkanis und schüttelte verärgert den Kopf. »Jetzt nicht mehr. Mein Gott, wo sind Sie gewesen? Ist Ihnen denn nicht klar, dass Israel nicht mehr in einem Vakuum operiert? Ihre Aktionen haben Konsequenzen, und Sie haben diese Regierung in eine äußerst unangenehme, um nicht zu sagen gefährliche Lage gebracht.«

»Wenn alles wie geplant verlaufen wäre, hätten sie es nie herausgefunden.«

»Was glauben Sie, welches Jahr wir haben, Vorsky, 1967? Oder vielleicht 1973?«

»Es wäre klug von Ihnen, sich an diese Zeiten zu erinnern, Minister.«

»Und Sie wären klug beraten, sich an die Lektionen zu erinnern, die daraus gelernt wurden. Dachten Sie, die Schlussfolgerungen des verstorbenen Captain Bain sind nicht bis zu uns gedrungen? Wie konnten Sie glauben, wir würden nicht herausfinden, wer hinter der Ermordung dieser drei alten Männer steckte?«

»Es waren nicht nur irgendwelche alten Männer.«

»Nein. Einer war stellvertretender Stabschef der Armee. Mein Gott, wenn jemals herauskommt, was Sie getan haben ...«

»Na und?«, rief Vorsky, und seine Stimme hallte über die Wüstenlandschaft. »Sollen die übrigen Bastarde in Todesangst flüchten!«

»Es gibt keine anderen, Vorsky. Verstehen Sie das? Ihre Nachforschungen über Paul Hesslers Vergangenheit sind absurd und unbegründet.«

»Das wissen wir noch nicht«, erwiderte Vorsky in ruhigerem Tonfall.

»Genau das ist der Grund, weshalb ich Sie herbestellt habe«, sagte David Turkanis. »Paul Hessler darf nicht angetastet werden. Sie werden Ihre Ermittlungen sofort einstellen.«

»Ist Ihnen klar, was Sie da sagen?«

»Die richtige Frage lautet, ist *Ihnen* klar, was *ich* sage, Vorsky? Weil Sie dafür verantwortlich sind. Für das, was erforderlich ist, was auch immer Sie tun müssen.«

»Ich habe meine Quellen«, sagte der ältere Mann und erkannte, wie dumm es in diesem Moment klang.

»Gut. Dann nutzen Sie diese Quellen, um mit jedem fertig zu werden, der Paul Hessler schaden könnte. Die Regierung wünscht, nicht in diese Sache verwickelt zu werden. Dieses Gespräch hat nie stattgefunden.«

Vorsky blinzelte ärgerlich. »Sie reden, als hätte auch etwas anderes nie stattgefunden.«

Für einen Moment verzerrten sich David Turkanis' Gesichtszüge. Er machte unwillkürlich einen Schritt auf Vorsky zu und schien nahe daran zu sein, ihn zu packen; dann aber zwang er sich zur Ruhe und wühlte mit der Schuhspitze den Wüstensand auf.

»Ich werde vergessen, dass Sie das gesagt haben, Vorsky. Ich informiere Sie hiermit, dass Paul Hesslers Leben jetzt in Ihren Händen liegt. Sie sind für seinen Schutz verantwortlich. Beenden Sie Ihre absurde Vendetta und konzentrieren Sie Ihre Energie auf diese Aufgabe. Sie wissen, was ich meine.«

»Und es widert mich an.«

»Dann bedenken Sie Folgendes: Wenn Paul Hessler irgendetwas passiert, ganz gleich durch wen oder was, wird man Sie zur Rechenschaft ziehen.«

»Ich habe verstanden.«

David Turkanis scharrte mit den Füßen im Sand und nickte. »Dann müssen Sie wohl ein anderes Treffen arrangieren, nicht wahr?«

71.

»Fasils Leibwächter wussten nichts«, berichtete al-Asi, nachdem er und Ben sich herzlich die Hände geschüttelt hatten.

»Ihre Männer arbeiten schnell, Colonel.«

»Ärger führt oftmals dazu, dass ich die Feinheiten vernachlässige. Wir haben es nicht nur mit diesen beiden Männern zu tun, Inspector.«

»Das habe ich mir schon zusammengereimt.«

Sie saßen auf dem Bett im hinteren Teil eines Winnebago-Wohnmobils. Jenseits der geschlossenen Trennwand konnte Ben ein Walt-Disney-Video hören, das sich al-Asis Frau und die drei jüngsten Kinder anschauten. Ben hatte den halbwüchsigen Sohn des Colonels allein bei Schularbeiten sitzen sehen, als al-Asi ihn zum Heck des Winnebago geführt hatte. Der Junge war eine jüngere, lässig gekleidetere Version seines Vaters.

»Andere kamen heute Abend zu meinem Haus«, erklärte der Colonel. Er trug einen taubengrauen italienischen Anzug, elegant wie stets, mit einem Rollkragenpullover anstelle eines Hemdes. »Und sie haben keine Zeitschriftenabos verkauft.«

»Sie hatten es auf Ihre Familie abgesehen«, mutmaßte Ben.

»Ja, die Zielscheibe derselben Leute, die hinter den Morden dieser Kinder stecken, nehmen wir an.«

»Das tut mir Leid.«

Bürgermeister Fawzi Wallid und seine Männer hatten Ben zu dem Winnebago gebracht, der auf dem Hof des Jerusalem Hotel in der Amman Street parkte.

Von dort aus waren es nur gut 30 Kilometer bis zur Allenby Bridge, der Brücke über den Jordan, sollte der Colonel es für nötig halten, seine Familie über die Grenze in Sicherheit zu bringen.

Al-Asi lächelte leicht. »Es sind die Killer, denen es Leid tun wird, Inspector. Sie sind zum falschen Haus gegangen, zu dem alten Haus, in dem wir wohnten, bevor ich wieder umzog, damit meine Kinder auf eine normale Schule gehen und Fußball spielen konnten. Habe ich Ihnen schon erzählt, dass wir ins Finale der Division gekommen sind?«

»Nein.«

»Sie werden sich das Spitzenspiel natürlich anschauen.«

»Als Assistenz-Trainer?«

»Der Job ist immer noch zu haben, Inspector.«

»Ich halte mir die Möglichkeiten offen.«

»Eine kluge Sache in unsicheren Zeiten.«

»Diese Männer, die Ihr Haus besuchten …«, kam Ben auf das Thema zurück.

»Sie waren als israelische Soldaten verkleidet. Es waren zu viele, sodass meine Leute es nicht riskieren konnten, gegen sie vorzugehen. Aber die frühe Warnung verschaffte mir Zeit, meine Familie ins Wohnmobil zu stecken und zu verschwinden, bevor sie meine derzeitige Adresse herausfanden.« Al-Asi schaute Ben stolz an. »Was halten Sie davon?«

»Dass Sie Glück gehabt haben«, sagte Ben.

Der Colonel bedachte ihn mit einem tadelnden Blick und stellte sein Glas Limonade auf dem Schoß ab. »Ich meinte den Winnebago.«

»Oh. Eigentlich habe ich nie so ein Wohnmobil in Palästina gesehen, Colonel.«

»Natürlich nicht. Unsere Straßen sind zu schmal, um damit herumzukurven.« Er klopfte stolz an eine der Wände. »Aber ich konnte nicht widerstehen. Perfekt für Ausflüge, Campingreisen …«

»Und eine Möglichkeit, bei Ihrer Familie zu sein, wenn Sie eilig mit ihr umziehen müssen.«

»Genau deshalb habe ich den Winnebago nach dem Scheitern des Friedensprozesses gekauft. Heute Abend kam er mir besonders gelegen, da wir es anscheinend mit einer entschlossenen Armee zu tun hatten. Und jetzt sagen Sie mir, dass das Tier Mahmoud Fasil eine Rolle dabei gespielt hat.«

»Eine kleine Rolle. Ein Bote, nicht mehr. Sein Job bestand darin, die Festplatte von Shahir Falayas Computer zu zerstören und die Diskette mit einem gewissen Teil des Inhalts an jemand anderen zu übergeben.«

»An den Fußballstar.«

»Ich möchte mir diese Diskette anschauen, die wir bei ihm gefunden haben, Colonel. Können wir die bekommen?«

»Selbstverständlich. Sie ist hier.«

»Hier im Winnebago?«

Al-Asi nickte. »Versteckt unter den Videospielen meiner Kinder. Zur sicheren Verwahrung.«

Noch lange, nachdem Ben den Inhalt der Diskette gelesen hatte, starrte er auf den Bildschirm. Er nahm gar nicht wahr, dass seine Finger vom Scrollen steif geworden waren und sein Atem flach ging.

»Die Diskette ist Kauderwelsch und hat keinerlei Zusammenhang mit dem Netzwerk der Terroristen, das wir zu identifizieren erhofften. Sie ist auch Englisch. Vielleicht können Sie sich das gelegentlich anschauen und mir sagen, was Sie davon halten.«

Ben erinnerte sich an diese oder ähnliche Worte, die al-Asi vor fast einer Woche zu ihm gesagt hatte, und er schalt sich einen Dummkopf, weil er das Angebot des Colonels nicht eher angenommen hatte. Vielleicht würde Danielle dann nicht in Gefahr sein. Vielleicht wäre sie nicht nach Deutschland gereist und wäre hier bei ihm.

Es ist alles hier auf der Diskette. Alles, was ich gesucht habe …

Die Diskette enthielt die Informationen, die von den Schülern vor ihrer Ermordung über die von ihnen dann erpressten Firmen gesammelt worden waren. Diese Informationen waren der Beweis für die Schüler gewesen, den sie in der Hinterhand gehabt hatten, wenn sich eines ihrer Erpressungsopfer geweigert hätte, ihre Forderungen zu erfüllen.

Die Informationen waren bei dem palästinensischen Schüler Shahir Falaya versteckt, denn er war derjenige gewesen, der sie bei Wartungsarbeiten aus den Computern gestohlen hatte.

Laut Kopien von E-Mails, die ebenfalls auf der Diskette gespeichert waren, hatten die vier Schüler eine Gesamtsumme von *1,3 Millionen Dollar* erpresst! Sie hatten das Geld elektronisch auf Konten eingezahlt, die sie sofort wieder aufgelöst hatten, nachdem sie das Geld auf andere Konten transferiert hatten, die anderswo in der Datenbank aufgelistet waren. Eine einzige Geldabhebung von knapp hunderttausend US-Dollar war registriert – die Summe, die nötig gewesen war, um Jane Wexlers Schweigen zu erkaufen.

Ben konnte verstehen, dass jemand, der den Inhalt der Diskette sah, völlig verwirrt sein würde, wenn er kein vorheriges Wissen über die Informationen besaß. Der Text las sich wie Kauderwelsch, völliger Unsinn.

Ben begann noch einmal mit der Lektüre der Diskette und konzentrierte sich darauf, womit die später ermordeten Schüler die vier Firmen erpresst und mit der Preisgabe welcher Information sie gedroht hatten. Bei dem palästinensisch-israelischen Konsortium »Partner für den Frieden« war es genau das, was er vermutet hatte: ein Betrug, der von jüdischen Geschäftsleuten wie Max Price inszeniert worden war, um mit palästinensischem Land reich zu werden. Die Schüler hatten herausgefunden, dass die palästinensischen Partner bei dem Handel eine hübsche Summe nur für die Benutzung ihrer Namen kassiert hatten.

Was die angesehene Anwaltskanzlei anbetraf, so hatten es die Schüler geschafft, eine große Anzahl von vertraulichen, beeidigten Erklärungen und eidlichen Aussagen bei Fällen zu sammeln, bei denen es niemals zum Prozess gekommen war, weil die Informationen nicht an die Öffentlichkeit gelangen durften.

Als Nächstes erschienen auf dem Bildschirm die Daten, die das Maklerhaus anbetrafen. Hier hatten die Schüler Aktennotizen gesammelt, die auf illegalen Insiderhandel in der Maklerfirma hinwiesen, bei dem öffentliche Ausschreibungen auf dem europäischen Markt manipuliert worden waren, was den Verantwortlichen ein paar hundert Jahre Knast eingebracht hätte, wäre die Wahrheit herausgekommen.

Das vierte Paket von Informationen, das Ben fand, bezog sich auf ein potenzielles Opfer, zu dem die Schüler niemals Kontakt hatten aufnehmen können. Eine kleine Privatklinik, die sich auf die diskrete Behandlung von Alkohol- und Drogensüchtigen spezialisiert hatte. Es waren die Namen prominenter Israelis aufgelistet, die sich dort hatten behandeln lassen.

Als Ben zu den letzten Informationen kam, erkannte er schnell, dass die Schüler auf die Erpressung der Klinikpatienten verzichtet hatten, weil sie ein viel größeres und angreifbareres Erpressungsopfer fanden: Hessler Industries.

Von den anderen Opfern waren jeweils hunderttausend Dollar gefordert worden. Bei Hessler Industries hatten die Schüler ihre Forderung auf eine Million hochgeschraubt. Ben las weiter und erkannte schnell, was die gestohlene Festplatte aus der Zentrale des Konzerns in Tel Aviv preisgegeben hatte.

Ben atmete schneller.

Die E-Mails an die Hessler Industries in Tel Aviv machten klar, was die Schüler herausgefunden hatten und wie sie ihr Wissen hatten einsetzen wollen. Sie hatten den Wert der Informationen gekannt.

Es ging um ein Vorhaben, das »Projekt 4601« genannt wurde.

Ben las weiter und übersprang zuerst die spezifischen Daten, bis ihm klar wurde, was der vertrauliche Bericht über Projekt 4601 bedeutete.

O Gott ...

»Was ist, Inspector?«, fragte Colonel al-Asi.

Ben starrte weiterhin gebannt auf den Bildschirm. War dies das Wunder, auf das er gehofft hatte? War es möglich, das er es gefunden hatte, während er nach etwas völlig anderem gesucht hatte?

»Inspector!«

Ben wandte den Kopf und sah, dass al-Asi über seine Schulter auf den Bildschirm spähte.

»Sie haben vor sich hin gemurmelt. Was ist los? Was haben Sie gefunden?«

Zum ersten Mal, seit sie sich kannten, beschloss Ben, einer Frage al-Asis auszuweichen. »Ich muss den Fußballstar Abdel Sidr sprechen, Colonel. Sofort.«

72.

»Sie haben mir erzählt, dass Paul Hessler Ihren Vater getötet hat.«

Hans Mundt antwortete nicht auf Danielles Worte, während sie am leeren Grab standen.

»Kommen Sie«, sagte er stattdessen und macht sich auf den Rückweg zum Wagen.

Danielle blieb nichts anders übrig, als ihm zu folgen, und sie stiegen beide in den Mercedes. Mundt fuhr kurze Zeit nach Norden gen Lecyca und bog dann auf eine schmale, holprige Straße ab, die durch den Wald führte. Dann folgte er eine kurze Strecke dem Fluss Bzura. Sie wusste nicht mehr, wie viele Kilometer sie zurücklegten, während zwischen ihnen Schweigen herrschte. Aber die Fahrt dauerte über zwei Stunden.

Schließlich hielt Mundt am Fuß eines Hügels mit flacher Kuppe. Er stieg aus und stieg den Hügel hinauf. Dann wartete er, bis

Danielle neben ihm in Schritt fiel, bevor er endlich sein Schweigen brach.

»Wir haben soeben einen großen Teil der Strecke hinter uns, die Paul Hessler nach seinem Entkommen aus dem Arbeitslager westwärts zurücklegte.«

»Warum haben Sie mir erzählt, Paul Hessler hätte Ihren Vater ermordet?«, wollte Danielle wissen.

»Weil er es im Grunde getan hat«, antwortete Mundt. »Denn an diesem letzten Tag im Lager hörte mein Vater zu existieren auf. Karl Mundt wurde Paul Hessler.« Mundt ging weiter den Hügel hinauf.

»Dann ist das Grab, das Sie bei der Fabrik gefunden haben …«

»Der Mann, der dort begraben wurde, war Paul Hessler – begraben in der Uniform meines Vaters. Sie müssen die Kleidung getauscht haben, bevor mein Vater ihn erschoss. Deshalb glaubte Günther Weiss gesehen zu haben, dass Paul Hessler meinen Vater erschossen hat, während es in Wirklichkeit genau anders herum gewesen ist.«

»Warum mussten Sie dann die detaillierte Akte über Hessler sehen?«

»Als letzten Beweis, Pakad Barnea. Ich wusste von gewissen Narben und Muttermalen auf dem Körper meines Vaters, einschließlich einer Narbe von der Verwundung mit einem Bajonett, die er bei der Ausbildung erlitt. Ich wusste, dass Paul Hesslers vertrauliche Akte die Erwähnung solcher Merkmale einschloss.« Seine Miene verfinsterte sich ein wenig. »Leider enthielt der Teil der Datei, den ich sehen durfte, nicht das, was ich suchte.«

»Also fehlte Ihnen die letzte Bestätigung.«

»Und das bedeutet, dass ich mir sie von Hessler persönlich holen muss. Genau wie Sie.«

»Wie ich?«

»Ihr Vater, Pakad. Hessler ist der Einzige, der Ihnen die Wahrheit über die Vergangenheit Ihres Vaters sagen kann.«

»Sie bezeichnen ihn weiterhin als Hessler, nicht als Karl Mundt oder Ihren Vater.«

»Weil er nicht mein Vater ist – nicht mehr. Er ist nur ein anderer Mann, ein Fremder, der für das zahlen muss, was er meiner Mutter und mir angetan hat.«

»Und Sie brauchen mich, um an ihn heranzukommen.«

»So denke ich mir das, ja.«

»Weil er mich kennt.«

»Es ist auch in Ihrem Interesse, Pakad. Das müssen Sie einsehen.«

Nach der langen Fahrt mit dem Wagen war Danielle froh über den steilen Anstieg zum Hügel hinauf. Das verschaffte ihr Gelegenheit, all die neuen Fakten zu verarbeiten, zusammen mit denen, die sie bereits wusste. Sie rief sich in Erinnerung, was Günther Weiss von seinem Bürofenster in der Fabrik gesehen haben wollte. Er hatte beobachtet, dass Hessler scheinbar Mundt erschossen hatte, weil die beiden bereits die Kleidung getauscht hatten. In all diesen Jahren war das die Geschichte gewesen, die der ehemalige Hauptsturmführer des Arbeitslagers jedem erzählt hatte, der sie hatte hören wollen.

Als sie die Hügelkuppe erreichten, stellte Danielle sich herausfordernd vor Mundt hin. »Keine weiteren Spielchen, ist das klar? Ich will wissen, was hier geschehen ist.«

Mundt hielt ihrem Blick stand. »Gut. Drehen Sie sich um, Pakad Barnea, und sagen Sie mir, was Sie sehen.«

Danielle wandte sich zögernd um und wich ein wenig zur Seite, um Mundt im Auge behalten zu können. Vor ihr war die Hügelkuppe öde und verlassen, ohne eine Spur von Leben und beherrscht von Ziegelsteinschutt und grauen Felsbrocken, die sich mit braunem Erdreich mischten.

»Nichts«, sagte sie.

»Ich sehe die Ruine einer Burg«, sagte Mundt beinahe verträumt, während er an Danielle vorbeiging. »Eine von mehreren in dieser Gegend – der perfekte Zufluchtsort. Bei einem Unwetter rettete Mundt sich in diese Burg. Aus irgendeinem Grund waren die Götter in jener Nacht auf seiner Seite. Als das Gewitter abzog, setzte er den Weg fort und rationierte seinen Proviant, während er westwärts durchs Tal zog. Er hatte fast den Fluss Warta erreicht, als er gerettet wurde.«

»Von der amerikanischen Kommandotruppe unter Sergeant Phipps …«

Mundt nickte nur. »Karl Mundt wäre gestorben, wäre er nicht auf diese Männer gestoßen. Vielleicht zolle ich meinem Vater nicht genug Achtung. Er war schließlich ein Mensch, der *alles* von dem Moment an geplant hatte, als er Paul Hessler zum ersten Mal gesehen hatte. Als er ins Lager kam, wusste er, dass das Ende für Deutschland nahe war – deshalb hatte mein Großvater sich so sehr bemüht, ihn von der Front fern zu halten. Aber mein Vater war klug genug zu erkennen, was ihn erwartete, wenn Deutschland vor den Alliierten kapitulierte. Man würde ihn hinrichten, zumindest lebenslänglich ins Gefängnis stecken. Als er meine Mutter zum Abschied küsste, wusste er, dass es das letzte Mal war. Und als er erfuhr, dass sie schwanger war, änderte er nicht das Geringste an seinen Plänen.«

Danielle trat näher an Mundt heran und blieb mit gespreizten Beinen über einer tiefen Furche in der Form einer großen Reifenspur stehen. Ähnliche Fahrspuren durchzogen den Hügel in einem unregelmäßigen Muster. Offensichtlich waren schwere Arbeitsmaschinen vor relativ kurzer Zeit auf diesem Hügel gefahren und hatten die Reste der Burg entfernt, falls Mundts Information stimmte.

»Das hört sich nicht so an, als würden Sie ihn für schuldig halten«, sagte sie leise.

»Ich habe mein ganzes Leben damit verbracht, ihm die Schuld zu geben. Ich hasse ihn, weil er mich verlassen hat, Barnea, zugleich aber weiß ich, dass ihm keine andere Wahl geblieben war.«

»Den Platz mit einem Juden zu tauschen.«

»Mit einem Juden ohne Familie, ohne Besitz, ohne eine andere Identität als diejenige, die er aus dem Arbeitslager mitnahm. Töte diesen Juden und nimm seine Stelle ein. Aber ich bezweifle, dass er vorhatte, ein Volksheld zu werden.«

»Sie verteidigen ihn.«

»Ich weiß es nicht. Vielleicht. Er verließ meine Mutter und mich in Armut und Schande und nahm in all den Jahren niemals Kontakt mit uns auf. Ich wollte ihn mir als Helden vorstellen, aber ich wusste, dass er ein Monster wie all die anderen Nazis war. Ich habe versucht, ihn zu vergessen … aber wie konnte ich das, wenn ich gar keine Erinnerung an ihn hatte? Das machte alles so kompliziert. Da war dieses tiefe Loch am Rande meines Bewusstseins und meines Lebens, das ich niemals ausfüllen konnte. Vor Jahren gab ich auf, es zu versuchen.«

»Bis Sie herausfanden, dass er lebt – als Paul Hessler. Wie haben Sie es herausgefunden?«

»Ein sterbender Deutscher gab mir die Namen der anderen drei Betrüger, die in demselben Lager wie Hessler gewesen waren. Er behauptete, Zeuge gewesen zu sein, wie mein Vater Hessler erschoss, nachdem sie die Kleidung getauscht hatten.«

»Er hat das Gleiche beobachtet wie Weiss?«

»Ja. Aber *er* deutete es richtig.«

Danielle zögerte. »Und die zweite Liste, die Sie Vorsky gaben …«

»Entsprach dem gleichen Profil wie dem der drei Männer, da war ich mir sicher. Gegen die meisten war bereits ermittelt worden, und ihr Name war reingewaschen.«

»Wie bei meinem Vater.« Danielle hatte mit Widerspruch von Mundt gerechnet, doch es kam keiner, und so sprach sie weiter. »Worauf sind Sie aus. Rache? Entschädigung?«

»Ich weiß es ehrlich nicht. Ich glaube, ich kann mich erst entscheiden, wenn ich ihm von Angesicht zu Angesicht gegenüberstehe. Ich weiß nur, dass ich das hier tun muss, dass nichts sonst zählt.«

Danielle fand die Ironie bemerkenswert: Sie würde alles tun, um ihr Kind zu retten; Mundt hatte alles getan, um seinen Vater zu finden. »Es berührt Sie nicht, dass Hessler seit langem der größte Wohltäter des Staates Israel ist?«

»Ich nehme an, er war auf Wiedergutmachung aus, auf Absolution. Wissen Sie was? Ich glaube, Karl Mundt wurde tatsächlich zu Paul Hessler. Er lebte nicht nur als Jude und Israeli, er *war* einer. Einer von euch«, fügte Hans Mundt hinzu und starrte Danielle an.

Danielle erschauerte. »Was ist mit meinem Vater?«

»Was hat Anna Ihnen erzählt?«

»Sie sprach von einem Konto, das Hessler im Namen meines Vaters eröffnet hat, aber sonst sagte sie nichts. Gegen meinen Vater wurde von den Wächtern des Tores ermittelt, und sein Name wurde *reingewaschen.*«

»Nicht reingewaschen – zu den Akten gelegt.«

»Was heißt das?«

»Die Erlaubnis, weiterzuleben, je nachdem, was weitere Ermittlungen ergeben.«

Einer von Danielles Schuhen glitt in eine nasse, schlammige Furche, und sie zog den Fuß zurück. »Sie glauben, mein Vater war Nazi-Kriegsverbrecher, so wie Ihrer.«

»Die Beweise sind zu schwer wiegend, um sie zu ignorieren.«

»Nicht schwer wiegend genug für die Wächter des Tores.«

»Die Frage ist, ob das für Sie reicht, Barnea.«

»Er war ein großer Mann!«

»Das ist mein Vater offenbar auch.«

Danielle spürte plötzlich ein Prickeln auf der Wirbelsäule. »Woher wusste Anna das alles? Über Sie, über mich?«

Hans Mundt wandte sich von den Ruinen der Burg ab, die die

Rettung für seinen Vater gewesen war. »Von Abraham Vorsky. Das haben Sie selbst gesagt.«

»Sie sind ein Narr, Mundt. Indem Sie nach Polen gekommen sind, haben Sie ihnen direkt in die Hände gespielt.«

»Anna Krieger wusste nicht, was ich hier gefunden habe.«

»Aber Vorsky wusste es und hat es ihr erzählt! Beide wussten, dass Sie hierher zurückkehren würden, nachdem Sie mich gerettet haben.«

Mundts Augen weiteten sich, und sein Gesicht lief rot an, als er zu den Bäumen herumfuhr, von denen die Hügelkuppe gesäumt war. Er stieß seine Jacke zurück und griff nach seiner Pistole.

»Nein!«, rief Danielle.

Sie warf sich gegen Mundt und riss ihn zu Boden, als die ersten Schüsse peitschten und die Kugeleinschläge feuchte Erde auf sie schleuderten.

73.

»Gibt es da etwas, das Sie mir nicht erzählt haben, Inspector?«, fragte al-Asi Ben, bevor sie die ehemalige israelische Militärkaserne betraten, die zum Gefängnis von Jericho umgewandelt worden war.

»Wenn Sie fragen, wissen Sie, dass es etwas gibt.«

Al-Asi blieb vor dem Eingang stehen. »Betrifft es Pakad Barnea?«

Ben musste unwillkürlich lächeln. »Ganz gleich, wie viel Achtung ich vor Ihnen habe, Colonel, es ist niemals genug.«

»Ich hoffe nur, dass es nichts mit dem Besuch zu tun hat, den ihr beide letzte Woche bei Pakad Barneas Arzt gemacht habt.«

Ben schüttelte erstaunt den Kopf. »Sie beobachten mich, Colonel?«

»Ich beobachte jeden, Inspector.«

»Nur Feinde, dachte ich.«

»Freunde sind wichtiger.«

»Aber Sie wissen nicht, was in der Arztpraxis geschah.«

»Meine Überwachung endet an der Tür.« Al-Asi blickte zurück zu dem Wohnmobil, das gegenüber der Straße parkte. Hier, am Stadtrand von Jericho, brauchte er sich keine Sorgen zu machen, dass der große Winnebago nicht durch die engen Straßen passte. Im Wohnmobil schauten seine Frau und die jüngsten Kinder sich einen weiteren Zeichentrickfilm auf Video an – ein Geschenk von Ben zum vergangenen Weihnachtsfest. »Aber wenn meine Überwachung an der Tür endet, heißt das nicht, dass auch meine Besorgnis um Sie dort endet«, fügte al-Asi hinzu.

»Danke, Colonel.«

Offiziell fiel der Betrieb des Gefängnisses unter die Zuständigkeit von Arafats paramilitärischer Organisation Tanzim. Doch al-Asi hatte sein Kommen telefonisch angekündigt. Es amüsierte Ben stets, den Schock auf den Gesichtern der Beamten zu sehen, wenn al-Asi ohne Vorwarnung erschien. Heute war das nicht anders. Der Beamte vom Dienst sprang vom Stuhl auf, warf dabei eine Tasse Tee um und hielt die hohlen Hände unter den Schreibtisch, um die verschüttete Flüssigkeit aufzufangen.

»Was kann ich für Sie tun, Colonel?«, fragte der Mann eifrig, während sich trotz seiner Bemühungen eine Teelache auf dem Boden bildete.

Sekunden später wurden al-Asi und Ben zu einer Zelle im zweiten Stock geführt, wo der palästinensische Fußballstar Abdel Sidr eingesperrt war.

»Er ist der einzige Häftling hier oben, *sidi*«, sagte der Beamte vom Dienst nervös zu al-Asi. »Aus offenkundigen Gründen.«

»Sidrs Festnahme ist noch nicht öffentlich bekannt gemacht worden«, erklärte der Colonel Ben. »Er ist schließlich ein Volksheld.«

Der Beamte vom Dienst schloss die schwere Holztür auf und zog sie auf. Der Fuß klemmte und kratzte über den Boden. Als die Tür sich nicht ganz aufziehen ließ, forderte der Beamte al-Asi und Ben mit einer Geste auf, die Zelle zu betreten.

»Lassen Sie uns allein«, sagte der Colonel.

Ben hörte, wie sich die Schritte des Mannes auf dem Gang entfernten und sah, wie sich Abdel Sidr von der steinernen Bank erhob, die in die Seitenwand eingelassen war.

»Sie wissen, wer ich bin?«, fragte al-Asi den Häftling.

Sidr schaute al-Asi an, als wäre Ben nicht anwesend. »Jeder weiß, wer Sie sind.«

»Dann hören Sie genau zu. Sie haben sich bis jetzt geweigert, Fragen zu beantworten. Das muss sich ändern. Arbeiten Sie mit uns zusammen, und es gibt vielleicht eine Möglichkeit, wie ich Sie hier rausholen kann. Ich verspreche nichts, wohlgemerkt, aber ich bin in der Lage, die Dinge zu beeinflussen. Sie können vielleicht sogar wieder vor Ende nächster Woche für das Team spielen. Ist das klar?«

»Ja, *sidi.*«

»Sehr gut. Nun, ich glaube, Sie haben Inspector Bayan Kamal von unserer Polizei bereits kennen gelernt.«

Der Fußballstar nahm Ben endlich mit einem flüchtigen Blick zur Kenntnis.

»Inspector Kamal«, fuhr al-Asi fort, »wird Ihnen einige Fragen stellen. Sie werden jede Frage vollständig und wahrheitsgemäß beantworten. Sie werden nicht zögern und nichts verschweigen. Ich versichere Ihnen, dann meinen Einfluss zu Ihren Gunsten geltend zu machen.« Der Colonel blickte zu Ben. »Inspector.«

»Wann wurden Sie von Mahmoud Fasil angeheuert?«

»Ich habe ihn zum ersten Mal gesehen, als er mich nach dem Spiel auf dem Platz umarmt hat.«

»Dann hat jemand anders das vorher arrangiert.«

Sidr nickte und lehnte sich mit dem Rücken an die Zellenwand. »Ein paar Tage vor dem Spiel. In einer Bar, in der die Mannschaft zu kostenlosen Getränken eingeladen war. Man sagte mir, jemand würde an mich herantreten, wenn das Spiel abgepfiffen würde, und ich sollte mich so normal verhalten wie möglich. Aber mir war nicht klar …«

»Wie lauteten die Anweisungen bezüglich der Diskette, die Fasil Ihnen übergab?«

Abdel Sidr zögerte nicht mit der Antwort. »Ich sollte sie nach Athen mitnehmen.«

»Athen?«

»Übermorgen haben wir dort ein Spiel. Wir werden immer direkt zum Flugzeug auf dem Flughafen in Gaza gebracht. Man bringt uns nie durch die Sicherheitskontrolle.«

»Weiter.«

»Morgen sollten wir – die Mannschaft, meine ich – eine Besichtigung von Athen unternehmen. Ich sollte die Diskette mitnehmen und mich am Nationalmuseum vom Rest der Gruppe absondern. Dann würde jemand an mich herantreten und mich um ein Autogramm bitten. Dabei sollte ich der Person die Diskette übergeben.«

»Warum haben Sie das niemandem zuvor erzählt?«

»Ich wurde nie danach gefragt, *sidi*.«

Al-Asi blickte unbehaglich drein, beinahe verlegen; Ben konnte sich nicht erinnern, ihn schon einmal so erlebt zu haben. »Es tut mir Leid, Inspector«, sagte der Colonel. »Bitte fahren Sie fort.«

»Sie wissen nicht, wer diese Kontaktperson sein wird?«, fragte Ben den Fußballstar.

»Sie wird mich erkennen.«

»Wie?«

»Wir werden Trainingsanzüge mit unserem Namen und der Nummer tragen, Inspector.«

Ben nickte und blickte wieder zu al-Asi. »Ich bin hier fertig. Gehen wir.«

»Noch nicht«, sagte der Colonel. »Ich habe noch eine andere Frage an den Häftling.« Er richtete den Blick scharf auf Abdel Sidr. Ben hatte diesen gefährlichen Ausdruck in den Augen des Colonels schon einmal gesehen. »Warum haben Sie es getan?«

Sidr zuckte mit den muskulösen Schultern. »Wir bekommen kein Geld fürs Fußballspielen, *sidi*.«

»Niemand weiß, dass Abdel Sidr im Gefängnis gewesen ist«, sagte Ben nachdenklich, als sie wieder draußen waren.

»Vielleicht wissen seine Mannschaftskameraden davon, aber wir haben ihnen verboten, mit den Medien darüber zu sprechen.«

»So hat der Kurier keinen Grund zu der Annahme, Sidr wird nicht am Nationalmuseum in Athen auftauchen und die Diskette wie geplant übergeben.«

Al-Asi sah ihn verdutzt an. »Sie wollen, dass Sidr den ursprünglichen Plan durchzieht?«

»Nicht genau, Colonel.«

74.

»Unter diesen Umständen hielt ich es für das Beste, mich mit Ihnen zu treffen«, sagte Abraham Vorsky, der ehemalige Leiter des Mossad, zu Anna Krieger, der Leiterin der Wächter des Tores.

»Warum?«, fragte sie. Sie hatte es abgelehnt, auf dem Stuhl neben Vorsky Platz zu nehmen, weil sie es vorzog, zu stehen. Ihre Perücke haftete fest auf dem Kopf, und die dichte Schminkschicht, eigens für Brandopfer angefertigt, fühlte sich an wie eine Halloween-Maske.

»Weil die Lage kompliziert ist.«

»Nicht für uns.«

»Genau meine Meinung.«

Sie hatten sich im Ostteil von Istanbul im Hotel Princess Ortakoy am Ortakoy-Platz getroffen, von dem aus man einen Blick zum Bosporus hatte. Die Aussicht von den Fenstern der Hotelhalle schloss auch die gewaltigen Feriye-Paläste aus byzantinischer Zeit und die gewaltigen Säulen der Bosporus-Brücke ein. In vergangenen Jahrhunderten war das Netzwerk der Kanäle, das sich zur Meerenge wand, der einzige Reiseweg inmitten der Ortschaften gewesen, die sie gesäumt hatten. Seither waren längst Verbindungsstraßen hinzugekommen, doch der Charakter dieses berühmten Teils von Istanbul wurde immer noch vom Wasserweg geprägt, der einst mit Booten gefüllt gewesen war, auf denen Personen und Waren transportiert worden waren. Die Lebensader einer Stadt, für die Wasser wie Blut gewesen war.

Die Einrichtung der Halle des Princess Ortakoy wirkte mehr wie die eines Museums als die eines Hotels. Abraham Vorskys Stuhl und derjenige, den er Anna Krieger angeboten hatte, waren aus dem Ciragan-Palast gerettet worden, nachdem er Ende des 19. Jahrhunderts bei einem Brand schlimm beschädigt worden war. Sie waren längst in den Besitz des Hotels Princess Ortakoy übergegangen.

»Wenn Hans Mundts Verdacht über Paul Hessler stimmt, werden Ihre Leute handeln«, fuhr Vorsky fort.

Anna richtete sich steif auf. »Sie haben mich herbestellt, um mir zu sagen, was meine Leute tun werden?«

»Diesmal aber können Sie sie nicht gewähren lassen.«

»Wollen Sie mich stoppen?«

»Ich habe meine Befehle.«

»Und ich habe meine Pflicht.«

Abraham Vorsky lehnte sich zurück, ließ sich auf den weichen Bezug des antiken Stuhls sinken. Es fiel ihm schwer, zu Anna aufzublicken. Die dicke Make-up-Schicht verlieh dem Gesicht eine geisterhafte Blässe. Vorsky versuchte, nicht daran zu denken, was unter dieser Schicht lag. Stattdessen erinnerte er sich an diese große Frau als schönes junges Mädchen, das voller Fragen gewesen war. Er dachte an die Nachwirkungen der Explosion, bei der ihre Eltern ums Leben gekommen waren und Anna fast bei lebendigem Leib verbrannt wäre, und er fragte sich, was aus ihr werden würde.

»Sie sind zu jung, um ein Relikt wie ich zu werden, Anna«, sagte er schließlich und hoffte, überzeugend zu klingen.

»Sie haben mit meinem Vater zusammengearbeitet.«

»Und mit Ihrer Mutter«, erwiderte Vorsky. »Sie waren in jenen Tagen eine große Unterstützung für uns. Aber diese Zeiten sind vorbei.«

»Nicht, solange Männer wie Hessler noch dort draußen sind. Nicht, solange noch ein Einziger von ihnen am Leben ist und andere verlockt, ihrem Beispiel zu folgen.«

Vorsky fragte sich, was er tun konnte, um die große Frau zu beschwichtigen. Er dachte daran, ihre Hand zu ergreifen, doch sie stand zu weit weg von ihm. »Es ist an der Zeit, aufzuhören, Anna. Für uns beide.«

»So haben Sie nicht gedacht, als Mundt mit seiner Namensliste zu Ihnen kam. Sie haben binnen vierundzwanzig Stunden gehandelt.«

»Diese Namen brachten wieder alles zurück für mich, gaben mir das Gefühl, fünfzig Jahre jünger zu sein und immer noch die Killer meiner Eltern mit Ihrer Hilfe zu jagen.«

»Sie haben diese Männer niemals gefunden, nicht wahr?«

»Nein«, sagte Vorsky bedauernd.

»Dennoch sagen Sie mir, dass es an der Zeit ist, aufzugeben.«

»Jedenfalls bei Paul Hessler. Ihre Eltern hätten das getan.«

Annas entstelltes Gesicht verzerrte sich. »Weil er seine Buße, seine Sühne, mit Milliarden Dollar Spenden und Stiftungsgeldern erkauft hat? Weil er so lange als Jude gelebt hat, dass Sie bereit sind, ihn als solchen zu akzeptieren?«

Vorsky zuckte die Achseln. »Er war nur einer der Wächter, keines der Ungeheuer.«

»Sie waren allesamt Ungeheuer.«

Vorsky stemmte sich auf die Lehnen des antiken Stuhls und erhob sich. »Die Entscheidung liegt nicht allein bei mir, Anna.«

»Aber Sie sind einverstanden, nicht wahr?«

»Unter den gegebenen Umständen habe ich keine Wahl.«

»Man hat Sie also hergeschickt, um mich zu stoppen.«

»Ich bin hergekommen, um Sie auf jede mir mögliche Weise zu stoppen.«

»Und was ist mit Mundt? Werden Sie ihn ebenfalls stoppen?«

»Wenn wir ihn finden, ja.«

»Und Barnea, die israelische Kriminalbeamtin, die er gerettet hat?«

Vorsky nickte. »Wenn sie sich ihm angeschlossen hat.«

»Sie würden mich und eine Landsmännin vernichten, um einen Mann wie Paul Hessler zu schützen – oder sollte ich sagen, Karl Mundt?«

»So ist es, befürchte ich. Es tut mir Leid, Anna.«

Sie ergriff nicht die Hand, die er ihr hinhielt. »Mir tut es ebenfalls Leid.«

Anna beobachtete durchs Fenster der Hotelhalle, wie Abraham Vorskys Leibwächter, von denen während des Treffens nichts zu sehen gewesen war, mit ihrem Boss in den Wagen stiegen. Das Auto fuhr davon, bog auf die Küstenstraße und bewegte sich in Richtung Brücke, wo es auf dem Weg zum Zentrum Istanbuls auf die europäische Seite des Bosporus fahren würde.

Anna blinzelte kaum, als Vorskys Wagen explodierte, Flammen emporschossen, Funken und zerfetzte Metallteile ins Wasser unterhalb der Straße prasselten. Eine zweite Detonation erschütterte den Wagen – vermutlich explodierte der Tank –, und die Karosserie wurde durch die Luft gewirbelt und stürzte über das Geländer, das die Straße vom Meer trennte.

Anna wandte sich um und sah, dass die Wächter des Tores, die sie mitgebracht hatte, hinter ihr standen. »Nehmt Kontakt mit den anderen auf«, befahl sie. »Wir werden sie in den Vereinigten Staaten treffen.«

Ihr Handy klingelte, und sie zog es hastig hervor. Die Nummer wurde fast täglich elektronisch geändert; die neueste Nummer hatte Anna nur einer einzigen anderen Person gegeben.

»Auftrag erledigt«, meldete der Leiter des Teams, das Anna nach Polen geschickt hatte.

SIEBTER TAG

75.

Ben Kamal betrat das Nationale Archäologische Museum in Athen gleich nach der palästinensischen Fußball-Nationalmannschaft. Er hielt sich nahe genug an der Gruppe, um für ein Mitglied gehalten werden zu können, jedoch weit genug entfernt, dass keiner der Spieler von ihm Notiz nehmen würde.

Es war ein bewölkter, regnerischer Tag, der ihm es erlaubte, Abdel Sidrs Trainingsanzug mit einem Mantel zu verdecken. Auf dem glänzenden, blauen Stoff des Trainingsanzugs waren der Name des Stars und seine Spielernummer aufgestickt.

»Ich halte das für keine gute Idee«, hatte Colonel Nabril al-Asi gestern vor dem Gefängnis in Jericho gewarnt, als Ben ihm seinen Plan erklärt hatte.

»Warum nicht? Da Sidrs Festnahme geheim geblieben ist, können wir davon ausgehen, dass der Kurier, mit dem er sich in Athen treffen soll, nichts davon weiß.«

»Sie gehen ebenfalls davon aus, dass der Kurier nicht weiß, wie Sidr aussieht, Inspector. Dass er ihn nicht einmal von einem Foto kennt.«

»Das ist leider wahr, Colonel«, hatte Ben eingeräumt. »Aber Sidr hat betont, wie wichtig es ist, dass er seinen Trainingsanzug trägt. Warum sollte das so wichtig sein, wenn sich der Kurier nicht darauf verlassen würde, um ihn zu identifizieren?«

Al-Asi hatte mit den Schultern gezuckt und Bens Argument nicht widerlegen können. »Ich habe keine Freunde in Athen«, hatte er stattdessen gesagt. »Sie werden ganz auf sich allein gestellt sein.«

»Ich erwarte nicht, sehr lange dort zu sein.«

»Sie wissen jetzt, wer diese Kinder umgebracht hat, nicht wahr?«, hatte al-Asi zögernd gefragt.

»Ich nehme es an, ja. In Athen werde ich Gewissheit bekommen.«

»Ist es eine Annahme oder eine Hoffnung? Der Klang Ihrer Stimme stört mich, Inspector. So hört sich jemand an, der auf mehr aus ist als auf die Lösung eines Rätsels.«

»Nur wenn ich die Chance bekomme«, hatte Ben geheimnisvoll erwidert.

Al-Asi hatte es dabei belassen. Er hatte Ben bei den Reisevorbereitungen geholfen und ihn im Winnebago zum Flughafen Gaza gefahren. Ben war nach Kairo geflogen und dann in einen Jet nach Athen gestiegen. Er war unbewaffnet und hatte nur einen Tragebeutel mitgenommen, in dem der Mantel und Abdel Sidrs Trainingsanzug gewesen waren. Die Mannschaft war gestern in Athen eingetroffen, und der Museumsbesuch war für heute Nachmittag geplant, am Tag vor dem Spiel gegen die griechische Nationalmannschaft.

Im Museum blieb Ben inmitten der Reporter zurück, die den Besuch der palästinensischen Fußballmannschaft begleiteten, ein wenig zurück, bevor er eine Toilette aufsuchte. Er ließ den Mantel in einer Kabine hängen und erschien im Trainingsanzug mit der Nummer Sieben und dem Namen »Sidr« darauf. Die Mannschaft war jetzt weit vor ihm, und er bog ab auf einen anderen Flur.

»Ich sollte mich von der Mannschaft absondern«, hatte Abdel Sidr gesagt. *»Der Kurier sollte mich finden, um die Diskette entgegenzunehmen.«*

Trotz seiner optimistischen Worte gegenüber al-Asi war Ben sich immer noch nicht sicher, ob der Kurier Sidr von einem Foto kannte, oder ob er sich nur auf den Namen und die Nummer konzentrierte. Wenn der Kurier wusste, wie Sidr aussah, würde der Plan sofort scheitern. Vielleicht war er schon gescheitert ...

Eine Sammlung griechischer Kunst und Artefakte war in den großen weißen Marmorhallen des Nationalen Archäologischen Museums ausgestellt. In einzelnen Räumen und Galerien wurden verschiedene Perioden, Zeitalter und Themenkomplexe behandelt. Unbewaffnet schlenderte Ben umher und suchte eine Kammer, die ein gewisses Maß an Deckung bot, falls er sie brauchte. Wahrscheinlich wurde er selbst jetzt beobachtet, und er nahm sich einen dreifach gefalteten Wegweiser durchs Museum von einem der Informationstische.

Mit der Broschüre wollte er sein Gesicht verbergen. Dann, als nachträglicher Einfall, sah er sich die Karte mit den Schwerpunkten der Ausstellungsthemen des Museums genauer an. Neben der Gartenanlage im Erdgeschoss war eine neue Ausstellung »Waffen und Rüstungen des antiken Griechenland« mit einem Stern versehen.

Ben ging weiter über den langen Flur darauf zu und sah bestürzt ein Schild an der geschlossenen Tür am Ende des Flurs, das darüber informierte, dass die Ausstellung erst in der nächsten Woche eröffnet würde. Er versuchte trotzdem, die Tür zu öffnen, und spürte, wie der Griff sich drehte. Ohne zurückzublicken, betrat Ben die Ausstellungshalle und schloss die Tür hinter sich.

Getreu ihrem Namen bestand die Ausstellung aus Waffen und Rüstungen verschiedener Größen. Von Katapulten, die im Persischen Krieg bei Belagerungs-Taktiken benutzt worden waren, über Puppen mit Helm und voller Rüstung bis hin zu Schwertern, Bogen und Pfeilen, Speeren, Lanzen und Schleudern bot die Ausstellung einen vollständigen Überblick über antikes griechisches Kriegsgerät.

Ben spürte den Umriss der Computerdiskette in seinem Trainingsanzug, als er zu der Wand mit den Ausstellungsstücken ging.

Er stand hinter einem Katapult, als die Tür zum Flur langsam geöffnet wurde. Ein Mann in einem Anzug trat ein, eine kleine Pistole in der Hand. Der Mann schloss die Tür hinter sich und wandte sich um.

Ben schoss den Pfeil von einem Bogen ab, den er von der Wand genommen hatte. Er zielte hoch und weit nach rechts, doch die Drehung der Bogensehne täuschte ihn, und der Pfeil schlug nur eine Handbreit über dem Kopf des Kuriers ins Holz der Tür.

»Lass die Waffe fallen«, sagte Ben.

Der Kurier zögerte und ließ seinen Blick durch die Ausstellungshalle schweifen.

»Los! Ich kann nicht sehr gut mit diesem Ding umgehen. Beim nächsten Mal könnte ich dich treffen.«

Der Kurier ließ die Waffe fallen und hob die Hände, obwohl Ben es gar nicht verlangt hatte. Der Bursche zitterte, ein fast kahlköpfiger Mann in mittlerem Alter, der einen dunklen Anzug trug.

Ben trat aus der Deckung des Katapults hervor. Er hatte einen weiteren Pfeil auf die Bogensehne gelegt, sie jedoch nicht gespannt. Der Kurier schaute ihn an und kniff die Augen zu Schlitzen zusammen.

»Sie sind nicht Abdel Sidr.«

»Hätten Sie den auch erschießen müssen?«

»Ich bin nur zu meinem Schutz bewaffnet. Nach dem, was geschehen ist ...«

»Warum erzählen Sie mir nicht davon?«

»Wer sind Sie?«

Ben hielt den Bogen mit dem Pfeil hauptsächlich der Schau wegen. »Sie sind zuerst dran.«

»Mein Name ist Kiriakis.«

»Für wen arbeiten Sie?«

»Für das Athener Büro von Hessler Industries.«

Ben zögerte. Er wusste jetzt, welches der Erpressungsopfer für die Ermordung der Schüler verantwortlich war. Das war keine Überraschung für ihn; nach dem Betrachten der Diskette in al-Asis Winnebago, die er jetzt in der Tasche trug, waren die Hessler Industries der wahrscheinlichste Kandidat, weil sie das meiste Geld an die Erpresser gezahlt und am meisten zu verlieren hatten.

Bei weitem.

Aber auch Ben hatte etwas zu verlieren. Das war der wichtigste Grund, dass er hier war.

»Sie sind hier, um die Diskette abzuholen«, sagte er.

»Ja«, erwiderte Kiriakis.

»Wer hat Sie begleitet?«

»Niemand! Ich schwöre es!«

»Es ist Ihnen niemand gefolgt?«

»Ich ... ich nehme es an.«

»Sie hatten nicht den Befehl, den Überbringer der Diskette zu töten?«

Kiriakis Augen weiteten sich. »Ich habe niemals im Leben getötet. Ich leite hier nur das Büro.«

»Aber Sie haben eine Waffe mitgebracht.«

»Wegen vergangener Woche«, behauptete der Grieche.

»Vergangener Woche?«

»Der Mord.«

»Sie wissen über die Morde Bescheid?«

»Nur über einen: Ari Hessler. Seither habe ich nichts mehr erfahren. Ich bin mir nicht mal sicher gewesen, ob das Treffen immer noch stattfindet, bis ich Sie in Ihrem Trainingsanzug gesehen habe.«

»Und Sie haben sich an mich herangemacht, obwohl Sie wussten, dass ich nicht der echte Abdel Sidr bin.«

»Das konnte ein Teil des Plans gewesen sein. Ich wusste es nicht, konnte mir nicht sicher sein.«

»Sie dachten, ich wäre vielleicht hergekommen, um Sie zu töten.«

»Ja!«

»Wegen Projekt vier-sechs-null-eins«, sagte Ben, als er sich an den Inhalt der Diskette erinnerte.

»Wegen *was?*«

»Projekt vier-sechs-null-eins. Eine neue Entdeckung der biotechnischen Abteilung der Hessler Industries in New York City. Aber gewisse Korrespondenz lief über die Zentrale des Konzerns in Tel Aviv.«

»Ich weiß nicht, wovon Sie reden!«

»Vier Schüler einer High School wussten es. Sie fanden heraus, dass es Projekt vier-sechs-null-eins gibt und welches Potenzial es hat. Dann erpressten sie jemanden von Hessler Industries, damit die Entdeckung geheim bleibt. Eine Entdeckung, die Milliarden Dollar wert ist und die sie an den Meistbietenden zu verkaufen drohten, wenn ihre Forderungen nicht erfüllt würden.«

»Das ist Wahnsinn!«

»Es war Wahnsinn, die Schüler zu ermorden, um sie zum Schweigen zu bringen. Ich bin Polizeibeamter, Kiriakis, und ermittle in diesen Mordfällen. Und ihre heutige Anwesenheit macht Sie zu einem Komplizen.«

»Aber ich habe nichts Falsches getan!«

»Sie haben eine Waffe zu dem Treffen mitgebracht. Das lässt eher auf das Gegenteil schließen.«

»Wegen Ari Hesslers Ermordung. Wie konnte ich wissen, dass ich nicht auch eine Zielscheibe bin?«

Ben erkannte, dass sich alle Teile des Puzzles zusammenfügten. »Ari Hessler war es, der Kontakt mit Ihnen aufnahm, nicht wahr?«

»Ja, vor acht Tagen.«

Das war der Tag, bevor Mahmoud Fasil die Diskette nach dem Fußballspiel an Abdel Sidr übergeben hatte. Fasil musste der Mann sein, den die Hessler Industries beauftragt hatten, Shahir Falaya umzubringen und dann die Festplatte seines Computers zu stehlen. Die Informationen auf dieser Diskette mussten von dieser Festplatte stammen, einschließlich einer vertraulichen E-Mail von Tess Sanderson in New York an Ari Hessler in Tel Aviv. Ari Hessler war der Mann, den die Schüler bei Hessler Industries erpresst hatten. Er war der Mann, der ihren Tod befohlen hatte, aber er brauchte immer noch die Diskette, um zu sehen, was *genau* die Schüler herausgefunden hatten und wie.

»Sie sollten die Diskette bei Ari Hessler in New York abliefern, richtig?«, mutmaßte Ben.

Kiriakis nickte. »Er hatte mir bereits das Ticket für den Flug von Athen morgen früh geschickt. Alles war vorbereitet gewesen. Aber nach seiner Ermordung erhielt ich keine weiteren Anweisungen.«

»Sie haben von keinem sonst in der Firma etwas gehört?«

»Von keinem! Nichts! Ich schwöre es! Ich habe mich an den ursprünglichen Plan gehalten!«

Ben ließ Pfeil und Bogen sinken und entspannte seine müden Schultern. »Diese Unterhaltung muss unter uns bleiben.«

»Ich verstehe.«

»Wenn Sie mit jemandem in der Firma darüber reden, könnten wir beide umgebracht werden.«

»Ich habe schon vergessen, dass ich Ihnen jemals begegnet bin, glauben Sie mir! Von diesem Projekt vier-sechs-null-eins habe ich nie etwas gehört. Ich sollte die Diskette entgegennehmen, sie in den Firmen-Safe einschließen und auf weitere Anweisungen warten.«

»Diese Mühe erspare ich Ihnen.«

Kiriakis blickte ihn verwirrt an. »Sie behalten sie?«

Ben nickte. »Noch jemand muss den Inhalt sehen.«

76.

Danielle und Mundt hatten sich auf den Boden gepresst, als die Schützen aus dem Hinterhalt das Feuer auf sie eröffneten.

»Die Wächter des Tores«, keuchte Mundt. »Sie müssen irgendwo in den Bäumen stecken.«

»Ich kann sie nicht entdecken«, sagte Danielle, verzweifelt bemüht, die Quelle der Schüsse zu orten. Aber das Echo im Wald um die Hügelkuppe erschwerte ihr die Orientierung. Auf jeden Fall verfügte nur Mundt über eine Waffe, und er war nicht in der Lage, sie auf eine solche Distanz wirksam einzusetzen.

»Vielleicht brauchen wir das auch nicht«, sagte Mundt und schob sich rückwärts durch den Schutt, der von der Burg übrig geblieben war, die für seinen Vater die Rettung bedeutet hatte.

Die Bewegung erregte die Aufmerksamkeit der Heckenschützen, die wieder feuerten. Einige Kugeln verfehlten Mundt und Danielle nur um Zentimeter.

»Was tun Sie da?«, fragte Danielle.

»Ich habe diese Burg sozusagen studiert«, erklärte Mundt. »Jede Einzelheit, über die ich etwas in Erfahrung bringen konnte.« Er tastete mit seinen großen, kräftigen Händen über den Boden, während er weiter rückwärts kroch und Schutt beiseite schob, um darunter etwas zu suchen. »Die Burg hatte viele Toiletten, die Garderoben genannt wurden. Sie hatten einen Abfluss, die zu einem Tunnel führten, durch den die Fäkalien in eine Jauchegrube flossen, die begehbar war und regelmäßig geleert werden musste.« Er verharrte und blickte zu den Bäumen. »Die Grube muss irgendwo dort draußen sein.«

»Wie viele Patronen haben Sie?«

»Zwei Ladestreifen. Das reicht, wenn wir unseren Weg dort hinaus finden können.«

Danielle suchte mit ihm im Schutt nach einem der Dränagelöcher, die hoffentlich die Zerlegung der Burg überlebt hatten.

Sie hatte gerade ein gezacktes Stück Kalkstein beiseite geräumt, als ihre Hand in eine schmale Öffnung sank, die von Gestrüpp überwuchert war.

»Mundt!«, rief sie leise.

Er kroch zu ihr, begleitet von einem weiteren Kugelhagel. Als er Danielle erreichte, hatte sie ein Loch freigelegt, das in steilem Winkel in die Tiefe zu führen schien und stockfinster war.

»Bleiben Sie dicht bei mir«, sagte Mundt und stieg vor ihr hinein.

»Ich bin gleich hinter Ihnen.«

Solange sie flach auf dem Boden blieben, würde der Hang des Hügels ihren Abstieg vor den Heckenschützen verbergen; sie nahmen vermutlich an, dass Danielle und Mundt sich eingruben, um in Stellung zu gehen. Danielle folgte Mundt, sobald seine Füße in dem Loch verschwunden waren. Sie versuchte, das Loch mit etwas Schutt zu tarnen, bevor sie tiefer stieg. Der Winkel war nicht so steil, wie sie gedacht hatte, und sie kam tatsächlich ziemlich leicht voran.

Bis ihr der Gestank entgegenschlug. Doch es musste Einbildung sein; menschliche Fäkalien von der Burg hatten sich vor langer Zeit zersetzt. Dennoch schlug ihr ein widerlicher, fauliger Geruch aus dem Boden entgegen, eine Mischung aus Exkrementen und Schlamm.

Danielle zwang sich, flach durch den Mund zu atmen. Sie kämpfte gegen die Übelkeit und Desorientierung an, als sie in die Finsternis des Tunnels gelangte, der einst der Abfluss für alle Fäkalien der Burg gewesen war. Sie versuchte, dicht hinter Mundt zu bleiben, verließ sich auf ihr Gehör, um sein Vordringen durch den Tunnel in Richtung Sickergrube im Wald zu verfolgen. Er musste ein Feuerzeug haben, denn sporadisch flackerte eine kleine Flamme weit vor ihr auf, wenn er überprüfte, was vor ihm lag.

Was ist, wenn der Tunnel weiter voraus eingestürzt ist?, dachte sie beklommen. *Wenn die Zugangsluke, die aus der Sickergru-*

be herausführt, in all den Jahren verrottet und nicht mehr zu öffnen ist?

Es war sinnlos, über diese Fragen nachzudenken; dies war ihre einzige Überlebenschance.

Der Gestank, ob eingebildet oder nicht, schien schlimmer zu werden, je tiefer sie vordrangen, und er wurde schier unerträglich, als sich der Tunnel zu einer großen, kreisförmigen Grube im Boden verbreiterte.

Die Sickergrube.

Danielle konnte nur hoffen, dass die paar hundert Meter, die sie zurückgelegt hatten, ausreichten, um sie hinter die Position der Heckenschützen zu bringen. Die Decke der Sickergrube war gerade hoch genug, um darin stehen zu können. Der über einsneunzig große Mundt konnte sie mit ausgestreckten Händen leicht erreichen, und er kratzte daran auf der Suche nach der Luke. Gelegentlich sah Danielle sein Feuerzeug in der Finsternis aufflammen.

Nach ein paar Minuten Suche fand Mundt die Luke. Er brauchte all seine Kraft, um an dem schweren alten Steindeckel zu rütteln und ihn zu lösen.

Danielle und Mundt spähten vorsichtig aus der Luke über den Waldboden, durch Blätter und Büsche verdeckt. Ohne das Krachen von Schüssen war es ihnen unmöglich, die Position der Heckenschützen ringsum auf dem Hügelhang auszumachen. Und mit nur einer Pistole konnten sie sich keinen Fehlschuss erlauben.

»Geben Sie mir die Waffe«, flüsterte Danielle.

»Was?«, wisperte Mundt zurück.

»Es sind vier. Zwei in den Bäumen, zwei auf dem Boden. Ich werde die auf dem Boden zuerst erledigen.«

Mundt sah sie abschätzend an, wie um sich in Erinnerung zu rufen, dass sie eine Frau war. »Sie?«

»Das kann ich am besten. Wenn ich mit den beiden am Boden

fertig bin, können wir die Schützen auf den Bäumen gemeinsam erledigen.«

Mundt schüttelte den Kopf und bemühte sich, die Stimme gesenkt zu halten. »Sie müssen vergessen haben, mit wem Sie reden.«

»Nein, Anna Krieger hat mir von Ihrer Zeit bei der Stasi erzählt. Aber diese Killer dort draußen sind Profis, und Sie haben keine Regierung als Rückendeckung.«

Mundt zitterte vor Zorn, als Danielle fortfuhr.

»Wollen Sie Ihren Vater finden oder nicht?«

Schließlich schnaubte Mundt und gab ihr die Pistole. Der Stahl fühlte sich warm an, und der Griff war feucht von Mundts Schweiß. Danielle wog die Waffe in der Hand, machte sich mit dem Gewicht und der Balance vertraut, bevor sie in den Wald schlich.

Sie hatte erwartet, dass sie zögern würde, sich sogar fürchtete. Doch sie fühlte sich leicht, wie beschwingt und um zehn Jahre zurückversetzt in ihre Zeit bei den israelischen Special Forces, als diese Art Arbeit ihre Welt gewesen war. Sie schlüpfte so glatt und geschmeidig in ihre alte Rolle, wie sie sich fast lautlos durch den Wald bewegte.

Zeit und Ort schienen zu verwischen. Da draußen waren zwei Schießer, mit denen sie fertig werden musste, und die Welt reduzierte sich auf diese Aufgabe. Etwas anderes existierte nicht mehr. Danielle spürte die Gegner mit den Ohren auf, lauschte auf die Geräusche, die sie verraten würden, während ihre Bewegungen nicht lauter als das Rascheln von Blättern im Wind waren.

Danielle verharrte, als eine gedämpfte Stimme, die in ein Sprechfunkgerät murmelte, den ersten Hinweis auf die Killer am Boden gab. Danielle steckte die Pistole hinter ihren Gürtel und näherte sich dem Mann lautlos von hinten. Sie hatte beschlossen, ihn mit bloßen Händen auszuschalten.

Der erste Mann hörte sie im letzten Moment und fuhr herum,

riss die Waffe hoch, jedoch zu spät. Das gedämpfte Knacken, als Danielle ihm das Genick brach, war nicht lauter als das Brechen eines Astes. Sie zog ein Messer aus einer Scheide an seiner Wade und schaltete damit den zweiten Mann aus, der ein paar Meter vom ersten entfernt in Position war, genau wie sie vermutet hatte.

Mit den Gewehren der Killer kehrte sie zu Mundt zurück. Sie klärten ab, wer von ihnen welchen Heckenschützen in den Bäumen übernehmen würde und einigten sich, die gleiche Stelle zu erkunden, wenn sie geschossen hatten. Danielle hörte das scharfe Krachen von Mundts Gewehr nur Sekunden, nachdem sie mit einem kurzen Feuerstoß einen schwarz gekleideten Schießer aus dem Baum geholt hatte.

Sie fand Mundt über den zweiten Heckenschützen geneigt am Fuß eines Baums etwa fünfzig Meter von ihrem geplanten Treffpunkt entfernt. Mundts Kugel hatte dem Mann die Schulter zerschmettert, und bei dem anschließenden Sturz vom Baum hatte er sich ein Bein gebrochen.

»Wir brauchen ihn, um ihn zu befragen«, sagte Mundt, ohne Danielle Beachtung zu schenken. »Und das kann *ich* am besten.«

Er brauchte nicht lange, um aus dem Mann die Information herauszuholen, die er haben wollte, und ihn dann zu zwingen, den Anruf zu machen, den Anna Krieger erwartete.

Danielle beobachtete, wie der Mann die Nummer in sein Mobiltelefon eintippte, und hörte ihn dann sagen: »Auftrag erledigt.«

Dann zog der Mann blitzschnell ein Messer hervor, das er am Körper verborgen hatte, und holte damit aus. Mundt reagierte gerade noch rechtzeitig und feuerte auf den Mann, der leblos zurückfiel.

»Was erwarten Sie zu finden, wenn wir in New York sind?«, fragte Danielle nun Karl Mundt, als sie in den frühen Morgenstunden beinahe ganz allein in der internationalen Abflug-Lounge des Charles-de-Gaulle Flughafens saßen. Der Flug zum Kennedy Airport in New York hatte wieder Verspätung, eine weitere Verzögerung auf dem langen Umweg, den sie von Polen aus gewählt hatten, für den Fall, dass Anna Krieger ihre List durchschaut hatte.

»Praktisch das Gleiche wie Sie«, erwiderte Mundt. »Die Wahrheit über meinen Vater.«

»Die Wahrheit wird jetzt nichts ändern«, sagte Danielle.

»Dann wird sie Genugtuung bringen. Das ist es doch, was wir beide uns wünschen.«

»Sie wollen Paul Hessler töten, nicht wahr?«

Mundt versteifte sich. »Er ist nicht Paul Hessler. Er ist Karl Mundt, der tapfere Soldat, der von seiner Frau und seinem Kind davonlief.« Er schaute Danielle an, und sein Gesicht verzog sich vor Schmerz. »Mein Vater lief von seiner Familie *fort*, während Ihr Vater *zu* seiner Familie lief.«

»Das wissen Sie nicht«, sagte sie. »Ich würde es spüren, wenn es so gewesen wäre.«

»Woher, Barnea? Meinen Sie, der Teufel kennzeichnet Menschen mit verschiedener Hautfarbe oder unterschiedlichem Geruch?« Mundt schüttelte den Kopf. »Wenn das der Fall wäre, hätten Polizisten wie Sie einen leichten Job. Aber das Böse sieht nicht unterschiedlich aus. Es verbirgt sich hinter Masken und falschen Fassaden, die es ihm erlauben, zu blühen und zu gedeihen. Die wahren Bösen sind die Bestien, die von den Wächtern des Tores vernichtet werden. Die wahren Bösen verstecken sich in der Verkleidung von Männern, die jeder für gut und freundlich hält. Sie sind die gefährlichsten Ungeheuer – diejenigen, die nur von den Wächtern des Tores identifiziert werden können.«

Danielle ließ sich nicht von ihrer Meinung abbringen. »Ihr Vater. Nicht meiner.«

Mundts Blick wurde weicher. »Ihrer ist ohnehin tot, und das erspart Ihnen die Qual einer Entscheidung. Die Qual, es zu erfahren.«

»Oh, ich *werde* es erfahren«, sagte Danielle entschlossen. »Genau wie Sie gesagt haben. Ich werde es von dem einen Mann erfahren, der es mir sagen kann.«

ACHTER TAG

77.

Paul Hessler stand auf der Verbindungsbrücke zwischen den beiden Wolkenkratzertürmen und schaute über den East River. Er brauchte sich nur zu drehen, und ganz Manhattan lag unter ihm. Normalerweise liebte er diese Aussicht, besonders von der einzigen himmelhohen Brücke in den Vereinigten Staaten. Es war sein liebstes Merkmal des Gebäudes, das er hatte erbauen und mit voller Kapazität hatte vermieten lassen. Die Wartezeit für Interessenten von Büroräumen in den Türmen wurde auf fünf Jahre geschätzt.

Aber heute war etwas anders als sonst. Heute, als die Dämmerung sich über New York senkte, fand Paul Hessler keine Freude an diesem Anblick oder an sonst etwas. Die Kondolenzempfänge waren vorüber. Die Besuche und Anrufe von Verwandten und Freunden hatten aufgehört. Seine Enkelkinder waren in die Schule zurückgekehrt, seine Ex-Frau in ihr Haus in Palm Springs, die anderen Kinder in ihre Welt, die sie sich aufgebaut hatten.

Heute war Paul Hessler mit den Gedanken an seinen ermordeten Sohn allein. Um sich abzulenken, versuchte er sich auf den wundersamen Erfolg von Projekt 4601 zu konzentrieren. Ganz gleich, wie viele Menschenleben Projekt 4601 rettete – es konnte seinen Sohn nicht zurückbringen.

Aber noch etwas anderes machte Paul Hessler zu schaffen, als er im letzten Tageslicht auf der Brücke zwischen den Wolkenkratzern stand. Andere würden sicherlich in der Lage sein, dieselbe Wahrheit herauszufinden wie Sergeant Walter Phipps, der alte Soldat, der Ari ermordet hatte. Und das konnte ihn so wirkungsvoll vernichten wie eine Kugel. Die einzige Frage war, wovon er zuerst erwischt wurde.

»Mr. Hessler?«

Überrascht wandte Paul sich um. Einer seiner Sicherheitsleute, die allesamt Blazer trugen, stand an einem Ende der Brücke.

»Verzeihen Sie die Störung«, sagte der Sicherheitsmann. »Aber unten ist jemand, der Sie sprechen möchte.«

»Ich habe keinen Termin für heute Abend geplant.«

»Das hat man mir gesagt, Sir. Aber dieser Mann ist Polizist, ein *palästinensischer* Polizist.«

»Palästinensisch?«

Der Sicherheitsmann nickte steif. »Er sagt, er hat Informationen über die Ermordung Ihres Sohnes.«

78.

»Er meldet sich nicht«, sagte Danielle und drückte auf die END-Taste von Mundts Handy.

Der große Mann blickte sie finster an. »Sie sagten, das ist die Nummer, die Hessler Ihnen gegeben hat und unter der Sie ihn rund um die Uhr erreichen können.«

»Da hat sich offenbar etwas geändert.«

Danielle hatte bereits versucht, Hessler über die Telefonzentrale seiner Firma zu erreichen, hatte ihren Namen genannt und hinzugefügt, dass sie eine wichtige Information über die Ermordung seines Sohnes geben konnte. Doch Hessler war unerreichbar und hatte die strikte Anweisung gegeben, nicht gestört zu werden.

»Dann müssen wir warten«, meinte Mundt.

»Nein«, sagte Danielle entschieden, »wir können nicht warten. Die Wächter des Tores werden unterwegs sein, wenn sie nicht schon hier sind. Wir müssen Hessler jetzt gegenübertreten. Noch heute Abend.«

»Und wie?«

»Wir tun, was wir am besten können, Mundt.«

Nach dem langen Umweg, den sie in Kauf genommen hatten, um nach New York City zu gelangen, war Danielle erschöpft. Ihre Schwangerschaft und die sorgenvollen Gedanken um ihren Vater beschleunigten die Auswirkungen solcher Überanstrengungen nur noch. Doch sie versuchte, ihre Reserven zu mobilisieren, die sie brauchen würde, um diese Sache zu Ende zu führen.

Danielle wusste, dass Paul Hessler nach dem versuchten Mordanschlag in Israel gut bewacht wurde. Deshalb – und weil es ihr und Mundt an den nötigen Mitteln fehlte, um Zugang zu seinem Haus zu gewinnen –, blieb ihnen nichts anderes übrig, als einen anderen Weg zu wählen. Danielle hielt Hesslers Konzernzentrale in den Türmen für die beste Möglichkeit. Sie schlug vor, Zugang zu dem Gebäude zu finden und bis zu seinem Eintreffen am nächsten Morgen zu warten. Es war nicht gerade der beste Plan, unter den gegebenen Umständen jedoch die einzige Erfolg versprechende Wahl.

Bei einem Anruf bei der Verwaltung des Gebäudes erfuhr Danielle den Namen der Firma, von der die Reinigungsarbeiten durchgeführt wurden. Der Parkplatz der Firma in New Jersey war unbewacht. Die Dunkelheit der Nacht sorgte für die einzige Tarnung, die Danielle und Hans Mundt brauchten, um einen Van mit der Aufschrift der Firma zu stehlen und ungehindert davonzufahren. Auf dem Weg nach Manhattan zogen sie Overalls an und parkten dann nahe bei einem Lieferanteneingang der Türme.

Sie verfügten natürlich nicht über die richtigen Schlüssel, was sich jedoch als unbedeutendes Problem erwies. Danielle bearbeitete die Tür mit einem Werkzeug, das sie hinten im Van fand. Dieses Werkzeug war groß und ungeeignet für Feinarbeit, doch es reichte, die Tür so behutsam zu öffnen, dass selbst einem scharfen Beobachter die Beschädigung des Schlosses erst auf den zweiten Blick aufgefallen wäre.

Die ganze Zeit spürte Danielle, dass Mundt hinter ihr die Straße beobachtete. Mundt, der hier war, um den Vater zu treffen, der über ein halbes Jahrhundert, nachdem er ihn verlassen hatte, mit einer Lüge gelebt hatte.

Und ich bin hier, um herauszufinden, ob mein Vater mich mein Leben lang belogen hat, überlegte Danielle, als die Tür mit einem Klicken aufging.

»Hesslers Büro ist im ersten Stock«, sagte Mundt. »Es gibt einen Privataufzug auf der anderen Seite des Gebäudes, von dem aus man dort Zutritt hat.«

»Woher wissen Sie das?«, fragte Danielle und fiel neben ihm in Schritt.

»Das ist nicht mein erster Ausflug hierher, Pakad Barnea, aber es wird mein letzter sein.«

79.

Ben hatte verschiedene Möglichkeiten erwogen, wie er an Paul Hessler herankommen konnte. Am Ende hatte er sich für die einfachste entschieden: Er ging in die Halle der Türme und kündigte sich beim Sicherheitsdienst an.

»Da werden Sie Pech haben«, meinte der Sicherheitsmann am Empfang.

»Melden Sie Paul Hessler, was ich Ihnen gesagt habe. Er wird mich schon empfangen.«

Es bedurfte einer Reihe von Telefonaten und geduldiges Warten unter den scharfen Blicken zusätzlicher Wächter, die in die Halle gerufen worden waren, doch am Ende erwies sich Bens Behauptung als richtig. Dieselben Sicherheitsbeamten wurden schließlich seine Eskorte bei der Fahrt mit dem Expresslift in die 42. Etage, wo er über einen Gang geführt wurde, auf dem es Hinweisschilder auf die Verbindungsbrücke zwischen den Türmen gab.

Paul Hessler, den er niemals kennen gelernt hatte, stand dort auf der Brücke zwischen den Zwillingstürmen. Im schwachen Licht der Abenddämmerung wirkte er traurig und einsam, wie ohne Lebenswillen. Ben kannte dieses Gefühl von Detroit her. Er hatte es nach dem Tod seiner Kinder ebenfalls gehabt. Er hätte Paul Hessler gern gesagt, dass dieses Gefühl mit der Zeit besser würde und das Leben wieder einen Sinn für ihn bekäme. Doch er wusste, dass es nicht so war.

»Lassen Sie uns allein«, befahl Hessler den Sicherheitsleuten, die Ben begleitet hatten.

Die Männer zogen sich widerstrebend zurück.

Ben spürte Hesslers Blick auf sich.

»Bitte, Inspector Kamal, leisten Sie mir hier Gesellschaft und genießen Sie die Aussicht.«

Ben näherte sich ihm zögernd. Ihm wurde ein wenig schwindlig, als er über die Verbindungsbrücke im 42. Stock ging. Als er auf das Wasser hinausblickte, zog sich sein Magen zusammen, und er hatte das Gefühl, durch die Luft zu schreiten.

»Meine Männer haben Ihren Ausweis überprüft«, fuhr Hessler fort, als sich Ben näherte. »Es tut mir Leid, dass es so lange gedauert hat. Aber bei dem Zeitunterschied …«

»Sie brauchen sich nicht zu entschuldigen, Sir.«

»Sie haben einen weiten Weg zurückgelegt, um mich zu sprechen, Inspector.«

»Ich habe meine Gründe.«

»Gründe, von denen Ihre Vorgesetzten offenbar nichts wissen.«

»Haben Sie Colonel al-Asi erreichen können?«

»Wir können nicht bestätigen, dass es ihn überhaupt gibt.«

Ben lächelte leicht. »Dennoch haben Sie sich entschieden, mich zu empfangen.«

»Weil Sie sagten, es betrifft die Ermordung meines Sohnes. Und Ihr Name ist mir nicht unbekannt.«

»So?«

»Er tauchte bei meiner Überprüfung von Chief Inspector Danielle Barnea von der israelischen Nationalpolizei auf.«

»Sie haben darum gebeten, dass sie dem Fall zugeteilt wird. Und dann haben Sie sich genau so plötzlich anders besonnen.«

»Sie hat Sie also ins Vertrauen gezogen.«

Ben nickte. »Und jetzt ziehe ich Sie in mein Vertrauen. Sie sollten wissen, dass Pakad Barnea niemals aufgehört hat, im Mordfall Ari Hessler zu ermitteln.«

»Sind Sie als ihr Bote gekommen, der mir erzählen will, was sie entdeckt hat?«

»Nein, Mr. Hessler. Was *ich* weiß, habe ich selbst herausgefunden. Pakad Barnea weiß nichts davon. *Niemand* in Israel weiß etwas davon.«

Hessler kniff besorgt die Augen zusammen. »Ist das wichtig?«

»Sehr, denn es betrifft etwas, das Sie unter keinen Umständen preisgeben möchten. Glauben Sie mir.«

Er sah, wie Hesslers Blick kalt wurde. Die langen, knochigen Finger des alten Mannes ballten sich zu zitternden Fäusten.

»Darum geht es also«, zischte er. »Wieder jemand, der in meiner Vergangenheit herumgeschnüffelt hat. Glückwunsch, Inspector.«

»Es geht nicht um Sie oder die Vergangenheit«, sagte Ben und bemühte sich, konzentriert zu bleiben. »Wie ich den Männern unten sagte, es geht um Ihren Sohn.«

Hessler blickte ihn jetzt verwirrt, sogar verständnislos an. »Um meinen Sohn«, murmelte er wie im Selbstgespräch. »Sie sind also den weiten Weg gekommen, um mir eine Information über seine Ermordung zu geben.«

»Nicht genau.«

»Sollte ich meine Sicherheitsleute zurückrufen, Inspector?«

»Das werden Sie nicht tun wollen. Wirklich nicht.«

»Aber wenn es nicht um die Ermordung meines Sohnes geht, was hat es dann mit ihm zu tun?«

»Projekt vier-sechs-null-eins«, sagte Ben.

Paul Hessler wurde kreidebleich.

80.

Die zwölf Wächter des Tores, die Anna Krieger in die Vereinigten Staaten begleiteten, flogen zu drei verschiedenen Flughäfen im Nordosten. Da sie keine Waffen ins Land einführen konnten, lauteten Annas Anweisungen, sich mit einem amerikanischen Kontaktmann auf einem Hotelparkplatz in Connecticut zu treffen, kurz vor der Grenze New Yorks. Dort würden sie mit ihr und drei amerikanischen Fahrern zusammentreffen und dann gut bewaffnet nach New York City fahren, um Karl Mundt zu exekutieren, besser bekannt als Paul Hessler.

Anna hatte einige nachrichtendienstliche Informationen über Hessler erhalten. Nicht genug, um einen konkreten Angriffsplan zu entwickeln, jedoch ausreichend, um ihr zu ermöglichen, eine Reihe von Alternativen auszuwählen, die gleichermaßen risikobehaftet waren. Durch Zufall hatte Anna bei ihrer Ankunft in Connecticut von ihrem Informanten erfahren, dass Hessler ausgerechnet in dieser Nacht unerwartet in seinem Büro aufgehalten wurde. Sie hatte bei ihrer Planung eine Nacht zum Zuschlagen einbezogen, doch die Gelegenheit, Hessler im Schutz der Dunkelheit zu erledigen, war zu gut, um sie ungenutzt zu lassen. Ein Frontalangriff, wenn er an diesem Abend das Gebäude verlassen würde, war vielleicht die beste und einzig durchführbare Wahl.

Für Anna war die lange Reise problematisch gewesen. Sie war es nicht gewohnt, unter Leuten zu sein, geschweige denn zu reisen. Schlimmer noch, durch die trockene Luft im Flugzeug war ihre dicke Make-up-Schicht aufgesprungen, was eine Reihe der anderen Passagiere veranlasst hatte, sie erschreckt anzuschauen. Sie hasste dieses Starren der Leute, das ihr das Gefühl gab, ein Monstrum zu sein; zugleich begrüßte sie es, weil es sie in ihrem Entschluss bestärkte.

Ihr Gesicht war schließlich eine ständige Erinnerung daran, was Männer wie Karl Mundt ihr und ihren Eltern angetan hatten. Immer wenn ihre Entschlossenheit nachließ oder ihr Zweifel kamen, brauchte sie sich nur an die schrecklichen Schreie ihrer Eltern und die Schmerzen zu erinnern, die sie in den Flammen erlitten hatte. Sie würde niemals den Gestank von verbranntem Haar oder die Geräusche vergessen, als ihre Haut wie Speck in der Pfanne gebrutzelt hatte, bevor sie sich durch die Flammen aus dem Fenster geworfen hatte und im nassen Dreck des Gartens gelandet war. Sie hatte immer noch geschrien, als sie von Nachbarn gefunden worden war, teils um die Todesschreie ihrer Eltern zu übertönen, teils aus eigenem Schmerz.

In jener Nacht war sie ein Ungeheuer geworden; ohne Freunde, verwaist und ausgestoßen. Doch der Hass in ihr war ebenfalls entfacht worden, und keine fruchtlose plastische Chirurgie hatte ihn unterdrücken können. In den folgenden Jahren hatte sie nur für ein Ziel gelebt: die Arbeit zu beenden, die ihre Eltern begonnen hatten. Den Letzten derjenigen auszulöschen, die Hakenkreuze auf ihren Uniformröcken und in ihren Herzen getragen hatten.

Doch deren Zahl nahm ab. Nur ein paar alte harmlose Männer gab es noch hier und da. Der verstorbene Abraham Vorsky hatte in diesem Punkt Recht gehabt; Annas Zeit und ihr Lebensziel waren Relikte der Vergangenheit. Sie musste Schluss damit machen.

Aber zuerst war da noch Karl Mundt, ein Mann, der seinen Mord an einem jüdischen Jungen zu einem Multimilliarden-Dollar-Vermögen ausgebaut hatte. Die angeblichen Wohltaten und Großzügigkeiten von Paul Hessler, zu dem Mundt geworden war, konnten daran ebenso wenig ändern, wie Anna ihr Gesicht ändern konnte, dessen Spiegelbild sie sah, wenn sie die dicke Schminkschicht auf ihre Brandnarben auftrug.

Karl Mundt verkörperte genau den Grund, weshalb ihre Eltern sich entschieden hatten, Wächter des Tores zu werden, wofür sie schließlich auf grauenvolle Weise gestorben waren. Auch Anna würde heute Nacht vielleicht sterben. Selbst wenn sie hier in New York City Erfolg haben sollte, konnte sie gefasst und verurteilt werden, um ihr Leben als die Gefangene zu beenden, die sie ohnehin lange Zeit gewesen war.

81.

»Was ich Ihnen zu sagen habe, wird für Sie nicht leicht zu verkraften sein«, fuhr Ben fort, bevor die Farbe in Paul Hesslers Gesicht zurückkehren konnte.

»Mein Sohn ist tot, Inspector. Es kann nicht schlimmer sein als das.«

»Vielleicht.« Ben suchte weiterhin nach den richtigen Worten. »Ari war in eine Sache verwickelt, von der Sie nichts wussten.«

»Jetzt weiß ich von Projekt vier-sechs-null-eins«, sagte Hessler traurig.

»Davon wussten auch vier Schüler in Israel und Palästina, die alle im vergangenen Monat ermordet wurden. Ich kann mir vorstellen, dass Ihr Sohn glaubte, keine Wahl zu haben.«

»Keine Wahl? Wovon reden Sie?«

Ben zögerte. »Er ließ sie ermorden.«

Die Miene des alten Mannes spiegelte aufsteigenden Zorn wider. Seine Lippen zitterten. »*Schüler*? Das ist doch lächerlich! Warum sollte Ari so etwas tun?«

»Weil sie ihn erpresst haben.«

»Ihn *erpresst?*«

»Mit der Drohung, die Existenz von Projekt vier-sechs-null-eins der Welt zu enthüllen und ihr Wissen darüber pharmazeutischen Konkurrenzfirmen preiszugeben.«

Paul Hessler schwankte plötzlich. Er stützte sich Halt suchend an das Glas der Verbindungsbrücke. »Ich glaube Ihnen nicht. Ich glaube, *Sie* wollen mich mit diesen bizarren Behauptungen erpressen. Ja, so muss es sein.«

»So ist es nicht, glauben Sie mir.«

»Das kann ich nicht. Und das werde ich nicht.«

»Vor einem Monat erhielt Ihr Sohn per E-Mail einen vertraulichen Bericht von jemandem namens Tess Sanderson hier in New York. Er lud den Inhalt eines Anhangs auf die Festplatte eines digitalen Bürogeräts in Ihrer Zentrale in Tel Aviv herunter. Einer dieser Schüler einer High School, der einen Nebenjob als Techniker hatte, entfernte die Festplatte des Geräts und speicherte den Inhalt. Er und die anderen drohten, ihr Wissen über Projekt vier-sechs-null-eins an den Meistbietenden zu verkaufen, wenn ihre Geldforderungen nicht erfüllt würden. Sie sagten sich, dass sie unter den führenden pharmazeutischen Unternehmen viele Interessenten finden würden, und sie hatten Recht. So zahlte Ihr Sohn ihnen eine Million Dollar.«

»Eine Million Dollar?«

»Doch damit hörte es nicht auf. Die Existenz von Projekt vier-sechs-null-eins war immer noch in Gefahr. Ihr Sohn konnte nicht sicher sein, dass die Schüler tatsächlich schweigen würden – solange sie am Leben waren, blieben sie eine Bedrohung für das Projekt. Ihr Sohn muss der Ansicht gewesen sein, keine Wahl zu haben. So ließ er die Schüler aufspüren und umbringen, Mr. Hessler. Ich bedauere, Ihnen das erzählen zu müssen.«

»Sie … Sie kommen hierher und erwarten von mir, dass ich Ihnen das alles glaube? Dass ich eine so lächerliche, skandalöse Geschichte für bare Münze nehme? Sie erwarten von mir, Ihnen zu glauben? Einem … einem …«

»Einem Palästinenser, einem Araber?«, vollendete Ben, als Hessler keuchend verstummte. »Nein, Sir, das erwarte ich nicht. Deshalb habe ich eine Diskette mitgebracht, die meine Behauptungen beweist.«

Hesslers Gesicht war rot angelaufen. Eine Ader pulsierte an seinem Hals. »Beweist diese Diskette auch, dass mein Sohn diese Schüler umgebracht hat?«

»Nicht vor einem Gericht. Aber es ist nicht das Gericht, das zählt, nicht wahr, Sir?«

Hessler betrachtete Ben jetzt neugierig. »Dann habe ich also Recht, nicht wahr, Inspector? Sie sind hier, um *mich* zu erpressen.«

»Nein, ich bin hier, um einen Handel zu machen.«

»Einen *Handel*?«

»Sie machen doch ständig Geschäfte, Mr. Hessler. Hier geht es nur um ein weiteres. Vorweg gesagt: Ich bin im Augenblick der Einzige, der weiß, was ich Ihnen soeben gesagt habe. Ihnen und Ihrer Familie kann die Schande erspart bleiben, die Peinlichkeit, dass Ihr Sohn der Komplizenschaft bei mindestens acht Morden schuldig ist.«

»Schaden oder Peinlichkeit sind mir scheißegal! Wir reden hier über *meinen Sohn*!«

»Und seinen guten Namen. Der ermordete Erbe des Hessler-Vermögens, verwickelt in die Ermordung von vier Kindern und verbündet mit Terroristen und Killern, die er anwarb, um die Exekution der Jugendlichen durchzuführen. Wollen Sie diesen Nachruf hören?«

»Es ist eine Lüge!«

»Schauen Sie sich die Diskette an, Sir. Sie werden feststellen, dass es keine Lüge ist.«

Ben konnte Hessler ansehen, dass er wieder kühl und logisch zu denken begann. »Und Sie sind der Einzige, der von alldem weiß?«

»Ich habe einige Vorsichtsmaßnahmen getroffen.«

»Weiter!«

»Der Mann, den Sie nicht ausfindig machen konnten – Colonel al-Asi –, hat eine Kopie der Diskette von mir bekommen. Sollte mir irgendetwas zustoßen, wird er sie mitsamt meinem vollständigen Bericht an die internationalen Medien freigeben. Und da Sie al-Asi nicht finden können, kann man mit Sicherheit davon ausgehen, dass Sie seine Kopie der Diskette niemals finden werden.«

Hessler nickte bedächtig; er hatte seinen Zorn jetzt unter Kontrolle. »Sie wollen mir also Ihr Schweigen verkaufen, Inspector?«

»Nicht für Geld«, sagte Ben.

»Wofür dann?«

»Für Projekt vier-sechs-null-eins.«

Ben legte eine Pause ein, darauf bedacht, Paul Hessler kein Anzeichen von Schwäche oder Zögern zu zeigen.

»Ich verstehe nicht«, sagte der alte Mann, und es klang verwirrt und beinahe erleichtert.

»Der vertrauliche Bericht, den Ihr Sohn von Tess Sanderson erhielt, war ziemlich genau, was die bemerkenswerten Fähigkeiten von Projekt vier-sechs-null-eins betrifft. Fortgeschrittene genetische Therapie. Nanotechnologie. Biologische Computer. Organische Geräte. Ich wünschte, ich könnte diese Dinge verstehen …«

»Ich möchte nur verstehen, was hier geschah, wie alles dermaßen schief gehen konnte.«

Ben fasste die Schritte, die Ari Hessler unternommen hatte, so gut zusammen, wie es ihm möglich war – von der Ermordung der vier Schüler über den Diebstahl der Festplatte von Shahir Falayas Computer bis hin zum Schmuggel einer Diskette mit den für ihn wichtigen Daten aus der West-Bank zu einem Mittelsmann in Athen, der sie bei Ari in New York abliefern sollte.

»Unmöglich! Wo hätte mein Sohn die Männer, die *Killer,* für so etwas finden sollen? Er kannte keine solchen Leute.«

»Das kann ich Ihnen sagen, Sir.«

»Dann sagen Sie mir, worauf Sie hinauswollen und was Sie veranlasst hat, um die halbe Welt zu reisen, um mir Ihr Schweigen anzubieten.«

»Geburtsfehler«, erwiderte Ben und atmete tief durch.

»Was?«

»Theoretisch könnte, *sollte* Projekt vier-sechs-null-eins in der Lage sein, solche Defekte im Fötus zu beheben, sodass das Kind gesund und ohne Schäden geboren wird.«

»Ich nehme an, das stimmt. Theoretisch. Aber ich bin kein Experte. Ich habe das Potenzial von Projekt vier-sechs-null-eins selbst erst vor ein paar Tagen erfahren.«

Ben wählte seine nächsten Worte sorgfältig. »Ich habe eine gute Freundin, eine sehr gute Freundin. Sie ist schwanger, und ihr Baby hat eine genetische … ich glaube, ihr Arzt nannte es eine genetische Anomalie.« Er bemühte sich, nicht bittend zu klingen. »Ich möchte, dass Sie meine Freundin mit Projekt vier-sechs-null-eins behandeln lassen. Ich möchte, dass Sie versuchen, Ihr Baby zu retten, denn ich befürchte, es ist ihre letzte Chance, ein Kind zu bekommen.«

»Was Sie da verlangen, ist äußerst gefährlich, Inspector, vielleicht sogar tödlich. Projekt vier-sechs-null-eins ist bis jetzt noch nicht am Menschen erprobt worden, nicht einmal in den Vorstadien.«

Ben blieb unnachgiebig, unbeeindruckt. »Meine Freundin kann es sich nicht leisten, zu warten, bis es so weit ist, Mr. Hessler. Lassen Sie sie mit Projekt vier-sechs-null-eins behandeln, und die Wahrheit, dass Ihr Sohn ein Mörder war, bleibt unter uns. Wenn Sie sich weigern ...« Er ließ den Rest unausgesprochen; er hatte genug gesagt.

Paul Hessler betrachtete ihn und kniff die Augen zu Schlitzen zusammen. »Sie muss eine sehr gute Freundin von Ihnen sein, Inspector.«

»Das ist sie.«

»Mir kommt in den Sinn, wie auffallend oft Ihr Name in dem Bericht auftauchte, den ich über Pakad Danielle Barnea angefordert habe.«

Ben ignorierte Hesslers Andeutung. »Machen wir einen Handel oder nicht?«

»Diese Droge könnte Ihre Freundin umbringen, Inspector.«

Ben schluckte schwer. »Sie selbst wird die Entscheidung treffen müssen.«

»Angenommen, Sie entscheidet sich dagegen ...«

»Ihr die Wahl zu geben erfüllt Ihre Seite des Handels.«

Hessler wurde plötzlich bleich. Er wirkte wie benebelt, und von neuem stützte er sich Halt suchend an die Glaswand der Brücke. »Mein Sohn hätte zu mir kommen und mir von dem Problem mit diesen Schülern erzählen sollen.«

»Was hätten Sie dann getan?«

»Es gibt andere, weitaus subtilere Möglichkeiten, um sich das Schweigen zu sichern.«

»Es tut mir Leid, dass er Ihnen diese Chance nicht gab, Sir.«

»Sie übersehen das Wichtigste. Er gab mir diese Chance deshalb nicht, weil es sein Projekt war. Er wollte mich damit überraschen, mich stolz machen. Und das wäre ich gewesen ... Gott, wie stolz ich gewesen wäre! Er konnte nicht zulassen, das ihm irgendetwas dazwischenkam.« Hesslers Stimme wurde leise und monoton. »Vielleicht sollten Sie mich stattdessen verhaften.«

»Ich bin nicht hier, um jemanden zu verhaften. Ich bin hier, um die Frau zu retten, die ich liebe.«

»Ihr Baby, meinen Sie.«

»Nein, meine Freundin. Sie darf dieses Baby nicht verlieren, Sir. Sie wissen das … und ich weiß es.«

Hessler betrachtete Ben mit anderen Augen, als ob sie etwas teilten, das keiner von beiden ganz verstand. »Und warum sollte ich Ihnen vertrauen?«

»Wenn Sie zustimmen und ich die Diskette trotzdem veröffentliche, wird nichts Sie davon abhalten können, mich umzubringen … und Pakad Barnea.«

Hessler runzelte die Stirn und überlegte. »Ich muss zuerst diese Diskette sehen.«

»Das habe ich erwartet.«

»Kommen Sie, Inspector«, sagte Hessler und legte eine zitternde Hand auf Bens Ellenbogen. »In meinem Büro steht ein Computer. Ich sorge dafür, dass wir nicht gestört werden.«

82.

Die drei gemieteten Ford Explorer trafen nach Einbruch der Dunkelheit in New York City ein, jeder gefahren von einem amerikanischen Mitglied der Wächter des Tores, das mit den hiesigen Straßen und Verkehrsvorschriften vertraut war. Anna Krieger saß auf dem Beifahrersitz des ersten Explorer, froh, dass ihr niemand die Erschöpfung an den Gesichtszügen ansehen konnte.

Anna erlebte diese Augenblicke mit der bedrückenden Erkenntnis, dass gewissermaßen ihre Existenzberechtigung endete. Eine Ära war vergangen; sie war das letzte Überbleibsel. Abraham Vorsky war tot, und Anna fragte sich, ob es sonst noch jemanden gab, der sich an ihre Eltern und ihr mutiges, selbstloses Handeln erinnern konnte, das sie das Leben gekostet hatte.

Sie wusste, dass Paul Hessler, in Wirklichkeit Karl Mundt, für *sie* sterben musste, nicht sosehr als Bestrafung, sondern als Rechtfertigung aller Werte, an die sie stets geglaubt hatte. Er war kein wirklicher Bösewicht, und seine Hinrichtung bedeutete keinen großen Sieg. Was er getan hatte, war vorüber und vor langer Zeit geschehen. Anna hatte Vorskys Anruf in der vergangenen Woche, als er sie nach Israel gerufen hatte, begrüßt und gehofft, wieder ein Ziel zu haben, einen Grund zum Handeln. Eine weitere Lüge. Anna hatte es für sich selbst getan – und dies war der Preis, den sie zahlen würde; nach Paul Hesslers Tod würde nur noch das schreckliche Wissen bleiben, dass es keine anderen wie ihn mehr gab.

Anna konnte sich nicht vorstellen, wie sie weiterleben sollte, ohne ihre alten Ziele zu verfolgen. Die letzten Jahre war es mit den Wächtern des Tores stetig bergab gegangen; gesellschaftliche Veränderungen hatten ihnen die Ziele gestohlen, hatten Deutschland verändert. Die Bundesrepublik hatte sich schließlich bereit erklärt, die Überlebenden des Holocaust finanziell zu entschädigen, hatte sogar die Schweizer Banken, die sich am Vermögen jüdischer Familien bereichert hatten, gezwungen, Wiedergutmachungen für die Erben zu leisten. Es gab keinen Grund mehr, die Vergangenheit zu leugnen, weil sie bald vorüber war.

Doch für Anna Krieger blieb eine letzte Aufgabe.

83.

»Es ist alles in Ordnung«, sagte Paul Hessler zu seinen Sicherheitsleuten, als er Ben zu seinem Privataufzug geführt hatte. »Mein Gast und ich fahren zu meinem Büro hinauf.«

Die Männer mit den Blazern versteiften sich. Es war ihnen anzusehen, dass sie sich unbehaglich fühlten, da ihnen nicht erlaubt wurde, ihren Auftraggeber zu begleiten.

»Vorausgesetzt, ich stimme diesem Handel zu, Inspector«, sagte Hessler, nachdem sich die Aufzugtür geschlossen hatte, »wird Pakad Barnea für die Behandlungen hier zum Hessler Institute kommen müssen.«

Ben spürte, wie der Expresslift in die Höhe schoss – so schnell, dass er Druck auf den Ohren verspürte. »Das wird sich machen lassen.«

»Sie meinen, sie wird sich entscheiden wie Sie? Eine großartige Kriminalbeamtin hilft, die Ermordung dreier israelischer Staatsbürger zu vertuschen? Brutale Killer ungestraft davonkommen zu lassen?«

Über dieses Problem hatte Ben nicht nachgedacht. »Ich weiß, wie sehr sie sich das Baby wünscht, Mr. Hessler«, sagte er nur. »Sie wird einverstanden sein.«

Die Aufzugtür glitt auf, als sie Hesslers Büro im obersten Stock erreichten, und das leise Rauschen des künstlichen Wasserfalls verdrängte das mechanische Summen des Aufzugs. Paul Hessler betrat das Büro als Erster und ging zu seinem Schreibtisch im hinteren Teil.

Ben sah, dass ein Computer darauf stand, und griff in die Tasche, um die Diskette hervorzuziehen, als ein riesiger Schatten aus der Deckung des Wasserfalls vor Hessler sprang.

»Nein!«, schrie Danielle in dem Moment, als sie die Pistole in Mundts Hand sah.

Mehr zorniger Reflex als Mitgefühl trieb sie zum Handeln; sie sprang zwischen Mundt und Paul Hessler. Falls die Wut Mundt jetzt dazu brachte, seinen Vater zu erschießen, würde sie nie mehr die Wahrheit über ihren Vater erfahren.

Als Danielle vor dem alten Mann stand, verkrampfte sie sich vor Furcht, die Kugel würde in ihren Körper schlagen. Dann sah sie, dass Hessler von einem anderen Mann zur Seite geschoben wurde, der abrupt stehen blieb und die Hände hob.

»Stopp!«, rief Ben, der Danielle erkannte und heftig erschrak.

»Aus dem Weg!«, stieß der hünenhafte Mundt hervor.

Er hob die freie Hand, um Danielle zur Seite zu schlagen, doch sie blockte seinen Hieb ab und versuchte, seine Waffenhand zu umklammern. Der Hüne wehrte sie geschickt ab, brachte sie zu Fall und richtete seine Waffe auf Ben, der starr vor dem benommenen Paul Hessler stand.

Danielle blickte vom Boden zu Paul Hessler und Hans Mundt auf.

»Ich muss mit ihm sprechen«, stieß sie hervor. »Wir beide. Das wissen Sie.«

Die Pistole zitterte in Mundts Hand. »Nein. Er muss sterben.«

»Das können Sie nicht. Nicht auf diese Weise.«

»Deshalb bin ich hergekommen!«

»Schauen Sie ihn an. Was bedeutet er für Sie?«

»Nichts!«

Danielle erhob sich langsam.

»Wer ist der Mann, Pakad?«, fragte Ben.

»Ihr *kennt* euch?«, fragte Mundt ungläubig.

»Ich nehme an, ich hätte Sie weiterhin in dem Fall ermitteln lassen sollen, Chief Inspector Barnea«, sagte Paul Hessler schwer atmend. »Denn Sie haben ohnehin alles herausgefunden.«

Sie blickte ihn an. »Das betrifft jetzt auch mich, Mr. Hessler.«

»Wer ist der Mann, den Sie mitgebracht haben?«

»Du erkennst mich nicht, wie?« Mundt spie ihm die Worte entgegen.

»Sollte ich?«

»Nein. Das ist es ja. Ich bin dein Sohn.«

Hesslers Augen quollen hervor, und er starrte Mundt ungläubig an. *»Was?«*

»Pakad Barnea«, sagte Ben und bemühte sich um einen ruhigen Tonfall. »Ich habe Mr. Hessler über die Komplizenschaft seines verstorbenen Sohnes bei der Ermordung von vier Schülern informiert, drei israelischen und einem palästinensischen.«

Danielle bemühte sich, keine Überraschung zu zeigen.

»Außerdem habe ich eine Vereinbarung getroffen, wonach diese Information zwischen uns bleiben wird, falls er einen gewissen Dienst für dich leistet.«

»Was redet der Mann denn da?«, fragte Mundt und starrte Ben an. »Wer sind Sie?«

»Inspector Bayan Kamal von der palästinensischen Polizei.«

»Palästinensische Polizei ...« Mundt forderte Ben mit einem Rucken der Pistole auf, zur Seite zu treten. »Verschwinden Sie, und Sie bleiben am Leben.«

»Nein, ich bleibe.«

Wieder schob Danielle sich vor Hans Mundt. »Wir hatten eine Absprache. Stecken Sie die Waffe weg.«

»Ich weiß nicht, wovon Sie alle reden!«, behauptete Hessler.

Mundt hielt den Blick auf Danielle gerichtet und ließ die Pistole bis zur Hüfte sinken. »Stellen Sie Ihre Fragen, aber machen Sie schnell.«

Ben ließ die Hände sinken und trat zur Seite, als Danielle zu Paul Hessler herumschwang. »Wir wissen, wer Sie sind, was Sie sind und was Sie getan haben.«

»Ich muss mich setzen«, sagte Hessler und sank in einen der Sessel der Sitzgruppe beim künstlichen Wasserfall. Er zwang sich zur Ruhe und sprach weiter, obwohl er noch sichtlich um Fassung rang. »Nach so vielen Jahren ... Es war der Schütze in Tel Aviv, der die Wahrheit preisgab, nicht wahr? Der Sergeant, dessen Männer mich in den Wäldern gerettet haben.«

»Versuch du nur, deine Schuld zu rechtfertigen!«, rief Mundt, schäumend vor Zorn.

»Wer ist dieses ... *Tier?*«, fragte Hessler.

»Du nennst mich ein Tier?« Mundt trat vor, bis er auf gleicher Höhe mit Danielle war. »Du hast es immer noch nicht kapiert, wie? Ich bin am Grab gewesen. Ich kenne die Wahrheit. Ich weiß *alles!*«

Hessler blickte verwirrt und gequält. »Wie ist das möglich?«

»Der Kommandant Ihres Lagers gab viele Informationen über die Geschichte preis«, fuhr Danielle dort fort, wo Mundt aufgehört hatte.

»Aber … er ist tot.«

»Noch nicht ganz.«

»Ich war überzeugt, dass er hingerichtet wurde …« Hessler verstummte erschöpft. Er schloss kurz die Augen. Als er sie wieder aufschlug, sah er Danielle vor sich stehen.

»Ich will die Wahrheit über meinen Vater hören«, sagte sie. »Ich will wissen, ob er einer von euch war.«

»Einer von *wem?*«

»Keine Spielchen mehr!«, rief Mundt wutentbrannt und stürmte los, bis Ben ihm den Weg versperrte.

Danielle hatte sich nicht von der Stelle gerührt. »Erzählen Sie mir von meinem Vater. Von dem Geld … die ganze Geschichte. Die *Wahrheit.*«

»Ihr Vater hat mir das Leben gerettet.« Hessler holte tief Atem. »Das war der wirkliche Beginn der Geschichte …«

84.

»Im Krieg von 1956«, fuhr Hessler fort, »waren wir beide in derselben geheimen Abteilung, die durch den Sinai geschickt wurde, um Ägypten zu infiltrieren und Nasser gefangen zu nehmen. Es war ein kühner Plan, die erste Unternehmung, die aus der Haganah-Rebelleneinheit und der noch militanteren Irgun hervorgegangen waren. Wir waren seit Monaten gedrillt und ausgebildet worden. Niemand außer ein paar Ausgewählten beim Militär und der Regierung wussten von der Einheit oder dem Plan. Aus keiner militärischen Akte würde hervorgehen, dass wir unsere ursprünglichen Einheiten verlassen oder dass die Mitglieder unserer Kommandoeinheit einander gekannt hatten.

Unsere Mission scheiterte kläglich, als wir auf eine ägyptische Patrouille stießen. Schlechtes Timing, Zufall, ein Versagen des Nachrichtendienstes – der Grund spielt keine Rolle. Die gesamte ägyptische Patrouille, fast vierzig Mann, wurde niedergemetzelt. Auch darüber gibt es keine Akte. Acht Männer unseres zwölfköpfigen Trupps fielen auf der Stelle, zwei wurden tödlich verwundet. Nur zwei Mann kamen schwer verwundet mit dem Leben davon. Der eine war ich, der andere Ihr Vater, Pakad, der mich buchstäblich auf dem Rücken aus der Wüste trug.«

Paul Hessler stieß ein tiefes, lang gezogenes Seufzen aus.

»Unzählige Male flehte ich Ihren Vater an, mich zurückzulassen. Aber stur, wie er war, wollte er nichts davon hören. Tage später wurden wir beide von einem israelischen Hubschrauber entdeckt, dessen Mannschaft auf einem Erkundungsflug war. Wir wurden gerettet.

Ich selbst kann mich an diese letzten Stunden nicht erinnern. Ihr Vater erzählte mir später davon. Aber an diesem Tag schwor ich, ihm irgendwie gutzumachen, was er für mich getan hatte. Jahre später hatte ich endlich die finanziellen Mittel, um meinen Schwur zu erfüllen. Ich ging mit einem Scheck in der Brieftasche zu Ihrem Elternhaus in Israel. Unsere damalige Mission, Nasser als Geisel zu nehmen, war so geheim gewesen, dass wir uns in all den Jahren danach nicht gesehen hatten. Beim Anblick Ihres Vaters wurde mir klar, wie viel älter wir beide geworden waren. An diesem Tag lernte ich Sie kennen. Ihr Vater stellte uns vor, aber ich nehme an, Sie erinnern sich nicht mehr daran.

Ihr Vater wollte das Geld natürlich nicht annehmen. Wir trennten uns als Freunde, die sich wieder treffen wollten – mehr nicht. Doch als ich in die Vereinigten Staaten zurückkehrte, eröffnete ich ein Konto auf den Namen Ihres Vaters und zahlte das Geld ein – in der Hoffnung, dass er sich eines Tages vielleicht anders besinnen würde.«

Hesslers Stimme wurde weicher.

»Ich erfuhr von seinem Tod, nachdem die Beerdigung bereits stattgefunden hatte und überlegte, wie ich Ihnen von dem Geld erzählen konnte, das jetzt Ihnen gehört. Über eine Million Dollar, wenn ich mich recht entsinne.«

»Was war davor?«

»Wovor?«

»Vor dem Sinai, vor den Haganah. Ich spreche von Deutschland.«

Hessler schüttelte den Kopf. »Wir begegneten uns nur einmal vor dem Krieg von '56. Das war 1947 in einem Flüchtlingslager. Dann kamen wir an Bord desselben Schiffes nach Palästina.«

Danielle wandte sich um und blickte Mundt an.

»Er lügt«, behauptete der hünenhafte Mann. »Sag ihr die Wahrheit.«

»Das habe ich.«

Mundt schob sich an Ben vorbei, die Pistole fest umklammert. »Du hast dein Leben lang *gelogen*!«

»Die meiste Zeit, ja. Aber nicht in dieser Sache.«

»Ich habe gesehen, wo du Hessler begraben hast.«

Hessler runzelte die Stirn, stemmte sich hoch und starrte Mundt verwirrt an. »Das ist unmöglich. Niemand hat seine Leiche jemals gefunden. Da bin ich mir sicher.«

»Du hast ihm deine Uniform und den Mantel angezogen ...«

»Die Uniform und den Mantel?«

»... und ihn dann erschossen.«

»Erschossen?« Paul Hessler war fassungslos. Benommen schaute er Ben an. »Bitte, sagen Sie mir, wovon dieser Mann redet ... Irgendjemand muss es mir sagen.«

»Ich bin der Sohn, den du verlassen hast, verdammt!«

Mit einem einzigen schnellen Sprung war Mundt bei Hessler,

bevor Ben oder Danielle eingreifen konnten. Er packte Hessler am Jackettaufschlag und knallte ihn gegen die Felsenattrappe an der Seite des Wasserfalls. Der alte Mann stöhnte tief.

»Du bist davongelaufen und hast dich nach dem Krieg nie gemeldet. Heute sehe ich dich, den eigenen Vater, zum ersten Mal von Angesicht zu Angesicht. Ich wusste nicht, was für ein Gefühl das sein würde. Jetzt weiß ich es.«

Hesslers Blick spiegelte Furcht und Verwirrung wider, während er um Atem rang.

»Meine Mutter und ich waren für dich gestorben«, fuhr Mundt fort. »Du musstest ja ein neues Leben anfangen. Du hast dich im Lager mit dem echten Hessler angefreundet, sodass du ihn umbringen und seine Stelle einnehmen konntest, als die Zeit reif war. Weiss hat dich dabei beobachtet. Weiss wusste *alles!*«

»Weiss.« Paul Hessler schaffte es kaum, den Namen zu wiederholen.

»Der Kommandant des Arbeitslager bei Lodz an der Straße nach Leczyca. Erinnerst du dich?«

»Nein«, sagte Hessler und verzog das Gesicht, als er endlich wieder Luft bekam. Mit einem Mal wirkte er nicht mehr ängstlich. »Sie irren sich. Ich war überhaupt nicht in diesem Lager.«

»Was?«

Wieder stieß Hans Mundt den alten Mann grob gegen die Felsenattrappe des Wasserfalls, doch diesmal schien Hessler es gar nicht wahrzunehmen.

»Ich bin nicht Karl Mundt«, sagte er.

85.

»Nach all diesen Jahren weigerst du dich immer noch, dich zu mir zu bekennen!«

Hessler wirkte jetzt ruhig und gefasst. »Weil ich nicht Ihr Vater bin. Ihr Vater ist tot. Das ist mir jetzt klar.«

»Das glaube ich nicht, kein Wort davon!«, rief Mundt und hielt den Mann, den er für seinen Vater hielt, immer noch am Revers fest.

»Ich zeige es Ihnen. Ich kann jedes meiner Worte beweisen. Ich kann beweisen, dass Karl Mundt tot ist.«

Der hünenhafte Mann ließ ihn endlich los.

Paul Hessler, immer noch gegen die Felsenattrappe gelehnt, wandte sich an Danielle. »Das mit Ihrem Baby tut mir Leid. Ich hoffe, ich kann Ihnen helfen.«

»Wovon reden Sie?«

»Sagen Sie es ihr, Inspector.«

»Projekt vier-sechs-null«, begann Ben und wünschte sich, einen besseren Zeitpunkt für eine Erklärung wählen zu können. »Der Grund, weshalb diese vier Schüler in Israel und Palästina sterben mussten …«

»Ich verstehe nicht.«

Ben warf einen Blick zu Hessler, bevor er mit der Erklärung fortfuhr. »Ari Hessler befahl den Tod der Schüler, um eine medizinische Entdeckung geheim zu halten«, sagte er und fuhr fort, Projekt 4601 zu erläutern. Er legte in groben Zügen dar, dass es möglicherweise Danielles ungeborenes Kind retten konnte.

Als Ben geendet hatte, war Danielle zuerst sprachlos; dann wandte sie sich wieder an Paul Hessler. »Das mit Ihrem Sohn tut mir Leid.«

»Mir auch. Ich habe das Gefühl, ihn zweimal verloren zu haben. Aber es ist sein Name und meine Familie, die ich jetzt schützen muss, Pakad. Wenn Sie zustimmen, dass dies unter uns bleibt, wie Inspector Kamal es vorgeschlagen hat, werde ich alles in meiner Macht Stehende tun, um zu helfen, Ihr Kind zu retten.«

Danielle fühlte sich überwältigt von dieser Aussicht. Die plötzliche Rückkehr der Hoffnung nach einer Woche voller Qual ließ ihr Herz schneller schlagen. Dennoch fand sie den Gedanken unerträglich, kaltblütige Killer ungestraft davonkommen zu lassen. Aber was hatte ihr die Pflichterfüllung eingebracht außer einer Suspendierung durch einen hasserfüllten Vorgesetzten? Danielle hatte stets jede Anweisung ohne Frage oder Protest befolgt – und wie war sie behandelt worden?

»Wann?«, fragte sie.

»Ich weiß es nicht. Ich werde unverzüglich Experten mit Ihrem Fall beauftragen. Wir können Ihnen noch heute Nacht in meinem Institut Blut abnehmen und mit der Prozedur beginnen. Es wird vielleicht Monate dauern. Möglicherweise ist es zu spät …«

»Ich werde das Risiko eingehen. Je schneller wir anfangen, desto besser.«

Paul Hessler blickte von Danielle zu Hans Mundt. »Sobald Sie alle die wahre Geschichte gehört haben.«

Der Ford Explorer mit Anna Krieger hielt an einer Verkehrsampel in Sichtweite der Türme, als sie zwei dunkle Suburbans aus der privaten Tiefgarage auftauchen sah. Die stämmigen Sicherheitsleute zu beiden Seiten der Zufahrt sorgten dafür, dass sich die Fahrzeuge sicher in den Verkehr einfädeln konnten. Dann zogen die Männer sich zurück.

Anna spürte ein Prickeln im Nacken; die feinen Härchen richteten sich auf wie bei einer Raubkatze, die Witterung aufgenommen hat.

Konnte Paul Hessler in einem dieser Wagen sein? Warum sonst waren so viele Sicherheitsleute anwesend?

Immer noch unsicher, wie sie vorgehen sollte, hob Anna das kleine Walkie-Talkie an die Lippen. »Ich glaube, ich sehe Hessler. Folgt meinem Wagen.«

Hessler bestand darauf, dass sein Sicherheitschef, Franklin Russett, ihn persönlich zu seinem Ziel fuhr, während sechs seiner Wächter – alles Ex-Soldaten – in dem zweiten Suburban folgten.

Er saß neben Russett auf dem Beifahrersitz und sprach erst, als der Wagen aus der Tiefgarage fuhr. »Ich werde Ihnen einige Fragen stellen, Russett. Antworten Sie wahrheitsgemäß, und Sie brauchen keine negativen Konsequenzen zu befürchten, mein Wort darauf. Ist das annehmbar?«

Russett betrachtete die anderen Insassen im Rückspiegel und schien zu spüren, was los war. Er nickte zustimmend.

»Mr. Russett«, fuhr Hessler fort. »Haben Sie unsere guten Kontakte in Israel genutzt, um meinem Sohn Ari zu helfen, die Dienste einiger Profis mit einer gewissen … tödlichen Erfahrung zu bekommen?«

»Nicht alle waren Profis.«

»Beantworten Sie bitte meine Frage.«

»Jawohl, Sir, das habe ich getan.«

Paul Hessler zwang sich, ruhig zu bleiben. »Diese Männer haben Schüler einer Oberschule ermordet, wie ich soeben erfahren habe. Stimmt das?«

»Die Männer wurden angeworben, um die Interessen von Hessler Industries zu wahren, Sir. Allesamt Spitzenleute und sehr diskret, falls das Ihre Sorge sein sollte.«

»Meine Sorge ist, dass Sie meinem Sohn geholfen haben, ein Mörder zu werden!«

»Zum Besten der Firma, Sir.«

»Waren das Aris Worte oder Ihre?«

»Wir waren beide dieser Meinung, denn wir hatten es mit Kriminellen zu tun, mit Erpressern. Ich berichtete Ihrem Sohn, dass die Erpresser Schüler waren, nachdem der Erste von ihnen identifiziert war. Trotzdem befahl er, die Operation fortzuführen, und ich war seiner Meinung.«

»Und Ihre Killer setzten ihr Werk sogar nach dem Tod meines Sohnes fort?«

»Dafür habe ich gesorgt.«

»Ich weiß Ihre Ehrlichkeit zu schätzen.«

»Ich bin nicht stolz auf meine Taten, Sir, aber wenn ich …«

»Ich habe genug gehört, danke, Mr. Russett.« Paul Hessler drehte sich zu den anderen um. »Es tut mir Leid. Dieser Sache werde ich mich tief schämen, solange ich lebe. Wenn es eine Möglichkeit gäbe, die Dinge in Ordnung zu bringen, wenn ich etwas tun könnte …«

»Ich hoffe, Sie sprechen nicht mit mir«, blaffte Hans Mundt vom Rücksitz.

»Inspector Kamal und Chief Inspector Barnea haben soeben ihre Antworten bekommen, Herr Mundt. Ihre werden bald folgen.«

»Warum können Sie mir die Antworten nicht einfach sagen?«

»Sind Sie gekommen, um Ihren Vater zu finden oder nicht, Herr Mundt?«

»Sie wissen, dass ich deshalb gekommen bin.«

»Dann werden auch Sie zufrieden gestellt.«

Hessler blickte zu Danielle. »Wenn wir fertig sind, werden wir direkt zum Institut fahren, Pakad, um mit der Prozedur zu beginnen. Sie verstehen, dass es keinerlei Erfolgsgarantie gibt, aber ein großes Risiko …?«

»An diese Bedingungen bin ich gewohnt.«

»Meine Experten werden Sie davor warnen, dass Projekt vier-sechs-null-eins nur an unheilbar kranken Patienten erprobt wurde, bei denen eine tödliche Dosis nicht von Belang ist. Sie werden Ihnen sagen, dass sie keine Ahnung haben, wie viel Substanz bei der Behandlung eines Fötus benutzt werden muss, geschweige denn, welche Nebenwirkungen auftreten können.«

»Welche es auch sein mögen … solange Hoffnung besteht, dass die Substanz den genetischen Schaden beseitigt, nehme ich sie in Kauf«, erwiderte Danielle und blickte zu Ben.

Ben nickte ihr zu. Er schuldete es Danielle. Trotz ihrer Entfremdung in letzter Zeit hatte Danielle ihn gelehrt, wieder zu leben und zu hoffen. Jetzt hatte er dank Paul Hessler das Gleiche für sie tun können.

»Sie haben uns noch nicht gesagt, wohin wir fahren«, bemerkte Ben.

»Über die Grenze nach New Jersey«, sagte Hessler, während Franklin Russett mit dem ersten der beiden Suburbans durch die Nacht fuhr. »Palisades Park.«

Das Zuklappen der Türen der beiden Suburbans folgte dicht hintereinander. Beide Wagen waren durch das Tor im Stahlzaun gefahren, der das Grundstück umgab, auf dem die Burg neu errichtet worden war, hoch auf den Klippen des Palisades State Park oberhalb des Hudson River. Die Burg war in großen Teilen noch mit Gerüsten umgeben, damit die Arbeiter die Rekonstruktion vollenden konnten.

Dies beeinträchtigte jedoch nicht den imposanten Anblick der Burg. Die Mauer war uneben, an einigen Stellen hoch, an anderen niedriger, genau so wie vor 500 Jahren. Der Mondschein und das Flutlicht, das von Generatoren erzeugt wurde, waren hell genug, sodass Ben und Danielle die Schießscharten hoch oben in der Brustwehr sehen konnten, von der Pfeile abgeschossen und Speere geschleudert worden waren. Paul Hesslers Restaurierung der Burg war so genau und vollständig, dass die gesamte Gruppe sie staunend bewunderte.

Die einzige noch bestehende Lücke auf dem Baugelände würde bald mit einem Pförtnerhäuschen und einem mechanischen Tor ausgefüllt werden, das in alten Zeiten geholfen hatte, Feinden den Zugang zu verwehren. Heute Nacht öffnete diese Lücke sich zu einem großen Hof vor der Burg, den Hessler als Erster betrat. Er ging voran; Franklin Russett hielt sich an seiner Seite. Russett hatte die bewaffneten Sicherheitsleute, von denen sie begleitet wurden, unweit der Eingänge zur Mauer und der Burg postiert.

In der Burg befahl Hessler Russett, am Fuß der schmalen Steintreppe zu warten, die sich durch den Hauptturm in die Höhe wand. Russett protestierte, doch Hessler blieb unnachgiebig und stieg die schwach beleuchtete Treppe hinauf, während sein Sicherheitschef ihn verwundert beobachtete.

»Ich habe ihm gesagt, wenn Sie mich töten wollen, wäre ich bereits tot«, sagte Hessler und stieg langsam, doch unbeirrt weiter hinauf.

»Ich habe mich noch nicht entschieden«, erinnerte Hans Mundt.

Hessler ignorierte ihn. Danielle sah einen gefassten Ausdruck in seinen Augen und bemerkte einen besänftigenden, beinahe zufriedenen Klang in seiner Stimme. Sie konnte nicht genau sagen, warum es geschehen war, doch irgendetwas hatte sich bei Hessler verändert. Eine Last schien von ihm abgefallen zu sein. Natürlich reichte es bei weitem nicht, ihn für den Verlust seines Sohnes zu entschädigen oder die Verbrechen zu mildern, für die Ari verantwortlich gewesen war, doch es war wie eine Befreiung für den Mann.

Als sie die Spitze des Turms erreicht hatten, setzte sich Hessler außer Atem auf die Steinbank, legte beide Hände auf die Kante der Bank und schaute sich fast ehrfürchtig im Turm um.

»Ich erinnere mich, diese Burg vom Wald aus gesehen zu haben. Hier suchte ich Zuflucht vor dem Unwetter. Sie rettete mir das Leben.«

»Das alles ist bekannt«, sagte Mundt ungeduldig. »Es ist Teil der großen Hessler-Legende.«

»Doch es gibt einen Teil, den bis jetzt niemand gehört hat.«

»Und was ist das?«

»Ich war nicht allein.«

86.

Erschrocken hielt der erschöpfte, frierende Paul Hessler die Geräusche zunächst für die von Ratten oder größeren Tieren in den oberen Stockwerken. Erst als er angestrengt lauschte, erkannte er über dem Heulen des Gewittersturms das Schlurfen von Schritten auf einem Steinboden wie dem, auf dem er zusammengebrochen war.

Vielleicht hatte noch jemand in der verlassenen Burg Zuflucht vor dem Gewitter gesucht – jemand, der vielleicht bereit war, sein Essen und seine Kleidung zu teilen …

Pauls durchnässte Schuhe quatschten laut, als er die Treppe hinaufstieg, und er setzte sich hin, um Wasser herauszupressen, bevor er den Weg fortsetzte. Er wollte sich nicht verraten und den anderen Gast der Burg nicht erschrecken. So schlich er langsam weiter, sorgfältig darauf bedacht, sich in der inzwischen fast völligen Finsternis keinen Fehltritt zu leisten.

Der Geruch von Birkenholz, das in einer Feuerstelle brannte, stieg ihm in die Nase, kurz bevor er das Prasseln der Flammen vernahm. Er stellte sich vor, wie Funken durch einen der Kamine aufstiegen, die er von unten gesehen hatte; er stellte sich behagliche Wärme vor …

Von neuer Energie erfüllt, setzte Paul Hessler den Weg fort und verharrte dann auf dem oberen Treppenabsatz in einem Zugang, als er eine Gestalt sah, die ein kleines Kaninchen oder Ähnliches an einem behelfsmäßigen Spieß über einem Feuer briet. Paul sagte kein Wort, trat nur ein wenig vor und wartete, dass der Fremde ihn bemerkte.

Als der junge Mann, der etwa in seinem Alter war, schließlich zu ihm herumfuhr, sagte Paul: »Ich wollte nicht stören …«

»Wer bist du?«

»Ich sah die Burg und kam her, um Schutz vor dem Gewitter zu suchen«, erklärte Paul, während der Fremde auf ihn zukam. Der Stock in seiner Hand glühte an der Spitze orangefarben, und das Kaninchen daran rauchte noch. »Es tut mir Leid, wenn ich …«

Der Fremde stieß ihn zurück und drückte das glühende Ende des Stocks gegen Pauls Hals. »Du lügst! Sag mir, wer dich geschickt hat, oder ich töte dich!«

»Niemand! Ich … ich bin allein!«

»Wer hat meinen Plan durchschaut? Wie viele andere sind dort?«

»Niemand, glaub mir! Nur …«

Paul Hessler konnte nicht zu Ende sprechen. Der Fremde stieß den rauchenden Stock vor, und Paul spürte, wie die Glut über seine Haut strich, als er den Kopf zur Seite riss, um dem Stoß zu entgehen. Der Geruch von geröstetem Fleisch stieg ihm in die Nase, während er den Fremden fortschob und die Hände in einer Geste des Friedens hob.

»Bitte, ich führe nichts Böse im Schilde! Ich werde gehen, wenn du willst.«

Der Fremde schrie auf und griff wieder an. Paul konnte ihm den Stock aus der Hand reißen, und das rauchende Kaninchen, das noch aufgespießt war, fiel auf den Steinboden. Der Fremde umklammerte Pauls dünnen Hals mit beiden Händen und drückte mit den Daumen zu.

Doch Paul bekam noch genügend Luft, um dem Gegner das Knie in den Unterleib zu rammen. Die Beine des Fremden gaben nach, doch nach wie vor hielt er Pauls Kehle umklammert, und die beiden stürzten zu Boden, wälzten sich über die Steinplatten.

Der Fremde blieb schließlich auf Paul liegen. Seine neuerliche Umklammerung presste Paul wieder die Luft aus der Lunge.

Paul drosch wild um sich, versuchte, die Umklammerung des Fremden zu sprengen. Er spürte, wie sich Taubheit in ihm ausbreitete, wie er keine Luft mehr bekam, und er hatte das Gefühl, sein Kopf müsste platzen. In Panik schlug er um sich. Seine Hände klatschten auf den Steinboden und trafen das warme, weiche Kaninchen.

Er packte den Stock, mit dem das Kaninchen immer noch aufgespießt war, stieß ihn nach oben und spürte, wie er sich dem Fremden in den Hals bohrte. Warmes Blut spritzte auf Pauls Gesicht. Doch die Umklammerung lockerte sich nicht, und Paul stieß wieder mit dem Stock zu, bis die Finger des Fremden schlaff wurden und er auf Paul zusammenbrach.

Paul hatte gerade noch die Kraft, den Körper von sich zu wälzen. Er glaubte, selbst für kurze Zeit ohnmächtig gewesen zu sein, und er erwachte mit dem Gefühl, dass alles ein Albtraum gewesen sein musste … bis er die Blutlache unter sich sah und wieder die klebrige Flüssigkeit auf Gesicht und Hals spürte. Er suchte bei dem jungen Mann ein Anzeichen von Leben, fand jedoch keines.

Er sprang auf. Plötzlich war ihm übel. Er wusste, dass er sich übergeben hätte, doch er hatte nichts im Magen. Seit zwei Tagen hatte er nichts gegessen. Und betrachtete das noch rauchende Kaninchen auf dem Boden bei der Leiche.

Paul Hessler bückte sich, hob es auf und schleppte sich zum Feuer, um die Mahlzeit zu Ende zu braten, die …

»… mir die Kraft gab, die ich brauchte, um zu überleben«, vollendete Paul Hessler und erhob sich. »Nachdem ich gegessen hatte, tauschte ich meine nasse Kleidung gegen trockene, die ich im Rucksack des Toten fand.«

Eine Spitzhacke, die von einem der Arbeiter zurückgelassen worden war, stand in der Ecke, und Paul Hessler nahm sie und prüfte ihr Gewicht. Die Spitzhacke wirkte überraschend leicht in seinem Griff, als er zu dem neu gemauerten Kamin ging und zum ersten Schlag ausholte.

»Am nächsten Tag ging ich von hier fort …«

Während er sprach, unterstrich Hessler seine Worte mit einer Reihe von schweren Schlägen gegen den Kamin.

»… und trug die Kleidung des toten Mannes …«

Rumms.

»… seinen Proviant, den er mitgebracht hatte …«

Rumms.

»… und seine Papiere, die von den amerikanischen Soldaten fünf Tage später in meinen Taschen gefunden wurden.«

Hessler schlug noch dreimal kräftig zu; dann riss er mit der Spitzhacke Steine und Mörtel weg und verschüttete den Schutt auf den Boden, während seine Zuschauer verwirrt zuschauten.

»Wegen der Papiere hielten die Soldaten mich für Paul Hessler, einen Überlebenden eines Arbeitslagers nördlich von Lodz. Aber das war ich nicht. Ich glaubte, Paul Hessler in der Burg *getötet* zu haben, und lebte in all diesen Jahren mit dem Schuldgefühl.«

Ein letzter kräftiger Schlag, und eine klaffende Lücke entstand im Kamin. Der alte Mann trat zurück und lehnte sich auf den Griff der Spitzhacke, um sein Werk zu betrachten.

»Und jetzt hat die Geschichte endlich ein Ende.« Schwitzend und außer Atem heftete er den Blick auf Hans Mundt. »Sie sind auf der Suche nach Ihrem Vater hergekommen, Herr Mundt.«

Mundt setzte sich in Bewegung, wollte sich auf ihn stürzen, wandte sich jedoch dem Kamin zu, als der Mann, der als Paul Hessler gelebt hatte, dort hinschaute.

Im Kamin war deutlich sichtbar ein Skelett an die Innenmauer der Burg genagelt.

»Darf ich Ihnen Karl Mundt vorstellen?«, fuhr Hessler fort. »Den Mann, den ich in jener Nacht 1944 in Wirklichkeit getötet habe.«

87.

Hans Mundt starrte auf das Skelett seines Vaters. Er bekam kaum mit, wie der Mann, der Paul Hessler geworden war, seine Geschichte weitererzählte.

»Die Papiere, die ich Ihrem Vater abnahm, hatte er bereits von dem *echten* Paul Hesser gestohlen. Ich bin kein Jude und kein Deutscher. Ich bin Pole. Mein richtiger Name ist nicht Paul Hessler oder Karl Mundt – ich heiße Piotr Dudek. Ich war aus einem anderen Arbeitslager bei Lodz nahe der Ortschaft Minsk entkommen. Ungefähr einen Tag, nachdem Karl Mundt Paul Hessler getötet hatte, stieß ich auf diese Burg und nahm seine Identität an. So dachte ich in all den Jahren, *Hessler* sei der Mann gewesen, den ich getötet hatte. Bis heute Nacht kannte nur eine Person die Geschichte jener Nacht im Wald.« Paul Hessler, geborener Piotr Dudek, schaute Danielle an. »Ihr Vater, Pakad Barnea. Ich gestand ihm die Wahrheit, als er mich nach dem Scheitern der Nasser-Mission durch den Sinai trug.«

»Was hat er dazu gesagt?«, hörte Danielle sich fragen.

»Er sagte mir, dass es keine Rolle spiele. Er sagte, ich hätte überlebt, weil es das Schicksal so gewollt habe, und nur das zähle. Er sagte mir, Piotr Dudek sei tot. Ich habe ihn in dieser Burg gelassen, und dort solle er bleiben.« Ein wenig leiser sprach Hessler weiter. »Ihr Vater sagte mir, ich hätte die Chance, die Gelegenheit, Gutes für mich und mein Land zu tun. Ich glaube, das habe ich. Jedenfalls habe ich es versucht.«

»Was Ihr Sohn getan hat, war nicht Ihre Schuld ... *Mr. Hessler*«, sagte Danielle. »Es war nicht Ihre Schuld.«

»Doch, und ich nehme die Schuld auf mich, denn er wollte sich mir beweisen. Ari wollte für sich genau das, was ich für ihn wollte. Er war so sehr von dem Wunsch getrieben, erfolgreich zu sein – der Wunsch, den ich ihm eingeimpft hatte –, dass er sich wahrscheinlich kaum bewusst war, dass er Verbrechen, dass er *Morde* beging. Projekt vier-sechs-null-eins war seine erste große Leistung. Er konnte niemals zulassen, dass diese Kinder es zerstörten. Niemals.«

Mundt stand immer noch wie versteinert vor dem aufgeschlagenen Kamin und starrte auf die Gebeine seines Vaters, die der Mann, der als Paul Hessler gelebt hatte, vor 57 Jahren versteckt hatte.

»*Ich* habe Ihren Vater getötet, Herr Mundt. Ich, Piotr Dudek, ein armer polnischer Junge, der in einem Arbeitslager der Nazis interniert gewesen war, bis er das Glück hatte, zu entkommen, nachdem man ihn für tot liegen gelassen hatte. Ich habe überlebt, indem ich mich tot stellte und unter anderen Leichen versteckte, die man mit mir in ein Massengrab geworfen hatte. Wenn Sie mich dafür töten wollen …«

Hans Mundt blieb stumm.

»Deshalb haben Sie hier die Burg wieder errichten lassen«, sagte Danielle. Sie versuchte, den Mann so zu sehen, wie er sich selbst beschrieben hatte, als Piotr Dudek. Doch für sie blieb er Paul Hessler, Held und Wohltäter des Staates Israel, wie er es für ihren Vater geblieben war. »Um Ihr Geheimnis zu bewahren.«

Hessler nickte. »In Polen hätte man diese Burg abgerissen. Ich konnte nicht das Risiko eingehen, dass die Gebeine des Mannes gefunden wurden, den ich getötet hatte, besonders nicht bei den heutigen DNA-Analysen. Stellen Sie sich vor, man hätte herausgefunden, dass der echte Paul Hessler vor über einem halben Jahrhundert gestorben ist …«

»Nur war es nicht Paul Hessler«, erinnerte Hans Mundt. »Es

war mein Vater, Karl Mundt, den Sie hinter diesen Mauern begruben.«

»Aber das wusste ich nicht. Und all die Jahre lebte ich in der ständigen Furcht, als Piotr Dudek entlarvt zu werden, der einen Juden tötete und dessen Identität annahm. Ich hatte Albträume, dass man zu den Bar Mitzvahs oder den Hochzeiten meiner Kinder kommen und mich festnehmen würde.«

»Stattdessen ist man gekommen, um Ihnen für Ihre Taten einen Orden zu verleihen«, stieß Hans Mundt hervor.

»Ist das ein Problem für Sie, Herr Mundt?«

Mundts Miene war ausdruckslos geworden, zeigte keinerlei Gefühl. »Mein Vater verließ meine Mutter. Als er ihr den Abschiedskuss gab, wusste er genau, was er als Nächstes tun würde. Er hatte alles geplant. Blieb nur noch, sein ›Opfer‹ auszuwählen, wenn er erst im Lager war.« Sein Blick glitt wieder zu dem Skelett, das all die Jahre im Kamin des Turms versteckt gewesen war. »Die Wahrheit ist, dass ich Sie vielleicht selbst getötet hätte, hätte sich herausgestellt, dass Sie wirklich Karl Mundt sind. Ich hätte vielleicht meinen eigenen Vater umgebracht. Ich weiß es nicht. Insofern haben Sie mir damals vielleicht einen großen Gefallen erwiesen. Ich stehe in Ihrer Schuld.«

Paul Hessler, der Piotr Dudek vor 57 Jahren an dieser Stelle zurückgelassen hatten, wandte sich an Ben und Danielle. »So wie ich in Ihrer Schuld stehe, weil Sie die Wahrheit über meinen Sohn geheim halten. Wir sollten zum Institut fahren, sobald …«

Seine Worte gingen im Krachen von Schüssen außerhalb der Burg unter.

88.

Die vier Personen starrten sich einen Moment bestürzt an; dann sagte Ben: »Schnell!«

Er eilte mit Hans Mundt an der Seite die Treppe hinunter, dicht gefolgt von Danielle und Hessler.

»Das muss Anna Krieger sein«, sagte Mundt zu Danielle. Er wandte den Kopf, blickte zu Paul Hessler. »Die Wächter des Tores müssen seinetwegen gekommen sein.«

Hesslers Augen spiegelten Furcht und Verstehen wider. »Nazijäger? Hier? *Jetzt?*«

»Henker ehemaliger Nazis, die der Justiz entkommen sind.«

»Sie glauben, hinter Karl Mundt her zu sein«, erklärte ihm Danielle.

»Und was sollen wir tun?«

Ben schaute Danielle an. »Wir können nur eins – kämpfen.«

Sie trafen Hesslers Sicherheitschef Franklin Russett innerhalb der Burg am Fuß der Treppe. Russett schwitzte und war außer Atem. Er hielt ein Sturmgewehr in einer Hand und ein anderes geschultert.

»Wie viele?«, fragte Ben, während draußen weiterhin Schüsse peitschten.

»Mindestens ein Dutzend, und gut bewaffnet. Sie haben die beiden Männer erschossen, die ich an der Mauer postiert hatte, bevor wir überhaupt wussten, was geschah.«

»Was ist mit den anderen?«

»Ich habe bereits die Polizei angerufen«, sagte der stämmige Russett. »Aber sie ist zu weit weg, um uns in der kurzen verbleibenden Zeit von Nutzen zu sein.« Er blickte zu Paul Hessler. »Wir müssen Sie hier rausbringen, Sir.«

»Wie wäre es mit der Rückseite?«, fragte Danielle.

Hessler schüttelte den Kopf. »Da ist die Mauer.«

»Na und?«, sagte Danielle. »Ist doch perfekt.«

»Geben Sie mir Ihren Mantel«, sagte Ben zu dem alten Mann und schaute sowohl Hessler als auch Danielle an.

»Warum?«

»Tun Sie es einfach!« Ben nahm Hesslers Mantel und wandte sich an Russett, während er in die Ärmel schlüpfte. »Mr. Russett, Sie bleiben an meiner Seite, wenn wir nach draußen gehen.«

»Das werde ich nicht tun!«

Ben wartete auf eine Feuerpause, bevor er antwortete. »Doch, das werden Sie – wenn Sie wollen, dass Ihr Arbeitgeber überlebt.«

Draußen hämmerten Schüsse. Die vier überlebenden Sicherheitsleute von Hessler Industries erwiderten das feindliche Feuer aus ihrer Deckung hinter der Burgmauer, in der Nähe der Lücke, wo eines Tages das Pförtnerhaus stehen sollte. Ben sah mit Erleichterung, dass die vier Sicherheitsleute mit Sturmgewehren bewaffnet waren, was die Chancen etwas ausglich. Die Leichen der beiden Sicherheitsmänner, die erschossen worden waren, lagen vor der Mauer.

Die Strategie der Wächter des Tores war gut durchdacht. Sie feuerten aus der bewaldeten Deckung, von der die offene Seite der Klippen gesäumt war. Das machte es unmöglich, die genauen Positionen der Schützen auszumachen, während sie einen der Sicherheitsleute nach dem anderen anvisierten.

Ben verließ die Deckung der Mauer, bekleidet mit Paul Hesslers Mantel. Er hielt den Kopf geneigt, damit sein Gesicht nicht zu sehen war, und bewegte sich zögernd und gebückt, um wie ein alter Mann zu wirken. Franklin Russett hielt sich an seiner Seite und feuerte auf gut Glück zu dem Waldstreifen hin, nur um die Gegner zu zwingen, den Kopf einziehen. Ben und Russett verharrten hinter einem gewaltigen Frontlader, mit dem die Steine der Burgmauer zusammengefügt worden waren, und pressten den Rücken gegen den kühlen, gelb angestrichenen Stahl.

Ben versuchte, Danielle bei der Tür zu entdecken, doch sie war bereits um die Seite der Burg verschwunden. Paul Hessler war im Moment bei ihr sicher. Wenn Hessler diesen Angriff nicht überlebte, war Projekt 4601 keine Wahl mehr für Danielle.

Das Kind, ihrer beider Kind, musste gerettet werden.

Deshalb *musste* Hessler überleben.

Hans Mundt hatte sich freiwillig bereit erklärt, die beiden zur Rückseite der Burg zu begleiten, um sicherzustellen, dass die Luft dort rein war. Dann aber musste Danielle allein eine Möglichkeit finden, wie sie und Paul Hessler über die Mauer gelangten.

Mundt lief im Zickzack zurück, ein Schemen in der Dunkelheit. In der Deckung des Frontladers angelangt, starrte er Russett mit kaltem Blick an. »Ich brauche eine Waffe. Meine habe ich Barnea gegeben.«

Russett riss eine Pistole aus seinem Gurt und reichte sie Mundt. Währenddessen blickte Ben auf die hohe Mauer und versuchte sich vorzustellen, wie Hessler und Danielle sie zu überwinden versuchten. Selbst wenn sie es schafften, würden sie zerklüftetes Gelände bei den Klippen durchqueren müssen, verfolgt von einem Dutzend oder mehr Schützen.

»Wir müssen die Wächter des Tores aufhalten«, sagte er zu Russett und Mundt. »Wir müssen es schaffen. Wir müssen es *beenden.*«

»Unmöglich!«, stieß Russett hervor.

Ben konzentrierte sich auf die Fassade der Burg, auf die Brustwehr. »Nicht, wenn wir Ihre restlichen Männer dort oben raufbekommen«, sagte er zu Russett, als die Wächter des Tores wieder wild feuerten.

»Das ist verrückt!«

Mundt folgte Bens Blick zu den Schießscharten, durch die vor Jahrhunderten Pfeile geflogen waren. »Nein, er hat Recht!« Er wandte sich an Russett. »Wir machen es auf seine Weise, oder wir werden alle sterben!«

Danielle führte Paul Hessler zur hinteren Mauer, ohne irgendwelches Feuer auf sich zu ziehen. »Die Stufen dort drüben!«, sagte sie und wollte dorthin.

Hessler packte sie am Arm und hielt sie fest, bevor sie einen Schritt machen konnte. »Auf der anderen Seite gibt es keine.«

»Aber da ist ein Gerüst wie vorne an der Burg, nicht wahr?«

Hessler starrte sie überrascht an. »Bei Gott, ja.«

»Wir können es schaffen.«

Hessler ließ ihren Arm immer noch nicht los. »Ich tue das für Ihren Vater, Pakad. Nicht nur für den Ruf meines Sohnes … und um mir die Schande zu ersparen.«

Danielle legte liebevoll eine Hand auf seine. »Danke.«

Dann lief sie mit der Pistole, die Mundt ihr gegeben hatte, geduckt los. Ihr Blick glitt über den kleineren, hinteren Hof, suchte nach einer Bewegung oder verräterischem Lichtschein und lauschte auf Geräusche, doch es drohte keine Gefahr. Sie erreichte die Stufen und kletterte sie hinauf, wobei sie Paul Hessler mit ausgestreckter Hand bedeutete, unten zu bleiben, bis sie ihn schließlich heraufwinkte.

Er holte sie auf einem der unteren Abschnitte der Mauer ein und verharrte dann wieder. Danielle kletterte weitere Stufen hoch bis zu einer Mauerzacke, wo noch das Baugerüst an der Außenseite der Mauer stand. Danielle ging in die Knie und signalisierte Hessler, ihr zu folgen. Das Gerüst war jetzt nur noch einen kurzen Sprung von ihnen entfernt.

Sie streckte dem alten Mann eine Hand hin, um ihm hochzuhelfen, als sie plötzlich das Gefühl hatte, als streiche ein brennendes Zündholz über ihre Haut, jedoch mit der Wucht eines Tritts. Zuerst hielt sie es für einen Muskelkrampf; dann aber sah sie in der Dunkelheit Steinsplitter, die aus der Mauer gefetzt wurden und rings um sie durch die Luft flogen.

Kugeln!

Als Danielle zu den Stufen zurückhasten wollte, gaben ihre Beine nach. Sie brach zusammen, fiel auf Paul Hessler und riss ihn mit. Beide stürzten in den Hof hinter der Burg hinab.

89.

»Jetzt!«, signalisierte Russett, der seinen Männern Anweisungen erteilt hatte.

Ben sah, wie die vier Sicherheitsleute, bewaffnet mit Sturmgewehren, von ihren Positionen hinter der Mauer zu den Stufen rannten, die zur Brustwehr hinaufführten.

»Sie müssen das Feuer der Kerle auf sich ziehen und sie ins Freie locken«, sagte Ben zu Russett.

Russett schaute ihn an, während Kugeln vom Stahl des Frontladers abprallten. »Und was ist mit Ihnen?«

»Geben Sie mir die Waffe«, sagte Ben und wies auf Russetts geschultertes zweites Sturmgewehr.

Russett gab ihm das Gewehr und beobachtete, wie er es in der Hand wog und Gewicht und Balance abzuschätzen versuchte.

»Haben Sie schon mal mit so einer Waffe geschossen?«, fragte Russett.

»Einmal, auf dem Schießstand der Polizei.«

»Ich gehe an Ihrer Stelle dort rauf«, erbot sich Mundt und streckte die Hand nach dem Sturmgewehr aus.

Ben schüttelte den Kopf. »Nein.« Er lächelte leicht. »Wir brauchen einen besseren Schützen als mich, der ihr Feuer auf sich zieht.«

Ben wartete, als Mundt und Russett aus der Deckung des Frontladers zur Burgmauer stürmten, bis er Russetts vier verbliebenen Männern die Stufen hinauf zur Brustwehr folgte. Mundt und Russett schossen, während sie rannten, zogen das Feuer des Feindes auf sich und lenkten ihn von Ben ab.

Er stolperte zweimal auf den Stufen und rutschte beim zweiten Mal ab. Schließlich erreichte er auf allen vieren kriechend die Mauerkrone. Dort wählte er eine Schießscharte, die fünf Meter vom nächsten Mann entfernt war, und beobachtete, wie der Schütze den Gewehrlauf durch die Öffnung schob. Ben balancierte das Gewicht seiner Waffe aus. Der Rückstoß dürfte kein Problem sein; wenn Ben sich richtig erinnerte, hatte das M-16-Gewehr, mit dem er auf dem Schießstand der Polizei in Detroit geschossen hatte, kaum Rückstoß gehabt.

Er hockte sich bequemer hin, um leichter durch die Schießscharte spähen zu können, und wartete auf den Angriff des Feindes.

»Bewegen Sie sich nicht«, flüsterte Paul Hessler und versuchte, Danielle ruhig zu halten.

»Wir müssen weg hier. Ich muss Ihnen helfen, zu entkommen.« Sie versuchte sich aufzusetzen und hatte das Gefühl, von gezackten, scharfen Zähnen in den Leib gebissen zu werden. Der Schmerz nahm ihr den Atem, und vor ihren Augen schien ein Blitz zu explodieren.

»Ruhig«, mahnte Paul Hessler. »Nicht bewegen.«

Danielle spürte, wie sich etwas Warmes auf ihrer Bluse ausbreitete und ihre Hose tränkte. »Ich … bin … getroffen.«

»Es wird alles gut.«

»Ich muss Sie hier wegbringen.«

»Geben Sie mir Ihre Waffe.«

Danielle ließ sie fallen. Der alte Mann nahm sie.

»Sie werden die Männer töten müssen«, brachte sie mühsam hervor.

»Ja«, sagte Hessler. »So etwas tue ich nicht zum ersten Mal.«

Von seiner Position hoch auf der Burgmauer konnte Ben aus der Vogelperspektive das gesamte Gelände überblicken, das sich vor ihm in der Dunkelheit erstreckte. Mundt und Russett konnte er zwar nicht sehen, doch er hörte sie feuern, als die Wächter des Tores – er zählte acht – vorsichtig zur Burg vorrückten. Mundts und Russetts Kugeln fanden keine Ziele, doch sie hatten die gewünschte Wirkung, denn der Feind konzentrierte sich auf sie, sodass Ben und die anderen Schützen auf der Brustwehr freies Schussfeld auf die Angreifer hatten.

Ben wartete, bis Russetts Profis das Feuer eröffneten und folgte ihrem Beispiel, als die Angreifer bereits bis auf knapp 50 Meter an die Mauer gelangt waren. Ben zielte sorgfältig und feuerte Schuss um Schuss ab. Das Krachen hallte in seinen Ohren, ging jedoch bald im Stakkato der anderen Schüsse ringsum unter.

Ben beobachtete, wie Angreifer zusammenbrachen und sich auf dem Boden wanden. Ein paar wollten in Deckung kriechen, wurden jedoch von weiteren Kugeln zurückgetrieben.

Ben feuerte weiterhin auf die Angreifer, die dem ersten überraschenden Kugelhagel entkommen waren. Je weiter sie sich zurückzogen, desto ungezielter und unkonzentrierter wurden seine Schüsse. Er wünschte sich, er hätte Colonel al-Asis Angebot einer Lektion am Schießstand angenommen. Seine Munition wurde knapp; er zwang sich, ruhiger und disziplinierter zu feuern.

Er hörte, wie die ausgeworfenen Patronenhülsen gegen die Mauer klirrten, über die Kante rollten und auf die Ebene darunter fielen. Das gleiche Geräusch hatte er vor acht Jahren gehört, als er Patrone um Patrone auf den Wahnsinnigen abgefeuert hatte, der Sekunden zuvor seine Familie getötet hatte. Doch als er damals auf dem oberen Treppenabsatz in seinem Haus stand und die Patronenhülsen die Treppe hinuntergerollt waren, hatte er seine Frau und die Kinder nicht mehr retten können …

Heute Nacht aber konnte er Danielle und ihr Baby retten.

Ben legte einen neuen Ladestreifen ein und verfiel beim Feuern in einen sonderbar leichten Rhythmus. Seine Ziele schienen heller zu werden, deutlicher, als er den Blick darauf richtete. Er nahm kaum war, dass er abdrückte, und nur der leichte Rückstoß war eine Bestätigung für ihn, dass eine weitere Kugel abgefeuert war. Neben ihm schossen Russetts Männer pausenlos; die Echos der Schüsse schienen in Bens Schädel widerzuhallen. Sein Nacken war steif und schmerzte, doch er hielt die angespannte Haltung bei und feuerte verbissen weiter.

Wir können es schaffen …

Dann hörte er ein Zischen wie das Geräusch eines Feuerwerkskörpers. Ein Lichtstreifen blitzte aus dem Baumgürtel, flog über den eisernen Sicherheitszaun hinweg und raste auf die Burg zu.

Eine Rakete! Es muss eine Rakete sein!

Ben duckte sich einen Sekundenbruchteil, bevor das Geschoss rechts von ihm in die Mauer einschlug. Ein Donnerschlag ertönte. Die Steine und der Mörtel explodierten und flogen nach innen. Der gesamte Abschnitt der Mauer stürzte ein.

Eine weitere Rakete, aus dem Baumgürtel abgefeuert, schlug ein. Ben warf sich von der Mauer zurück und kugelte sich zusammen. Das Krachen und Donnern klingelte in seinen Ohren; Staub und Schutt flogen auf ihn herab. Er ließ sich auf die nächste Ebene hinunterfallen und stieß unwillkürlich einen Schrei aus, der im Donnern der dritten Rakete unterging, die ein Stück der Brustwehr direkt über ihm zerriss. Bens Blick zuckte nach oben. Er sah, dass Russetts Männer allesamt verschwunden war, verloren im heißen, rauchenden Schutt.

Ben wollte gerade den Kopf heben, als neuerliches Feuer aus Automatikgewehren das bisschen Deckung zerfetzte, das über ihm geblieben war.

Sein Ausbilder auf der Polizeiakademie war ein Veteran des Marine Corps gewesen, der in der schleppenden Sprache des Südstaatlers und mit dröhnender Stimme geschildert hatte, wie es war, in einem Feuergefecht zu kämpfen und zu überleben. Das konnte man nicht lernen; man musste es durchgemacht haben.

Ben verstand jetzt. Selbst die schmerzlichen Erinnerungen des Marine-Corps-Veterans waren dem Grauen, das er hier erlebte, nicht gerecht geworden. Ben hatte das Gefühl, innerlich zerrissen zu werden. Er presste die Hände auf die Ohren, als Trümmerstücke wie Geschosse um ihn herumflogen, wobei er von Splittern getroffen wurde. Er schützte den Kopf mit den Ellenbogen und spürte, wie ihm die Haut wie von Steinen aufgerissen wurde. Er konnte sein eigenes Blut riechen und wartete voller Panik darauf, tödlich getroffen zu werden. Dann aber dachte er an Danielle und nahm eine schützende Hand vom Kopf, um nach dem Gewehr zu tasten. Er musste die Kugeln abfeuern, die er noch hatte, und Danielle so viel Zeit erkaufen, wie er nur konnte.

Doch das Gewehr war weg. Es musste von der Kante der Mauer gerutscht und in die dunkle Tiefe gefallen sein. Immer noch gegen den steinernen Sims gepresst, spähte Ben in den Hof und suchte nach der Waffe.

Dann blieb sein Blick auf einem Ziel auf halbem Weg zwischen der Mauer und der Burg haften. Seine Gedanken jagten sich, klammerten sich an die Hoffnung. Ben wog seine Chancen ab. Wenn er dorthin gelangte, konnte er den Kampf vielleicht – vielleicht – zu seinen Gunsten wenden. Er wusste, dass er dabei sterben konnte, fand sich jedoch damit ab. Der Tod war ihm schon so nahe gewesen, dass die Furcht verschwunden war.

Ben sah Mundt und Russett in die Öffnung in der Mitte der Burgmauer springen und wild auf die letzte Welle der Angreifer feuern, als sie durch den Sicherheitszaun brachen. Russett wurde ins Bein getroffen und brach zusammen. Mundt verschoss Kugel um Kugel und blieb trotz des gegnerischen Beschusses wie durch ein Wunder auf den Beinen, bis seine Pistole leer gefeuert war. Dann stürzte er vornüber, während er immer noch nachzuladen versuchte.

Mundt und Russell hatten Ben die Zeit erkauft, die er benötigte, um sich auf den nächsten Sims der Burgmauer hinabzulassen und zu Boden zu springen, wo Russett verzweifelt versuchte, Mundt in Sicherheit zu schleifen.

Ben rappelte sich auf und rannte los.

Ihm war ein Gedanke gekommen, wie er vielleicht ihrer aller Leben retten konnte.

Anna Krieger hatte nicht mit dem Widerstand des Feindes von der Brustwehr aus gerechnet. Es war ein cleverer Schachzug des Gegners. Doch sie hatte immer noch drei Männer bei sich – vier, einschließlich des Scharfschützen, der gemeldet hatte, dass der echte Paul Hessler an der Rückseite der Burg festgenagelt worden war. Der Scharfschütze hatte ebenfalls einen Treffer auf eine Frau gemeldet, die nach Annas Meinung nur Danielle Barnea sein konnte. *Lebend!* Und wenn Barnea dort war, musste Mundt ebenfalls hier sein. Die beiden hatten sie, Anna, in Polen offenbar ausgetrickst, nun aber würden beide sterben.

Wie der Vater, so der Sohn, dachte Anna und fand es nur gerecht.

Als sie innerhalb des Sicherheitszauns war, signalisierte sie ihren Männern, kurz vor den Suburbans zu stoppen. Dann zielte sie mit dem Gewehr auf einen stämmigen Mann, der sich über einen anderen neigte, den er soeben in Sicherheit gezogen hatte.

Doch bevor Anna abdrücken konnte, hörte sie das Dröhnen eines schweren Motors und blickte auf.

Ein riesiger, gelber Frontlader walzte geradenwegs auf sie zu.

Ben trieb den tonnenschweren Frontlader voran, plagte sich mit der Schaltung ab und kämpfte mit den Pedalen, um die Höchstgeschwindigkeit zu erreichen. Es war 20 Jahre her, seit er zum letzten Mal während eines Sommerjobs auf einer Baustelle in Dearborn, Michigan, ein solches Fahrzeug gefahren hatte. Aber es war eine viel kleinere Maschine gewesen als diese hier, und er hatte die Ladeschaufel nur nach den Kommandos vom Boss betätigt, statt die gesamte Maschine allein zu manövrieren, ohne von jemandem Anweisungen zu bekommen.

Der Führersitz befand sich fast vier Meter über dem Boden und ähnelte kaum dem des kleineren Frontladers, den er vor vielen Jahren gefahren war. Doch das Gefährt war sofort angesprungen, und als Ben den Gang eingelegt hatte, reagierte es beinahe wie ein Truck.

Sein Aussichtspunkt auf dem Führersitz gewährte ihm eine deutliche Sicht auf seine Ziele voraus. Das riesige stählerne Gefährt bewegte sich ruckweise voran, gewann jedoch an Geschwindigkeit.

Paul Hessler presste weiterhin die Streifen seines Hemds auf Danielles Wunde. Das Blut floss nun langsamer, doch die Blutung hatte nicht aufgehört, und selbst in der Dunkelheit sah Danielle schrecklich bleich aus. Hessler sah, wie sie ein paar Mal die Lippen befeuchtete, um zu sprechen, und neigte sein Ohr zu ihr, um den Worten zu lauschen, die Danielle jedoch nicht hervorbrachte.

Während Ben trotz der Schmerzen und seiner beeinträchtigten Sicht mit dem Frontlader weiterfuhr, wurde ihm klar, dass er jetzt das Gleiche tat. Er hatte Mühe, mit dem verletzten und zugeschwollenen Auge den Frontlader auch nur in der Spur zu halten.

Und dann geschah es.

Es war nicht seine Absicht gewesen, doch der tonnenschwere Frontlader prallte gegen die Suburbans. Die Wirkung des Aufpralls war verheerend. Die großen Autos, Leichtgewichte im Vergleich zu dem gewaltigen Frontlader, überschlugen sich mehrere Male, bis sie in den Zaun krachten.

Ben sah mit dem unversehrten Auge eine große Frau mit sonderbar bleichem Gesicht, die im letzten Augenblick zurückwich, ihr Gewehr fallen ließ und die Flucht ergreifen wollte. Doch einer der sich überschlagenden Suburbans stürzte auf sie …

Anna versuchte sich zu bewegen, gab jedoch auf, als sie erkannte, dass sie nicht mehr atmen konnte. Irgendetwas presste gegen ihre Brust, hielt sie gefangen. Sie versuchte den Arm zu heben, doch es ging nicht. Voller Entsetzen bemerkte sie, dass sie unterhalb der Taille nichts mehr spürte.

Die Taubheit breitete sich nach oben aus.

Anna Krieger konnte nur noch darauf warten, dass der Tod kam.

Die drei überlebenden Wächter des Tores hatten sich zu drei Ford Explorern zurückgezogen, die außer Sicht von der Burg parkten. Sie sprangen in den ersten der Wagen und eröffneten das Feuer auf den Frontlader, als Ben durch den Sicherheitszaun brach und auf sie zuhielt.

Er konnte das riesige Gefährt nicht stoppen und hätte es vielleicht auch nicht getan, denn nur noch diese Männer standen zwischen Danielle und der Sicherheit.

Noch mehr Glas zersplitterte, und Scherben sirrten durch die Luft, doch Ben trieb den Frontlader weiter voran und rammte den Explorer an der Seite. Die Zähne des Frontladers fraßen sich durch den Stahl der Tür und den Stoff der Sitze. Der Wagen wurde leicht angehoben und fiel dann zurück; Ben fuhr darüber hinweg. Die gewaltigen Reifen zermalmten die stählerne Karosserie. Ben hatte das Gefühl, es mit den eigenen Füßen zu tun, die er fest auf den Boden vor dem Führersitz presste, der ihm glühend heiß vorkam.

Vielleicht gab es Schreie; bei dem Kreischen von Stahl war es schwer zu sagen. Bens Füße auf den Pedalen verkrampften sich, und Wadenkrämpfe peinigen ihn, als nach den Vorderrädern auch die gewaltigen Hinterräder über das rollten, was vom Explorer übrig geblieben war.

Es dauerte einen Moment, bis Ben erkannte, dass der Kampf vorüber war.

Es gelang ihm, den Frontlader zu stoppen und die Tür des Führersitzes aufzustoßen. Er kletterte die Leiter hinunter und brach zusammen, als seine Füße den Boden berührten.

Danielle!

Der Gedanke an sie reichte, um Ben wieder auf die Füße zu treiben. Er taumelte durch die Dunkelheit, um sie zu suchen.

90.

Sie waren nicht im Hessler Institute, sondern in der Notaufnahme des Columbia Presbyterian Medical Center, zwölf Querstraßen von der George Washington Bridge entfernt. Danielle erhielt auch nicht die ersten Injektionen von Projekt 4601; stattdessen wurde ihre Blutgruppe festgestellt und die entsprechenden Infusionen vorbereitet. Mehrere Ärzte neigten sich über die Trage, auf der sie lag. Ben war die Sicht durch den zugezogenen Vorhang seiner Behandlungskabine versperrt, und niemand schien ihm irgendwelche Beachtung zu schenken.

»Das sieht schlimm aus …«, hörte er einen der Ärzte sagen.

»Bereiten Sie eine Notoperation vor und lassen Sie Dr. Cantrell ausrufen.«

»Vergessen Sie die Notoperation«, sagte ein anderer Arzt, dessen Handschuhe und der grüne Kittel bereits rot von Danielles Blut waren. »Was immer wir noch tun können, müssen wir *sofort* tun.«

»Blutdruck fällt, Doktor!«, rief eine Krankenschwester.

»Wir verlieren sie! Reanimation einleiten!«

»Wo sind die Blutkonserven?«

Ben trat durch den Vorhang. »Sie ist schwanger.«

Ein paar Ärzte blickten zu ihm und starrten auf sein fast geschlossenes blutiges Auge.

»O Gott«, sagte einer, »der Mann braucht ebenfalls Hilfe.«

»Später«, sagte Ben. »Viel wichtiger ist, dass die Frau *schwanger* ist.«

»Wer sind Sie?«, fragte der leitende Arzt, während er Druck auf Danielles Wunde ausübte.

»Der Vater.«

»Blutdruck stabil, Doktor.«

»Wir müssen mit ihr in den OP«, erklärte der leitende Arzt. »Schnell!«

Eine Krankenschwester eilte mit einem Arm voll Plastikbeuteln ans Bett, die mit Blut gefüllt waren. »Acht Einheiten«, sagte sie atemlos. »Weitere sind unterwegs.«

»Schafft das Schnellinfusionsgerät her und macht mir Platz! Los, ich brauche den Absauger! Bringt den Absauger her!« Er warf Ben einen raschen Blick zu. »Und schafft den Mann hier raus! *Sofort!*«

Ben fühlte sich von Händen gepackt. Er wurde zurück in den angrenzenden Behandlungsraum geführt. Seine Füße gehorchten ihm kaum.

Eine halbe Stunde später erschien der leitende Arzt in seinem Krankenhaus-Grün, das von Danielles Blut bedeckt war. Ben nahm die Hände fort, die er sich vors Gesicht gehalten hatte, und blickte benommen zu dem Arzt auf.

»Wir konnten den Blutverlust stoppen und ihren Zustand stabilisieren«, sagte der Arzt. »Sie ist jetzt auf dem Weg in den OP. Ich glaube, sie kommt durch.«

»Was ist mit dem Kind?«, fragte Ben und fürchtete sich so sehr vor der Antwort, wie er sich nie im Leben vor etwas gefürchtet hatte.

EPILOG

»Das ist also das Hessler Institute«, sagte Danielle und schaute sich um.

Ben, der am Fuß ihres Bettes im Columbia Presbyterian Hospital stand, lächelte leicht.

»Ich kann mich gar nicht erinnern, dass man mich von der Burg hierher gebracht hat. Wo ist Hessler? Ist er wohlauf?«

»Dem geht es gut. Er rettete …«

»Was?«

»Nichts. Hessler kommt später.«

»Was ist mit Mundt?«

Ben schüttelte langsam den Kopf. »Nur drei Wächter des Tores haben überlebt, einer ist entkommen. Ich nehme an, wir hören nie wieder von ihnen.«

»Sie haben den falschen Feind bekämpft, Ben. *Wir* sind jetzt die Wächter des Tores. Der Feind ist anders, aber nicht die Risiken. Sie bleiben anscheinend stets die gleichen.«

»Anderenfalls wären wir ohne Job, Danielle.«

»Was ist mit deinem Auge?«, fragte sie und schaute auf seinen Verband.

»Nichts Ernstes. Die Augenklappe wird morgen entfernt.«

»Wir haben Glück gehabt.«

»Ja.«

In Danielles Augen spiegelte sich Hoffnung. »Wie sind die Untersuchungen verlaufen?«, fragte sie, und ihre Stimme klang dünn und heiser wegen ihrer trockenen, aufgesprungenen Lippen.

Ben trat neben das Bett und nahm ihre Hand.

»Ich kann mich an nichts erinnern, Ben«, fuhr Danielle fort. »Wann geben Hesslers Ärzte mir die erste Injektion von Projekt vier-sechs-null-eins? Was zeigen die Tests?«

Ben schwieg.

»Es war richtig, dass wir diesen Handel gemacht haben, Ben, nicht wahr? Wir sollten uns nicht schuldig fühlen. Ari Hessler ist tot. Dieser Handel aber kann unsere einzige Chance sein, das Baby zu retten.«

»Ja, Danielle, wie haben das Richtige getan«, pflichtete Ben ihr bei.

Danielle lächelte, suchte seinen Blick. Plötzlich versteifte sie sich und umklammerte Bens Hand fester. Verwundert blickte sie auf ihr Operationshemd und den Verband, der ihren gesamten Unterleib bedeckte, und zu der Kanüle, die aus der Seite des Operationsschnitts hervorragte.

Eine tiefe Leere breitete sich in ihr aus, als sie erkannte, dass sie das Baby nicht mehr spüren konnte.

»Danielle ...«, hörte sie Ben sagen.

Tränen in den Augen, blickte sie zu ihm auf. Ben nahm sie in die Arme und hielt sie fest, als wollte er sie nie mehr loslassen.

»Du wirst gesund«, flüsterte er. »Du wirst wieder gesund.«

»Ein grandioser Thriller, der dem Leser den Atem raubt.« DAILY TELEGRAPH

In Miami Beach werden die entstellten Leichen der Eheleute Robbins aufgefunden, die mit einem Skalpell ermordet wurden. Zwischen den Toten liegt die blutüberströmte Tochter Cathy, die seltsamerweise unverletzt blieb. Detective Sam Becket und die Kinderpsychologin Grace Lucca übernehmen den Fall und stoßen bald auf schier unlösbare Rätsel um das Mädchen und die Umstände des Todes der Robbins. Denn die junge Cathy kann sich weder an die Tat erinnern noch daran, wie sie zu ihren getöteten Eltern ins Zimmer geraten ist ...

ISBN 3-404-14744-8